동아시아 지식의 교류

동아시아 지식의 교류

東アジアにおける知の往還

고려대학교 글로벌일본연구원 · 국문학연구자료관 공편

역락

간행사

본서『동아시아 지식의 교류』는 고려대학교 글로벌일본연구원과 일본 국문학연구자료관(国文学研究資料館)이 2014년에 체결한 학술교류협정에 기초하여, 도쿄(東京)와 서울을 왕복하면서「동아시아 지식의 교류(東アジアにおける知の往還)」를 테마로 세 번에 걸쳐 공동주최한 포럼의 귀중한 성과물이다. 2000년대 이후 이른바 글로벌시대를 맞이하여, 일본문학을 포함한 일본연구분야에서는 일국을 뛰어넘어 동아시아를 무대로 하여, 또는 전세계를 무대로 하여 국제적인 학술교류가 매우 활발하게 이루어졌다. 그러나 그 교류가 자칫하면 일회성의 학술적 행사로 끝나버리고, 단계적인 스텝을 밟아 착실하게 지속하는 경우는 의외로 드물다.

이와 같은 의미에서도, 그동안 이어온 교류의 실적을 토대로 하여 2014년에 국문학자료관과 본 연구원이 학술교류협정을 체결하고, 2017년부터 2019년에 걸쳐 매년 공동포럼을 개최한 그간의 업적을 하나의 서적으로 간행한다는 사실은 매우 깊은 의의를 가진다고 하지 않을 수 없다. 게다가, 그 동안 쌓아온 학술교류의 성과를 각각 한국어와 일본어로 번역하여 한일 양국에서 동시에 출판하는 시도는 앞으로의 국제학술교류를 생각할 때에도 하나의 좋은 모델이 될 수 있다고 확신하는 바이다.

나는 1990년대 후반 일본에서 유학하고 있었을 무렵, 당시에는 시나가와구(品川区)에 위치하고 있었던 국문학연구자료관의 '국제일본문학연구집회(国際日本文学研究集会)'에서 가슴 설레면서 연구발표를 하고 그 논문

을 『국제일본문학연구논집 회의록(国際日本文学研究集会会議録)』에 게재하였는데, 지금 공동출판을 앞에 두고 새삼 그 기억이 새롭고 감개무량한 기분이다. 고려대학교 글로벌일본연구원은 국문학연구자료관이 힘을 쏟고 있는 '일본고전적연구 국제콘소시엄(日本古典籍研究国際コンソーシアム)'에도 적극적으로 참가할 뿐만 아니라, 지금까지 함께 해 온 포럼을 한층 계승시켜 다양한 프로그램을 통해 지속적이고 성과가 있는 국제학술교류로 심화해 가고자 한다.

이 『동아시아 지식의 교류』가 한일 양국에서 공동 출판하는 데 즈음하여, 지금까지 본 교류의 실질적인 작업을 해 주신 국문학연구자료관의 사이토 마오리(齋藤真麻理) 선생님과 고려대학교 일어일문학과 김수미(金秀美) 선생님께 감사의 말씀을 드리고 싶다. 또한 양 기관의 교류를 적극적으로 서포트하고 진지한 방향성을 제시해 주신 로버트 캠벨(Robert CAMPBELL) 관장님께도 마음으로부터 감사의 말씀을 전하고자 한다. 마지막으로 공동출판의 편집 작업과 출판을 흔쾌히 수락해 준 일본 벤세이 출판(勉誠出版)과 한국 역락 출판(亦樂出版)에도 이 지면을 빌려 감사의 인사를 드리는 바이다.

2020년 12월

고려대학교 글로벌일본연구원

원장 정병호(鄭炳浩)

간행사

기후 위기에 팬데믹, 시민 간의 분단. 우리가 살아가려는 일상을 위협하는, 그리고 생명을 위협하는 커다란 어려움들이 속속 닥쳐온다. 많은 변화를 단기간에 강요당하고, 그중에서도 생활을 떠받치고 있는 언론의 근거를 둘러싸고 세계 각지에서 격렬한 대립이 일어나고 있다. 대하(大河)와 같이 흐르는 정보를 우리가 어떻게 '개인'으로서 적확하게 받아 들여 판단의 재료로 변환할 수 있을지가 매우 중요한 과제가 되고 있다. 생존의 근본과 관련된 다양한 가치체계를 동태(動態)로서 파악하려면, 역사적 경험의 기술에 기초한 검증을 행해 나가지 않으면 안 된다. 그리고 현대에 있어서 '문학'이라는 학문분야에 속해 있는 다양한 증언과 형태야말로 그 가치체계의 추이를 치밀하게 읽어내기 위한 소재가 될 수 있다고 생각한다. 인문학이 사회에서 부여받은 임무와 마주하려면, '문학'이 포괄하고 있는 허와 실(虛実), 그 각각의 기술에 눈을 돌려 지혜와 지식을 다각적인 방법으로 끌어내서 분석하는 작업이 불가결하다. 앞으로 그러한 임무를 해낼 수 없다면 인문학은 학문영역으로서의 폭도 깊이도 확장시키기 어렵다.

그런 의미에서 '동아시아 지식의 교류'란 실로 시의적절한 연구과제라 할 수 있다. '지(知)'를 뒷받침해주는 근거를 다채로운 문헌으로부터 찾아내고, 가속화하는 시대에 사람들 간의 '교류'를 현재의 공간에서 분리해 내 역사적 경험이 담겨 있는 표현의 집합체를 가지고 그 본질을 비추어

봄으로써 새로운 물음으로 이어질 수 있는 것이다.

근년에 국문학연구자료관(国文学研究資料館)에서는 '일본고전적연구 국제 컨소시엄(日本古典籍研究国際コンソーシアム)'이라는 전근대(前近代) 일본 문헌 자료를 둘러싼 공동사업을 막 시작하였다. 출범하기까지 2년이 걸렸는데, 그 과정에서 고려대학교 선생님들과 대학원생들과의 인연이 큰 힘이 되어 컨소시엄이란 무엇인지에 대해 많은 시사를 받게 되었다. 6년 전부터 고려대학교 글로벌일본연구원과 국문학연구자료관 사이에 학술교류협정이 체결되어 2017년부터 지난해까지 총 3차례에 걸친 공동 포럼을 서울과 도쿄에서 개최하였다. 그 성과로 여러 분야의 다양한 교류의 궤적을 한 권으로 정리할 수 있었다. 현 시점에는 한국과 일본 사이를 왕래하는 사람들의 발길이 코로나로 인해 막혀 있지만, 그 이전에 역사에 새겨진 지식의 교류의 모습을 함께 탐구했던 의의는 크다고 할 수 있다. 이 한 권의 완성을 진심으로 기뻐하고 싶다.

고려대학교 글로벌일본연구원 정병호(鄭炳浩) 원장님을 필두로 한일 양국에서의 공동 출간을 위해 많은 시간과 정열을 기울여 주신 고려대학교 김수미(金秀美) 교수님과 국문학연구자료관의 사이토 마오리(齋藤真麻理) 교수님, 양국 언어로 편집 작업을 해 주신 편집 담당자 분들께 감사의 말씀을 드린다. 국경을 초월해 앞으로도 교류가 더욱 큰 결실을 맺기를 바랄 뿐이다.

국문학연구자료관 관장
로버트 캠벨(Robert CAMPBELL)

본서의 기획과 구성

본서는 동아시아에 있어서 지식의 동향을 직시하고자 고려대학교 글로벌일본연구원과 국문학연구자료관(国文学研究資料館)이 공편으로 구상한 결과물이다. 양 기관이 추구하고자 한 지향점은 단발적인 일회성 기획이 아니라, 연구 교류의 지속성과 다양성을 담보한 것이었다. 연구 테마를 '동아시아 지식의 교류'라 정한 것도 바로 이러한 기획과 더불어, 우리 연구자들 자신이 지식의 왕래자로서 교류를 행한다는 이중의 의미를 담고자 했기 때문이다.

이러한 시도가 열매를 맺게 하기 위해 다음과 같은 세 가지 관점에서 세 차례 포럼을 기획하였다. 제1회 '서책과 문화', 제2회 '기록과 기억', 제3회 '도시라는 무대'가 바로 그것이다. 매년 가을 단풍의 색감이 짙어질 무렵, 많은 연구자들이 양 기관을 서로 방문하여 친교를 돈독히 하는 자리를 마련하였다.

제1회 포럼은 2017년 10월 당시 서승원(徐承元) 원장님을 비롯한 4명의 고려대학교 연구자들이 국문학연구자료관을 방문하여 개최되었으며, 2018년에 열린 제2회 포럼에서는 로버트 캠벨(Robert CAMPBELL) 관장님을 비롯한 5명의 국문학연구자료관 연구자들이 고려대학교 글로벌일본연구원을 방문하여 실시되었다. 다시 국문학연구자료관을 발표장으로 하여 개최된 제3회 포럼에서는 정병호(鄭炳浩) 원장님을 비롯한 5명의 고려대학교 연구자들이 일본을 방문, 교류를 심화시켜 나갔다. 이와 같이, 3차에 걸친 포럼에서 일본문학, 일본미술사, 사상사, 역사학, 아카이브학 등, 다양한 분야의 연구자들이 전문성을 기반으로 한 지식과 식견을 피력하고, 많은 청취자들에 둘러싸여 열띤 토의가 이어진 것은 참으로 행복한 일이 아닐 수 없다. 더욱이 이러한 교류의 첫 출발은 다름 아닌 2016년 12월 당시 국문학연구자료관 관장이시던 이마니시 유이치로(今西祐一郎) 선생님과 다니카와 게이치(谷川惠一) 부관장님, 서승원 원장의 회담에 의해 이루어진 것으로, 이 서면을 통해 감사의 뜻을 적어두고자 한다.

이와 같은 3차례 포럼의 연구 성과를 기반으로 하여 한일 양국에서 본서를 한국어와 일본어로 공동출판하기에 이르렀다(일본어판 서명: 『東アジアにおける知の往還(동아시아에서 지의 왕래)』). 본서는 새로운 관점과 미발표 원고를 덧붙인 총 3장으로 구성되어 있으며, 많은 도판을 수록하고, 내용과 표현도 전공이 다른 연구자 뿐만 아니라, 학부생에게도 알기 쉽게 작성하고자 노력하였다.

제1장에서 다루고자 한 문제는 문자 · 회화 · 서책의 형태(書形)가 형성해가는 서책 문화의 제 양상이다. 동아시아라고 하는 한자문화권에서 한일 고전문학의 담당자는 각각 고유한 문자표기, 즉 가나(仮名)와 한글을 탄생시켰다. 이를 비교 · 검토하는 과정에서 여성표현의 조성(醸成)과 문화적 배경의 차이가 부각되어졌다. 근대 일본으로 눈을 돌리면, '유고집(遺稿集)'이나 '원구도(元寇図)'의 세계가 펼쳐진다. 회화 표상과 문자와의 교류라고 하는 측면에서 국보 『겐지모노가타리에마키(源氏物語絵巻)』의 표현 방법과 고주석(古注釈)을 활용한 '쓰레즈레에(徒然絵)'의 생성과정을 확인해 볼 수 있다. 또한 서책의 '형태' 그 자체도 간과할 수 없는 테마이다. 이는 때때로 '쓰여진 내용'과 밀접한 관련성을 지니기 때문이다. 서책의 제본(装訂)과 장르, 문자와의 관계성은 문학연구에 있어서 유용한 시점이라 할 수 있다.

제2장에서 전반의 키워드는 근년 제창된 '재난문학'이다. 여기서는 최근 기억이라 할 수 있는 세월호 사건과 동일본대지진(東日本大震災)의 문학화를 둘러싸고 그 의의와 특질을 논하고 있다. 원폭 사고 등 복합 재해의 사례에는 그간 역사와 문화를 계승하고자 하는 부단한 작업이 오롯이 새겨져 있다. 또한 고려 몽고침입기에 제작된 『삼국유사(三国遺事)』에는 한반도 역사와 문화를 기술하는 문장 속에 국가적 재난을 극복하고자 하는 염원이 담겨져 있다. 본장 후반에는 '기록'과 문학적 언설(言説)의 교류에 그 초점이 맞춰져 있다. 모리 오가이(森鷗外)의 『다카세부네(高瀬舟)』와 에도(江戸) 시대 중기 법령을 함께 고찰해가면, 새로운 해석에 의해 모노가타리(物語) 시공이 변용(変容)의 양상을 나타내고 있음을 확인할 수 있다. 또한, 재일조선인 '귀국사업'의 원동력은 그 기억을 이야기해주는 문학 텍스트에 의해 그 총체를 드러내고 있다.

본서를 매듭짓는 제3장에서는 '에도(江戸)' '경성(京城)' '파리(paris)'라고 하는 세 도시를 무대로 하여 전개되어지는 역사적 · 문학적 영위에 주목한다. 안세이 시기(安政期: 1855~1860) 에도를 습격한 천재지변과 역병은 도시 풍경을 크게 변화시켰는데, 이의 복원 과정을 관찰하는 데서 대사원(大寺院)과 호상(豪商)과의 사회적 관계가 선명히 드러나고 있었다. 또한, 근대초 한반도에서 출판된 『조선풍토가집(朝鮮風土歌集)』과 조선총독부 기관지 『경성일보(京城日報)』에 실린 문학 작품에는 대도시 경성의 표상으로 회고되어지는 조선 색채(朝鮮色), 역사 기억, 식민지 문화정치의 이데올로기가 담겨져 있다. 그리고 마지막 부분에서 주목한 것은 파리의 도시 표상으로 가득찬 여러 가지 근대 텍스트 군이다. 번역 수용과 도시 표상사(都市表象史) 문제, 에도 시대 후기 문화와의 비교연구, 더 나아가 일본 근대문학에서 도시 표상의 위치 정립 등 새로운 연구 전망이 제시되어지고 있다.

이상과 같이, 본서에서는 다면적인 시야를 제시하고 이를 상호 결합시키면서 동아시아에서의 지식의 교류를 그려내고 있다. 그 앞에 어떠한 풍경이 펼쳐질지 새로이 한 걸음을 내딛어보고자 한다.

마지막으로 이번 공동출판이 이루어지는데 도움을 주신 많은 분들께 감사인사를 드리고자 한다. 먼저, 한일 양국에서 한국어판과 일본어판 출판을 맡아주신 역락 출판(亦楽出版)과 벤세이 출판(勉誠出版)에 감사드린다. 또한, 본서에 수록되어 있는 일본측 집필진 원고의 한국어 번역을 맡아주신 고려대학교 글로벌일본연구원 번역원(翻訳院) 김효순(金孝順) 교수님과 여러 담당 선생님들께도 감사를 드리고자 한다. 또한, 총 3회에 걸쳐 포럼을 개최하는 데 있어서 협력을 아끼지 않은 국문학연구자료관 국제연계부(国際連携部) 전 기관연구원(機関研究員)인 이우치 미유키(井内美由起), 다키카와 미카(滝澤みか), 현 연구원인 이쿠우라 히로유키(幾浦裕之), 그리고 당시 고려대학교 글로벌일본연구원 행정실 문현희(文賢熙) 전 팀장에게도 본 지면을 통해 고마운 마음을 전하고 싶다. 본서에 많은 그림과 사진이 수록될 수 있도록 귀중한 자료 게재를 흔쾌히 허가해주신 각 기관께도 감사의 말씀을 드리고자 한다.

2020년 12월
고려대학교 김수미(金秀美)
국문학연구자료관 사이토 마오리(齋藤真麻理)

차례

제2장 기록과 기억

제3장 도시라는 무대

제1장

서책과 문화

논문

『에이가모노가타리(栄花物語)』와 조선왕조 궁정문학

—『한중록(閑中録)』과의 비교를 중심으로—

사쿠라이 히로노리(桜井宏德)

번역: 박은희(朴恩姬)

요지문

헤이안(平安) 시대 일본에서는 히라가나(平仮名)가, 조선시대 한국에서는 한글이 만들어져 여성들의 표현 가능성은 비약적으로 확대되었다. 마침내 여성들은 당시 오로지 한문으로만 표기했던 역사서술까지 진출하게 되었다. 본고에서는 『에이가모노가타리(栄花物語)』와 『한중록(閑中録)』 두 작품의 비교를 통해 여성들이 가나(仮名)와 한글의 사적인 서술로 역사를 어떻게 써내려 갔는지에 대해 고찰하고자 한다.

1. 『에이가모노가타리』와 조선왕조 궁정문학

일본 헤이안 시대 중기에 해당하는 11세기 동아시아는 역사 편찬의 계절을 맞이했다. 건국 후 대략 1세기가 지난 송나라는 이전 시대를 중심으로 역사 편찬의 기운이 고조되었으며 구양수(欧陽修)가 사찬(私撰)한 『신

오대사(新五代史)』, 칙찬(勅撰)한 『신당서(新唐書)』, 그리고 사마광(司馬光)에 의한 편년체 사서의 금자탑 『자치통감(資治通鑑)』이 1050년대부터 1080년대에 걸쳐 연속해서 편찬되었다. 북방의 거란도 요(遼) 왕조의 전성기를 만들었던 성종(聖宗)에 의해 10세기말부터 정사 편찬이 시작되었으며 이후 25년, 50년 정도를 주기로 실록이 만들어졌다. 1011년 거란의 침략에 의해 수도 개성이 함락되고 궁성의 장서가 불타버린 고려는 역사 편찬을 위해 수사관(修史官)을 설치하였으며 1034년에 『칠대실록(七代実録)』(산실)을 편찬하기에 이르렀다.[1]

반면 일본은 위와 같은 11세기 동아시아 역사 편찬 유행에서 동떨어진 채 홀로 남겨졌다. 『일본삼대실록(日本三代実録)』이 901년(엔기(延喜)원년)에 편찬된 것을 마지막으로 정사 편찬은 끊겼으며 그 후 몇 번 시도되었던 역사 편찬 부흥도 실현되지 못했다. 당시 동아시아의 국제정세는 송, 거란, 고려 삼국이 서로 관계를 맺으며 전개되었고 국가로서의 정체성을 내외에 선양할 목적으로 역사서가 요구되었다. 그러나 일본의 경우 10세기에 이미 동부 유라시아와의 정치적 관련을 거의 상실하고 있었기 때문에[2] 역사 편찬의 기운이 고조되지 않았을 것이라 여겨진다.

육국사(六国史)의 종언과 교대하듯이 11세기에 이르러 일본에서는 근대에 '역사 모노가타리(歴史物語)'라고 지칭되는 가나로 쓴 역사서술이 등장한다. 그 효시가 바로 『에이가모노가타리』이다. 『에이가모노가타리』는 정편 30권, 속편 10권으로 구성되어 있으며 정편은 1030년 전후, 속편은 1090년대 성립된 것으로 추정된다.

동아시아 한자문화권에서 가장 권위 있는 책인 역사서는 공적이며 정통성 있는 문자로 여겨졌던 한자로 된 문장, 즉 한문으로 써야 했다. 동아시아 어디에서나 읽을 수 있는 한자 · 한문으로 역사를 쓰는 것은 국사의 대외적인 선양이라고 하는 앞서 언급했던 목적에 부합한다고 할 수 있다.

이와 같은 상황에서 여성들의 손에 의해 『에이가모노가타리』가 가나로 쓰여진 것은 세계사적으로 볼 때도 이례적이다. 9세기 후반부터 사용되기 시작한 히라가나는 일본어 음성을 쉽게 표기할 수 있는 편리함 때문에 급속도로 보급되었지만, 가나는 그 이름처럼 어디까지나 '마나(真名)' 즉 참된 문자라 여겨졌던 한자에 대한 임시방편의 문자에 불과하며, 비정통·비공식 문자라는 꼬리표에서 벗어날 수 없었다. 또한 '온나데(女手)'라는 별칭이 상징하듯이 히라가나를 사용하는 사람은 주로 여성이었으며 여성이라고 하는 젠더와 긴밀하게 연결되어 있었다.

이와 같은 특성을 지닌 가나로 역사를 쓸 수 있었던 주된 요인은 다음과 같다. 우선 후궁들의 신변에 일어난 일들을 뇨보(女房)[역주: 상류 귀족을 모시며 이들의 신변을 돌보던 중하류 귀족여성]들이 찬미하며 기록하는 뇨보 일기의 전통, 예를 들면 『마쿠라노소시(枕草子)』『무라사키시키부 일기(紫式部日記)』 등도 뇨보 일기로서의 측면을 지니고 있는데, 이와 같은 전통은 헤이안 시대 궁정사회에 이미 존재했다. 그리고 무엇보다도 일본의 역사와 천황가의 정통성을 내외에 선전하는 공문서로서의 권위와 사명을 지녔던 육국사와는 달리 『에이가모노가타리』는 후지와라노 미치나가(藤原道長) 일가를 중심으로 한 귀족사회의 문화사를 그리는 데에 주안을 두는 사적인 역사서술이라는 점이다.[3] 스스로 밝히고 있듯이 『에이가모노가타리』가 쓰고자 했던 것은 "운치 있고 영화로웠던 세상의 모습(제1권 「달의 연회(月の宴)」 ①, p.39)"[4]이며, "대감(미치나가)의 모습(제30권 「학의 숲(つるのはやし)」 ③, p.181)"과 "세상의 변화, 사람들의 행복 등 옛이야기와 같은 것들(제36권 「뿌리 경합(根あはせ)」 ③, p.398)"이지 국가의 역사는 결코 아니었다.

정사 혹은 그것에 준하는 책은 아니지만 『에이가모노가타리』처럼 여성에 의해 한자가 아닌 고유한 문자로 쓰인 역사서술은 고대 동아시아에서는 찾아보기 힘들다. 이에 준하는 책이 동아시아에 출현하는 것은 『에이가모노가타리』로부터 700년 이상의 세월이 흐른 뒤인 17, 8세기 조선왕조에서이다. 조선왕조의 3대 궁정문학으로 알려진 『계축일기(癸丑日記)』『인현왕후전(仁顕王后伝)』『한중록(閑中録)』은 모두 궁궐에서 살았던 여성(『인현왕후전』은 남성작가설도 있지만)에 의해 한글로 쓰여 졌으며 사적인 입장에서 역사를 기록하고 있다는 점에서 미치나가 일가의 뇨보들이 가나로 궁궐과 후궁을 무대로 한 문화사를 그린 『에이가모노가타리』에 가깝다. 『한중록』에는 "나의 이 기록은 극히 사적인 것이지만"(p.514)[5]과 같은 사적인 성격에 대한 자각을 드러내는 기술이 보인다.

위의 세 궁정문학 작품은 각각 '일기' '전(伝)' '록(録)'이라는 이름이 달려 있지만 소설인지 아닌지, 소설이 아니라면 수필, 일기, 기록 중 어디에 분류되는지 의견이 분분하며 '궁정실기문학(宮廷実記文学)'이라는 새로운 장르가 제기되는 등, 장르를 월경하는 다양성을 지니고 있다.[6] 또한 가나 일기, 창작 이야기(作り物語), 사가집(私家集), 가나 서신 등 헤이안 시대 모든 여성 표현의 집대성이라고 할 수 있는 『에이가모노가타리』 역시 '모노가타리(物語)[역주: 이야기. 협의로는 헤이안 시대 유행했던 산문 양식을 지칭]'라는 장르적 틀만으로는 파악할 수 없는 텍스트이다.[7]

물론 『에이가모노가타리』와 조선왕조 궁정문학은 각각 만들어진 시대나 사회적, 문화적 배경이 크게 다르며 그 차이도 등한시할 수 없지만, 본고에서는 『에이가모노가타리』와 조선왕조 3대 궁정문학 작품 중에서 가장 분량이 많으며 18세기 중반부터 19세기 초반에 걸쳐 조선왕조사의 귀중한 증언이 되는 『한중록』과의 비교를 통해 여성이 가나/한글의 사적인 서술을 통해 어떻게 역사를 서술하였는지 고찰하고자 한다.

『한중록』은 21대 임금인 영조의 동궁이었던 사도세자의 빈이자 22대

임금인 정조의 어머니이며 23대 임금 순조의 할머니인 혜경궁 홍씨가 1795년에서 1805년까지 여러 번에 걸쳐 써내려간 것이다. 전반은 사도세자가 아버지 영조에 의해 처형된 임오사화(1762)에 이르기까지 경위가 세자에 대한 애도의 마음과 함께 극명하게 기록되어 있으며, 후반에는 정쟁 때문에 몰락하게 된 친정, 특히 원죄로 죽음에 이르게 된 동생 홍낙임을 위한 변명이 원통함을 담아 쓰여 있다. 이 작품은 『한중록(恨中録)』으로도 표기하는데 내용적으로 보면 '恨'이 어울리지만, 본고에서는 "'한중(閑中)'은 '망중(忙中)'처럼 한자숙어로 성립하는데 반해 '한중(恨中)'은 한자숙어라 보기에는 의미가 불명확하다"는 쓰루조노 유타카(鶴園裕) 씨의 지적[8]에 따라 편의적으로 『한중록(閑中録)』의 표기를 사용했다.

2. 가나/한글과 여성문학

이번 장에서는 『에이가모노가타리』나 『한중록』과 같은 사적인 역사서술이 출현할 수 있게 된 조건으로서 가나 및 한글에 주목하고자 한다. 이들 문자와 여성문학과의 관계에 대해 헤이안 시대와 조선왕조 궁정사회의 차이에도 유념하면서 고찰하고자 한다.

가나와 한글의 최대 공통점은 각각 일본어와 한국어 발음을 그대로 표기할 수 있는 표음문자라는 점이다. 9세기 후반에 한자의 글자체를 흘려쓰는 형태로 자연발생적으로 만들어진 가나(히라가나)와 15세기 중엽 조선왕조 제4대 임금인 세종대왕에 의해 한자와는 완전히 다른 문자로 창제된 한글은 성립 시기와 경위는 크게 다르지만 세종대왕이 『훈민정음』 서문에서 서술한 다음 내용은 가나와 한자의 관계에도 그대로 적용할 수 있다.

나랏말씀이 중국과 달라 문자끼리 서로 맞지 아니하니, 이런 까닭으로 어리석은 백성이 이르고자 할 바가 있어도 마침내 자신의 뜻을 펴지 못하는 사람이 많으니라.(p.8)[9]

일본의 『에이가모노가타리』 또한 한문으로 된 발원문(願文)을 가나로 번역하기 어렵다는 점에 대해 언급하고 있다.

발원문에 쓰인 용어는 가나로는 이해할 수 없는 것도 섞여 있어서 가나로 옮길 수 없다.(제15권 「의심(うたがひ)」 ②, p.194)

인용을 통해 가나가 '문자(한자)'와 서로 상통하지 않는다는 사실에 대해 일찍부터 자각하고 있었음을 확인할 수 있다.

조선왕조 사람들도 한글과 가나의 유사성에 주목하고 있었던 것 같다. 1597년 정유재란 때에 붙잡혀 일본에 억류되었던 경험을 지녔으며 후지와라노 세이카(藤原惺窩)와 교류한 것으로 알려진 주자학자 강항(姜沆)은 그의 저서 『간양록(看羊録)』에서 다음과 같이 논하고 있다.

(그[인용자 주: 구카이(空海)]는) 왜인이 문자(한문)를 이해하지 못하기 때문에 방언(일본어)을 중심으로 하여 그것을 48자로 나누어 가나(倭諺)를 만들었습니다. 그 가나를 한자와 섞어서 사용하는 것은 우리나라의 이두와 몹시도 비슷하며, 한자를 섞지 않고 사용하는 것은 우리나라의 언문과 비슷합니다.(p.29)[10]

구카이가 가나를 만들었다는 속설은 차치하고 한문훈독과 이두, 가나와 한글이 각각 닮았다는 지적은 주목할 만하다.

또 이것보다 이른 1443년에 조선통신사의 서장관(書状官)으로서 일본을 방문한 신숙주의 『해동제국기(海東諸国紀)』는 가나에 대해 다음과 같이 기술하고 있다.

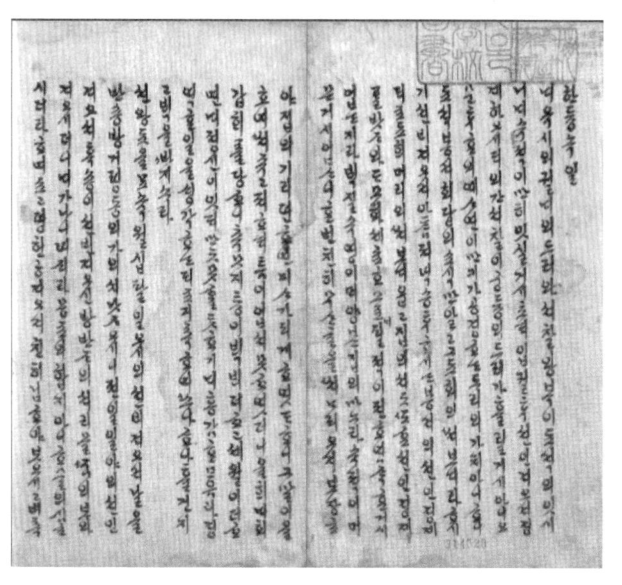

【사진 1】 서울대학교 규장각 한국학연구원 소장(奎章閣韓国学研究院蔵), 『한중록(恨中録)』, (http://kyudb.snu.ac.kr/pf01/rendererImg.do)

> 남녀 할 것 없이 모두 국자(国字)를 배운다. 국자는 가타칸나(加多干那)라 부른다. 무릇 47자이다.(p.118)[11]

신숙주는 한글 창제에도 기여한 인물이며 김종덕 씨는 위의 『해동제국기』 기사에 주목하여 한글을 창제할 때 가나가 모델이 되었을 가능성을 지적하였다.[12]

앞서 언급한 『훈민정음』의 "어리석은 백성이 이르고자 할 바가 있어도 마침내 자신의 뜻을 펴지 못하는 사람이 많으니라", 『간양록』의 "왜인이 문자(한문)를 이해하지 못했기 때문에"와 같은 기술에서 알 수 있듯이 가나와 한글은 기본적으로 한문을 읽고 쓰는 능력을 지니지 못한 사람이 사용하는 문자로 여겨졌으며, 당초 주된 사용자는 귀족 계급의 여성이었다.

물론 가나와 한글에 의한 여성문학의 횡보는 상당히 다르다. 가나는 앞서 언급하였듯이 급속도로 귀족사회에 정착하여 히라가나가 보급되기 시작한 50년 정도 뒤인 920~30년대에는 중궁 후지와라노 온시(藤原穩子)의 뇨보들이 주인의 신변에서 일어난 일들을 기록한 『태후어기(太后御記)』가 제작되었으며,[13] 970년대에는 여성에 의한 최초의 일기문학인 『가게로 일기(蜻蛉日記)』도 쓰여지게 되었다.

이에 반해 강한 유교 이데올로기 하에 여성이 억압, 차별되었던 조선왕조에서는 한문을 중시하는 사대부를 중심으로 한글을 기피, 멸시하는 경향이 뿌리 깊었으며 '암글'이라 경멸하며 불렀다. 제10대 임금 연산군은 한글을 금지, 탄압하였으며 이로 인해 한글의 보급은 더욱 늦어졌다.[14] '온나데'라는 여성성이 각인된 별칭을 가진 가나도 공문서에서는 결코 사용되지 않는 비공식적이며 정통성이 없는 문자였지만 남성도 일상생활에서 가나를 사용하였고 유려한 가나 필적은 남녀를 불문하고 칭찬할만한 것이었기에 헤이안 시대 가나가 경시되는 일은 없었다라고 봐도 무방하다.

또한 조선왕조 궁정은, 뇨보들이 후궁의 기록을 담당하는 역할을 떠맡아[15] 글을 씀으로써 후궁 살롱의 문화를 내외에 전하길 기대했던 헤이안 시대의 궁정과는 사뭇 다른 폐쇄적인 공간이었으며, "구중궁궐이라는 특수사회의 기밀 누설이나 권위에 저촉되는 일을 해서는 안 된다고 하는 터부가 있었기"[16] 때문에 궁중에서 일어났던 사건을 사적으로 기록해 전하는 것은 필화를 불러일으킬 수 있는 위험한 행위로 터부시되었다.[17] 이는 궁정에 들어간 혜경궁 홍씨가 아버지 홍봉한에게 "안부 인사 외에 자세하게 쓰는 것은 당치도 않으며 도리에 맞지 않는 일"(p.217)이라며 훈계를 받았던 일이나 "친정 쪽에서도 내가 적은 문자는 모두 물에 씻어 흘려버리고 나의 필적은 거의 남지 않도록 했다"(p.217)는 『한중록』 서두 부분의 기록을 통해서도 확인할 수 있다.

위와 같은 사회적 배경하에서는 여성들에 의한 한글 궁정문학이 꽃피기를 기대하는 것은 힘들다. 한글 창제로부터 150년 이상이 지나고 17세기 초에 겨우 나타난 『계축일기』는 "조선왕조 궁중문학의 효시" "한글로 쓰인 최초의 여성문학"[18]으로 높게 평가되고 있다. 이 작품은 인목대비의 고생 가득한 유폐생활을 나인이 기록한 것으로 정쟁에 관한 궁중의 비사를 터부를 깨고 폭로한 것이다. 이 점은 인현왕후와 장희빈과의 대립을 인현왕후 편에서 권선징악적으로 그린 18세기 초 『인현왕후전』이나 앞서 언급한 임오사화와 홍씨 가문의 몰락을 당사자 자신이 서술한 『한중록』도 마찬가지라 할 수 있다. 이들은 원래 몰래 감추어야할 책이며 실제로 『한중록』이 발견, 소개된 것은 1960년대에 들어서이다. 같은 여성의 손으로 만들어진 궁정문학이지만, 호리구치 사토루(堀口悟) 씨가 서술하고 있듯이 "평온한 일본 왕조시대와 당쟁, 환국에 흔들리는 조선 궁중과는 역사적 배경의 차이를 여실히 느끼게 되는 것"[19]을 부정할 수 없다.

이처럼 헤이안 시대와 조선왕조의 궁정문학은 내용적으로는 거의 비교할 수 없을 정도로 다르지만, 가나와 한글이 각각의 용도를 넓혀 여성에 의한 궁정 문학을 낳기까지의 과정은 이상할 정도로 서로 닮았다. 이애숙 씨는 한글에 의한 여성표현은 일상생활에서 쓰인 언간(諺簡)이라 불리는 편지에서 시작되었으며, 언간이 한글 시가인 가사(歌辞)를 매개로 장편화함으로써 여성문학이 성립되었다고 논하였다.[20] 『한중록』 또한 내간체(内簡体)라 불리는 전아한 서간체로 쓰여 있다.

이와 같이 조선왕조에서 편지와 시가는 여성표현의 두 기둥이었는데,

헤이안 시대 일본도 이와 같다. 히라가나의 당초 용도는 편지와 와카(和歌)이며, 편지는 와카를 동반하는 것이 일반적이었다. 편지를 쓰는 행위는 여성들에게 와카를 짓는 힘과 산문 문장력을 동시에 높이는 역할을 했을 거라 생각된다. 예를 들어 '여성'이 쓴 "와카와 산문이 융합된 독특한 아문(雅文)"[21]이라 평가되는 습작문(手習文)이 그대로 '왕자(宮)'에게 보내는 편지가 된 『이즈미시키부 일기(和泉式部日記)』의 예는 이를 상징한다고 할 수 있다.

조선왕조의 궁정문학에는 시가 그 자체는 포함되지 않는다. 이 점은 예외 없이 와카가 포함되어 있는 헤이안 시대 모노가타리나 일기 등의 산문문학과는 차이가 있다. 그러나 양쪽 모두 가나와 한글로 편지나 시가를 쓰는 일상에 뿌리를 둔 행위가 여성표현의 성숙을 촉진시켜 궁정문학으로의 길을 개척했다는 사실은 의심의 여지가 없다.

3. 가나/한글의 역사서술과 그 허구성

이애숙 씨는 한문 정사(正史) 『조선왕조실록』에 모호하게 표현되어 있는 임오사화의 전말, 즉 사도세자가 아버지 영조의 명으로 스스로 쌀뒤주에 들어가 그대로 갇힌 채 아사한 사건을 『한중록』이 상술하는 것에 대해 "한자로 기록하는 공적인 역사가 쓸 수 없는 사건의 진상을 한글의 사적인 서술로 상세하게 썼다는 사실만으로도 공적 질서에 대한 침범이 된다"고 지적하며, 『한중록』을 "왕권 침범 언설"이라 평하고 있다.[22] 『한중록』에는 비극적인 죽음을 맞이한 폐세자의 부인이자 몰락의 슬픔을 겪은 홍씨 가문의 딸로서 혜경궁의 '공적 질서'에 저항하는 '사적'인 생각이 넘쳐흐르고 있다. 이와 같은 내용적 측면에서 보더라도, 한글은 단순히 여성의 문자라서만이 아니라, 사적인 심정을 토로하는 데 적합한 문자 즉, 비공식적이며 정통적이지 않은 문자였기 때문에, 『한중록』은 한글로 써야만 하는 텍스트였다고 할 수 있다.

이 점은 가나로 역사를 쓴 『에이가모노가타리』에 대해 일찍이 아베 아키오(阿部秋生) 씨가 말한 언설을 상기시켜 준다. 아베 씨는 "역사를 모노가타리의 문장으로 쓰는 것은 곧 역사를 모독하는 것이며 이와 같은 것을 생각하는 것은 파렴치한 행위라 일컬어지지 않으면 다행일 정도였을 것이다"라고 말하고 있다.[23] 그러나 『에이가모노가타리』의 경우 앞서 언급하였듯이 권위 있는 한문으로 쓴 정사와는 이질적인 미치나가 일가의 동향을 중심으로 한 문화사적 역사서술이라는 특징 덕분에 "역사를 모독하는 것" "파렴치한 행위"와 같은 비판에서 벗어나서 한 발 나아가 여성에 의한 가나의 기록으로서 뇨보 일기의 전통적 흐름 속에 뇨보들이 역사나 고실(故実)을 배우기 위한 필독서로 널리 궁중사회에 유포되었다.

또한 『한중록』 작자 혜경궁 홍씨가 이애숙 씨의 지적처럼 "왕비로서 궁정 권력의 심층부에 살고 있으면서도 권력체제로부터 배제된 여성"이였던 것에 반해,[24] 『에이가모노가타리』 정편은 후지와라노 미치나가의 뒤를 이은 요리미치(頼通), 속편은 요리미치의 적자인 모로자네(師実) 정권하에서 섭관가(摂関家) 출신 왕후와 그 소생 공주들을 모셨던 뇨보들에 의해 편찬되었다고 여겨져,[25] 오히려 체제 쪽에 몸을 두고 있는 여성들에 의한 역사서술이라 봐야 한다. 비공식적이며 정통적이지 않은 문자에 의한 여성의 사적인 역사서술이라는 공통점을 지니고 있기는 하지만, 『에이가모노가타리』는 『한중록』처럼 '왕권 침범 언설'이 될 수 없다라고 봐야 할 것이다.

이와 같은 내용적 차이에도 불구하고 『에이가모노가타리』와 『한중록』은 역사적 사건을 묘사할 때 정치적인 사건을 가능한 한 정치색을 배제하여 묘사하고자 하는 경향, 바꿔 말하자면 정치적인 것을 비정치화하여 그리고자 하는 공통점을 지니고 있다.

예를 들면 『에이가모노가타리』는 가잔 천황(花山天皇)의 퇴위와 출가의 원인을 오로지 사랑하는 뇨고(女御) 시시(忯子)가 회임한 채 죽은 사실에서 찾고 있다. 역사학에서 간나(寛和) 정변이라 부르는 이 사건, 즉 동궁 야스히토 친왕(懐仁親王)의 즉위를 바라는 외조부 후지와라노 가네이에(藤原兼家)에 의한 정변이라는 정치적 측면에 대해서는 언급하고 있지 않다. 『에이가모노가타리』에서 가잔 천황은 사랑하는 부인을 일찍이 여읜 동정할 만한 젊은이에 불과하며 정변의 희생자로 그려져 있지 않다. 『에이가모노가타리』의 가잔 천황 퇴위를 둘러싼 서술은 한 편의 비련의 이야기로 정리되어 있다고 할 수 있다.

한편 임오사화도 조선왕조에서 격렬했던 당쟁이라고 불리는 파벌 싸움, 즉 노론과 소론의 당파싸움의 귀결로 보아야 할 정변이다.[26] 혜경궁 홍씨의 아버지인 홍봉한은 노론의 우두머리였지만, 남편인 사도세자는 소론에 우호적이어서 둘은 정치적으로 대립하고 있었다. 『한중록』도 부정적으로 언급하고 있듯이 영조가 사도세자에게 죽음을 명할 때 쌀뒤주에 감금하여 아사시킬 것을 권한 사람은 홍봉한이 아니었을까 의심되었을 정도였다. 그런데 『한중록』은 이와 같은 정치적인 배경은 전혀 언급하지 않고 사도세자의 죽음이 부자의 성격 불일치와 세자가 아버지에게 사랑받지 못해 괴로워 정신적으로 힘들어했기 때문에 벌어진 비극이라는 사실을 일관되게 이야기하고 있다. 『한중록』이 그린 임오사화는 정변이 아니라 어디까지나 아버지와 아들 간의 충돌 이야기인 셈이다.

두 작품 모두 정변에 대해 서술하지 않으려 하지만 그 성격은 다르다. 『에이가모노가타리』의 경우, 『겐지모노가타리(源氏物語)』에 보이는 "여자가 흉내 낼 것이 아니니"(「비쭈기나무(賢木)」 ①, p.351)[27]의 기술처럼, 여성이 정치에 대해 말하는 것을 기피하는 당시 사회통념에 따른 것이다. 또한 젊은 천황과 뇨고와 사별이라고 하는 이야기다운 극적인 소재에 흥미가 끌린 것에 지나지 않는다. 반면, 『한중록』은 이미숙 씨가 지적하듯이 혜경궁 홍씨가 "당시 권력층과 맞서 싸우는 병든 남편이 아니라 영조나 친정, 그리고 장래 왕이 될 아들을 선택했다"는 사실을 은폐하고, 자신과 친정을 정당화하고자 했기 때문이라고 생각된다.[28] 『한중록』에 있어 임오사화가 가지는 정치성의 철저한 은폐는 혜경궁 홍씨의 정당화라고 하는 보다 큰 정치적 목적을 위한 수단이었으며, 이와 같은 의미에서 『한중록』은 고도의 정치적인 텍스트라 할 수 있다.

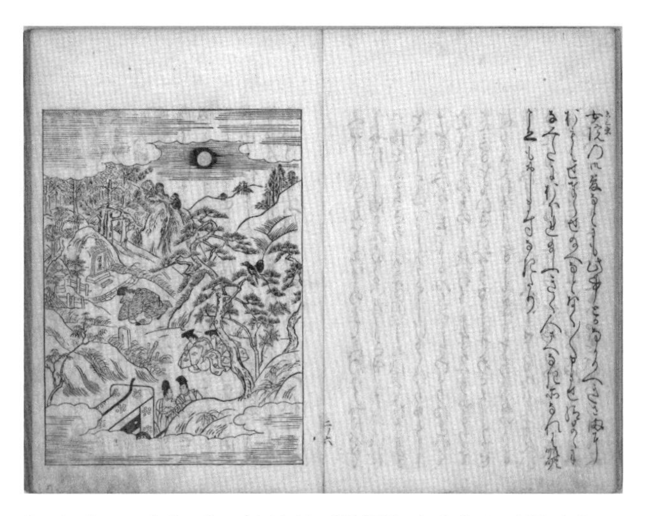

【그림 1】 국문학연구자료관(国文学研究資料館) 우카이 문고(鵜飼文庫) 소장, 그림 9권 추출본(絵入九巻抽出本) 『에이가모노가타리(栄花物語)』 5巻 「포구의 이별(浦々の別)」 아버지 미치타카(道隆)의 묘를 찾아간 후지와라 고레치카(藤原伊周)
(https://doi.org/10.20730/200019159(image no.53))

쓰루조노 유타카 씨나 이미숙 씨가 주장하는 『한중록』의 허구성[29]은 역사적 사건을 고의로 왜곡 또는 날조하거나 창작을 섞어서 각색하는 수

법을 사용하지 않고 위에서 언급한 것처럼 화제의 취사선택을 통해 이루어졌다. 이를 통해 아버지의 사랑을 구했으나 얻지 못했고 아버지와 충돌한 끝에 죽음을 맞이한 비운의 왕자 사도세자, 그리고 왕가를 보좌해야 할 외척이지만 원죄 때문에 몰락하게 된 홍씨 집안과 같은 이미지를 독자에게 효과적으로 전달하고 있다.

한편 자주 언급되어지는 『에이가모노가타리』의 허구성은 이것과는 조금 다르다. 원래 뇨보 일기의 흐름을 잇는 『에이가모노가타리』의 경우, 주인인 미치나가 집안에 대한 찬미라고 하는 정치적인 편견에서 자유로울 수 없다. 그런데 『에이가모노가타리』에서 눈에 띄는 것은 주군의 집안을 찬미하기 위한 과장이나 주군에게 불리한 화제의 은폐보다는 오히려 역사적 사건을 허구적 이야기, 보다 구체적으로 말하자면 『겐지모노가타리』에 비유하여 서술하고자 하는 경향성을 지닌다. 제5권 「포구의 이별(浦々の別)」은 이와 같은 취향이 특히 현저히 나타난다. 후지와라노 고레치카(藤原伊周)를 "히카루 겐지(光源氏)도 이와 같았을까 여겨졌다"(제5권 「포구의 이별」 ①, p.248)라 평하고 있다. 그런가 하면 고레치카가 서울을 떠나기 직전에 아버지인 미치타카(道隆)의 고하타(木幡) 무덤에 참배하고 무죄를 호소하는 장면(실제로는 아타고산(愛宕山)으로 도망간 것이지만)은 히카루 겐지가 스마(須磨)로 떠나기에 앞서 아버지 기리쓰보인(桐壺院)의 산릉을 참배하는 장면을 토대로 하여 그리고 있다. 또한 히카루 겐지가 레이제이 천황(冷泉天皇)의 후견인으로 유배지에서 소환되었던 것처럼 그리기 위해 고레치카, 다카이에(隆家) 형제의 실제 귀경이 외조카 아쓰야스 친왕(敦康親王)이 태어나기 2년 전임에도 불구하고 아쓰야스 친왕 탄생 이후의 일로 설정하는 등 역사의 허구화가 현저하다.[30]

미치나가에서 시작된 미도류(御堂流)에 대항할 수 있는 세력도 없고 정쟁다운 정쟁도 없는 시대에 제작된 『에이가모노가타리』는 역사상 사건이나 인물을 『겐지모노가타리』에 빗대어 허구화하는 방식으로, 즉 보기에 따라서는 시시한 말장난에 이야기의 재미를 찾으며 가나로 쓴 모노가타리 문체로 된 서술을 통해 역사를 사적인 영역으로 끌어들였다. 이에 반해 치열한 당쟁 속에서 몇 번이나 근친이 비명횡사하는 것을 목격하면서 친정의 결백과 복권을 계속해서 호소하는 『한중록』은 한글에 의한 "극히 사적인"(p.51) "여자 아이의 푸념"(p.270)을 가장하지만, 그 비난의 화살을 사적인 영역이 아닌 공적인 영역으로 돌리고 있다. 홍씨 집안의 결백을 호소하는 『한중록』 후반부는 훗날 어린 순조가 읽어 진실(물론 혜경궁 홍씨에게 있어 진실)을 알기 바라며 그 어머니 가순궁(嘉順宮) 박씨에게 맡겨졌다.

가나와 한글은 표음문자이며 주로 여성에 의해 사용되었다는 점, 정통적이지 않으며 비공식적인 사적인 문자라는 점 등 많은 공통점을 가지고 있음에도 불구하고 이들에 의한 역사서술의 내실이나 지향성이 이렇게까지 이질적인 것은 역시 일본의 헤이안 시대와 조선왕조의 궁정사회가 너무나도 다르다는 사실에서 기인했다고 생각하지 않을 수 없다. 격렬한 당쟁의 무대이자 왕비와 나인들도 어쩔 수 없이 당쟁에 말려들 수밖에 없는 조선왕조의 궁정에서는 한글 산문에 의한 여성문학이 '극히 사적인' 영역에만 머무르는 것을 허용하지 않았을 것이라 여겨진다.

조선왕조 여성들이 일본의 『가게로 일기』 『사라시나 일기(更級日記)』와 비견할 만한 자전적인 일기문학으로서 '극히 사적인' 영역에 속하는 자신의 삶을 서술하는 『자기록(自己録)』 『규한록(閨恨録)』 등을 쓴 것은 궁정이 아닌 양반(사대부)의 가정에서였으며, 그 저자는 왕비도 나인도 아닌 헤이안 문학에서 말하는 "집안의 여자(家の女)"들이었다.[31]

4. 『에이가모노가타리』·『한중록』의 역사서술과 왕권·가문

『에이가모노가타리』가 역사서술이라는 행위에 대해 가장 단적으로 자기언급(自己言及)하고 있는 부분은 속편 제36권 「뿌리 경합(根あはせ)」 말미에 보이는 발문(跋文) 같은 성격의 문장이다.

> ① 세상의 변화나 사람들의 영화로웠던 옛날이야기와 같은 이런저런 일들이 많이 있었기에 ② 어린 사람들에게 이런 일이 있었다고 보여주기 위해 썼는데 가까운 과거의 일은 오히려 잊어버려 ③ 날짜를 틀리기도 하였다. 대납언(大納言) 님(후지와라노 모로자네(藤原師実))이 대신이 되셨다고 말했지만, 이 노래 경합(『황후궁춘추가합(皇后宮春秋歌合, 1056)』)때에는 중장(中将)이셨다. ④ 누가 쓰라고 시킨 것도 아니다. 아무것도 모르기에 사람들이 비난하기도 하고 불쾌하게 생각하기도 할 텐데 어찌하여 쓰고 싶었던 것일까. ⑤ 과거도 현재도 속없이 난잡하다. 그냥 있지 않고 이렇게 여기저기 쓰는 것은 사람들에게 비난받기 위함이다. (제36권 「뿌리 경합」 ③, p.398)

이전에 다른 논문에서 상술하였듯이[32] 위의 인용은 지금까지 무엇을 썼는지(①), 독자로 누구를 상정하고 있는지(②)와 같은 제작 사정에 대해 언급하고 있다. 이에 덧붙여 역사서술에 잘못이 보일 경우에 대한 변명(③⑤), 그리고 누구의 의뢰로 쓴 것이 아니라는 점에 대한 시사(④) 등 역사를 쓰는 행위에 대한 『에이가모노가타리』의 자기인식이 남김없이 나타나 있다. 다소 회고적이긴 하지만, 이 인용에 언급되고 있는 내용에는 고도의 보편성이 존재하며, 속편만이 아니라 정편을 포함한 『에이가모노가타리』 전체를 아우르고 있다고 봐도 좋을 것이다.

하지만 『에이가모노가타리』 속편은 정편 말미에 적혀있는

이후에도 이런저런 일들이 일어날 것이다. 보고 들은 사람은 써주길 바란다(第30권 「학의 숲(つるのはやし)」 ③ p.183)

라는 호소에 마치 호응하듯이 쓰여 있다. 실제로 그런지 아닌지 여부와는 별개로 이 정도 분량의 역사서술이 정말로 아무런 요청 없이 그냥 쓴 이야기라고는 생각하기 어렵다. 장황하게 길게 서술한 역사를 그냥 쓴 이야기처럼 치장하여 자신을 감추고 있다고 봐야 할 것이다.

한편, 앞서 언급한 『에이가모노가타리』 「뿌리 경합」의 발문처럼 체계적으로 정리된 것은 아니지만, 『한중록』에서도 글을 쓰는 행위를 둘러싼 자기언급의 내용을 여기저기서 발견할 수 있다. 다음은 집필 동기에 대해 서두에서 언급하고 있는 부분이다.

조카 수영(守榮)은 언제나 "본가에는 고모님의 필적이 전혀 없습니다. 그러니 어떠한 문자라도 좋으니 손수 써 주시면 고모님의 품행이 보존되며 일가의 보물이 되겠지요"라 말하며 자꾸 재촉하지만 시간이 좀처럼 나지 않았다. (p.217)

인용은 큰오빠의 장남인 조카 홍수영의 요구에 응해 쓴 것임을 명시하고 있으며, 작중에도 "너 수영이가 태어나서"(p.274), "너는 내 동생들과 의논하여"(p.403)처럼 수영에 대해 '너'라는 2인칭 호칭을 도처에서 사용하였다.

그냥 쓴 이야기인 척 가장하는 『에이가모노가타리』와 타자의 요구에 응해 쓰는 『한중록』은 언뜻 보면 대조적이지만, 『한중록』의 경우도 홍수용의 종용이 집필동기의 전부가 아니었다는 사실은 이하에서 인용하는 내용을 통해 분명히 알 수 있다. 인용에서는 임오사화나 홍씨 가문 몰락의 고난을 당사자로서 감내했던 자신이야말로 산 증인으로서 역사를 써야만 한다는 사명감조차 엿볼 수 있다. 수영의 재촉 자체가 허구는 아니겠지만, 거기에는 일종의 숨기려는 의도가 있었을 것이다. 수영의 "어떠한 문자라도 좋으니 손수 써주시면"과 같은 사소한 바람은 어디까지나 하나의 계기에 불과하며 혜경궁은 자신 안에 쓰지 않고는 견딜 수 없는 비밀을 품고 있었던 것이다. 임오사화를 예로 들어 보자.

> 나는 그 해 일어난 일들을 기록해 두어야겠다는 의지 같은 것은 전혀 없었으나, 다시 생각해보니 주상(순조)이 자손으로서 당시 일에 대해 어리둥절한 채 알지 못하는 것이 안타깝고, 또 시비를 잘 분별하지 못하고 있지는 않을까 불쌍하여 어쩔 수 없이 이와 같이 기록했다. (p.367)

"기술해 두고자 하는 의지 같은 것은 없었다" "어쩔 수 없이"와 같은 숨기는 표현이 보이기는 하지만, 이것과 정반대로 쓰는 것, 기록하는 것에 대한 강렬한 의지를 느끼게 한다. 이는 홍씨 일가의 몰락에 대한 기술에 있어서도 마찬가지이다.

> 지금 만약 내가 수많은 사적을 기록해 두지 않으면 또한 훗날 (순조가) 자세히 알지 못하시게 되니...... (p.478)

이와 같은 기술을 보면 집필의 계기는 홍수용의 재촉이 분명하다고 해도 서간에 쓰여진 『한중록』의 진짜 수취인-상정된 독자는 순조이며 홍수영은 오히려 핑계에 지나지 않는다고 여겨질 정도이다. 순조에게 보낸 것이어야만 『한중록』은 이애숙 씨가 지적한 진정한 '왕권 침범 언설'이 될 수 있는 것은 아닐까.

한편, 『에이가모노가타리』의 경우, 이 작품에 그려져 있는 것은 "후지와라노 미치나가에 의한 모계를 매개로 한 교묘한 왕권찬탈의 프로세스"라는 후카자와 도루(深沢徹) 씨의 의견도 존재하지만,[33] 천황가와 후지와라 가문이 혈연·혼인 관계에 의해 하나로 연결되어 있으며, 천황, 섭관(摂関), 모후(母后)라고 하는 세 꼭짓점이 권력의 중추를 형성하는 것이 당시 섭관정치(摂関政治)의 기본구조[34]였다는 점을 생각해 봐도 이와 같은 견해는 타당하지 않다. 모후 쇼시(彰子) 밑에 있던 뇨보들에 의해 만들어졌으며 쇼시야말로 최초의 독자였다는 가토 시즈코(加藤静子) 씨의 추정처럼[35] 『에이가모노가타리』는 왕권에 대한 침범이 아니라 오히려 왕권을 보완하는 언설이었다고 보아야 할 것이다. 같은 외척이면서도 천황가와 친화적인 관계를 매개로 안정적으로 권력의 중추를 계속해서 점유했던 후지와라 가문과, 국왕과의 관계가 당쟁으로 인해 늘 긴장관계에 있으며 마침내 권력의 중심으로부터 배제된 홍씨 가문과의 차이가 『에이가모노가타리』와 『한중록』의 왕권에 대한 입장 차이가 되어 나타났다고 할 수 있다.

2000년대 이후 『겐지모노가타리』『마쿠라노소시(枕草子)』와 같은 헤이안 시대 여성문학과 『한중록』을 필두로 하는 조선왕조 궁정문학을 비교하여 쌍방의 역사적, 문화적 배경 차이를 시야에 넣으면서 이들의 공통점과 차이를 생각하려는 시도가 주로 한국 연구자에 의해 이루어져 왔다.[36] 본고는 이들에 대한 일본 쪽의 응답으로 지금까지 이와 같은 연구의 대상으로 여겨지지 않았던 『에이가모노가타리』를 도마 위에 올려놓고 역사서술이라는 관점에서 『한중록』과의 비교를 시도해 보았다. 하지만 결과적으로 공통점보다는 오히려 차이가 크게 부각되었다고 생각된다.

마지막으로 『한중록』에 보이는 집안—즉 친정인 홍씨 가문에 대한 강렬한 의식에 대해 부언해 두고자 한다. 가문의식이 중세만큼 강하지 않았던 헤이안 중기 귀족사회에서 미치나가 집안(미도류)의 일원이 아닌 뇨

보들에 의해 쓰여진 『에이가모노가타리』에는 이와 같은 집안에 대한 의식은 당연히 찾아볼 수 없다. 가문과 관련된 문제가 여성문학에서 현재화(顕在化)되는 것은 『십육일밤 일기(十六夜日記)』 『그냥 하는 이야기(とはずがたり)』 『다케무키의 기록(竹むきが記)』 등, 중세 일부 일기문학에서이다.[37] 예를 들면 고후카쿠사인(後深草院)의 총애를 받았던 지난날을 사랑의 세월로 회고하는 것이 아니라 "성은을 입어 많은 시간이 흘렀는데 가문의 빛이 되지 않을까 하여"(4권 p.184)[38]와 같이 회상하는 『그냥하는 이야기』의 한 구절에서 이를 엿볼 수 있다. 이후 궁정문학으로서 또 여성문학으로서 『한중록』을 가문에 대한 의식이라는 관점에서 고찰할 때, 이들 중세 일기문학과의 비교가 유익할 것이라는 사실을 언급하면서 논을 마치고자 한다.

부기(附記)

본고는 제2회 포럼 '동아시아 지식의 교류-기록과 기억'(고려대학교 글로벌일본연구원, 2018.10.24)에서 발표한 「『에이가모노가타리』의 탄생과 동아시아 역사서술」의 일부를 발전시켜 논문으로 완성시킨 것이다. 발표 당시 사회를 맡아주었던 김수미 씨, 질문을 해주었던 김계자 씨, 논문 집필에 많은 가르침을 주었던 연은주 씨를 비롯하여 관계자 모든 분들에게 감사의 인사를 드린다.

1 11세기 동아시아 제국에서의 역사 편찬 사업에 대해서는 졸고「女が歴史を書くということ―東ユーラシアの中の『栄花物語』―」(小山利彦, 河添房江, 陣野英則編『王朝文学と東ユーラシア文化』武蔵野書院, 2015)에서 선행연구를 토대로 서술한 내용을 약술하였다.

2 廣瀬憲雄『古代日本外交史―東部ユーラシアの視点から読み直す―』〈講談社選書メチエ〉(講談社, 2014), pp.223-224.

3 이상『에이가모노가타리』에 대한 개설은 졸고「歴史を仮名文で「書く」ということ―『栄花物語』論のための序章―」(古代中世文学論考刊行会編『古代中世文学論考』第27集, 新典社, 2012)에 의거했다.

4 『에이가모노가타리』 인용은 우메자와본(梅沢本)을 저본으로 한 山中裕, 秋山虔, 池田尚隆, 福長進 校注・訳『栄花物語』①~③〈新編日本古典文学全集〉(小学館, 1995~1998)을 사용했다. 인용 본문에는 권, 페이지를 병기하였다. 또한 필자는 통상 영인본 또는 필름 인화를 토대로 스스로 교정(校訂)한 본문을 인용하는데, 본고에서는 한국 독자를 염두에 두어 쉽게 읽을 수 있도록 시판되는 교정본문을 사용했음을 미리 밝혀두는 바이다.

5 『한중록』 일본어역 인용은 한국고전문학대계본(교문사)를 저본으로 한 梅山秀幸編・訳『恨(ハン)のものがたり－朝鮮宮廷女流小説集－』(総和社, 2001)을 사용하였다.

6 山田恭子「『癸丑日記』研究－内人達の受難を中心に」(『朝鮮学報』第185輯, 朝鮮学会, 2002.10), 李愛淑「王朝の時代と女性の文学―日本と朝鮮の場合―」(小嶋菜温子, 倉田実, 服藤早苗編『王朝びとの生活誌』―『源氏物語』の時代と心性―』〈叢書・文化学の越境19〉森話社, 2013年), 同『色彩から見た王朝文学－韓国『ハンジュンロク』と『源氏物語』の色―』(笠間書院, 2015) 등 참조. 또한 일본 헤이안 문학 연구자인 필자는 "나"라고 명확하게 1인칭으로 쓴『한중록』을 헤이안 문학 장르에 매치시킨다면 분명히 일기문학이라고 생각한다.

7 졸고「ジャンルと時代を越えてゆくこと―『栄花物語』と「歴史物語」を例として―」〈第100号記念特集「『中古文学』の過去・現在・未来」〉(『中古文学』第100号, 中古文学会, 2017.11) 참조.

8 鶴園裕「『閑中漫録』を読む」(古稀記念刊行委員会編『大谷森繁博士古稀記念朝鮮文学

論叢』白帝社, 2002). 일본에서 오해하기 쉬운데, '한'은 일본어 '원망(うらみ)'과 같은 뜻이 아니다. 金慶珠『恨の国・韓国—なぜ、日韓は噛み合わないのか—』〈祥伝社新書〉(祥伝社, 2015)에 의하면 '한'이란 "사물이 갖추어야 할 모습을 바라는 이상(理想)에 대한 원망(願望)임과 동시에 그렇지 못한 현실과 마주할 때의 인식, 감각"이며 "이상에 도달하지 않은 현실의 불완전하고 부조리한 상태에 대한 한탄이나 슬픔, 혹은 원한을 포함한 다양한 감정"이라고 한다. (p.16)

9 『훈민정음』 훈독문 인용은 간송문고본을 저본으로 한 趙義成訳注『訓民正音』〈東洋文庫〉(平凡社, 2010)을 사용했다.

10 『간양록』의 현대어역 인용은 아베 요시오(阿部吉雄) 소장 원간본(原刊本)을 저본으로 하는 朴鐘鳴訳注『看羊録—朝鮮儒者の日本抑留記—』〈東洋文庫〉(平凡社, 1984)을 사용했다.

11 『해동제국기』의 훈독문 인용은 동경대학 사료편찬소장본을 저본으로 한 田中健夫訳注『海東諸国紀—朝鮮人の見た中世の日本と琉球—』〈岩波文庫〉(岩波書店, 1991)을 사용했다.

12 金鍾德「朝鮮王朝と平安時代の宮廷文学」(仁平道明編『王朝文学と東アジアの宮廷文学』〈平安文学と隣接諸学5〉竹林舎, 2008).

13 다만『태후어기』에 대해서는 최근 마쓰조노 히토시(松薗斉)가「藤原穏子の日記「大后御記」をめぐって」(『むらさき』第57輯, 紫式部学会, 2020.12)에서 가나 뇨보 일기가 아니라 온시 자신이 '한식화문(漢式和文)'으로 쓴 기록이라는 이견을 제시하였다.

14 金両基『ハングルの世界』〈中公新書〉(中央公論社, 1984) 第2章「その歴史をめぐって」－4「ハングルの受難」 참조.

15 古瀬奈津子「清少納言と紫式部－中宮の記録係」(元木泰雄編『王朝の変容と武者』〈古代の人物6〉清文堂出版, 2005) 참조.

16 金用淑著, 大谷森繁監修, 李賢起訳『朝鮮朝宮中風俗の研究』〈韓国の学術と文化29〉(法政大学出版局, 2008. 원저 1987), p.66.

17 앞의 주12 김종덕의 논문 참조.

18 堀口悟「『癸丑日記』—韓国宮中小説の嚆矢—」〈韓国古典小説 代表作品20選(梗概と解説)〉(染谷智幸, 鄭炳説編『韓国の古典小説』(ぺりかん社, 2008).

19 앞의 주18 호리구치(堀口)의 논문.

20 앞의 주6 이애숙의 논문 및 책.

21 近藤みゆき訳注『和泉式部日記 現代語訳付き』〈角川ソフィア文庫〉(角川書店, 2003), p.44.

22 앞의 주6 이애숙의 논문.

23 阿部秋生「日本紀と物語」(『国語と国文学』第40巻10号, 東京大学国語国文学会, 1963. 10).

24 앞의 주6 이애숙의 논문.

25 졸고「『栄花物語』と頼通文化世界－続編を中心として」(和田律子, 久下裕利編『平安後期 頼通文化世界を考える―成熟の行方―』〈考えるシリーズII ③知の挑発〉武蔵野書院, 2016) 참조.

26 영조 때 노론과 소론의 당쟁에 대해서는 李成茂著, 李大淳監修, 金容権訳『朝鮮王朝史』下(日本評論社, 2006. 원저 1998) 第22章「英祖朝 蕩平の時代」에 자세히 언급되어 있다.

27 『겐지 이야기』 인용은 오시마본(大島本)을 저본으로 하는 柳井滋, 室伏信助, 大朝雄二, 鈴木日出男, 藤井貞和, 今西祐一郎校注『源氏物語』1-5〈新日本古典文学大系〉(岩波書店, 1993～1997)를 사용했으며 권수와 페이지 수를 병기했다.

28 李美淑「朝鮮王朝の宮廷文学の史実と虚構―『ハン中録』を中心に―」, 앞의 주12의 책.

29 앞의 주8 鶴園裕의 논문 · 앞의 주28 이애숙의 논문.

30 「포구의 이별」의 허구성에 대해서는 河北騰「「浦々の別れ」巻について」(『歴史物語論考』笠間書院, 1986. 초출 1965)에 상세하다.

31 『자기록』『규한록』에 대해서는 李美淑「韓国と日本における女性日記―女性の生と自己表現―」(和洋女子大学編『東アジアの文学・言語・文化と女性』武蔵野書院, 2014), 同「「越えれば越えるほど険し」い山のような人生―朝鮮時代両班家女性の日記,「閨恨録」―」(『アナホリッシュ国文学』第7号, 響文社東京分室, 2018.8) 참조.

32 졸고「『栄花物語』続編における「書く」こと―正編との関わりを中心として―」(『文芸研究－言語・文芸・思想』第179集, 日本文芸研究会, 2015.3).

33 深沢徹「歴史物語と歴史叙述」(小峯和明編著『日本文学史 古代・中世編』ミネルヴァ

書房, 2013).

34 倉本一宏「摂関期の政権構造—天皇と摂関とのミウチ意識を中心として—」(『摂関政治と王朝貴族』吉川弘文館, 2000. 초출 1991) 참조.

35 加藤静子「『栄花物語』の誕生—女房たちのネットワーク」(『むらさき』第53輯, 紫式部学会, 2016.12).

36 지금까지 주에서 언급한 논문 외에 金鍾徳「『枕草子』と朝鮮王朝の宮廷文学—『癸丑日記』,『仁顕王后伝』,『閑中録』—」(『国文学 解釈と教材の研究』第52巻6号, 学燈社, 2007. 6), 金英「日本と韓国の宮廷文学と女性」(平野由紀子編『平安文学新論—国際化時代の視点から』風間書房, 2010) 등이 있다.

37 馬如慧「中世女性日記文学における「家」意識について」『日本学研究』27, (北京日本学研究中心, 2017.10) 참조.

38 『그냥 하는 이야기』의 인용은 서릉부본(書陵部本)을 저본으로 하는 三角洋一 校注『とはずがたり たまきはる』〈新日本古典文学大系〉(岩波書店, 1994)을 사용했다. 또한『한중록』과『그냥 하는 이야기』를 비교하여 논한 선구적인 논문으로 康米邦「日本と朝鮮の王朝文学—時代思想と女流文学のかかわり—」(『平安朝文学研究』第2巻9号, 早稲田大学平安朝文学研究会, 1970.9)이 있다.

논문

유고집(遺稿集)의 계절

—20세기 전반 일본의 언설 편제(言説編制)—

다니카와 게이치(谷川惠一)

번역: 이가현(李佳呟)

요지문

고인이 쓴 글을 지인이나 친구들이 엮어 유고집(遺稿集)으로서 간행한다고 하는 에도 시기(江戸期, 1603~1868)부터 계속되어 온 행위는, 20세기를 맞이할 무렵에는, '내면', '생활', '인생', '청춘', '천재'라는 말이 난무하는 새로운 언설 편제(言説編制)의 장소가 되었다. 문학 텍스트로 방향을 크게 전환시킨 그 동향을 전망하고자 한다.

1. 언설 편제 패러다임으로서의 유고집

1937년에 발간된 『아라이 미노루 박사 추억집(荒井実博士追憶集)』이란 책이 있다. 3년 전 세는 나이로 45세에 작고한 도쿄제국대학(東京帝国大学) 의학부 조교수 아라이 미노루(荒井実)를 추모하기 위해 출판된 것으로 대학 관계자나 친구 등이 고인을 추회(追懐)한 글 외에 그 유고가 수록되어 있다. 유고 내역은 중학교 때부터 쓴 일기의 발췌, 대학생 때 쓴 「하이쿠론(俳句論)」, 고등학교에서 대학에 걸쳐 지은 하이쿠(俳句)[역주: 5, 7, 5음으로 이루어진 일본 정형시]와 한시(漢詩), 몰리에르(Molière)[역주: 17세기 프랑스의 대표적인 극작가. 1622~1673]의 희곡 번역, 대학 입학 직전에 쓴 감상문으로, 이들 원고는 총 600쪽에 가까운 이 책의 3분의 1을 차지하고 있다. 고인의 3주기에 맞춰 제작된 비매품=배포본이라 말해 버리면 그뿐이지만, 그래도 고인이 생전에 활자화는 생각조차 하지 않았을 법한 초필을 이렇게 아무렇게나 사람 눈에 띄게 만들어 버린 데 대해 위화감을 지울 수 없다. 모리 오가이(森鷗外)[역주: 일본 근대 소설가, 번역가, 극작가, 의학박사. 1862~1922]나 기노시타 모쿠타로(木下杢太郎)[역주: 일본의 시인, 극작가, 번역가, 의학박사. 1885~1945]와는 달리, 아라이 미노루는 의학자와 문학자라는 두 얼굴을 가진 것이 아니었으므로, 이 책에 수록되어 있는 「아라이 조교수 업적목록(荒井助教授業績目録)」 가운데 그 표제가 실려 있는, 유럽 문장(欧文)을 비롯한 26편에 이르는 의학 논문 중에서 적당한 것을 골라 실을 수도 있었을 것이기 때문이다.

"아이들이 자란 후에 매우 인자하고 자애로운 아버지를 기리기 위한 추억거리로서, 은혜를 입은 분이나 깊은 우정을 나눈 분들에게 고인과의 추억을 글로 써 받아, 살아생전의 수기 등과 함께 수합해서 남겨 두기로 결심"했다는 고인의 부인이었던 아라이 카즈코(荒井和子)의 말이 유고 뒷부분에 적혀 있기 때문에(「생각나는 대로(思ひ出のまにまに)」), 의학 논문이 아닌 하이쿠 등을 유고에 수록하는 것이 그녀의 뜻이였음에 틀림없다. 여사에게 유고를 열람하고 나서, 본서를 편찬하게 된 제일고등학교(第一高等学校) 학우가 고인의 "학창 시절의 내면의 삶을 단적으로 볼 수 있었다"라고 표현한 것은(이시카와 노리오(石川憲夫) 「아라이를 기억하며(荒井君を憶ふ)」) '생전의 수기 등'에 의해 '아버지를 기린다'고 하는 부인의 의중을

그들이 고등학생 시절에 인기 있던 말로 다시 표현한 것이라 할 수 있다. "이 책에 수합되어 있는 수십 편의 문장은 1908년부터 1914년 정월에 이르기까지, 대략 6년간에 걸친 자기 내면 생활의 가장 직접적인 기록이다" 이는 아베 지로(阿部次郎) 『산타로의 일기(三太郎の日記)』(1914.4)의 「저자 서문(自序)」에 실려 있는 구절이다. 아베보다 7살 연하인 아라이가 대학에 들어간 것은, 1911년이었다. 아베와 동갑인 아베 요시시게(安倍能成)는 역시 동갑이던 우오즈미 세쓰로(魚住折蘆)의 유고집을 엮을 때 아베(阿部)와 같은 말을 사용하고 있다.

> 『세쓰로 유고(折蘆遺稿)』 한 권은 필경 그의 학식이나 업적을 말하려는 것이 아니라, 더욱더 직접적으로 그의 내면적 정의(情意) 생활을 말하고자 한 것이다. 이 점에 있어서 이 유고는 세상의 많은 유고보다 한층 더 그를 기념하기에 충분한 것이다.(아베 요시시게(安倍能成) 「서문(序)」 『세쓰로 유고(折蘆遺稿)』, 1914.12)

'학식이나 업적'이 아니라 '내면'적 '생활'을 말한다고 하는 유고집의 이와 같은 패러다임은 『아라이 미노루 박사 추억집』으로 정확히 계승되고 있다. 『세쓰로 유고』는 다시 출간되지 않았고 아라이와 그 부인의 언설에도 세쓰로에 대한 언급을 찾을 수 없는 것으로 보아 『세쓰로 유고』의 직접적인 영향은 없을 것으로 보이지만, 두 책 모두 그 간행에 이와나미 시게오(岩波茂雄)가 관여하고 있음은 시사적이다. 두 책의 간기(刊記)에는 모두 발행자로서 이와나미 시게오의 이름이 적혀져 있다. 『아라이 미노루 박사 추억집』에는 이와나미의 글도 수록되어 있는데, 그에 따르면 두 사람의 관계는 어느 재단 일과 관련한 교제에 불과했고, 이를 계기로 아라이 부인이 자본을 대서 고인의 3주기 배포본을 만들 때, 단지 그 제작을 담당했던 것으로 보이며, 『세쓰로 유고』에 적혀있는 "최근 서점을 시작한 친구 이와나미에게 상담하여"(「범례(凡例)」)와 같은 개인적인 친분 관계는 없었던 것으로 파악된다. 하지만 그렇다고 해도, 아라이의 죽기 한 달전에 아베 지로가 엮은 『슈쿠나미 쇼키치 유고 일기 · 기행 · 하이쿠(宿南昌吉遺稿 日記 · 紀行 · 俳句)』(1934.6)가 다름 아닌 이와나미에서 간행된 것은 역시 간과할 수 없다. 우오즈미와 아베(阿部)의 친구였던 슈쿠나미는, 1908년 11월에 교토제국대학(京都帝国大学) 의과대학을 졸업하고, 대학병원에 근무하던 다음 해에 환자로부터의 감염이 원인이 되어 사망하였다(코노 토시로(紅野敏郎) 「슈쿠나미 쇼키치 『슈쿠나미 유고(宿南昌吉遺稿)』」『유고집 연쇄(遺稿集連鎖)』, 2002.9). 남편의 죽음과 거의 동시에, 남편과 마찬가지로 일기나 하이쿠를 담은 의학자의 유고집이 죽은 남편과 관련된 서점에서 간행되고 있는 것이다. 이 유고집의 간행을 계기로 남편이 남겨둔 유고를 확인한 부인이 이와나미에게 이를 포함한 추도집을 부탁했을 것이라는 추측도 가능할 것이다.

어느 쪽이든 '내면'의 '생활'을 담아낸 유고집이라는 패러다임이 현재 우리가 생각하는 것보다 훨씬 강한 힘을 가졌던 시대가 존재했던 것은 분명하다.

2. '청춘(青春)'의 '유저(遺著)'라는 시야

다카야마 조규(高山樗牛), 히구치 이치요(樋口一葉), 구니키다 돗포(国木田独歩), 후타바테이 시메이(二葉亭四迷) 등의 메이지(明治)[역주: 일본의 연호. 1868~1912] 문학자들의 전집을 훑어본 마사무네 하쿠초(正宗白鳥)는 다음과 같은 감상을 적어놓았다.

젊은 꿈을 꾸고 있는 동안에 갑자기 비참한 운명의 도끼에 맞아 생존이 파괴된 인간의 생애는 가련하다. 나는 젊었던 이치요와 조규의 유저를 읽고, 내 청춘을 회고하며 다소 감동했다. (…) 그들의 유저는 청춘의 책이다. 처음 신문학(新文学)이 시작된 1880년대 후반(메이지 20년대) 젊은 작가들 그 누구보다도 이치요의 소설, 조규의 감상, 도손(藤村)[역주: 시마자키 도손(島崎藤村), 일본의 시인, 소설가. 1872~1943]의 시가 청춘의 정취를 한층 더 담고 있다.(「이치요와 조규(一葉と樗牛)」『문예평론(文芸評論)』, 1927.1)

저작이 아니라 '유저'라고 하며, 거기에 '청춘'이라는 말을 추가하고 있음에 주의해야 한다. 오늘날의 문학에서 보면 메이지 문학은 대체로 매우 유치한 것이지만, 모두 젊었던 작가들의 '청춘'의 '유저'로서 간신히 재독(再読)할만 하다는 것이 일본 근대문학에 대한 하쿠초의 일관된 견해이다. "요컨대, 문학자로서 그의 가치는 두뇌가 총명하고 식견이 뛰어난 비평가로서가 아니라 주책없이 청년의 기염을 토하고 또한 청춘의 고민을 노래했다는 점에 있다"(앞의 책)라고 하쿠초는 노골적으로 조규에 대해 평한다. 조규는 32세에, 이치요는 25세의 나이에 각각 세상을 떠났지만, 이 두 사람뿐만 아니라 메이지 시대의 문학을 담당한 사람들은 모두 젊은 나이에 세상에 알려졌다. 하쿠초의 눈에 비친 메이지 문학은 '청년'의 '유저'의 축적이었다.

조규 전집(樗牛全集)이 간행될 무렵 광고에는 "3세대의 예언자로서의 짧은 일대를 끝낸" "다카야마 린지로군 유고(高山林次郎君遺稿)"[역주: 다카야마 조규(高山樗牛)의 본명]라는 문구가 등장하고(『아사히 신문(朝日新聞)』 게재 광고, 1906.4.24), 이치요 전집에는 "청춘인 채 사라"진 "여사의 유고를 모아 『이치요 전집(一葉全集)』으로 발행한다"는 카피가 덧붙여 있다.(『요미우리 신문(読売新聞)』 게재 광고, 1897.1.12) 돗포 전집(独歩全集) 전편은 3주기에

맞추어 「고 구니키다 돗포군 유저(故国木田独歩君遺著)」(앞의 신문, 1910.7.13)로 출간되었다. "단순히 연령상으로 말하면, 스무 살 전후가 청년이다"(오마치 케이게쓰(大町桂月) 「청년의 기상(青年の気象)」 『가정과 학생(家庭と学生)』, 1905.6)라는 문구로 보면, "만 37년의 생애"(가타가미 노부루(片上伸) 「구니키다 돗포론(国木田独歩論)」 『생의 요구와 문학(生の要求と文学)』, 1913.5)였던 돗포나, 46세로 죽은 후타바테이도 '청년'에 해당하는 나이를 훨씬 넘겼지만, 문학계에서 '청년'은 나이로만 구분할 수 없다.

> 나로 하여금 기탄없이 직언하게 하라. 우리 문단이 지명한 너희는 대부분 청년이 아닌가. 그중에는 어느 정도의 예외가 있더라도, 로한(露伴)[역주: 고다 로한(幸田露伴), 일본의 소설가. 1867~1947], 류로(柳浪)[역주: 히로쓰 류로(広津柳浪), 일본의 소설가. 1861~1928] 등(나이든 대작가는 별도)을 제외하면, 바로 이 청춘의 활발한 사상을 가진 사람들이 아닌가. (다카스 바이케이(高須梅渓) 「청년의 번민과 당대의 소설(青年の煩悶と当代の小説)」 『청춘잡필(青春雑筆)』, 1906.7)

문학 세계에 있어 주민은 '청년'과 '노인'으로 나뉘며 일부 예외를 제외하고는 '노인'이 아니면 한결같이 '청년'이고, 젊고 생기발랄한 마음의 소유자들이다. 시마자키 도손은 "청년은 노인의 책장을 덮고, 먼저 청년의 책을 읽어야 한다"(「청년의 책(青年の書)」 『신카타마치에서(新片町より)』, 1909.9)라고 주장한다. 28세에 자살한 후 약 30년이 지나서 편찬된 기타무라 도코쿠(北村透谷) 전집 속 덧붙이는 글귀에 시마자키는 "이를 읽는 사람들은 지금부터 30년 전에, 이것이 청년 도코쿠에 의해 쓰여졌음을 기억해 주었으면 한다"고 청년 도코쿠를 강조하며, "이 책이야말로 진정으로 『청춘의 책(青春の書)』이라고 해도 무방하다. 이렇게 나는 도코쿠의 유저가

다시 한번 새로운 치장을 하고 당대의 청년 남녀 제군에게 읽혀질 날이 있음을 즐겁게 상상한다"고 선언하게 된다(「서문(序)」 『개편 도코쿠 전집(改編透谷全集)』, 1922.3). 이와 같은 도손의 언설은 내실을 밝히지 않아도 되는 '청년의 책', '청춘의 책'이라는 편리한 문구가, 메이지에서 다이쇼(大正, 1912~1926)로 옮겨 갈 무렵부터 통용되기 시작했다는 사실을 말해주고 있다. 『청춘(青春)』이라는 오구리 후요(小栗風葉)의 소설이 1905년부터 이듬해까지 명성을 얻어, "젊음. 젊은 시절. 청년 시대. 묘령"이라고 하는 해석과 함께 '청춘'을 일부러 표제어로 내세운 『신문학사전(新文学辞典)』(이쿠타 조코(生田長江), 모리타 소헤이(森田草平), 가토 아사토리(加藤朝鳥) 편)이 나온 것이 1916년의 일이다.

다이쇼 시기에 간행된 다이토카쿠(大鐙閣) 출판사의 돗포 총서(独歩叢書)에는 "천재는 영원히 젊고, 그들은 지금 죽음을 초월하여 걷는다"(구니키다 돗포 『무사시노(武蔵野)』[63판] 권말 광고, 1921.6)라는 문구가 곁들여져 있다. 이처럼 '청춘'의 유행기는 또한 '천재'에 대한 이러한 동경이 널리 공유되었던 시기이기도 했다. 앞서 거론한 도코쿠 전집(透谷全集)에 실린 도손의 서문에도 "그야말로 진정한 천재로 불릴 만한 사람이었다"는 말이 나온다. 비록 '천재'까지는 아니더라도 영원히 젊은 '천재'가 죽음을 초월하듯이 각자 살아온 둘도 없이 소중한 '청춘'의 '내면 생활'을 후대에 전하고자 젊었을 당시 글들을 모아 유고집으로 제작되어 갔다.

3. 유고집의 명맥

고노 도시로(紅野敏郎)의 『유고집 연쇄(遺稿集連鎖)』는 「근대문학 측면사(近代文学側面史)」라는 부제가 보여 주듯이, 그 대상을 중앙문단의 동향과

연관된 것에 한정시켜 다루고 있는데, 그 중에는 문학과 교섭이 없는 경우를 포함하여 방대한 양의 유고집이 아직 남아 있다. 지금 국립국회도서관(国立国会図書館) 디지털 컬렉션에서 서명(書名) 중 '유고'라는 용어가 포함된 책을 검색해 보면, 메이지 이후에 나온 것으로 약 2천 4백 점 정도를 확인할 수 있는데, 그 중 60% 이상에 해당하는 것이 1900년부터 1940년에 걸쳐 나왔고, 그 후 점차 그 수가 줄어 1970년대에는 불과 30점 정도에 그치고 있다. 여기에는 『아라이 미노루 박사 추억집』처럼 유고라는 말을 제목에 포함하지 않은 것은 검색하지 않았으며, 하나다 기요테루(花田清輝)의 『상자 이야기(箱の話)』(1974.1)처럼 책 표지에 두르는 광고용 띠지에만 '유고집'이라고 적혀 있는 것이나, 아직 디지털화되지 않은 것은 카운트되지 않았지만, 이는 유고집의 간행 동향을 살펴보는 데 있어 하나의 출발점이 되리라 생각한다.

유고집과 개인 전집과의 밀접한 관련성을 지적하며 선구적인 연구를 진행시켜 온 나카야마 히로아키(中山弘明)는 "근대 소위 '작가'라는 개념의 형성" 과정에 있어 양자가 어떠한 역할을 담당했는지 "작가의 초상이나 유묵의 게시, 연보, 전기 등"을 대상으로 논하고 있다(「「유고」와 「전집」 사이—개인 전집의 발단을 둘러싸고—(「遺稿」と「全集」の間—個人全集の発端をめぐって—)」, 『문예와 비평(文芸と批評)』 제7권 6호, 1992.10). 유고집의 독자들이 제시된 초상이나 연보 등에 의해 "자신의 독서의 방향을 어느 정도 잡을 수 있다"고 하는 나카야마의 지적은 귀중한 것이지만, 바로 개인 전집에서 "책 그 자체를 작가의 종합적인 인격이나 일과 결부시키려는 인식"은 성급하다고 볼 수 있다. 『이치요 전집』(1897.1)이나 『개편 도코쿠 전집』에 연보가 실려 있지 않았듯이, 개인 전집에 있어서 연보나 저자의 전기가 필수적인 것은 아니었다. 그것을 반드시 요구한 것은 유고집이었다. 그렇기 때문에 연보나 저자의 전기가 결여된 『도코쿠슈(透谷集)』(1894.10)의 경

우, “약전(略伝) 등을 부기(附記)하는 것도 도코쿠 아들의 요청에 의해 실지 않았다”고 굳이 범례로 양해를 구하고 있으며, 저자의 약력을 기록한 발문을 곁들인 아카시 가이진(明石海人)의 『가이진 유고(海人遺稿)』(1939.8)에 이르기까지 유고집은 이러한 룰을 계속 지켜나가고 있었다. 문학자의 개인 전집 같은 것은 원래 좀처럼 나오기 힘든 것이었고, 비교적 오래된 것으로 생각나는 것은 말미에 2페이지의 간략한 연보를 첨부한 『류호쿠 전집(柳北全集)』[역주: 나루시마 류호쿠(成島柳北), 에도 말기 문학자, 메이지의 저널리스트](1897.7)이나 첫머리에 8페이지 연보를 실은 『후타바테이 전집(二葉亭全集)』(제1권, 1910.5) 정도이다. 저술을 그 필자의 내면과 강하게 연결시키려는 지향성은 수없이 생산된 유고집이 한결같이 배양해온 것이라 할 수 있다.

이런 상황에서 『다쿠보쿠 유고(啄木遺稿)』(1913.5)와 『다쿠보쿠 전집(啄木全集)』(제1권: 1919.4, 제2권: 1919.7, 제3권: 1920.4)은 역시 돌출된 존재로서 유고집과 개인 전집을 둘러싼 ‘내면’ 문제에 있어 하나의 커다란 집약점이 되었다.

> 나이 스무 살에 이미 시집 「동경(あこがれ)」 한 권으로 그 귀재를 칭송받고, 훗날 「한줌의 모래(一握の砂)」 「슬픈 장난감(悲しき玩具)」의 두 가집(歌集)을 세상에 내서 살며시 그 재능의 편린을 보여 주고는, 스물일곱에 일찍 세상을 떠난 고인의 변화무쌍한 생애는 아는 사람으로 하여금 커다란 암시와 깊은 명상에 빠지게 한다. 게다가 그 내적 생활에 이르러서는 아직 알려진 바가 너무나도 드물다. 지금 고인의 유고에서 「동경」 이후의 시작(詩作)과 감상을 정리하여 이를 공개하기로 한다. 어쩌면 본서를 통해 비로소 고인의 사상 생활(思想生活) 및 인생 비평가로서의 포부의 편린과 접할 수 있지 않을까. 이는 ‘인간’으로서 다쿠보쿠를 알 수 있는 좋은 자료라 할 수 있다. (『다쿠보쿠 가집

【사진 1】 제4판 상당수의 유고집(遺稿集)들이 인쇄를 거듭하지 않은 가운데 『다쿠보쿠 유고(啄木遺稿)』는 예외이다. 신초샤(新潮社)의 『다쿠보쿠 전집(啄木全集)』 출간 이후에도 도운도(東雲堂)는 『다쿠보쿠 유고』를 중판하였다. 사진은 1920년 7월에 나온 제4판.

【사진 2】 고교쿠도(紅玉堂)판 『다쿠보쿠 유고』의 간행은 도운도에서 고교쿠도로 계승되었다. 사진은 간기에 「1924년(다이쇼(大正)13) 10월 20일 3판」이라 적혀있는 중판. 도운도의 46판의 경우, 수진본(袖珍本)으로 변경하였다.

(啄木歌集)』[재판] 권말부재 「다쿠보쿠 유고(啄木遺稿)」 신간광고, 1913.6)
그의 복잡하고 심각해진 내적 생활은 이 편에서 적나라하게 드러난다. 그의 천재의 편린이 곳곳에서 번득이는 것을 지켜보라. (돗포 총서(独歩叢書)10 『돗포 병상록(独歩病床録)』 권말부재 「돗포 전집(啄木全集)」 제13권 광고, 1925.9)

다쿠보쿠의 죽음 약 1년 후에 간행된 『다쿠보쿠 유고』에는 「빼꾸기와 휘파람(呼子と口笛)」, 「마음 모습 연구(心の姿の研究)」 등의 시와 「먹어야 할 시(食ふべき詩)」나 「시대의 폐색 현상(時代閉塞の現状)」 등의 평론이 수록되어 있는데, 이 책에는 다쿠보쿠의 생애 동안 곁에 있었던 긴다이치 교스케(金田一京助)가 쓴 「이시카와 다쿠보쿠 약전(石川啄木略伝)」 16페이지가 첨부되어 있다. 그의 생애를 8개의 시기로 나누어 상세히 기술하고 있는 이 전기는 그의 저술 활동을 담은 스토리로 구성되어 있어 유고집에 첨부된 전기로서는 획기적인 것이었다.

> 한창 더울 때 감흥에 빠져 밤늦도록 자지 못하고 낮까지 일어나지 않는 일이 있었는데, 깨워 보니 노래 40여 수를 만들어 놓았다. 다음날 밤도 마찬가지로 이번에는 60여 수, 그 다음날 밤도 마찬가지로 이번에는 90수, 다음은 100수라는 식으로 한순간에 400수 정도가 완성되었다. 한줌의 모래 속의 「동해의 작은 섬 해변 흰 모래에(東海の小島の磯の白砂に)」 등을 비롯하여 「아빠랑 엄마랑 벽 속에서 지팡이 짚고 나서기(父と母と壁のなかより杖つきて出づ)」라든지 「장난삼아 어머니를 업고(たはむれに母を背負ひて)」 등의 효성스러운 노래는 이 때의 걸작이다.

1908년에 세 번째 상경한 다쿠보쿠가 긴다이치의 하숙집에서 '악전고투하는 생활'을 시작했을 무렵이다. "1908년(메이지41) 여름 이후 1천여 수의 작품 중에서 551수를 골라내 이 모음집에 넣었다"라고 적혀 있는 『한줌의 모래』(1910.12)의 서문을, 이 「약전」의 한 구절을 독자들은 단서로 삼아 보다 구체적인 정경으로 떠올리면서 그 시와 마주보게 된다. 후에 긴다이치는 이 하숙에서의 나날을 "몇 날 밤잠을 설쳐 가며 실컷 스스로를 욕하고, 자신을 비웃고, 자신을 꾸짖은 끝에, 우연히 저절로 허무적이고 객관적인 태도가 되어, 여러 노래들이 뒤이어 떠오르게 되었다"라고 밝히고 있다(「기쿠자카초 시절의 추억에서(菊坂町時代の思出から)」 『이시카와 다쿠보쿠(石川啄木)』, 1934.3). 다쿠보쿠의 작품에서 파악되는 내용과 그가 살아온 나날의 기억이 서로 혼연일치하는 것은 다쿠보쿠의 텍스트가 본인 자신이 이야기하는 내용으로 간주되었기 때문이다. "시(詩)는 이른바 시여서는 안 된다. 인간의 감정 생활(더 적당한 말도 있겠지만)의 변화에 대한 엄밀한 보고, 정직한 일기여야 한다"는 것은 「먹어야 할 시」에서 다

쿠보쿠가 설파한 시작(詩作)의 지침이다. 이는 역으로 생각하면 독자가 다쿠보쿠의 시를 읽을 때의 가이드라인이 된다.

> 일본 요즘 시가단(詩歌壇)을 통틀어 다쿠보쿠만큼 가장 쉽게, 가장 분명하게 '그 자신의 생활'을 시에 구현한 작가는 없다고 전해진다. 또 그처럼 일상의 비극을 영원한 문제로 시에 교묘하게 각인시킨 이도 없다. (가와지 류코(川路柳紅) 「다쿠보쿠의 문학적 성공(啄木の文学的成功)」 『요미우리 신문』, 1919.4.11~4.14)

독자는 "작품을 통해 작자의 내적 생명과 접하고자 하는 자"(아베 지로 「산타로의 일기(三太郎の日記)」 5 「여러 생각(さまざまのおもひ)」, 『산타로의 일기』)가 된다. 이때 독자인 가와지(川路)가 그 '시'에서 다쿠보쿠의 '생활'을 보았다고 자신만만하게 말할 수 있었던 것은 "인간 세상의 가장 평범한, 게다가 가혹한 시련을 겪고 고통받았지만, 최후를 나타내는 가장 전형적이고 가엾은 이야기인" "그의 짧은 생애"(「다쿠보쿠의 문학적 성공」)를 낱낱이 가와지에 전한 긴다이치의 「이시카와 다쿠보쿠 약전」 덕분이다. '작품을 통해 작자의 내적 생명을 접하'기 위해서는 작가의 경력을 아는 것이 필수적이며, 그렇다면 곧 그 출신은 잊어버리게 된다. 이러한 독자들은 사실 모두 유고집의 독자이거나, 그 직계 자손이라고 해도 무방할 것이다.

> 『다쿠보쿠 가집』은 고인 다쿠보쿠의 유고 중 단가(短歌)를 모은 것이다. 1885년(메이지18)에 태어나 1912년(메이지45) 봄에 폐병을 앓다가 도쿄 고이시카와(小石川)에서 사망하였다. 어려서부터 남보다 뛰어난 수재였다고 하는 그의 짧은 일생은 수많은 불우함 속에서 끝나 버렸다. 일찍이 아주 드문 천재라고 지위 있는 사람들에게 찬송을 받았지만, 결국은 시골의 초등학교 대용교사,

또는 지방신문의 기자 등으로 기대와 어긋난 나날을 보내다 돌아가셨을 때는 모 신문의 교정계라는 지위로 영원히 잠들어 버린 것이다. 그러한 처지에서 읊은 그의 노래가 과연 어떤 것이었을지, 다음에서 몇 수를 뽑아 살펴보도록 하자. 요컨대 그의 노래에는 세상에서 말하는 노래의 취미니 시정(詩情)이니 하는 투의 사이비 고상함, 우미함은 조금도 없었다. 오히려 진정한 무구영롱한 인생이라는 것이 노래라는 형태를 빌려서 그 모습을 나타내고 있다고 표현하는 편이 적절하다고 생각한다. (와카야마 보쿠스이(若山牧水) 「『다쿠보쿠 가집』의 노래(『啄木歌集』の歌)」 『와카 강화(和歌講話)』, 1919.1)

다쿠보쿠와 면식이 없었던 가와지와는 달리 다쿠보쿠의 임종에 입회하기도 했던 보쿠스이(牧水)에게는 다쿠보쿠의 '짧은 일생'과 그의 노래를 결합시키는 데 있어 그 나름대로의 감각이 있었겠지만, 그런 일을 거론하지 않았더라도 그 불우한 생애를 간단히 언급한 것만으로 다쿠보쿠의 시가 그의 '인생'의 발현이라는 결론을 보쿠스이가 바로 제시할 수 있었던 것은 '유고'가 '인생'과의 강한 결합을 자명한 전제로 하고 있었기 때문이다.

라이프 생, 인생, 생명, 생활, 생애, 생계 등 경우에 따라 다양하게 이용되고 있다. Life, (영) (이쿠다 조코(生田長江) 『문학 신어 소사전(文学新語小辞典)』, 1913.10)

'생활'이라고 하고, '생명'이라고 하고, 혹은 '인생'이라고도 하는데, 결국은 '라이프'이다. 시는 '감정 생활'의 '보고(報告)'라는 다쿠보쿠의 주장을 실현하기에 가장 적합한 장소는 아이러니컬하게도 유고집인 『다쿠보쿠 유고』나 『다쿠보쿠 전집』이었다. 거기에는 "내가 오늘까지 걸어온 길은 마치 손에 들고 있는 촛불의 밀랍이 볼 때마다 줄어가는 것처럼, 생활이라는 위력 때문에 자기 '청춘'의 하루하루를 없애가며 걸어온 여로이다."(「먹어야 할 시」)라고 스스로 요약했던 그의 '생활'이 전개되고 있는 것이다.

1926년부터 1931년에 걸쳐 가이조사(改造社)에서 간행된 현대 일본문학 전집(現代日本文学全集)은 작가별 편집을 기본으로 하고 각각의 작가 파트에는 반드시 그 연보를 첨부한다는 획기적인 방침을 채택했다. 스스로 연보를 쓰는 현역 작가들이 생겨남으로써 눈에 띄지 않게 되었지만 이는 원래 유고집의 모드였고, 신초사(新潮社)가 앞서 펴낸 대표적 명작선집 시리즈에서도 작고한 작가를 수록할 경우에는 권두에 놓인 해제(解題)가 작가의 약전(略伝)이 되었던 것이다. 이와 같이 문학 전집의 유고집화라고 부를 만한 유고집 모드가 확산되어 가는 과정이 진행되면서, 유고집이 전집 또는 그 일부가 되어 가는 한편, 굳이 유고집임을 표명하는 경우도 생겨나게 되었다.

『다쿠보쿠 전집』보다 약 반년 전에 대표적 명작선집의 제31편으로 간행된 『다쿠보쿠 선집(啄木選集)』 속표지에는 "이시카와 다쿠보쿠 유고(石川啄木遺稿)"라고 기록되어 있으며(7판: 1919.1, 66판: 1928.6), 제5편인 『도코쿠 선집(透谷選集)』에도 마찬가지로 "기타무라 도코쿠 유고(北村透谷遺稿)"로 표기되어 있다(초판: 1914.12). 하지만 제39편인 『센코쿠슈(泉谷集)』에서는 "아리시마 다케오 작(有島武郎作)"으로만 적혀 있고(초판: 1924.6), 제9편인 『평범(平凡)』도 마찬가지로 "후타바테이 주인 작(二葉亭主人作)"으로 냉담히 기술되어 있다(85판: 1926.6). 이미 사망한 저자를 다루는 데에 이런 차이를 둔 것은 아마도 사망한 나이에 의한 것이고, 20대에 사망한 청년인 만큼 유고의 글자를 덧붙여 독자인 청년들에게 어필하려는 전략일 것이다.

문예 출판의 이러한 방식은 「스무살의 에뛰드(二十歳のエチュード)」(2판: 1947.6)에까지 계승되고 있다. "유고"라는 문자가 속표지에 쓰여 있고, 그 안쪽에는 단 네 줄의 "하라구치 도조 약력(原口統三略歴)"이 기록되어 있다.

1927년(쇼와(昭和)2) 1월 14일 조선 경성부(朝鮮京城府)에서 출생. 3남 2녀 중 막내

1931년(쇼와6) 6월 3일 관동주 대련시(関東州大連市)로 이주한 후, 만주(満洲) 각지에서 자람

1944년(쇼와19) 대련제일중학교(大連第一中学校) 졸업, 제일고등학교(第一高等学校) 문과입학

1946년(쇼와21) 10월 25일 즈시(逗子) 해안에서 투신 자살, 향년 20세

간략하게 실고 있지만, 유고집에 실려 있던 옛 연보나 약전이 희미하게 그 명맥을 유지하고 있음을 확인할 수 있다. 역시 빈손으로는 '작자의 내적 생명'을 언급할 수는 없는 것이겠지.

논문

근대 일본의 원구도(元寇図)와 『몽골침입에마키(蒙古襲来絵詞)』

김용철(金容澈)

요지문

13세기에 두 번에 걸친 몽골의 침입과 가미카제(神風)에 의한 격퇴 경험은 일본의 원구도(元寇図) 출현의 배경이 되었으나 그 도상은 일정하지 않았고 수량도 적었다. 『몽골침입에마키(蒙古襲来絵詞)』가 1890년 천황가에 헌납된 후 원구도의 도상에 영향을 주어 야다 잇쇼(矢田一嘯)의 「원구대유회(元寇大油絵)」(1896) 이후 새로운 도상의 전통이 확립되고 아시아태평양전쟁기 곤도 다네오(権藤種男), 이소다 조슈(磯田長秋) 등의 그림에까지 계승되면서 도상의 고정화 현상이 나타났다.

1. 머리말

1274년과 1281년 두 차례에 걸친 몽골군의 일본원정과 가미카제를 통한 격퇴의 경험은 이후 일본인들의 관념에 지대한 영향을 주었다. 전통적인 신국사상(神国思想)의 강화와 함께 신불(神仏)의 영험에 대한 의존적 관념이 강해졌고 국가관념 또한 고양되었으며, 회화 분야에서는 몽골군 격퇴의 경험을 형상화한 원구도가 출현하는 배경이 되었다.[1] 일본에서 원구도는 몽골침입과 가미카제로 인한 격퇴의 경험을 다룬 역사화로서 원구(元寇) 즉, 원나라의 침입과 결부된 회화주제이면서 몽골침입(蒙古襲来), 가미카제 등의 단어와 결합되기도 하였다. 하지만, 회화와 문학 두 분야에 걸쳐 있는 『몽골침입에마키』를 예외로 한다면 문학 분야에서 14세기에 씌어진 『다이헤이키(太平記)』, 『마스카가미(増鏡)』, 『하치만우동훈(八幡愚童訓)』 등에서 몽골침입이 언급된 사실에 비해 회화 분야에서 그것을 다룬 예는 수량도 적고 도상도 일정하지 않았다.[2]

한편 『몽골침입에마키』는 에마키(絵巻) 즉, 그림 두루마리이면서 두 차례에 걸쳐 몽골군이 일본을 침입했을 당시 고케닌(御家人) 다케자키 스에나가(竹崎季長)의 활약상을 다룬 소위 합전 에마키(合戦絵巻) 중 하나로 역사적인 사건을 다루었다는 점에서 높은 사료적 가치를 갖고 있다. 그로 인해 미술사나 문학사 분야뿐만 아니라, 일본역사 분야에서도 수많은 연구가 이루어져왔다.[3] 근년에 들어 이 에마키에 관한 연구는 개찬(改竄)의 문제에 집중되는 경향을 보이며 새로운 주목을 받고 있지만, 도상적인 측면에서 이 에마키의 도상이 근대 일본의 전쟁화인 원구도에 미친 영향이 지대하다는 점에 대한 구체적인 연구는 이루어진 바 없다.[4]

오야노 가문(大矢野家)에서 소장하고 있던 『몽골침입에마키』가 1890년 천황가에 헌납된 이래 1945년 제2차 세계대전의 종전까지 각 시기마다 원구도의 도상에 큰 영향을 준 양상을 구체적으로 밝히는 것이 이 글의 목적이다. 이하 본론에서는 원구도의 도상을 중심으로 하여 메이지(明治) 시대 중기까지 일정하지 않았던 원구도 도상, 『몽골침입에마키』가 천황가에 헌납되어 그 실체가 알려진 이후 원구도의 도상에 영향을 준 사실, 그리고 아시아태평양전쟁기 원구도 도상이 고정화된 양상 등을 밝혀보고자 한다.

2. 일정하지 않았던 메이지 시대 중기까지의 원구도 도상

몽골침입을 형상화한 원구도는 그 수량이 적고 순수한 회화로만 분류할 수 있는 예는 에도(江戸) 시대 이후에 그려진 것들밖에 없다. 현재 남아 있는 원구도의 이른 예로는 1762년에 그려진 나라현(奈良県) 산고마치(三郷町)신사의 에마(絵馬)가 있다. 원구도가 신사에 헌납된 에마로 그려진 사실 자체가 대단히 드문 예이기도 하여 주목을 끄는 이 그림에는 좌우에 각각 몽골군과 일본군의 진영, 그리고 화면 중앙에 양군의 병선이 그려져 있고, 양측의 군사적 충돌 장면을 설명하듯이 제시하였다. 하지만, 이 에마에 관해서는 제작연도 외에 화가 등에 대한 자세한 정보는 밝혀져 있지 않다. 그에 비하면 에도 시대 후기 우키요에(浮世絵) 화가 우타가와 구니요시(歌川国芳, 1798~1861)의 그림 「고조일대약도(高祖御一代略図)—고안(弘安) 4년(四年) 니치렌 상인(日蓮上人) 몽골군 패배를 돕다(利益濠虎軍敗北)」(【그림 1】)는 몽골침입 당시의 불교승려 니치렌(日蓮)의 일대기를 회화로 형상화한 『고조일대약도』 10장면 가운데 마지막 장면이다. 「도죠고마쓰바라법난(東条古松原御法難)」, 「료젠가사키기우(霊山ヶ崎祈雨)」 등의 장면과 함께 하나의 세트를 이룬 이 그림은 지상전을 중심으로 묘사되어 있고, 화면 왼쪽에 니치렌이 부탁을 받고 그렸다는 깃발 즉, 몽골퇴치기만다라(蒙古退治旗曼陀羅)가 비중있게 다루어져 있다.[5]

【그림 1】 우타가와 구니요시(歌川国芳) 「고안(弘安)4년(四年) 니치렌상인(日蓮上人) 몽골군 패배를 돕다(利益濠虎軍敗北)」 1835, (『우타가와 구니요시 고조일대약도(歌川国芳高祖一代略図)』(일본가스아사(日本画粋社), 1926) 「국립국회도서관 디지털 콜렉션(国立国会図書館デジタルコレクション)」(https://doi.org/10.11501/966961(image no.13))

에도 시대 말기에 그려진 우키요에의 경우 서민들의 정서나 세계관을 반영하며 사실을 과장하거나 왜곡하여 묘사하는 등의 경향이 나타났지만, 원구도와 관련하여 그와 같은 경향을 드러낸 대표적인 화가가 가와나베 교사이(河鍋暁斎, 1831~1889)다. 교사이가 1863년에 그린 「몽골적선퇴치도(蒙古賊船退治之図)」(【그림 2】)는 그해 일어난 시모노세키(下関) 사건을 몽골침입 당시의 가미카제 장면에 빗대어 그린 것이다. 호쾌한 화면에는 가미카제로 풍비박산된 몽골의 함선이나 물에 빠진 병사들이 그려져 있고 포탄에 맞아 방사선을 그리며 날아가는 파편과 다이나믹한 파도의 묘사 등에 에도 시대 말기 민중의 정서가 가감없이 표현되어 있다. 그러나 이 그림에서 몽골침입 당시의 가미카제 장면을 다룬 것은 정치사회적 파급력이 큰 동시대 사건을 다루지 못하도록 한 에도 막부의 검열을 피하기 위한 임시방편이었다.[6] 실제로 범선의 돛대나 서양식 군복 등 19세기 후

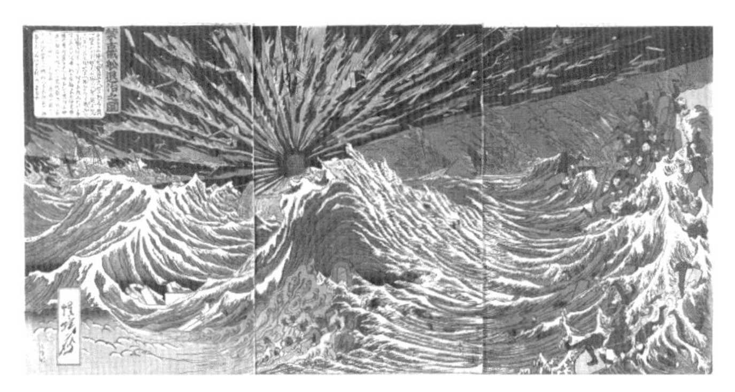

【그림 2】 가와나베 교사이(河鍋暁斎) 「몽골적선퇴치도(蒙古賊船退治之図)」 가와나베 교사이 기념미술관(河鍋暁斎記念美術館) 소장, 1863, (https://twitter.com/kyosaikyosui/status/1123509883943424000)

반의 사정을 반영한 모티프들이 묘사되어 있는 점은 그와 같은 사정을 여실히 드러내준다.

사실 도상의 측면에서 보자면 원구도에는 가미카제를 집중적으로 묘사한 또 하나의 유형이 에도 시대 말기에 출현하였다. 소위 존황파 화가 기쿠치 요사이(菊池容斎, 1788~1878)가 그린 일련의 원구도는 대표적인 예다. 남북조 시대 남조의 충신 기쿠치(菊池) 집안의 후손을 자처한 그는 「원함복멸도(元艦覆滅図)」(1847)에서 보듯이 가미카제 장면을 중심으로 한 일련의 원구도를 그렸다. 거센 비바람이 몰아치는 바닷가 소나무 숲 속에서 침몰해가는 원나라 병선들을 바라보는 일본군의 모습이 그려져 있으나 넘실대는 파도를 강조하여 묘사함으로써 극적인 효과를 더하였다. 같은 시기 존황파 화가로서, 헤이안(平安) 시대 이래 순일본적인 회화전통인 야마토에(大和絵)로 회귀하려 한 복고 야마토에파(復古大和絵派)의 화가 우키다 잇케이(浮田一蕙, 1795~1859) 또한 원구도를 남겼다. 우키다 잇케이는 1853년 페리 함대가 무력시위를 통해 일본의 개항을 요구한 사실에 반발하여 그린 「신풍 오랑캐 배를 뒤집다(神風覆夷艦図)」가 도판으로만 전해지고 있다.[7] 이들 예를 고려하면 존황파 화가들 사이에서 가미카제 장면 중심의 원구도는 소위 가미카제 사관에 바탕을 둔 유형의 도상이었다고 해야 할 것이다.[8] 이후 1862년, 1876년에도 같은 장면을 다룬 기쿠치 요사이의 원구도는 풍우 속에서 풍랑으로 궤멸된 원나라 병선들을 일본군이 바닷가 소나무 숲 속에서 바라보는 장면을 사선구도로 배치하는 화면구성을 통해 하나의 패턴을 제시하였다. 각각의 원구도에서는 바닷가 소나무 숲 속에 서 있는 일본군 병사의 모습이 차지하는 비중을 조금 크게 하거나 화면의 구도를 좌우로 바꿈으로써 변화를 주었다.

가미카제를 중심으로 한 원구도가 하나의 유형을 이룬 사정은 기쿠치 요사이의 제자였던 마츠모토 후코(松本楓湖, 1840~1923)를 비롯하여 서양화가 인도 마타테(印藤真楯, 1861~1914) 등에게 영향을 준 사실에서도 확인할 수 있다. 석판화에 능하였던 인도 마타테는 기쿠치 요사이의 영향을 받아 『고등소학역사(高等小学歴史)』(1891) 교과서 삽화에서 풍랑이 치는 가미카제 장면을 중심으로 묘사하였고, 마츠모토 후코는 기쿠치 요사이의 원구도를 병풍화면으로 재구성한 「몽골침입벽제관전투병풍(蒙古襲来・碧蹄館図屏風)」에서 전체 화면을 가로 방향으로 확대시킴으로써 안정감을 부여하였다. 그리고 화면의 좌우에 소나무 숲을 배치함으로써 기쿠치 요사이가 그린 원구도의 두 가지 종류의 구도를 하나로 결합한 것과 같은 형태를 제시하였다. 흥미로운 것은 그의 작품에 투영된 역사인식이다. 1895년 초에 그려진 이 그림에서 그는 가마쿠라(鎌倉) 시대의 몽골군 격퇴장면과 도요토미 히데요시(豊臣秀吉) 군대가 조선과 명나라 연합군과 싸운 벽제관 전투의 장면을 하나의 세트로 다룸으로써 청일전쟁의 승리를 기원하였다. 말하자면, 청일전쟁을 대중국 전쟁 제3라운드로 인식하고 승전을 기원한 것이다.[9]

이후 원구도 도상의 전개과정을 고려하면 기쿠치 요사이 사후에 매우 중요한 변화의 계기가 마련되었다. 그 계기란 원구기념비건설운동으로 1886년 나가사키(長崎)에서 청나라 북양 함대와 일본 경찰이 충돌한 소위 나가사키 사건이 원인이 되어 1888년에 시작되었다.[10] 원구기념비건설운동은 당시 후쿠오카(福岡) 경찰서장이던 유치 다케오(湯地丈雄)가 주도한 호국정신 고양운동으로 연설, 슬라이드 상연, 출판, 가요 등의 분야로 확대되었고 원구도의 도상에도 큰 영향을 주었다. 특히 유치 다케오가 애국사상의 고취를 위하여 당시 간행한 『원구반격 호국미담(元寇反擊 護国美談)』(1891년) 시리즈에는 여러 장면의 삽화가 실려 있어 주목을 끈다. 무라사키야마 거사(紫山居士) 즉, 기타무라 사부로(北村三郎)가 지은 『원구반격 호국미담』은 가마쿠라 시대의 문헌인 『하치만우동훈』 내용을 참고하여 몽골침입 당시의 내용을 담은 책이다. 또한 원구기념비건설과 애국사상의 고취를 위한 운동의 여파로 같은 해에는 야마다 안에이(山田安栄)가 『하치만우동훈』을 비롯하여 『하코자키궁연기(筥崎宮縁起)』, 『진메이카가미(神明鏡)』와 같은 일본의 문헌뿐만 아니라, 『고려사(高麗史)』나 『동국통감(東国通鑑)』에서 몽골침입 관련 내용을 편집하고 시게노 야스쓰구(重野安繹)가 감수한 서적 『복적편(伏敵編)』이 발행되어 몽골침입 관계 역사 연구에는 획기적인 지평을 열었다.[11]

한자로 연해(硯海)라는 호를 쓰는 화가가 그린 『원구반격 호국미담』의 삽화(【그림 3】)에는 몽골의 병사가 일본인의 간을 꺼내 먹거나 피를 빨아 먹는 장면 등 몽골군의 만행을 다룬 충격적인 장면이 묘사되어 있다. 몽골과 고려의 연합군이 보인 살상행위에서 유래한 '무쿠리고쿠리(むくりこくり)'라는 말이 일본에서 무시무시하다는 의미를 갖게 된 사정이 바로 이 그림에 묘사되어 있는 셈이다.[12] 연해라는 호를 쓰는 화가의 삽화들 가운데 일부는 다른 화가의 도상에 영향을 주기도 하였다. 예를 들어 『원구반격 호국미담』에 등장하는 「지쿠젠 현해탄에 몽골 전함 복몰하는 그림(筑

前玄海洋に蒙古戦艦覆没する絵」(【그림 4】)은 같은 해에 그려진 가와이 고지로(河合倖次郎)의 「원함(元艦)」(1890)에 활용되었다.[13] 시점을 바다와 언덕의 중간에 낮게 설정하여 안정적인 구도를 제시함과 아울러 현실감을 높이고 해변에 늘어선 일본군의 모습에 비중을 둔 이 그림에 등장하는 몽골 함선의 형태나 각도를 고려해보면 『원구반격 호국미담』의 영향을 받은 것이 분명하다. 다만, 침몰해가는 몽골 병선의 위치를 너무 가깝게 배치함으로써 리얼리티에 손상을 준 점은 조형적 미숙함이 낳은 결과임을 부인할 수 없다.

【그림 3】 연해(硯海) 「일본군 전사자 시신을 훼손하는 몽골군 병사」 『원구반격 호국미담(元寇反撃 護国美談)』(세이코도(青湖堂), 1891) 「국립국회도서관 디지털 콜렉션(国立国会図書館デジタルコレクション)」 (https://doi.org/10.11501/755487 (image no.25))

【그림 4】 연해(硯海) 「현해탄에서 전복되는 몽골군함」 『원구반격 호국미담(元寇反撃 護国美談)』(세이코도(青湖堂), 1891) 「국립국회도서관 디지털 콜렉션(国立国会図書館デジタルコレクション)」 (https://doi.org/10.11501/755487 (image no.46))

3. 『몽골침입에마키』의 천황가 헌상과 원구도 도상의 변용

일정하지 않았던 원구도의 도상에 본격적인 변화를 불러온 것은 메이지 시대에 들어 『몽골침입에마키』가 천황가에 헌상되고부터다. 원구도의 관점에서 보자면 『몽골침입에마키』는 가마쿠라 시대 이래 일본의 문헌이나 인식과는 차이가 있다. 즉, 몽골침입 당시의 결정적인 장면이라고 할 가미카제 장면을 직접 다루지 않았을 뿐만 아니라, 전투장면을 다룬 부분에서도 다케자키 스에나가(竹崎季長) 개인의 행위에 집중한 화면구성이 특징이다. 그와 같은 특징은 개인의 무공을 기록하기 위해 그려진 에마키인 사실로 충분히 설명된다고 하겠지만, 그 사실은 앞 장에서 살펴본 바와 같이 『몽골침입에마키』와는 또 다른 원구도 도상 즉, 다케자키 스에나가 개인의 행적을 벗어난 도상의 출현 가능성을 시사해준다. 앞서 살펴본 가미카제 중심의 원구도 도상은 그와 같은 도상의 한 유형인 셈이다.

오야노 가문이 이전까지 소장해왔던 『몽골침입에마키』를 천황가에 헌상한 것은 1890년의 일로서 이후 모사본이 제작되고 출판물에 소개되어 화가들에게 영향을 주었고, 다양한 각도에서 몽골침입에 관한 새로운 연구를 가능하게 하였다.[14] 원구도의 도상과 관련하여 『몽골침입에마키』가 천황가에 헌상된 이후 변화가 나타난 것은 청일전쟁이 발발한 1894년 경부터다. 오카쿠라 덴신(岡倉天心)의 제자인 시모무라 간잔(下村観山, 1873~1930)이 1895년에 그린 「원구도」는 『몽골침입에마키』가 활용된 이른 사례의 하나다. 청일전쟁이 끝난 직후에 그려진 이 그림은 지금의 도쿄대학(東京大学) 교양학부의 전신인 제일고보(第一高譜)에 전시할 역사화 중 하나로 제작된 것으로, 몽골군과 일본군 사이의 치열한 지상전 장면을 형상화한 것이다.[15] 이 그림에는 『몽골침입에마키』의 영향을 말해주는 몇 가지 모티프가 있다. 파괴된 도리이(鳥居)나 지면의 각목 울타리 등은 『몽골침입에마키』에서 하코자키 신궁(筥崎神宮)을 묘사한 부분과 밀접한 유사성을 보여준다. 또한 화면 왼쪽 끝 몽골군 병사의 두 갈래로 땋은 머리모양은 『몽골침입에마키』에 등장하는 몽골군 병사의 모습과 일치한다. 그 밖에 몽골군의 갑옷이나 투구는 당시에 이미 그 소재가 알려진 것들로 현재 원구기념관 등에 소장되어 있는 예들을 참고하여 충실히 묘사한 것이다.

시모무라 간잔의 「원구도」에서 『몽골침입에마키』나 몽골군의 투구와 갑옷 등을 참고한 배경에는 역사화에서 시대고증을 중시하던 당시의 요구가 있었다. 이미 메이지 시대 역사화 유행의 선구적인 존재였던 기쿠치 요사이가 역사화에서 시대고증이 중요함을 강조한 바 있고, 메이지 시대 중기를 지나며 정부가 주최한 내국권업박람회(内国勧業博覧会)와 같은 공모전에서 고실(故実) 즉, 시대고증이 엄격한 심사기준으로 자리 잡았다.[16] 1890년 제3회 내국권업박람회 심사원으로 참여했던 오카쿠라 덴신은 역사화를 그릴 때에는 '특히 고실을 고구(考究)하여 두찬망잡(杜撰妄雑, 엉터리를 멋대로 뒤섞어 놓은)의 감이 없도록 해야 한다'는 역사화 심사기준을 밝힌 바 있으며, 같은 심사에 참여한 시모조 마사오(下条正雄) 또한 역사화에서 고실이 중요함을 강조하였다.[17] 이 같은 사실은 메이지 시대에 역사화의 제작을 적극적으로 장려하고 지도한 오카쿠라 덴신의 도쿄미술학교 제자 시모무라 간잔이 『몽골침입에마키』를 참고하여 「원구도」를 그린 사정을 뒷받침해 준다.

『몽골침입에마키』의 영향을 받은 예이면서 원구도 도상의 문제에서 커다란 혁신이 이루어진 것은 서양화가 야다 잇쇼(矢田一嘯)에 의해서다. 일찍이 기쿠치 요사이에게서 그림을 배운 적이 있는 그는 요코하마(横浜)에서 화숙(画塾)을 열어 운영하던 중 서양인이 그린 초상화의 리얼함에 이끌려 서양화를 배우기로 결심하였다. 미국으로 가서 서양화법을 배우고 파노라마관과 소위 활인화(活人画)를 접한 후 귀국한 그는 활인화의 배경을 그리거나 전쟁장면을 다룬 파노라마의 제작에 관여하며 지명도를

높여갔다.[18]

도쿄의 우에노(上野) 파노라마관, 구마모토시(熊本市)의 규슈(九州) 파노라마관 등에 일본의 서남전쟁(西南戦争)이나 미국의 남북전쟁 등과 관련한 파노라마를 제작한 야다 잇쇼가 화가로서 새로운 전기를 맞이한 것은 청일전쟁 발발 직후인 1894년 8월 앞서 언급한 유치 다케오와의 만남을 통해서였다. 당시 전국을 돌며 원구기념비건립운동을 전개하고 있던 유치 다케오의 강연을 듣고 감명을 받은 그는 원구도를 제작하여 협력하기로 약속했다. 원구기념비건립운동 당시 유치 타케오가 제작하여 배포한 원구기념비건설의연금모집(元寇記念碑建設義捐金募集) 광고에 따르면 외적의 침입을 물리친 역사를 통해 교훈을 얻고 호국정신을 고양시킬 수 있는 상징적인 조형물을 건설하자는 것이 원구기념비 건설의 취지였다.[19] 규슈에서 시작된 원구기념비건설운동은 전국을 돌며 전개되었고 원래 시카노시마(志賀島)에 호조 도키무네(北条時宗)의 동상을 건립하려던 계획이 변경되어 가메야마 상황(亀山上皇)의 동상을 건립하는 것으로 결정되어 실현되었다.[20]

야다 잇쇼가 새로운 원구도 도상의 확립에 나선 것은 청일전쟁이 끝나기 전 1895년 1월 이전으로 추정되며 그라비아판 「원구」의 제작을 시작으로 하여 1896년에는 「원구대유회」를 완성하여 일반대중에 공개했다.[21] 전부 14점으로 이루어진 「원구대유회」는 기쿠치 요사이의 가미카제 장면과 『몽골침입에마키』의 장면 등을 참고하여 이전에 없던 화면을 제시함으로써 원구도 도상계보에서는 새로운 길을 열었다. 스케일이 큰 스펙타클한 화면에 다이나믹한 구성 등 파노라마의 기법을 충분히 활용한 그는 이전에 형성된 원구도 도상의 계보도 활용하였다. 특히 당시 야다 잇쇼가 해전 장면의 새로운 도상을 창안하는 과정에서 가장 중요한 참고자료가 된 것은 가미카제를 중심으로 한 기쿠치 요사이의 몽골침입도 도상과 『몽골침입에마키』에 등장하는 다케자키 스에나가 일행의 기습장면이다.

야다 잇쇼가 제시한 원구도의 화면에는 쓰시마(対馬)에서 벌어진 처절한 지상전의 장면을 비롯하여 광활한 하카타(博多) 해변을 배경으로 한 전투, 그리고 해전 등 스케일상의 혁신이 눈에 띈다. 스펙타클한 그의 화면구성은 파노라마 제작을 통해 축적한 노하우와 무관하지 않은 것으로 추측되며 그의 원구도 시리즈를 특징짓는 경향이다. 야다의 혁신에 의한 화면에는 『몽골침입에마키』를 활용한 장면도 포함되어 있다. 즉, 『몽골침입에마키』 가운데 오야노 가문 삼형제가 몽골 전함에 다가가는 장면(【그림 5】)을 활용하여 더욱 큰 스케일의 화면에 극적인 장면(【그림 6】)을 제시하였다. 파도가 넘실대는 바다에서 대규모 해전이 전개되고 있는 화면의 설정은 원래 에마키에서는 찾아볼 수 없던 장면으로 극적인 긴장감과 다이나믹함이 강조되어 있다. 갈고리를 이용하여 몽골 전함에 다가가는 일본 병사의 모습이나 활을 겨눈 장면 등은 두 그림 사이의 영향관계를 웅변해

【그림 5】 궁내청(宮内庁) 산노마루쇼조관(三の丸尚蔵館) 소장, 『몽골침입에마키(蒙古襲来絵詞)』 部分, (『일본 에마키13 몽골침입에마키(日本の絵巻13 蒙古襲来絵詞)』 아제쿠라쇼보(校倉書房), 1988)

【그림 6】 야다 잇쇼(矢田一嘯) 「원구대유화(元寇大油絵 第12図」 야스쿠니 신사(靖国神社) 소장, 1896

준다. 당시 야다 잇쇼의 「원구대유회」 14점에 대한 해설서에 해당하는 『원구화감(元寇画鑑)』에는 먼바다의 몽골 함선에 일어난 화재는 고노 미치아리(河野通有), 고다 고로(合田五郎), 구사노 지로(草野次郎) 일행에 의해서, 그리고 화면 앞쪽의 작은 배를 타고 기습을 감행한 일본군은 다케자키 스에나가, 오야노 형제에 의한 것으로 기술하고 있다.[22] 『몽골침입에마키』에는 고노 미치아리의 기습장면이 등장하지 않는 점을 고려하면 그 장면은 별도의 전거가 있음을 알 수 있다. 그 전거란 몽골침입 당시의 문헌기록 『하치만우동훈』 등의 내용으로, 문헌에 등장하는 내용을 우선적으로 적용하고 회화로 형상화하는 과정에서 『몽골침입에마키』에 등장하는 다케자키 스에나가의 기습장면을 활용한 것이다. 바로 그 두 가지를 통합, 재구성하는 과정에서 『몽골침입에마키』에 등장하는 작은 배에 탄 사무라이들의 접근 장면이 조형적인 토대가 되었음을 알 수 있다.[23] 결과적으로 화면 앞쪽에서는 『몽골침입에마키』에서 다케자키 스에나가가 오야노 형제들과 작은 배를 타고 기습을 감행하여 적장의 목을 베는 장면이 묘사된 내용을 충실히 참고하면서도 화면 뒤쪽에는 불타는 원나라 병선과 작은 배 두 척을 그려넣음으로써 전체 화면의 스케일이 더욱 커지고, 극적인 효과를 느낄 수 있게 하였다.

4. 아시아태평양전쟁기 원구도 도상의 고정화

사실 일본 역사 속에서 몽골침입의 격퇴와 관련이 있는 주요 인물에는 가메야마 천황을 비롯하여 니치렌 상인, 싯켄(執権) 호조 도키무네 등이 있고, 『몽골침입에마키』 속에는 주인공인 다케자키 스에나가를 비롯하여 오야노 가문 형제들, 고노 미치아리 등이 등장하고 있는 만큼 그들 모두가 잠재적으로는 원구도의 주인공이 될 가능성이 있었다. 실제로 앞서 살펴본 원구도의 예들 외에도 일찍이 메이지 시대에 몇몇 화가들이 이들을 주인공으로 한 역사 인물화를 그린 적이 있다. 노다 규호(野田九浦, 1879~1971)는 제1회 문부성미술전람회에 니치렌의 길거리 설법 장면을 다룬 「길거리 설법(辻說法)」을 출품하였고, 요코야마 다이칸(橫山大觀)은 1912년에 「니치렌」을 그렸다. 이들 두 작품은 몽골침입과는 직접 관련이 없는 니치렌의 일대기 가운데 각각 한 장면을 다룬 것이지만, 이마무라 시코(今村紫紅)가 그린 「도키무네(時宗)」(1908)는 몽골침입과 관련이 있다. 즉, 1281년 몽골침입 당시 송나라에서 일본으로 간 선종 승려 소겐(祖元)에게 도키무네가 가르침을 구하는 장면이다. 이미 지적된 바와 같이 쇼와(昭和) 10년대에는 시국을 반영하여 몽골침입과 관련한 인물에 대한 연구가 진행되고 도키무네와 니치렌은 '몽골침입이라는 대국난 시기의 2대 영웅호걸'로 인식되었다.[24] 1943년 문부성미술전람회에 출품된 바 있는 도모토 인쇼(堂本印象, 1891~1975)의 「호조 도키무네(北条時宗)」 역시 이와 같은 배경 속에서 몽골침입 당시 도키무네의 모습을 다룬 것이다. 또한 네아가리 도미지(根上富治, 1895~1981)는 이세신궁(伊勢神宮)을 참배하여 자신의 몸으로 국난을 대신하게 해달라는 기도를 올린 가메야마 천황을 주인공으로 설정한 「원구도」(1942)를 도쿄부(東京府)가 건립한 양정관(養正館)에 전시할 역사화 75점의 하나로서 그렸다.[25]

한편 야다 잇쇼에 의한 혁신을 통해 드라마틱한 화면으로 재구성되고 다양화된 원구도는 아시아태평양전쟁이 발발한 이후 하나의 패턴을 형성하며 고정화되는 현상을 보였다. 그 도상 자체는 고노 미치아리가 작은 배를 사용하여 커다란 몽골 병선에 올라타는 장면이 중심을 이룬 것으로 앞서 언급했듯이 문헌상의 근거와 『몽골침입에마키』와 관련이 있다. 일본화가 이소다 조슈(磯田長秋, 1880~1947)는 1941년 『몽골침입에마키』의 장면 가운데 오야노 가문의 삼형제가 몽골 군함에 접근한 장면을 활용하여 화면을 재구성하고 극적인 효과를 강화시킨 「야습(夜襲)」(【그림 7】)을 관전인 문부성미술전람회에 출품하였다. 야간기습이라는 제목에 드러나 있듯이 이는 오야노 가문 형제들을 비롯한 고노 미치아리 일행이 몽골 병선에 야간기습을 감행하는 장면을 회화로 형상화한 것이 분명하다. 『하치만우동훈』에 따르면 이 야간기습에서 오야노 가문의 형제들은 두 척의 배를 타고 몽골 병사 21명의 목을 자르고 몽골 병선에 불을 지르는 전과를 올렸다. 이소다 조슈의 그림에서는 야간기습을 위해 작은 배를 타고 해안을 떠나는 장면을 묘사하고 인물들의 표정과 동작에 긴장감을 표현하였다. 원래 『몽골침입에마키』에 등장하는 다케자키 스에나가의 모습을 완전히 배제한 것으로 보아 내용적으로는 『하치만우동훈』에 더욱 충실한 화면을 제시한 것으로 평가할 수 있다. 이소다 조슈는 그 이듬해에도 긴박한 장면설정이 특징적인 「원구적선(元寇敵船)」을 1942년 군용기헌납작품전에 출품하였다. 화살이 날아드는 가운데 작은 배를 탄 사무라이들

【그림 7】 이소다 조슈(磯田長秋) 「야습(夜襲)」, 문부성미술전람회 출품 그림엽서(文部省美術展覧会出品絵葉書), 1941)

이 몽골 병선에 옮겨 타는 장면을 묘사한 이 작품은 『몽골침입에마키』를 충실히 소화하여 새로운 장면을 설정한 결과물인 셈이다. 갈고리를 사용하여 원나라 병선에 접근하는 일본군 병사, 활을 겨눈 몽골군 병사의 복장이나 두 갈래로 땋은 머리 등은 『몽골침입에마키』와의 유사성을 그대로 보여준다. 『몽골침입에마키』의 화면구성과 모티프를 활용하고 일본군 병사의 갑옷이나 투구 등은 치밀하게 묘사하여 충실한 시대고증을 바탕으로 인물들의 동세를 살린 역사화로 거듭나 있다.

야다 잇쇼에 의해 『몽골침입에마키』에 등장하는 장면을 바탕으로 한 새로운 원구도의 도상이 고정화되어간 현상은 이들 일본화에서뿐만 아니라 서양화에서도 나타났다. 서양화가 곤도 다네오(権藤種雄)는 도쿄부가 건립한 양정관에 전시할 목적으로 그려진 「가미카제(神風)」(【그림 8】)에서 야다 잇쇼의 그림과 흡사하면서 원래 『몽골침입에마키』에서 오야노 가문의 3형제가 등장하는 화면과 유사한 화면을 설정하였다. 같은 시기에 그린

【그림 8】 곤도 다네오(権藤種雄) 「가미카제(神風)」 진구초코칸(神宮徵古館) 소장, 1942, (『명화로 보는 일본사의 발걸음(名画に見る国史の歩み)』 근대출판사(近代出版社), 2000

2곡 1척 병풍그림 「고노 미치아리 분전도(河野通有奮戦之図)」(1941)는 「가미카제」와 화면구성이 유사하고 화면 오른쪽 귀퉁이에 있는 사인에 "고노 미치아리 분전의 그림(河野通有奮戦之図)"이라고 쓴 것을 보면 화가 곤도 다네오는 원구도에서 몽골 침입 당시 문헌의 서술내용에 한층 충실한 회화로 형상화하였음을 알 수 있다. 즉, 「하치만우동기(八幡愚童記)」(『하치만우동훈』의 분메이본(文明本))를 비롯한 문헌에서 돛대를 잘라 사다리로 사용하고 기습을 감행하여 원나라 병선에 불을 지르고 적장을 생포하여 돌아온 고노 미치아리의 활약상이 부각되어 있고, 화가 곤도 다네오는 그와 같은 문헌의 내용을 이전의 어떤 화가보다 자세히 묘사하였다. 앞서 언급한 바와 같이 1891년에 출판된 『복적편』과 같은 문헌에도 언급되어 있는 이 장면을 어두운 바다 위에서 돛대를 사다리로 활용하여 몽골 병선에 옮겨 탄 후 기습을 감행하는 병사들이 전투를 벌이는 장면으로 재구성한 것이다. 그 과정에서 야다 잇쇼의 도상을 활용하였고, 더 거슬러 올라가서는 『몽골침입에마키』의 장면과도 연관이 있는 화면을 제시한 것이다. 다만, 다케자키 스에나가 일행의 모습을 완전히 배제함으로써 야다 잇쇼의 원구도 도상과는 차별화시키고 고노 미치아리를 온전한 주인공으로 부각시킨 점은 이 그림에 개입된 화가의 의도를 말해준다.

아시아태평양전쟁기에 역사화인 원구도 도상의 고정화가 두드러지고, 그 수량은 많지 않았어도 계속 그려진 사정은 다음 두 가지 맥락에서 설명할 수 있다. 먼저, 종군기록화를 비롯하여 동시대 후방의 생활상이나 점령지의 광경을 다룬 동시대 전쟁화에 비해 역사화의 비중이 약화된 것이다. 그 역사화 가운데 도요토미 히데요시나 가토 기요마사(加藤清正) 등 임진왜란과 같은 침략전쟁과 관련한 인물, 구스노키 마사시게(楠正成)와 같은 천황제 이데올로기 관련 인물, 그리고 미나모토노 요리토모(源頼朝)나 미나모토노 요시쓰네(源義経)와 같이 무사도의 성립기인 원평합전기(源

平合戦期)의 인물 등과 함께 원구도가 그려진 것이다.[26]

두 번째는 자연현상이었던 가미카제를 신불의 영험과 관련된 것으로 설명하며 신이 바람의 형태로 나타난 것이 가미카제임을 강조한 견해가 제출되는 등, 신비로움을 강화시켜 갔다는 점이다.[27] 이는 이후 자살특공대 가미카제의 출현과도 연관이 있고, 태평양전쟁 말기인 1944년 10월에 가미카제 특공대가 처음 등장한 이래 몽골침입과 관련된 많은 역사적 경험과 인식까지도 가미카제 특공대로 정리, 대체된 사정과도 관련되어 있다.[28] 특히 작은 배로 거대한 몽골 병선에 침투하는 오야노 가문의 형제들 혹은, 고노 미치아리의 모습은 가미카제 특공대의 자살공격과 오버랩되는 장면이었고, 아시아태평양전쟁 당시 일본군의 은유였으며, 장면 전체가 아시아태평양전쟁 말기 상황의 알레고리였다. 말하자면 당시 신문에 실린 가미카제 특공대의 사진이나 화가 미야모토 사부로(宮本三郎, 1905~1974)의 「반다부대 필리핀 먼바다에서 분전하다.(万朶隊比島沖に奮戦す)」 등의 예는 역사 속 가미카제가 현실의 가미카제로 전이, 부활된 것이었고 원구도의 아시아태평양전쟁 말기의 버전이었던 셈이다.

물론 역사화의 비중이 줄어든 가운데 원구도의 수량이 적게 그려지고 그 도상 또한 고정화되었다고 해서 원구도에 대한 관심이 줄어든 것은 아니었다. 아사히(朝日)신문사가 1938년 5월에 개최한 '도쿄아사히신문(東京朝日新聞) 창간 50주년 기념 전쟁미술전람회'에는 원구도와 관련된 회화작품이 전시되었다. 당시 출품목록에는 천황가가 소장하고 있던 『몽골침입에마키』의 모사본을 소장하고 있던 도쿄제실박물관(東京帝室博物館)의 『몽골침입에마키』 모사본을 비롯하여 앞서 살펴본 마쓰모토 후코의 「몽골침입벽제관전투도병풍」 등이 포함되어 있다.[29] 미술평론가 와키모토 락시켄(脇本楽之軒)은 『아사히신문(朝日新聞)』에 실린 「전쟁미술전을 보다(戦争美術展を見る)(3)」라는 제목의 글에서 『헤이지모노가타리에마키(平治物

語絵巻)』와 『몽골침입에마키』가 가진 색채감과 인정 표현의 뛰어남을 지적하고 일본전쟁미술의 특색을 잘 드러낸 예로 평가하였다.[30] 또한 같은 시기 오사카시(大阪市)가 '국위선양(国威宣揚) 원구전(元寇展)'이라는 제목의 전람회를 개최하였고, 가메야마 천황의 초상화를 비롯하여 다이고 천황(醍醐天皇)의 '적국항복(敵国降伏)'이라는 글씨의 모사본, 호조 도키무네의 초상화, 『몽골침입에마키』 모사본, 그리고 시모무라 간잔의 「원구도」 등이 전시되었다.[31]

아시아태평양전쟁 말기에 『몽골침입에마키』는 동시대 전쟁화와 연관지어 언급되기도 하였다. 1944년 5월 미술잡지 『미술(美術)』에는 미술사학자 다나카 잇쇼(田中一松)가 「고전예술에서의 기록화 문제(古典芸術に於ける記録画の問題)」라는 제목의 글을 싣고 기록화의 문제가 당시 전쟁화와 관련하여 하나의 과제가 되었음을 지적하며 역사적 사건의 정확한 기록이 요구되고 있음을 강조하였다.[32] 오래된 전쟁화의 예로서 『헤이지모노가타리에마키』, 『몽골침입에마키』 등을 들고 『몽골침입에마키』의 경우 다케자키 스에나가의 종군기록이며 다케자키 스에나가가 관여한 전황보고로 규정하였다. 또한 몽골침입이라는 미증유의 국난에 관해 부분적이긴 하나 정세한 묘사에서는 일찍이 없었던 예로서 높게 평가하였다. 특히 다케자키의 분투자세를 높게 평가하면서도 구도상 동세의 표현이 결여되거나 많지 않은 점을 지적하고 그것이 엄밀한 기록적 성격에 기인한 점을 지적한 대목에서는 아시아태평양전쟁기 전쟁화에 대한 그의 비판적인 태도가 드러나 있다. 『몽골침입에마키』의 예를 들면서 전통적인 일본회화가 객관적인 묘사에 충실했음에 비해 아시아태평양전쟁기 당시의 전쟁화에서 기록적인 객관묘사가 부족함을 지적한 것이다.

5. 맺음말

이상에서 살펴보았듯이 두 차례에 걸친 몽골의 침입과 격퇴의 경험은 원구도의 배경이 되었지만, 원구도의 도상은 메이지 시대 중기까지 일정하지 않았다. 막말유신기에 가미카제를 중심으로 윤곽을 드러낸 원구도의 도상에서 『몽골침입에마키』 도상의 전파는 소위 가미가제 사관에 입각한 가미카제 장면 일변도의 몽골침입 장면을 다양화시키고 구체성을 부여했고, 야다 잇쇼, 시모무라 간잔 등의 원구도에 활용되며 도상의 변용이 이루어졌다. 특히 도상의 변용과정에서 야다 잇쇼의 역할은 지대하여 원구기념비건립운동에 관여하며 원구도의 제작에 나선 그의 그림에는 『몽골침입에마키』에 등장하는 장면 즉, 일본의 오야노 가문 형제들이 몽골 병선에 접근하여 기습공격하는 장면이 드라마틱하게 재구성되어 이후 하나의 패턴으로 고정되었다. 『하치만우동훈』의 내용이 적용되어 고노 미치아리가 기습의 주인공으로 등장하였고, 이소다 조슈의 원구도는 변용된 도상을 계승, 활용한 사례다. 서양화가 곤도 다네오는 그 도상을 수용하면서도 문헌의 내용에 한층 더 충실한 태도를 보였다.

원구도의 도상이 『몽골침입에마키』의 영향을 받아 변화를 겪는 과정에서 한 가지 주목할 만한 현상은 기쿠치 요사이의 「원함복멸도」에서 보듯이 한때 중심을 이루었던 가미카제 장면이 오야노 가문 삼형제의 돌입 장면으로 대체된 사실이다. 이는 역사화에서 시대고증이 강조되고 객관적이고 과학적인 설명이 중시되던 근대 일본의 인식에서 과학적으로 증명하기 어려운 가미카제 현상에 대한 기피의 결과가 아닌가 한다. 그 대신 오야노 삼형제가 보여준 감투정신이야말로 구체적이고 실현가능한 일이면서 『몽골침입에마키』에 묘사되어 있어 구체적인 근거가 있는 역사적인 사실로 확증되었기 때문으로 추측된다. 도상이 고정화 현상을 보인 원구도나 『몽골침입에마키』의 모사본이 아시아태평양전쟁기 종반까지 관심을 끌며 전쟁미술의 일부로서 전시된 점도 주목해야 할 현상이지만, 역사 속의 원구 혹은, 가미카제가 현실의 가미카제 특공대로 부활, 대체되고, 곧이어 등장한 가미카제 자살공격 장면을 다룬 회화는 원구도의 아시아태평양전쟁 말기 버전으로 규정할 수 있을 것이다.

* 이 글은 『한림일본학』 33(2018)에 게재된 논문을 수정한 것임.

1 黒田俊雄, 『蒙古襲来』日本の歴史8(中央公論社, 1965), pp.145-156, 南基鶴『蒙古襲来絵詞と鎌倉幕府』(臨川書店, 1996), 新井孝重 『蒙古襲来』戦争の日本史7(吉川弘文館, 2007).

2 石黒吉次郎「蒙古襲来と文学」『専修国文』 84, 2009.1, pp.21-41.

3 小松茂美編『蒙古襲来絵詞』日本の絵巻23(中央公論社, 1988).

4 佐藤鉄太郎『蒙古襲来絵詞と竹崎季長の研究』(錦正社, 2005), 大倉隆二『「蒙古襲来絵詞」を読む』(海鳥社, 2007).

5 하지만, 몽골침입 당시의 기록과는 다른 내용이 묘사되어 있다. 즉, 기록에 따르면 총사령관이었던 우쓰노미야 사다쓰네(宇都宮貞経)가 쓰쿠시(筑紫)에 도착하기 전에 몽골 병선은 이미 궤멸된 상태였고, 사다쓰네 일행은 지쿠젠(筑前) 하카타(博多)의 산에서 깃발을 휘날리며 국토의 정밀(静謐)을 기도했다는 전설이 남아 있다.

6 시모노세키 전쟁은 1863년 조슈번(長州藩)과 프랑스, 영국, 네덜란드, 미국의 4개국 사이에 일어난 군사적 충돌을 가리키며, 이듬해 마한(馬関) 전쟁으로 발전하였다.

7 藤岡作太郎『近世絵画史』(金港堂, 1903), pp.296-298.

8 干河岸貫一編『近世百傑伝』(博文堂, 1900), pp.235-239.

9 김용철「청일전쟁기 일본의 전쟁화」『일본연구』 9, 2012, pp.17-34.

10 「清国軍艦「定遠」の水兵, 長崎で暴行」『東京日日新聞』 1886.8.15,「清国水兵暴行の詳報」『時事新報』 1886.8.18,「談判やっと落着」『時事新報』 1887.2.10.

11 山田安栄編『伏敵編』(吉川半七, 1891).

12 服部英雄『大野城市史(上)』(大野城市教育委員会, 2005), pp.510-512.

13 『元寇反撃 護国美談』(青湖堂, 1890).

14 池内宏『元寇の新研究』東洋文庫論叢第15(東洋文庫, 1931).

15 小堀桂一郎「旧一高所蔵の歴史画に就いて」『紀要比較文化研究』 14, 1974, pp.1-34.

16 塩谷純「菊池容斎と歴史画」『国華』 1183, 1996, pp.7-22.

17 岡倉天心「第三回内国勧業博覧会審査報告」『岡倉天心全集3』(講談社, 1978), pp.82-93.

18 西本匡伸「矢田一嘯 彼が画人としてあることについて」『よみがえる明治絵画』(福岡県立美術館, 2005), pp.66-71 참조. 활인화란 프랑스어 tableaux vivant의 번역어에서 유래한 용어. 배경 앞에서 분장한 사람이 포즈를 취하여 한 폭의 그림인 것처럼 보이게 하는 것으로 일본의 메이지(明治) 및 다이쇼(大正) 시대에 모임의 여흥으로 주로 행해졌으며, 역사에 등장하는 주요인물의 모습이 제재가 되었다.

19 元寇記念碑建設事務所「元寇記念碑来歴一斑」및 湯地丈雄「元寇記念碑義捐金募集広告」(太田弘毅編『元寇役の回顧』(錦正社, 2009), pp.23-25에서 재인용).

20 川添昭二『蒙古襲来研究史論』(雄山閣, 1987), pp.117-118.

21 앞의 주18의 西本匡伸의 논문, pp.66-71.

22 鈴村譲『元寇画鑑』(東陽堂, 1897).

23 萩原竜夫校訂「八幡愚童訓 甲」『寺社縁起』日本思想大系20(岩波書店, 1975), p.183.

24 앞의 주20의 책, pp.206-208.

25 원래 양정관은 1933년 아키히토(明仁) 황태자가 탄생하자 황태자탄생 축하사업으로 계획되어 역사화 전시관으로서의 성격이 결정되었으나 1937년 도쿄부 양정관으로 이름이 결정된 직후 중일전쟁의 발발 등으로 건립과 역사화 전시라는 본래의 계획이 지지부진한 상태를 겪었다. 태평양전쟁의 발발로 1942년에 완성된 78점의 역사화를 전시하는 전시관의 운영은 단념되었다. 김용철「아시아태평양전쟁기 일본 역사화 속의 국가주의」『한림일본학』20, 2012, pp.105-130 참조.

26 앞의 주25의 김용철의 논문, pp.105-130.

27 秋山謙蔵「元寇と神風と仏教」『史潮』19, 1937.2, pp.67-82.

28 家永三郎『太平洋戦争』(岩波書店, 1968), pp.206-208, 吉田裕, 森茂樹『アジア・太平洋戦争』(吉川弘文館, 2007), pp.206-208, 御田重宝『特攻』(講談社, 1988), pp.7-132.

29 『朝日新聞』, 1938.5.3.

30 脇本楽之軒「戦争美術展を見る(3)」『朝日新聞』, 1938.5.17.

31 大阪市役所編『国威宣揚元寇展図録』(大阪市役所, 1938).

32 田中一松「古典芸術に於ける記録画の問題」『美術』1944.5, pp.12-16.

칼럼

그림과 문자의 표현 코드

─ 국보 『겐지모노가타리에마키(源氏物語絵巻)』를 해독하다 ─

김수미(金秀美)

1. 국보 『겐지모노가타리에마키(源氏物語絵巻)』의 인물묘사의 수수께끼

도쿠카와(徳川) · 고토본(五島本) 『겐지모노가타리에마키』(통칭, 국보 『겐지모노가타리에마키』 여기서는 『겐지모노가타리에마키』라 칭한다)의 그림화면을 보고 있자면, 나는 항상 수수께끼를 풀고 있는 것 같은 기분이 든다. 그건 이 작품에 숨겨져 있는 풍부한 상징성, 심원한 표현력에 의한 것으로, 감상자에게는 난해함과 동시에 흥미를 불러일으키는 원천이기도 하다.

그 중에서 최근 나는 이 작품에 그려진 인물의 묘사 방식에 자꾸 눈길이 갔다. 「법회(御法)」 그림화면에 아카시 중궁(明石中宮)의 모습이 극도로 작게 그려져 있는 바로 그 장면이다(【그림 1】 참조). 「아즈마야(東屋)2」에서 우키후네(浮舟)가 작게 그려진 예가 있기는 하지만, 아카시 중궁은 그보다도 훨씬 작게 그려져 있었다. 그 뿐만이 아니라, 「가시와기(柏木)3」에서는

【그림 1】 고토미술관(五島美術館) 소장, 12세기, 국보『겐지모노가타리에마키(源氏物語絵巻)』「법회(御法)」그림, (김수미 저『일본고전문학을 그림으로 읽다—국보『겐지모노가타리에마키(源氏物語絵巻)』—』(고려대학교 출판문화원, 2020, p.119)를 복사전재하여 사용)

온나산노미야(女三宮)가 여주인공으로 등장하는 장면임에도 불구하고, 본 작품에서는 그림설명문(詞書)에서도 그림화면에서도 온나산노미야가 삭제되어 있다. 또한「방울벌레(鈴虫)1」에서도 온나산노미야가 여주인공으로 비중 있게 등장하는 장면이지만, 그림화면에서는 온나산노미야 대신 여관(女房)이 그려져 있다. 이와 같이 원작과는 달리, 본 작품에서 인물들을 자유자재로 그림화면에 담아내는 방식에 놀라는 한편, 이 작품에 있어서의 표현체계 · 회화의 방식에 대해 알고 싶어졌던 것이다.

일본에서 잘 알려져 있듯이,『겐지모노가타리에마키』는 11세기 무라사키 시키부(紫式部)가 집필한『겐지모노가타리(源氏物語)』를 회화화(絵画化)한 것으로, 현존하는 겐지에(源氏絵) 중 가장 오래된 최고의 작품으로 알려져 있다. 이는 가나문자(仮名文字)로 쓰여진 그림설명문(詞書, 絵詞)과 그림 한 장면을 연결시켜 만든 단락식 에마키(段落式絵巻) 형식으로, 그 그림설명문은『겐지모노가타리』에서 그림에 해당하는 내용을 발췌하여 원문에 생략, 수정 등을 가한 것이다. 이와 같이, 본 작품은『겐지모노가타리』라고 하는 문자 텍스트로 표현된 스토리 내용을 문자와 그림에 동시에 담아내는 형식으로 제작되어지고 있는 것이다. 즉, 이 에마키(絵巻)는 회화 텍스트와 문자 텍스트를 동시에 해독하는 과정을 통해 그 의미 내용을 파악·감상하는 작품인 것이다.

그렇다고 한다면, 본 『겐지모노가타리에마키』에서는 회화와 문자라고 하는 다른 전달매체·표현매체의 특성을 어떻게 활용하여 에마키 나름대로의 표현체계를 구축하고 있는 것일까. 이를 검토하는 과정을 통하여 앞서 말한 본 작품의 인물묘사의 수수께끼 문제를 풀어보고자 한다. 다음 장에서는 회화·문자의 특성에 관해 잠시 생각하는 시간을 가져보겠다.

2. 회화와 문자라고 하는 매체의 특성

그럼 대체 그림(painting)과 문자(character · letter)란 무엇일까. 라는 물음에서 시작해보자.

『국어대사전(国語大辞典)』(소학관)에 의하면, '회화(絵画)'란 "선과 색채 등을 사용하여 어떠한 형태를 평면상에 그려낸 것"이며, '문자(文字)'란 "점과 선의 조합에 의해 언어를 단락마다 기호화한 것"이라 해석하고 있다.[1] 이 정의에 의하면, 회화와 문자는 일견 전혀 다른 개념처럼 보이지만, 회화와 문자의 기원을 잘 들어다보면 상호 간의 연결고리를 발견할 수 있다.

인류에게 가장 오래된 그림이라 하면, 선사시대(先史時代)의 동굴벽화(洞窟壁画)를 떠올릴 것이다. 유명한 프랑스 남부의 쇼베 동굴(Chauvet Cave, 기원전 3만 2천년 무렵), 프랑스 서남부의 라스코 동굴(Lascaux Cave, 기원전 1만 5천년 무렵), 스페인 북부의 알타미라 동굴(Altamira Cave, 기원전 1만 5천년~1만년 무렵) 등, 이들 동굴의 벽화에는 주로 야생소, 말, 사자, 사슴, 산양 등의 동물들이 그려져 있어 당시 수렵·채취 생활을 하던 원시인의 모습을 엿볼 수 있는 좋은 자료가 되고 있다. 이와 같은 벽화들이 구석기인의 예술욕(芸術欲)에 의해 탄생한 것인지, 수렵의 대상을 그린 단순한 기록이었는지, 풍요를 기원하는 인간의 주술적 심정의 발로였는지 확실히 규정하기는 어렵지만, 어째든 이들 그림이 문자가 없던 선사시대에 인간의 감정과 생각을 표현하며, 이를 다음 세대에 기록하여 전달할 수 있는 매체였다는 점에 있어서 문자와 동일한 기능을 지니고 있었다고 할 수 있다.

그 반면, 문자의 존재도 원래 그림에서 출발한다. 인류에게 가장 오래된 문자라 일컬어지는 기원전 3천년경의 슈메르인에 의한 설형문자(楔形文字, cuneiform)도 그림문자(絵文字, pictograph)였다. 처음에는 사물의 형태를 간단한 선으로 그린 선화(線画)의 형태였지만, 점차 그 형상을 조직적으로 상징화·추상화시켜 기호와 같은 형태로 발달했다고 한다.

【사진 1】 카르낙 신전에 그려져 있는 고대 이집트 상형문자(ISTOCK—CONTENTS 제공)

이와 같이 메소포타미아 문명에서 설형문자가 퍼져나가고 있을 무렵, 고대 이집트와 중국에서는 또 다른 문자체계가 발달하고 있었다.[2] 이것이 상형문자(象形文字, hieroglyph)이다(【사진 1】 참조). 그림문자라 하더라도 설형문자가 선화에서 발달한, 보다 기하학적·추상적 문자체계라고 한다면, 상형문자는 아름답게 그려진 그림(인간의 머리, 새, 동물, 식물, 꽃)으로 이루어진 것으로, 보다 시적이고 생동감 넘치는 매력이 있었다.[3] 이와 같은 그림문자가 세월이 흐르면서 인간의 사고와 감정을 보다 정확하게 전달하기 위해 언어와 결탁하게 되고, 이로써 문자를 적는 사람과 이를 읽는 사람 사이에 보다 동일한 의미를 정확하게 공유할 수 있게 된다. 이에 이르러 문자와 회화는 그 차이가 분명해졌다고 할 수 있다. 따라서 현재 문자라고 하면 보통 언어 · 문장으로 변환할 수 있는 것을 가리키며, 그 언어를 기록 · 전달하기 위한 상징체계로서 파악되고 있다.

하지만 현대 사회에 있어서도 여전히 그림문자는 사용되어지고 있다. 우리들이 주변에서 자주 발견할 수 있는 '비상구 표시', '금연 표시'와 같은 안내용 표식이 바로 그것이다(【그림 2】 참조). 이를 '픽토그램'(pictogram)이라 부른다. 이는 긴급한 정보, 중요한 사실 등을 빠르고 간단하게 알리기 위해 고안된 디자인으로, 서로 다른 언어를 사용하는 사람들에게 동일한 정보를 고지하는 데 유용하게 사용된다. 즉 '픽토그램'은 직접 언어와 결부되어 있지는 않지만, 어떠한 의미를 나타내는 도상(図像)이며, 따라서 넓은 의미에서 그림문자의 일종이라 할 수 있다. 이와 같이 문자 · 회화(그림문자도 포함하여) 중, 어떠한 것이 표현매체, 전달매체로서 유용한가 하는 문제는 사용 주체, 대상, 표현 내용, 상황, 목적 등에 의해 다르게 적용된다고 할 수 있다.

【그림 2】 '비상구 표시'의 픽토그램(pictogram)

위와 같은 사실을 고려해 보면, 회화와 문자는 인간의 사고와 감정에 의해 생성되는 의미 내용을 선과 도상 등에 의해 표현 · 보존 · 전달할 수 있다고 하는 공통점, 유사성을 지닌다. 하지만, 언어와의 결부 여부, 표현수단(문자와 회화의 표현수단에 관해서는 제3장에서 상술하고자 한다)의 면에 있어서는, 차이점이 눈에 띈다. 그렇다면 이와 같이 유사성과 상이점을 동시에 지니고 있는 회화와 문자라고 하는 매체를 『겐지모노가타리에마키』에서는 어떻게 활용하고 있을까. 여기서 다시 『겐지모노가타리에마키』 작품으로 돌아가서 생각해 보겠다.

3. 『겐지모노가타리에마키』의 문자 · 그림의 표현체계

문자 텍스트와 회화 텍스트는 그 특성상 표현 · 전달 가능한 내용과 방법이 서로 다르다고 할 수 있다. 그렇다면 문자로 쓰여진 『겐지모노가타리』의 스토리 내용은 『겐지모노가타리에마키』의 문자와 회화라고 하는 서로 다른 두 영역에서 어떻게 표현되어지고 있는 걸까.

먼저, 문자 텍스트에서는 언어와 결부된 문자의 성격상, 사람 간의 대화, 혼잣말, 인간의 내면사고 등을 회화문, 독백(monologue), 심중사유(心中思惟), 소시지(草子地: 모노가타리 문학에서 대사나 인용이 아닌 설명문, 지문(地の文)을 가리키는 용어. 작자의 육성을 들을 수 있는 서술 부분) 등의 형태로 적어 둘 수 있다. 또한 어떠한 형상이나 상황 설명 등도 언어 · 단어의 범위 내에서 구체적으로 기록할 수 있고 사람의 감정도 '기쁘다', '슬프다', '쓸쓸하다'와 같은 형용사를 사용하여 타인에서 정확하게 표현 가능하다.

하지만 그림 텍스트에서는 이와 같은 대사, 내면 묘사, 인간의 감정 등을 문자처럼 구체적으로 표현하는 것은 불가능하다. 그렇다면 그림 텍스트에서는 『겐지모노가타리』의 스토리를 표현하기 위해 언어 대신 무엇을 그 표현수단으로 삼고 있을까. 물론 그림의 영역에서 가장 기본적인 수단이라고 한다면 역시 선과 색채일 것이다. 하지만 여기서는 그 선과 색채에 의해 생성되는 화면의 구도, 공간 분할, 형태와 윤곽 등의 실루엣,

문양, 사물의 크기, 원근법, 색채의 농담(濃淡), 질감 등의 요소도 그 범주에 넣어 생각하고자 한다.

원래 『겐지모노가타리』와 같이, 문자로 기록된 스토리의 장면 내용을 회화라고 하는 또 다른 매체에 그대로 구현하는 일은 처음부터 불가능한 일이었을지 모른다. 하지만 『겐지모노가타리에마키』는 문자 텍스트와 그림 텍스트가 결합한 형태로서, 때로는 원작의 본문 내용을 그림설명문과 회화가 서로 분담하여 그 의미를 표현하거나, 때로는 원작의 기술을 그림설명문과 그림화면에 생략, 혹은 변경하는 형태로써 에마키 나름대로의 독자적인 세계를 구축해나가고 있다.

여기서는 전자의 예로 본 작품의 「횡적(横笛)」의 장면을 살펴보고자 한다. 『겐지모노가타리』 (a) "구모이카리 부인도 촛대를 가까이 당기며 미미하사미 머리모양으로 바쁘게 아이를 달래며 안고 계셨다(上も御殿油近く取り寄せさせたまて、耳はさみしてそそくりつくろひて、抱きてゐたまへり)"(「횡적권(横笛巻)」, p.360)[4] 부분과 (b) "우치마키를 하면서 소란스러운 통에(撒米し散らしなどして乱りがはしきに)"(p.360)라고 하는 원문의 기술 부분은 에마키의 그림설명문에서는 생략되어져 있다. 하지만 그림설명문의 문맥에서 제거된, 이와 같은 구모이노카리(雲居雁)의 '미미하사미(耳はさみ: 머리를 귀 뒤쪽으로 넘기는 것)' 머리모양, '촛대(御殿油)', '우치마키(撒米: 액막이로 악령과 잡신을 물리치기 위해 쌀을 뿌리는 풍속)'의 요소는 그림 화면에 그대로 그려져 있음을 알 수 있다.

머리카락을 양 귀에 꽂아 귀를 노출시킨 구모이노카리의 모습은 얼굴과 귀, 머리카락의 윤곽과 그 채색에 의해 보다 효과적으로 시각화되어져 있다. 또한, 화면 중앙에 배치된 촛대는 '밤'을 상징하는 기호로서 형상화되어 있고, 액막이용 '우치마키'는 구모이노카리와 유모 사이에 쌀이 담겨 있는 흰 쟁반으로 그림화면에 등장하여, 문자로 제시하는 것보다 그림의 시각성에 의해 보다 극명하게 새겨 넣어져 있다. 이와 같이, 「횡적」의 예는 문자(그림설명문) · 회화(그림화면)의 특성을 활용하여 각각의 역할을 분담 · 보완하면서 효과적으로 그 의미 내용을 표현 · 전달하고 있다고 할 수 있다.[5]

4. 「법회」 아카시 중궁의 표현 코드

그렇다면 이 칼럼 앞부분에서 제기한 「법회」에 그려진 아카시 중궁의 왜소한 사이즈에 대한 문제를 생각해 보고자 한다.

「법회」는 무라사키노우에(紫上)의 임종 직전을 그린 장면으로 병문안을 온 아카시 중궁과 히카루 겐지(光源氏)가 무라사키노우에와 와카(和歌) 증답을 하는 대목이다. 【그림 1】을 보면, 화면 중앙에 겐지와 무라사키노우에가 마주보고 앉아 있고 아카시 중궁은 이 두 사람 사이에 뒷모습으로 그려져 있다. 그녀의 하반신은 위쪽 나게시(上長押: 기둥과 기둥 사이를 잇는 수평재. 한국 건축용어로 중인방(中引枋)에 해당)와 주렴(簾)에 가려져 있고 머리와 상반신만이 그 모습을 드러내고 있다. 이와 같이 그림화면에서는 당시 어린 아이가 아닌, 이미 자식을 둔 23세의 성인 여성인 아카시 중궁을 비현실적으로 작게 그리고 있는 것이다. 같은 화면에 그려진 겐지와 무라사키노우에의 크기와 비교해 보면, 그 차이는 더욱 선명히 드러난다.

종래 연구에서 이 화면에 그려진 아카시 중궁의 인물표현은 거의 주목을 받지 못해왔다. 하지만, 본 작품의 인물묘사에 관해서는, 지노 가오리(千野香織)의 다음과 같은 의견이 참고가 되리라 여겨진다. 지노는 「방울벌레(鈴虫)2」 화면에 그려진 인물과 건축물의 크기가 현실과 맞지 않는다고 지적하고, “그림에 그려진 대상의 크기는 반드시 그 현실 크기의 비례에 구속될 필요가 없다”고 설명하며, 이러한 점이 “그 시대 회화의 한 방식”이라고 단언한다.[6] 지노의 설명처럼, 이 작품을 비롯하여 헤이안(平安) 시대의 에마키나 야마토에(倭絵)에는 ‘히키메카기하나’(引目鈎鼻)나, ‘후키누키야타이’(吹抜屋台)라고 하는 독특한 표현기법이 주로 사용되고 있었으며, 따라서 인물이나 사물의 크기도 그러한 야마토에 그림의 한 방식이라 치부할 수도 있겠지만, 나는 이 아카시 중궁의 이례적인 인물묘사를 단순히 그와 같은 표현 기법으로 처리해도 되는 것인지 의문이 생겼다.

사실 인물의 비현실적인 크기는 당시 불화의 영역에서도 자주 찾아볼 수 있는 현상이었다. 헤이안 후기 「아미타성중내영도(阿弥陀聖衆来迎図)」(와카야마(和歌山), 12세기 후반, 국보)에는 중앙에 거대한 아미타여래의 모습과 더불어, 그 주변에 운집한 많은 보살들의 조그마한 형상이 그려져 있다. 이와 같은 아미타여래와 보살의 크기를 현격하게 차이 나게 그림으로써, 아미타여래의 위광과 덕을 칭송하는 효과를 자아내고 있다.

또한 일본의 신노인(親王院)에 소장되어 있는 고려 후기의 불화 「미륵하생경변상도(弥勒下生経変相図)」(1350)의 경우도, 중앙에 미륵불(弥勒仏), 그 좌우에 협시보살(脇侍菩薩), 그 주변에 십대 제자(十代弟子)와 제석(帝釈)·범천(梵天)·사천왕(四天王)·팔부중(八部衆), 그 아래에 중생들이 배치되어 있는데, 그들 형상의 크기도 【그림 3】에서 확인할 수 있듯이, 미륵불을 정점으로 해서 점차 작게 그려지고 있다. 이와 같은 현상은 지온인(知恩院)에 소장된 고려불화 「미륵하생경변상도」나, 2009년 교토(京都)의 묘만지(妙満寺) 절에서 발견된 「미륵하생변상도(弥勒下生変相図)」(이성(李晟) 그림, 1294) 등, 당시 고려불화에서도 흔히 발견할 수 있다. 이와 같이, 그림화면 속 인물을 반드시 현실과 비례한 크기로 묘사하지 않아도 된다고 하는 ‘그림의 방식’이 당시 불화나 동양 미술에서 존재했었다고 보여진다.

【그림 3】 고려불화 「미륵하생경변상도(弥勒下生経変相図)」 신노인(親王院) 소장, 1350

물론, 이는 어디까지나 부처의 세계이고 그대로 인간에게 적용시키는 것은 신중할 필요가 있다. 하지만 이와 같은 불화의 인물묘사에 익숙해져 있던 고대인들은 원근법의 규칙에 따라 그림을 감상하는 현대인과는 달리, 실제 크기의 비례와는 다른 인물표현에 그다지 위화감을 느끼지 않았을지도 모른다.

하지만 그럼에도 불구하고 여전히 석연치 않은 점이 남아 있다. 불화에서 부처를 가장 크게 그리는 것과 마찬가지로, 동양·서양 회화에서 원근법과 관계없이, 주요한 인물, 주요한 사항을 크게 묘사하는 것은 널리 행해진 방법이었다.[7] 그렇다면 본 작품에서 아카시 중궁은 겐지나 무라사키노우에 보다 비중이 낮은 인물이라 이처럼 작게 그려진 것일까?

이 장면에서 아카시 중궁은 무라사키노우에의 양녀로서, 겐지와 무라사키노우에의 사이를 이어주는 역할을 담당하고 있다. 그림설명문의 기술을 보면, 그녀는 무라사키노우에의 손을 잡고 눈물을 흘리며 무라사키노우에의 심정에 동조하는 인물로 기술되어져 있다. 즉, 본 장면에서 아카시 중궁은 역할상으로도, 중궁이라는 신분상으로도 주요한 인물로 그려지고 있는 것이다. 그렇다면 이 그림화면에 그려진 아카시 중궁의 왜소한 모습은 불화나 야마토에와는 다른 매우 이례적인 예라 할 수 있을 것이다. 그런데 어째서 본 그림화면에서는 그녀를 이처럼 작게 그리고 있는 걸까? 나는 그 수수께끼를 푸는 열쇠가 다음 와카에 숨겨져 있다고 생각된다.

(아카시 중궁)
가을바람에 곧 흩어져버리는
이슬처럼 허망한 이 세상 목숨인 것을
그 누가 풀잎에 맺힌 이슬만의 일이라
여길 수 있으리오
우리 모두 같은 운명이리니
秋風にしばしとまらぬつゆの世をたれか草葉のうへとのみ見ん(「법회 권(御法巻)」, p.505)

이 와카는, 무라사키노우에의 허무한 목숨을 정원 싸리 위의 놓인 이슬에 비유하며 무라사키노우에와 겐지가 서로 와카 증답을 한 직후, 아카시 중궁이 읊은 노래이다. 아카시 중궁은 “가을 바람에 흩날리며 지는 건 풀잎에 맺힌 이슬(무라사키노우에의 목숨을 상징)만의 일이 아니라, 우리 모두 같은 운명이다”라는 의미의 와카를 읊어 슬픔에 잠긴 무라사키노우에와 겐지를 위로하고 있다.[8] 모두 죽음 앞에서는 같은 운명이라고 하는 인간의 왜소함을 표현하기 위해, 본 그림화면에서 아카시 중궁은 작게 그려져 있는 것이 아닐까. 즉, 그녀의 작은 뒷모습은 “임종을 눈앞에 둔 무라사키노우에의 심경을 반영하는 모습이며, 죽음 앞에선 모든 인간이 왜소한 존재라는 것을 형상화하기 위한 모습”이라 생각된다.[9] 회화는 문자처럼 아카시 중궁의 와카를 직접 기록할 수는 없지만, 그녀의 왜소한 모습을 화면에 그려냄으로써, 그림화면에 그와 같은 와카의 의미 내용을 시각적으로 표현하고 있는 것이다. 실로 이는 회화만의 방식, 회화의 논리에 의한 표현이라 할 수 있다.

나는 이와 같이 『겐지모노가타리에마키』「법회」 그림화면에 감추어진 수수께끼와 같은 표현 코드의 상징성을 해독하면서 이 작품의 풍부한 표현력과 재미를 새삼 실감하게 되었다. 그리고 나서 다시 이 그림화면을 바라다보니, 처음에는 무라사키노우에와 겐지, 두 인물에 가려져 그다지 눈에 띄지 않았던 화면 속에 아카시 중궁의 조그마한 뒷모습이 더욱더 크게 내 눈에 들어왔다.

1 『国語大辞典』 小学館, 1981, p.422, p.2339.

2 Georges Jean 저, 이종인 역 『문자의 역사』(시공사, 1987), p.25.

3 앞의 주2의 책, p.26.

4 이하 『겐지모노가타리』 본문 인용은 阿部秋生, 秋山虔, 今井源衛校注 『新編日本古典文学全集 源氏物語』(小学館, 1994~1998)에 의한다.

5 김수미 「그림의 전달력 · 문자의 표현력—『국보 겐지모노가타리에마키(源氏物語絵巻)』를 중심으로—」 『일본연구』 78호, 2018, p.74.

6 千野香織 『岩波日本美術の流れ3 10~13世紀の美術』(岩波書店, 1993), p.59.

7 吉田秀和 『吉田秀和全集17』(白水社, 2001), p.115.

8 앞의 주5의 논문, p.85.

9 앞의 주5의 논문, p.85.

칼럼

나라에본(奈良絵本)과 『쓰레즈레구사(徒然草)』
—장르를 월경하는 미디어—

사이토 마오리(齋藤真麻理)
번역: 박은희(朴恩姬)

1. 나라에본(奈良絵本)의 시대

현재 '나라에본'으로 통칭되는 그림이 들어간 사본이 제작된 것은 무로마치(室町) 시대 후기부터 에도(江戸) 시대 중기에 걸친 150년간이다. 그 대부분은 무로마치모노가타리(室町物語, 오토기조시(御伽草子))이며, 다음으로 고와카마이교쿠(幸若舞曲)나 옛 조루리(古浄瑠璃)와 같은 예능, 『겐지모노가타리(源氏物語)』『이세모노가타리(伊勢物語)』와 같은 모노가타리(物語), 군담류(軍記), 우타가키(歌書)[역주: 와카(和歌)에 관한 서적] 등이 나라에본으로 만들어졌다. 소재는 문예 작품에 한정되지 않으며 중국 명나라 유서(類書)[역주: 오늘날의 백과사전과 비슷한 책], 가나(仮名)로 쓰인 관직 개설서 『백료훈요초(百寮訓要抄)』까지 아름다운 그림책으로 만들어 사람들의 눈을 즐겁게 하였다.[1]

특히 에도 시대 전기는 나라에본의 전성기였으며 이 시기 작품에는 짙은 채색 삽화에 금은박을 입힌 호화 책이 많다. 『분조조시(文正草子)』나 『다이코쿠마이(大黒舞)』 등 축하 의례적 성격을 띠는 작품은 혼수용품이나 정월 첫 책읽기로 애용되었다.

그러나 겐로쿠(元禄)에서 교호(享保) 무렵이 되면 나라에본은 급속도로 빛을 잃어간다. 후지이 다카시(藤井隆氏) 소장 『다케토리모노가타리(竹取物語)』가 그 대표적인 예이다. 말미에 있는 가구야히메(かぐや姫)의 승천은 화가가 그 솜씨를 자랑할 만한 곳인데, 후지이본(藤井本) 삽화는 간소하게 저택 안에 가구야히메와 노파가 마주 앉아 있을 뿐이다. 지붕 위에는 수레 한 채만 덩그러니 놓여 있으며, 선녀는 고사하고 다케토리 할아버지도 무사단도 그려져 있지 않다(『藤井文庫 物語の古筆と奈良絵本』春日井市道風記念館, 2008). 이후에도 다이묘(大名) 집안 혼수품에 나라에본을 주문했다는 기록은 있지만, 생기 넘치는 나라에본의 시대는 막을 내렸다.

나라에본 대부분은 사본 말미에 제작경위 등을 적은 오쿠가키(奥書)가 없어 제작 실태를 알 수 없는 부분이 적지 않다. 연구사상 비교적 초기에 정리된 논문으로는 시미즈 유타카(清水泰)의 「나라에본 고찰(奈良絵本考)」(『日本文学論考』初音書房, 1960)을 들 수 있다. 이 논문은 나라에본을 둘러싼 제반 문제가 거의 망라되어 있어 필독해야 할 논문이라 할 수 있다. 1978년에서 1979년에 걸쳐 '나라에본 국제연구회의'가 개최되어 나라에본 연구는 하나의 정점을 맞이했다. 그 성과는 나라에본 국제연구회의 편 『재외 나라에본(在外奈良絵本)』(角川書店, 1981)과 동 편찬(同編) 『오토기조시의 세계(御伽草子の世界)』(三省堂, 1982)로 열매 맺었다. 후자에 수록된 마쓰모토 류신(松本隆信) 「증보 무로마치 시대 모노가타리류 현존본 간단 목록(増訂室町時代物語類現存本簡明目録)」은 지금도 나라에본이나 무로마치모노가타리 연구에 있어 필수적인 문헌이다. 2003년부터 이시카와 도루(石川透)씨가 견인하는 나라에본 · 에마키(絵巻) 국제회의가 열리는 한편, 무로마치모노가타리, 고와카마이쿄쿠 등, 장르별 연구가 심화되어 컬렉션별 연구도 진전되었다.[2] '나라에본'이라는 호칭이 집고회(集古会) 활동을 통해 정착되는 양상도 분명해지고,[3] 고토바가키(詞書)[역주: 에마키의 줄거리, 내용을 설명하는 글] 필적 분석 등도 적극적으로 이루어지고 있다.[4]

최근에는 고서적의 디지털 화상 공개가 세계적인 규모로 추진되고 있어 자신이 있는 곳에서 화상에 의한 검토나 비교연구가 가능하게 되었다. 연구 환경은 현격하게 향상되고 웹상의 정보는 판본 발굴에도 유익하다(졸고 「渡海の絵巻ーいけのや文庫蔵『御曹子島渡り』『国文学研究資料館紀要』文学研究篇44, 2018.3 등 참조).

앞으로는 이와 같은 연구 성과와 자원 축적을 기반으로 디지털 화상을 보다 잘 활용하여 연구를 발전시키게 될 것이다. 그렇게 되기 위해서는 고서적에 관한 기초 지식이 없어서는 안 되며, 공개 화상에는 비춰지지 않는 '뒷모습'도 놓쳐서는 안 된다. 그러한 속사정에 주의하며 상세하게 관찰해가면 나라에본 제작 현장의 광경이 어렴풋이 수면 위로 떠오를 것이다. 더 나아가 '나라에본이란 무엇인가'라는 근본적인 질문에도 반향(反響)하게 되리라 생각된다.

2. 나라에본의 뒷모습

고서적 표지에는 보강을 위해 종종 못 쓰는 종이를 덧대어 사용하는 경우가 있다. 그 종이에는 때때로 학계의 주목을 모으는 정보가 담겨 있는데, 선학들이 여기서 귀중한 고활자판(古活字版)이나 나라에본 제작 실정을 전하는 메모, 장부 등을 발견했다(渡辺守邦『古活字版伝説 近世初頭の印

刷と出版』青裳堂書店, 1987, 同『表紙裏の書誌学』笠間書院, 2012, 母利司朗「書本屋について」『東海近世』6, 1993.12, 石川透『奈良絵本・絵巻の生成』三弥井書店, 2003).

덧붙이자면, 와세다 대학(早稲田大学) 도서관이 소장한 덴 산조니시 사네에다 필사(伝三条西実枝筆)『겐지모노가타리』 표지 뒷면 종이에서 근세 교토(京都) 서점으로 추측되는 '표지 가게 야효에(表紙屋弥兵衛)'들이 모노가타리 류(類)나 『쓰레즈레구사』 등의 사본 외에 『분쇼조시』『슈텐도지(酒呑童子)』『오치쿠보(落窪)』『봉래 이야기(蓬莱物語)』『비를 피하다(雨やどり)』『유리와카 대신(百合若大臣)』 등의 나라에본을 제작하였고 그 용지도 취급하였음이 판명되었다(新美哲彦『源氏物語の受容と生成』武蔵野書院, 2008). 이 『겐지모노가타리』는 동 대학의 '고전적 종합데이터베이스(古典籍総合データベース)'에 공개되어 있지만, 덧댄 종이는 확인이 불가능하다. 화상 공개가 진전되고 있는 요즘, 이와 같은 케이스가 종종 발생하고 있다. 원본은 단정하게 정리된 이차원 디지털 화상으로는 읽을 수 없는 정보를 가지고 있다.

국문학연구자료관(国文学研究資料館)의 헤키요 우스다 진고로 문고(碧洋臼田甚五郎文庫) 소장 『안산(安産) 지장보살 본지(子易の本地)』도 이와 같은 예이다. 이 책은 에도 시대 전기 전형적인 호화 에마키로, 필적은 아사쿠라 시게카타(朝倉重賢)로 보이는데, 전문 디지털 화상도 공개되었다(https://doi.org/10.20730/200032458 '新日本古典籍総合データベース'「国文研ニューズ」55, 2019.6).

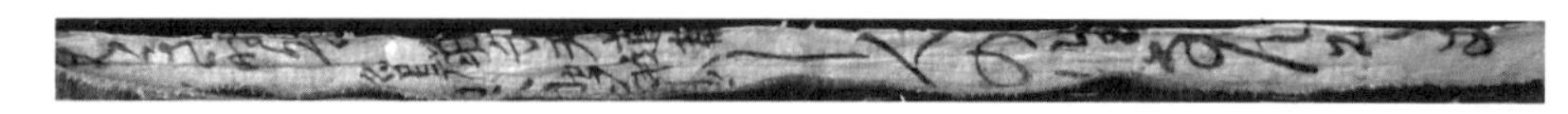

【사진 1】 국문학연구자료관(国文学研究資料館) 헤키요 우스다 진고로 문고(碧洋臼田甚五郎文庫) 소장, 『안산(安産) 지장보살 본지(子易の本地)』 상권 표지 (부분확대)

【사진 1】은 이 책의 상권 표지 아랫부분을 확대한 것이다. 공개 화상으로는 눈으로 확인할 수 없었지만, 원본을 마주 보면 시간에 따른 열화

현상의 마찰로 인해 끊어진 원표지 하부에 보강재로 사용된 판본의 모습을 약간 확인할 수 있다.

はき時は 荘子天道篇 し人の性なんそ

クツロヒテ カラ キ

과연 이 종이쪽지는 무엇일까? 『장자(莊子)』로 보이는데 에도 시대 전기 에마키에 사용된 것으로 유추해 볼 때 히라가나(平仮名)로 쓴 『장자』 주석서라고 보기는 힘들다. 무릇 주석서라면 책 이름을 일일이 하나하나 서책 안에 기록하지는 않을 것이다. 약간 가로로 긴 히라가나는 모노가타리나 수필 판본에서 볼 수 있는 서체에 가깝다. 이것은 일본어 문맥의 작품이 아닐까.

위의 글자를 실마리로 탐색하다 보면 『쓰레즈레구사(徒然草)』와 만나게 된다. 해당 부분은 『쓰레즈레구사』 제211단이며 밑줄 친 부분이 위의 종이에 쓰여 있는 문구와 일치한다.[5]

> 어떤 일이든 의지하면 안 된다. 어리석은 사람은 깊이 믿기 때문에 사람을 원망하거나 화를 내기도 한다. 권세가 있다고 의지해서는 안 된다. 강건한 것이 제일 먼저 부러지는 법이다. 재산이 많다고 의지할 수는 없다. 순식간에 잃기 쉽다. 학식이 있다고 하여 의지할 수 없다. 공자도 좋은 운을 만나지 못해 세상에 쓰임을 받지 못했다. 덕행이 있다고 하여 의지해서는 안 된다. 안회도 불행했다. (중략) 좌우로 넓으면 방해하는 것이 없다. 앞뒤가 떨어져 있으면 가득차지 않아 여유가 있다. 좁으면(狭き時は) 답답하여 부서지는 법이다. (중략) 인간의 본성이 어찌(人の性なんぞ) 천지의 본성과 다르겠는가? 여유롭고 관대하며 옴짝달싹 못할 상황이 없을 때 기쁨도 분노도 이와 같은 본성의 장애가

되지 않으며, 외부적 상황에 의해 번민에 빠지지 않게 된다. (『쓰레즈레구사』 제211단)

좀 더 『쓰레즈레구사』 주석서를 검토하자면 위의 문장에 『장자』 천도편(天道編)을 인용하는 책을 다수 발견하게 된다. 예를 들면 하야시 라잔(林羅山)의 『노즈치(野槌)[역주: 일본 요괴. 들에 사는 정령]』에는 "장자 천도편에 윤편이 말하기를(荘子天道篇輪扁曰)" 운운의 한문체 주석이 달려있다. 아오키 소코(青木宗胡)의 『철 망치(鉄槌)』도 거의 비슷하며 글자 선택이나 히라가나 섞은 문체를 사용한 『쓰레즈레구사』 본문을 첨가하는 등, 『노즈치』보다는 위의 종이쪽지에 가깝다. 그러나 역시 사용하는 문자나 단 구성 등이 맞지 않다(두 책 모두 국문학연구자료관 '신일본고전적 종합데이터베이스'에 화상공개).

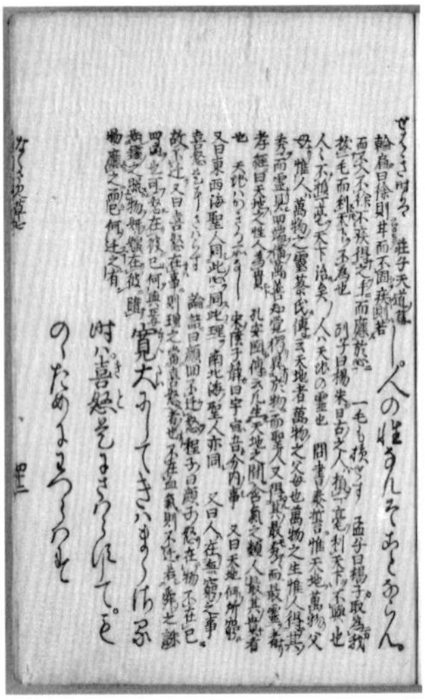

여기서 주목할 만한 자료는, 마찬가지로 『쓰레즈레구사』 주석서 중 하나인 『위로 풀(なぐさみ草)』이다. 첫 번째 행의 문자열은 위의 종이와 완전히 일치한다(【사진 2】). 게다가 이 사소한 사실은 단순히 표지 뒤 덧댄 종이의 내력이 판명되었다는 사실에 머무르지 않고, 에도 시대 전기에 성행했던 '쓰레즈레에(徒然絵)'로 연결된다.

【사진 2】 국문학연구자료관(国文学研究資料館) 고조 이사오 문고(高乗勲文庫) 소장, 『위로 풀(なぐさみ草)』 7권. 이 단에 삽화는 존재하지 않는다. (https://doi.org/10.20730/200016213)

『위로 풀』은 마쓰나가 데이토쿠(松永貞徳) 강의에 기반을 둔 『쓰레즈레구사』의 주석서이다. 8권으로 이루어져 있으며, 1652년(게이안(慶安)5)에 쓰여진 발문이 있다. 최대의 특징은 『쓰레즈레구사』 출판사상 첫 그림책이라는 것으로, 157개의 삽화가 있으며, 훗날 『쓰레즈레구사』 회화화에 큰 영향을 주었다.

사실, 도쿠가와 미술관(徳川美術館) 『쓰레즈레구사 에마키(徒然草絵巻)』의 겉 제목은 『위로 풀』이다. 『위로 풀』에 의거하면서 『위로 풀』에 그려져 있지 않은 장면도 그림으로 나타내고 있다. 총 241개의 삽화, 12권에 달하는 대작이다(平塚泰三「徳川美術館蔵「なぐさみ草絵巻」について(上)—『徒然草』を題材とした絵巻の一例—」(『金鯱叢書』 23, 1996.9)). 또한 바다가 보이는 숲 미술관(海の見える杜美術館)에 소장되어 있는 『위로 풀 에마키』 2권은 『위로 풀』 삽화만을 에마키로 만들고 있다(浅野日出男「『なぐさみ草』絵巻」『伝承文学研究』 47, 1998.6). (【그림 1】, 【그림 2】)

이들 작품을 주문한 사람이나 제작자는 알 수 없지만, 에도 시대 전기에는 가노파(狩野派), 도사파(土佐派), 스미요시파(住吉派) 등 모든 유파가 '쓰레즈레에'를 제작했으며 병풍이나 화첩을 포함하여 다양한 작품을 만들었다. 이를 통해 이 시기에 '쓰레즈레에'가 얼마나 환영받았으며 『위

【그림 1】 바다가 보이는 숲 미술관(海の見える杜美術館) 소장, 『위로 풀 에마키(なぐさみ草絵巻)』 하권. 【그림 2】의 『위로 풀』 삽화가 사용되고 있다.

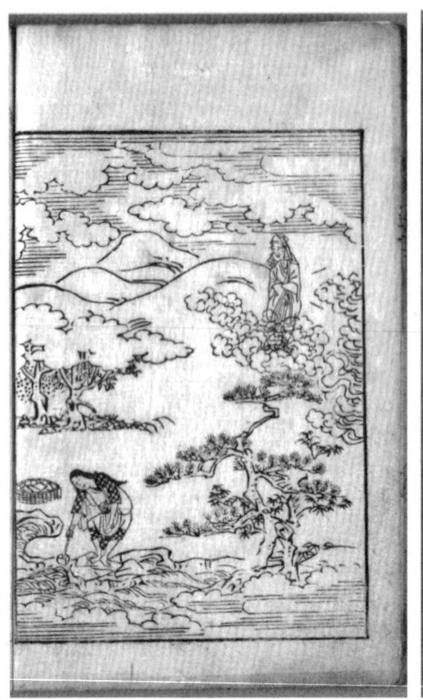

【그림 2】 국문학연구자료관(国文学研究資料館) 고조 이사오 문고(高乗勲文庫) 소장, 『위로 풀(なぐさみ草)』 제6화(오른쪽 아키모토 중납언(顕基中納言)과 제9화(왼쪽 구메선인(久米の仙人). 『쓰레즈레구사(徒然草)』 第5 · 6段에 해당한다.

로 풀』이 얼마나 활용되었는지 알 수 있을 것이다. 이와 같은 '쓰레즈레에' 성립사정을 생각함에 있어 『위로 풀』과의 친소(親疏)는 하나의 지표로 간주되고 있다(島内裕子 『徒然草文化圏の生成と展開』 笠間書院, 2009).[6]

3. 스펜서 · 컬렉션 소장 『쓰레즈레구사』

'쓰레즈레에'가 유행했던 시기는 바야흐로 나라에본의 전성기였다. 과연 『위로 풀』 삽화는 『쓰레즈레구사』 나라에본과도 상당히 일치한다.[7]

예전에는 양자의 밀접한 관계를 삽화 비교 등 내부 증거를 통해 검토해

왔다. 이에 대해 『안산 지장보살 본지』의 표지 안쪽에 덧댄 종이는 에도 시대 전기 나라에본의 공방(工房)에 실제로 『위로 풀』이 존재했으며, 『쓰레즈레구사』를 그림으로 제작하는 데 의거 자료로 이용되었다는 사실을 말해주는 물적 증좌라 할 수 있다.

나라에본 『쓰레즈레구사』는 전권이 완벽하게 갖추어져 있지 않은 판본까지 포함하면 상당수 제작되었다고 여겨진다. 이들 작품에 대해서는 시오데 기미코(塩出貴美子) 씨의 일련의 연구가 있으며, 나라에본 열 작품과 『위로 풀』과의 '삽화출입일람(挿話出入り一覧)' 등도 발표되었다(「奈良絵本「徒然草」の挿絵について―「なぐさみ草」との関係―」『奈良大学紀要』 42, 2014.3 등 참조).

한편 선행연구가 거의 언급하지 않은 나라에본 『쓰레즈레구사』도 있다. 그것은 뉴욕공공도서관 소장 스펜서 · 컬렉션 중 하나이다(이하 스펜서본이라고 약칭). 『스펜서 · 컬렉션 소장 일본 삽화 책 및 그림책 목록(スペンサー・コレクション蔵 日本絵入本及絵本目録)』(弘文荘, 1968 初版, 1978 増訂再版)은 다음과 같이 설명하고 있다.

> 165 쓰레즈레구사. 도쿠가와 시대 중기 무렵 필사. 그림삽입. 6권.
> 삽화는 농담(濃淡)의 두 먹으로 그렸으며, 약간의 금박과 빨간 안료를 찍음. 선이 세밀하고 치밀하며 백묘화(白描画)처럼 그렸는데 질이 좋다. 그림 수도 많다. 미쓰바아오이(三ツ葉葵)[역주: 도쿠가와 가문의 문양]가 그려진 금박 입힌 칠기 상자에 보관.

본서는 열첩장(列帖装)[역주: 일본책 장정법. 대학 노트처럼 여러 장을 겹친 뒤 반으로 접고 실로 철하는 것] 반지본(半紙本)[역주: 반지를 둘로 접은 책 크기. 대략 가로 22cm × 세로 15cm] 형태로, 삽화는 총 48개이며 여기저기 뿌려진 금박이 섬세한 느낌의 백묘풍으로 전래사정도 주목된다. 지면관계상 자세한 내용은 추후 논문에 싣기로 하고, 간략히 소개하자면 구도는 『위로 풀』을 거의 충실하게 옮기고 있으며, 5개의 좌우 양면도가 있다. 맹장지 그림(襖絵)에는 가을 풀과 마름모이음 문양이 많이 사용되고 있으며 우차(牛車)는 모두 칠요 문양(七曜紋)[역주: 일곱 개의 별을 상징하는 동그라미 무늬]을 그려 넣었다.

흥미 깊은 것은 스펜서본의 삽화는 아리요시본(有吉本)으로 통칭되는 『쓰레즈레구사』의 장면선택과 완전히 일치한다.[8] 고토바가키의 필적도 극히 유사하여 동필(同筆)로 추측된다. 이러한 현상을 통해 동일한 조상본(組本), 또는 동일한 제작 지시의 개입을 상상해볼 수 있으며, 나라에본 『쓰레즈레구사』의 제작 현장을 들여다 볼 수 있을 것이다.

4. 결론을 대신하여

서두에서 서술하였듯이 나라에본은 다종다양한 소재를 유연하게 받아들여 제작되어 왔다. 그리고 '쓰레즈레에'를 통해 엿볼 수 있듯이, 판본이 가지는 새로운 지(知)나 표상에 대해서도 적극적이었다. 『안산 지장보살 본지』의 뒷모습은 종래와는 다소 다른 시각에서 '나라에본이란 무엇인가'라는 질문에 여러 시사점을 준다.

나라에본은 장르의 경계를 넘어 지의 평야를 자유롭게 월경하는 미디어로 파악할 수 있을 것이다. 무엇보다 제작 현장 그 자체가 지식의 교류를 가능하게 하는 공간으로서 기능하고 있다. 그 구체적인 모습은 아직도 해명되지 않은 수수께끼와 매력으로 가득 넘친다.

부기

귀중한 자료 도판 게재를 허가해 주신 바다가 보이는 숲 미술관에 감사드린다.

1 졸고 「描かれた異境—明代日用類書と『山海異物』—」(『絵が物語る日本 ニューヨーク スペンサー･コレクションを訪ねて』 三弥井書店, 2014), 同 「奈良絵本の時代」(『岩崎文庫の名品 叡智と美の輝き』 山川出版社, 2021) 참조.

2 国文学研究資料館, The Chester Beatty Library 共編 『チェスター・ビーティー・ライブラリィ絵巻絵本解題目録』(勉誠出版, 2002), 国文学研究資料館編『アメリカに渡った物語絵 絵巻・屏風・絵本』(ぺりかん社, 2013) 등 참조.

3 牧野和夫 「"奈良絵本"という「ことば」の定着の背景とその周辺—明治三十年代中後期頃の奈良扇への関心をめぐる「集古会」周辺資料一, 二と「南都の絵」資料一点」(『実践国文学』 71, 2007.3), 同 「中世文学 [美術] 史用語の生成・定着と内国勧業博覧会—奈良絵本をめぐって」(『実践国文学』 87, 2015.3) 등 참조.

4 石川透『奈良絵本・絵巻の生成』(三弥井書店, 2003), 同『奈良絵本・絵巻の展開』(三弥井書店, 2009) 등 참조.

5 인용은 근세 유포되었으며 『なぐさみ草』도 참조했던 가라스마루 미쓰히로(烏丸光広) 판본(신편일본고전문학전집)을 사용하였다.

6 산토리 미술관(サントリー美術館) 가이호 유세쓰(海北友雪) 필사 『徒然草絵巻』는 『徒然草』 모든 단(段)의 회화화를 시도하여 전 20권에 달한다. 『なぐさみ草』가 아니라 『野槌』의 영향이 엿보인다. 『徒然草 美術で楽しむ古典文学』(サントリー美術館, 2014. 6), 『絵巻で見る・読む 徒然草』(朝日新聞出版, 2016). 川平敏文 『徒然草の十七世紀』(岩波書店, 2015) 등 참조.

7 나라에본은 앞의 주6 도록 외에 가나가와 현립 가나자와 문고(神奈川県立金沢文庫) 도록 『兼好と徒然草』(1994.9), 『徒然草と兼好法師』(2014.4) 등 참조. 그림이 들어 있는 판본은 齋藤彰 「徒然草版本の挿絵史(一)~(十三)」(『学苑』 第738-769号, 2002.1~2004.11)에 자세하다.

8 아리요시본은 『徒然草 詳密彩色大和絵本』(勉誠出版, 2006) 참조. 해설에는 동본과 근사한 백묘(白描) 『쓰레즈레구사』 6첩(아리요시 씨 소장)에 대해서도 짧은 소개가 있다. 이 특징은 스펜서본과 극히 유사한데 표제를 쓰는 방식이 달라 별본이라면 삽화의 장면선택을 비슷하게 하는 『쓰레즈레구사』가 세 개 있었다는 것이 된다.

칼럼

정사각형 모양(正方形)의 책에 대해

이리구치 아쓰시(入口敦志)

번역: 이가혜(李嘉慧)

2018년, 도쿄국립박물관(東京国立博物館)에서 개최된 특별전 '닌나지 절과 오무로파의 불상—덴표와 진언밀교의 보물(仁和寺と御室派のみほとけ—天平と真言密教の名宝)'에서 닌나지 절에 소장된 일본 국보 「삼십첩책자(三十帖冊子)」가 전시되었다. 좀처럼 보기 힘든 귀중한 책들이 즐비한 매우 훌륭한 전시였다.

이 책은 일본의 승려인 홍법대사(弘法大師) 구카이(空海)가 804년에서 806년까지 당나라에 건너가 전수받은 의궤(儀軌)나 경전을 필사하여 들여온 것으로, 그 중 서른 첩이 현존한다고 하여 「삼십첩책자」라 불린다. 구카이의 필적이 담겨있다는 점에서 서예사적으로 큰 주목을 받았으며 서지사(書誌史)적으로도 가장 오래된 점엽장(粘葉装)[역주: 대체로 쪽수가 많지 않은 것의 책장을 서로 풀로 점착해 붙인 것] 책자(冊子本)로 알려져 있다. 크기는 가로세로가 약 15cm 내외, 거의 정사각형 모양의 승형본(枡形本)[역주: 형태가 정사각형 또는 정사각형에 가까운 도서로 각형본(角形本)이라고도 한다]이다.

「삼십첩책자」는 일본에 유입된 이래로 중시되어 왔으며 919년(엔기(延喜)19)에는 다이고 천황(醍醐天皇)이 예람하게 되면서 천황으로부터 마키에(蒔絵) 상자[역주: 금·은가루로 칠기 표면에 무늬를 넣은 일본 특유의 공예양식으로 만든 상자]를 하사받았다고 한다. 후대의 의궤류 중에 점엽장 승형본의 장정을 취한 경우가 많은 것 역시 「삼십첩책자」의 영향을 받았기 때문이라 추측된다.

승형본 중에는 열첩장(列帖装)[역주: 일본식 장정 방법 중 하나. 몇 장의 종이를 겹쳐 반으로 접은 것을 실을 사용하여 철을 한 것] 장정 형식을 취한 것들도 있는데, 주로 히라가나(平仮名) 산문 작품집에 사용되며, 가로세로 약 18cm 전후의 육반본(六半つ本)이라고 불리는 크기가 많다. 오래된 예로는 후지와라 사다이에(藤原定家)가 모사한 『도사 일기(土佐日記)』(손케이카쿠 문고 소장(尊経閣文庫蔵))와 『사라시나 일기(更級日記)』(궁내청 산노마루쇼조관 소장(宮内庁三の丸尚蔵館蔵)) 등이 있다.

사다이에 사본의 발문에 따르면, 기노 쓰라유키(紀貫之)가 자필로 작성한 『도사 일기』 원본은 원래 두루마리 책인 권자본(巻子本)의 형태였음을 알 수 있다. 또한 사다이에는 쓰라유키의 원문을 충실히 모사하기보다는 내용과 표현을 적절히 바꾸어 모사하였으며, 장정 형식에도 차이를 두었다는 점에서 히라가나 산문 작품에 대한 쓰라유키와 사다이에의 의식차이가 드러나는 매우 흥미로운 사례라 할 수 있다.

『호조키(方丈記)』의 고사본 중에서도 장정과 서사 의식(書写意識)의 차이를 말해주는 사례를 찾아볼 수 있다. 일본의 가장 오래된 사본으로 꼽히는 다이후쿠고지본(大福光寺本)은 권자본 형식을 취하며 한자와 가타카나(片仮名)를 혼용하여 적고 있으며, 가마쿠라(鎌倉) 시대 말에 필사된 것으로 알려진 손케이카쿠 문고 소장본은 열첩장 승형본 형태에 히라가나로 기록되어 있다. 이러한 장정의 차이는 『호조키』를 기록으로 읽을 것인가, 문학작품으로 읽을 것인가 하는 작품 자체에 대한 해석 차이가 장정 형태와도 관련되어 있음을 시사한다.

일본 고전 서적의 특징 중 하나로 오래된 장정 형태가 후대에까지 계승되어 내려온다는 점을 들 수 있다. 장정 그 자체가 장르와 깊이 결합되어 규범이나 양식으로서 정착되는 것이다. 예를 들어 『겐지모노가타리(源氏物語)』는 출판이 활발해진 에도(江戸) 시대에 이르러 『고게쓰쇼(湖月抄)』라는 이름의 대본(大本)[역주: 미농지를 2등분 한 크기]으로 출판되어 보급되는 한편, 승형열첩(枡形列帖) 장정의 사본 또한 계속해서 만들어졌다는 점은 매우 흥미롭다.

이처럼 승형본은 주로 사본에서 사용되는 형태이며 출판물의 경우에는 승형본의 장정을 취하는 경우가 드물지만, 그중에서도 마쓰오 바쇼(松尾芭蕉)의 『오쿠노호소미치(おくのほそ道)』는 출판물에서 승형본을 사용한 가장 유명한 사례라 할 수 있다.

1702년(겐로쿠(元禄)15)에 간행된 『오쿠노호소미치』 최초의 판본은 대철(袋綴)[역주: 인쇄된 면이 밖으로 나오도록 책장의 가운데를 접고 책의 등 부분을 끈으로 튼튼하게 묶는 방식] 형식의 승형본이었다. 이후 시기에 따라 메이와판(明和版), 간세이판(寛政版)으로 출판을 거듭하였는데, 이들 역시 대철승형본의 장정으로 출판되었다. 이 판본에서 주목할 만한 점은 장정뿐만이 아니다. 바쇼의 제자인 소류(素龍)가 정서(浄書)한 니시무라본(西村本)을 문자 형태에서 행 넘김 배열에 이르기까지 충실하게 모사하고 있다는 점이다. 이는 바쇼가 니시무라본을 『오쿠노호소미치』의 최종적인 형태로 여겼으며, 바쇼 자신이 사망하기 직전까지 이를 소지했다는 점에서 바쇼를 사모하는 사람들 사이에서 바쇼가 소지하던 책 자체에 대한 수요가 많았기 때문이라 사료된다.

비교적 최근에 발견된 바쇼의 자필본이나 소류가 필사한 또 다른 책인

가키모리본(柿衛本) 역시 대철승형본의 장정을 취하고 있다. 이러한 점을 비추어 볼 때에 바쇼 스스로가 의식적으로 이 장정 형태를 선택한 것이라 생각하지 않을 수 없다. 그렇다면 바쇼가 대철승형본 형태를 선택한 이유는 무엇일까? 지금 당장 이에 대한 명확한 대답을 알 수는 없지만, 그 답을 탐구하는 한 방법으로서 『오쿠노호소미치』의 필적을 가마쿠라 시대 『겐지모노가타리』 고사본 등과 비교해 보면 놀라울 정도로 유사하다는 점을 발견할 수 있다. 어디까지나 공상에 가까운 이야기이기는 하지만, 바쇼는 왕조의 이야기나 기행문 이래로 이어져 온 히라가나 문학의 전통 안에서 자신의 문장을 정립시키고자 한 것은 아니었을까.

이렇듯 일본에서는 승형본 책자가 다수 남아있는 만큼 큰 주목을 받고 있는 상황이다. 그렇다면 인접국인 중국이나 한국의 경우에는 승형본 책자가 어느 정도 현존하고 있을까? 필자는 그동안 이에 대하여 여러 사람들에게 자문을 구해 왔지만, 아직까지 명확한 답을 얻지 못하였다.

2019년에 대구 계명대학교를 방문했을 당시, 도서관 전시실에서 고전 서적에 대해 해박한 분을 만나 질문을 할 기회가 있었다. 정확한 책 제목이나 소장처까지는 확인할 수 없었으나, 그 분을 통해 고려시대에 정사각형 모양의 서적이 존재했다는 이야기를 들을 수 있었다. 또한 의학서적 조사를 위해 방문한 국학진흥원에서도 8점 정도의 정사각형 모양의 서적을 접할 기회가 있었다. 당시는 서적 목록을 보고 책의 열람을 요청하였는데, 열람이 끝날 무렵 마지막에 이런 책도 있다며 내어주신 15권 정도의 의학서적 사본 중에 이 정사각형 모양의 서적이 포함되어 있었다. 하지만 마치 공책 같다는 인상을 받았을 뿐 시간이 한정돼 있어 자세한 서지사항은 확인하지 못하였다. 다음 기회에 보다 자세하게 조사할 계획을 가지고 일본으로 돌아왔으나, 예기치 않은 신종코로나 바이러스의 영향으로 지금까지 방문이 미루어지고 있는 상황이다.

같은 해 2019년 11월, 호세이 대학(法政大学)에서 '문화 · 문학으로 이어지는 한국과 일본'이라는 포럼이 개최되었다. 필자는 개인 사정으로 참가하지 못하였으나, 화제를 제공해 달라는 고바야시 후미코(小林ふみ子, 호세이 대학 문학부) 교수님의 요청을 받게 되었다. 이에 한국에 정사각형 모양의 책자가 존재하는가에 대해 수소문 한 결과, 두 분 선생님에게서 한국의 정사각형 모양의 책에 대한 정보를 얻게 되었다. 소메야 도모유키(染谷智幸, 이바라기 크리스트교 대학(茨城キリスト教大学) 문학부) 교수님이 가로세로 약 20cm 정도 크기의 조선 말기 한글 소설 사본인 『어룡전(魚龍伝)』을, 한경자(韓京子, 아오야마학원 대학(青山学院大学) 문학부) 교수님이 『천자문(千字文)』을 소개해 준 것이다.

필자 역시 우연한 기회에 서울의 고서점에서 입수한 정사각형 모양의 조선 책인 『논어(論語)』 한 권을 소장하고 있다. 『논어』 전집에서 누락된 낙질(落帙) 1권으로, 크기는 가로 19cm × 세로 16cm 정도. 정사각형이라 하기에는 다소 비율이 다르기는 하지만, 겉보기에는 정방형에 가까우며 소메야씨가 소장한 『어룡전』과 거의 동일한 크기라는 점 역시 흥미롭다.

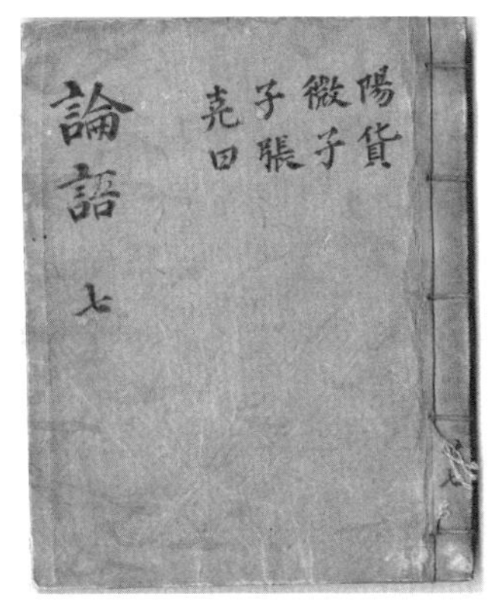

【사진 1】 필자 소장, 『논어(論語)』 표지

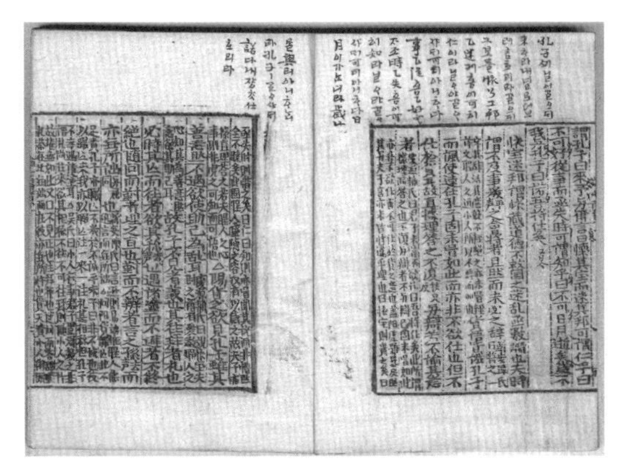

【사진 2】 필자 소장, 『논어(論語)』 펼친 부분

일반적인 조선 서적의 크기를 고려해 보면, 소매 속에 넣어 다닐 수 있는 수진본(袖珍本)으로 제작된 것이 아닐까 추측해 볼 수 있다. 『논어』와 『천자문』 역시 휴대할 수 있는 학습용 서적으로 제작된 것으로 보인다.

현재 한국 내에서 판매되고 있는 책 중에서도 아동용 학습서인 『천자문』과 『알기쉬운 명심보감』(아이템북스, 2011) 등 정사각형에 가까운 형태(가로 11.5cm × 세로 15cm)를 취한 경우가 있다.

이들 서적은 앞서 말한 학습용으로 제작된 정사각형의 『논어』나 『천자문』과 어떠한 관련이 있는 것일까? 또한 현대 중국에서도 가로세로 각 14cm 크기 정사각형 모양의 『논어도해(論語図解)』(중국화보출판사(中国画報出版社), 2005)라는 책이 출판되었다. 다양한 삽화가 들어있다는 점에서 아동 학습용이라는 점을 알 수 있지만, 원문 이외에도 현대 중국어와 일본어, 영어, 한국어도 병기되는 등 구성면에서 글로벌한 특징을 갖는 점이 흥미롭다.

현재 일본에서 역시 정사각형 모양의 책은 주로 아동서적 코너에서 찾아볼 수 있다. 특히 동서양을 막론하고 정사각형 모양의 장정 형태는 그림

【사진 3】『명심보감(明心宝鑑)』과 『천자문(千字文)』(한국, 아이템북스, 2011)

【사진 4】『논어도해(論語図解)』(중국화보출판사(中国画報出版社), 2005)

책 장르에서 주로 사용하는 방식이기도 하다. 중국이나 한국의 사례와 같이 아동들에게 친숙한 작은 정사각형 모양의 책은 물론, 대형 그림책 중에서도 정사각형 모양으로 출판되는 경우를 어렵지 않게 발견할 수 있다.

물론 많은 사례를 철저하게 조사한 것은 아니지만, 이상을 살펴본 결과 정사각형 모양의 책이 갖는 위상이 어느 정도 윤곽을 드러내는 것 같다.

정사각형 모양의 책은 비교적 작은 크기로 제작되는 경우가 많다. 일본에서는 주로 가로세로 약 18cm 전후의 육반본의 형태이며, 조선의 책 역시 상대적으로 작은 크기로 제작되었다. 이와 같은 사실을 고려해 볼 때, 정사각형의 책은 휴대용으로 취급된 것으로 보이며, 이러한 점은 「삼십첩책자」나 『오쿠노호소미치』와도 공통되는 특징이다. 또한 크기가 작기 때문에 여성이나 아동용으로 사용되었다고도 할 수 있다. 승형본 중에 히라가나로 적힌 산문작품이 많다는 사실 역시 이를 뒷받침한다. 한글로 쓰여진 『어룡전』의 독자층까지는 확인하지 못하였지만, 적어도 히라가나

산문작품과 결을 함께하는 특징이라 사료된다.

이상의 내용은 정사각형 모양의 책에 대한 두서없는 공상에 가까운 이야기일지 모르지만, 앞으로 보다 주의를 기울여 탐구함으로써 정사각형 책이 갖는 의의를 밝혀낼 수 있으리라 기대해 본다.

제2장

기록과 기억

논문

한국과 일본의 재난문학과 기억
―세월호 침몰사고와 3.11 동일본대지진의 재난시를 중심으로―

정병호(鄭炳浩)

1. 서론

일본은 근대 이전부터 지진을 중심으로 하여 자연재난을 그린 문학이 활발하게 창작되었으며, 근대 이후가 되면 메이지(明治) 시대 근대문학 형성기에도 1891년 미노(美濃)와 오하리(尾張) 지역에서 발생한 '노비(濃尾)지진'과 1896년 일본 동북지역에서 일어난 '메이지산리쿠(明治三陸)지진'에 대응하여 당대 수많은 대표적 작가들이 참여한 재난문학집이 이미 창작되었다. 예를 들면 1891년 슌요도(春陽堂)에서 간행한 '비노진재의연소설집(尾濃震災義捐小說集)'인 『뒤의 달빛(後の月かげ)』과 1896년 하쿠분칸(博文館)에서 간행한 『해소의연소설(海嘯義捐小說)』이 이러한 재난문학 작품집들이다. 20세기에 들어와 근대문학이 정착되고 1923년 간토(関東)대지진과 1995년 한신·아와지(阪神·淡路)대지진, 그리고 2011년 동일본대지진을 거치면서 수많은 문학자들이 재난의 경험을 에세이나 평론으로 남기고, 나아가 소설이나 시의 형태로 문학적 형상화를 시도하였다. 그래서 3.11 동일본대지진 직후에는 '진재(震災)문학'이나 '원전(原発)문학'이 하나의 문예용어로 정착하여 광범위한 논의를 전개하였다.[1]

한편 한국에서는 일본에 비해 대지진이나 거대 쓰나미와 같이 대량의 인명손실과 건물의 대량 파괴를 초래하는 자연재해가 적었기 때문에 이러한 재난문학이 하나의 문학 장르로 인식되지는 못하였다. 그러나 한국에서도 2014년 4월 16일 인천에서 제주도로 향하는 여객선 세월호 침몰사고가 일어나고 국가와 자본의 무책임 속에서 304명이 희생된 사태를 국가적 재난으로 인식하고 재난문학이 큰 주목을 받기 시작하였다.[2] 그러나 이러한 사실은 한국에서 자연재해나 재난상황을 문학적으로 형상화한 문학작품이 부재했음을 의미하는 것은 아니다. 오히려 재난이라는 테마에 초점을 맞추고 한국문학을 과거로 소급해 가면 일제강점기부터 홍수나 태풍, 가뭄으로 인한 자연재해의 피해, 화재나 전염병 등의 재난상황을 그린 작품이 다수 존재하며 2000년대 이후 이에 대한 규명작업이 속속 이루어지고 있다.[3] 더군다나 1990년대 중반 급속한 근대화의 부작용을 드러내며 우리에게 커다란 충격을 주었던 성수대교와 삼풍백화점 붕괴사고 이후 이러한 재난문학 창작이 본격화하기 시작했다고 볼 수 있다.[4]

이와 같이 한일 양국에는 다양한 재난을 그린 문학작품이 존재하지만, 지금까지 이들 문학의 비교연구는 거의 이루어지지 않았다. 따라서 본 연구는 한국의 세월호 침몰사고와 거의 동시대적인 자연재해로 일본 전후 최대 재난이라 할 수 있는 3.11 동일본대지진을 중심으로 하여, 한일 재난문학을 비교분석하고자 한다.[5] 특히, 본 논문에서는 주로 재난시를 분석의 중심에 위치지어 이들 거대재난에 즈음하여 이들 재난을 인식하고 해석하기 위해 과거의 어떠한 경험과 재난을 통해 이들 사건을 바라보고 있는지에 초점을 두고 분석하고자 한다. 이를 통해 한국과 일본의 자연재해와 재난을 둘러싼 집단기억을 분석하여 재난을 둘러싼 양국 문화의 특성을 분명히 하고자 한다.

2. 한일양국의 재난관련시집 간행 배경과 재난문학의 역할

2011년 3.11 동일본대지진은 잘 알려진대로 대지진과 거대 쓰나미, 그리고 후쿠시마(福島) 원자력발전소 방사능 누출사고가 겹친 전후 일본 최대의 재난이었다. 일본 동북지역을 중심으로 지진과 쓰나미로 1만 8000여명의 인명 피해자를 낳고 가옥과 건물의 붕괴는 물론 각종 산업시설과 도로 등 인프라 시설에 막대한 피해를 가져온 동일본대지진은 후쿠시마 원자력발전소의 사고로 전대미문의 사태를 맞이하였다. 한편, 인천에서 제주도로 향하던 세월호가 진도 앞바다에서 침몰하여 수학여행에 나섰던 단원고 학생들을 포함하여 304명의 희생자를 낸 세월호 침몰참사는 선원과 승무원의 무책임, 해양경찰을 비롯한 구조체계의 불비, 자본의 이윤만 우선시하는 선박회사의 부조리, 국가 재난 컨트롤타워의 부재를 야기하며 국민들에게 커다란 충격을 안겨준 재난이었다.

이 두 재난사태를 맞이하여 한국과 일본에서는 이와 관련한 다양한 형태의 문학작품이 창작되었다. 일본에서는 '진재문학'과 '원전문학'이라는 비평용어가 성립할 정도로 활발한 문학적 논의와 활동이 이루어졌고 지진과 원전사고와 관련한 문학작품이 활발하게 창작되었으며 여기에 이들 문학적 현상에 대한 연구도 활발하게 이루어졌다. 한국의 경우도 이러한 국가적 재난에 분노한 시인과 소설가들은 이들 사건을 테마로 하여 다양한 문학작품을 창작하여 희생자를 애도하고 국가권력과 자본에 저항하고자 하였으며, '재난문학'을 대상으로 한 비평도 활발하게 이루어졌다.

그렇다고 한다면 이 당시 3.11 동일본대지진과 세월호 침몰참사를 둘러싸고 문학작품들은 어떠한 의도를 가지고 창작되었으며 작품집의 간행 목적은 어디에 있었던 것일까? 먼저 이들 재난을 형상화한 재난시집을 중심으로 그 간행배경을 고찰하여 재난문학의 논리를 살펴보고자 한다.

- 핵재(核災)는 우리들의 삶으로부터 일상성을 송두리째 빼앗아 버렸다. 이것을 동시대의 사람들에게 전하고 싶다는 생각이 나에게는 있다. (중략) 만약 존속하고 있다면 10만년 후를 살아가는 후예들에게, 우리들이 저지른 죄—핵을 악용하고 오용하고 더구나 처리하지 못하고 있는 죄—에 대해 전하고 사죄하지 않으면 안 된다.[6]
- 이곳의 시는 작품 이전의 원폭 피폭자 노인의 생각 뿐. 그리고 그것이 만약 피재자(被災者) 모든 분들을 향한 가슴에 전하는 것이라면 그 이상 없다.[7]

위의 인용문들은 동일본대지진이 후쿠시마 원전사고를 수반하였다는 의미에서 '핵(核) 재난'의 측면에서 간행의도를 밝히 문장들이다. 첫 번째 인용문은 시인 와카마쓰 조타로(若松丈太郎)가 3.11 동일본대지진과 더불어 일어난 방사능 누출사고를 비판적으로 포착하여 쓴 시집 『시집 우리 대지여, 아아(詩集 わが大地よ、ああ)』의 「후기(あとがき)」 중 한 부분이다. 이 시집은 방사능 누출사고가 남긴 현실의 참상을 문명 비판적으로 바라보고 있는데, 핵의 오용이 남긴 재앙을 동시대뿐만 아니라 엄청난 시간이 지난 후에도 '후예'들에게 핵의 오용 문제를 속죄하는 관점에서 전달해야 한다는 배경에서 이 시집을 간행하고자 하였음을 밝히고 있다.

두 번째 인용문은 1945년 8월 나가사키(長崎)에서 원폭이 투하되었을 때 직접 피폭을 당하였던 시인 하타지마 기쿠오(畑島喜久生)가 창작한 『동

일본대진재시집 일본인의 힘을 믿는다(東日本大震災詩集 日本人の力を信じる)』의 후기에 해당한다. 하타지마 기쿠오는 피폭자의 입장에서 동일본대지진 당시 피해를 입은 사람들을 향해 응원의 메시지를 전하고, '일본인의 미덕'이 대지진 속에서도 빛나고 있음을 노래하여 향후 일본의 부흥을 기원하는 마음에서 이 시집을 간행하였다고 밝히고 있다. 더불어 동일본대지진을 테마로 하고 있어도 두 시집은 핵의 이용에 대한 비판과 재난부흥 기원이라는 측면에서 다소 다른 방향을 향하고 있다고 볼 수 있다.

- 이 『진재가집(震災歌集)』은 2011년 3월 11일 오후 동일본 일대를 덮친 거대한 지진과 쓰나미, 연이어 일어난 도쿄전력의 후쿠시마 제1원자력발전소의 사고로부터 시작된 혼란과 불안의 12일간의 기록이다. (중략) 만약 이 문제(정치와 경제시스템)를 제쳐둔 채로 원래처럼 '복구'된다면 우리들은 이번 지진과 쓰나미, 원전사고로부터 아무것도 배우지 못한 것이 된다.[8]
- 이 작품집은 뛰어난 기록이 될 뿐만 아니라 피재된 분들의 마음의 위안, 격려에 얼마라도 도움이 된다면 다행이다. (중략) 금후 그 수익이 발생할 경우에는 그것도 피재자를 위해 도움이 되고 싶다고 생각하고 있다.[9]

위의 인용문 중 첫 번째 문장은 일본전통시가인 단카(短歌)와 하이쿠(俳句)를 담은 『진재가집 진재구집(震災歌集 震災句集)』의 머리말에 해당한다. 이 시가집에서는 먼저 재난의 '혼란과 불안'을 '기록'해야 한다는 당위성과 이번의 재난을 교훈으로 삼아 정치와 경제시스템에 근원적인 변화가 있어야 한다는 간행의 동기를 설명하고 있다. 두 번째 인용문은 'NPO법인 일본시가구협회(NPO法人日本詩歌句協会)'에서 동일본대지진 '부흥지원'을 목적으로 '시가, 하이쿠, 수필 공모'를 실시하여 선정된 작품들을 실은 시가집의 후기 부분이다. 이 단체는 응모료와 의연금, 그리고 그 수익금을 피재지에 기부함과 더불어 이 시가집을 통해 피해를 입은 사람들에게 마음의 위안과 격려를 주었으면 하는 희망을 가지고 이 시가집을 간행하였다고 설명하고 있다. 이들 시가집에서 지적하고 있는 재난의 기록과 교훈의 제시, 나아가 위로와 위안은 어느 시대이든 재난문학이 탄생하는 중요한 창작 동기이자 역할이라 할 수 있다.

한편, 세월호 침몰사고 이후, 한국에서도 많은 수의 재난문학 시집이 간행되는데, 그 중에서 다음의 두 시집은 세월호 관련 재난문학의 간행 배경을 잘 보여주고 있다.

- 돌이켜 보면 그해 사월의 진도 앞바다, 참혹하게 져버린 꽃잎들이 우리를 여기로 이끌었다. 탄식과 울음으로, 회한과 반성으로, 분노와 다짐으로 이어지는 날들이 아직은 끝나지 않았다. 세월호는 올라왔지만 아직 인양하지 못한 진실이 바다 저 깊은 곳에 잠겨 있다. 그러므로 우리가 쓰는 시는 여전히 현재진행형이다. 날마다 이기는 싸움을 위해 숨을 크게 쉬고, 눈을 부릅떠 멀리 보고, 펜을 꾹꾹 눌러 써야 한다. 진실을 새기는 마음으로 여기서 한 발 더 내딛어야 한다.[10]
- 우리는 희망을 퍼뜨리면서 절망과 싸울 것이며 사랑을 지키면서 억압을 깨뜨릴 것이다. 정의를 말하면서 협잡을 해체할 것이며 공동체를 껴안으면서 권력의 폭력을 고발할 것이다. 인간에 대한 예의를 위해서라면 피 흘리는 것을 두려워하지 않겠다. 이것이 문학의 윤리이며 문학이 말하는 자유임을 믿기 때문이다.[11]

위의 인용문은 교육문예창작회가 간행한 『세월호는 아직도 항해 중이다』라는 시집의 「들어가는 말」의 일부분과 『세월호 추모시집 우리 모두가 세월호였다』의 「책머리에」에 해당하는 부분이다. 첫 번째 시집은 1989

년에 창립된 교사들의 문학단체인 교육문예창작회가 “분필을 들던 손으로 촛불을 들고, 촛불을 드는 마음으로 시를 썼다.”라고 하듯이, 단원고 학생들을 포함하여 304명의 희생자를 낸 세월호 침몰사고의 진실규명을 기원하며 쓴 시들을 모은 시집이다. 더구나 이 시집에서는 참혹하게 희생된 피해자들을 기억하며, 탄식과 회한, 나아가 분노의 심정을 밝히고 있는데 무엇보다도 진실규명을 향한 다짐과 저항의 심정이 이 시집 간행의 커다란 배경임을 분명히 하고 있다.

한편, 두 번째 인용문은 2014년도 6월 2일에 있었던 문학인 시국 선언을 재차 언급하면서 위의 다짐을 표현하고자 하는 이 시집이 문학인들의 슬로건임을 명백히 밝히고 있다. 이곳에서 문학인들은 세월호 침몰사고를 ‘국가 안전 시스템’의 붕괴, ‘냉혹한 이윤과 차가운 권력’ 앞에서 인간의 존엄 자체가 무너진 것이라고 규정하고 문학의 힘을 통해 이 부정과 폭력의 참상을 증언하고 문학의 윤리를 통해 저항하고자 하였다. 물론 세월호 사건 관련 재난시집들도 단지 분노와 저항, 진실규명에 그치지 않고 이러한 노력을 통해 현재의 절망을 뛰어 넘어 “아픈 희망을 노래”하고 “부활”[12]을 희구하고자 하였다.

이상에서 보았듯이 3.11 동일본대지진과 세월호 침몰참사와 관련된 재난시집의 간행 배경에는 서로 강조점에 차이가 보인다고 할 수 있다. 두 나라 모두는 재난문학의 고유한 특성 중 하나인 피해자에 대한 위안과 격려, 그리고 재난 상황의 기록, 교훈 제시라는 의도가 내재되어 있었지만, 전자의 경우는 단순한 지진과 쓰나미를 너머 원자력발전소 사고라는 미증유의 사태를 앞에 두고 있었기 때문에 ‘핵’의 문제에 대한 문명론적 비평에 보다 무게 중심이 놓여있었다. 그러나 후자의 경우에는 선박회사로 대표되는 자본의 논리나 국가의 구조시스템 불비와 진실을 은폐하는 권력자에 대한 분노와 저항이라는 동인이 간행의 주요 배경으로 자리매김하고 있었다. 특히 3.11 동일본대지진과 세월호 참사 관련 재난시집에 수록되어 있는 시들도 이와 같이 위로와 격려, 부흥에의 의지, 문명비판, 재난상황 기록과 교훈제시, 저항과 분노라는 간행 의도에 입각하여 다양한 시적 메시지를 발신하고 있었다.

3. 3.11 동일본대지진과 후쿠시마 원전사고: 원폭의 경험과 기억

2011년 3.11 동일본대지진은 지진과 거대 쓰나미로 인한 무수한 희생자의 발생뿐만 아니라 후쿠시마 원전의 방사능 누출을 일으켰다는 점으로 인해, 3.11 동일본대지진 당시의 재난문학은 히로시마(広島)나 나가사키에 투하된 원자폭탄의 피폭 경험과 그 기억을 통해 이 재난을 응시하려는 경향이 강하였다. 다음의 시 작품이 이러한 경향을 대표하고 있다고 할 수 있다.

> 원폭 피폭후 내 몸에서 구더기가 자꾸 나왔다
> 라고 하는 66년 전의 먼 기억을 통해
> 지금 후쿠시마 원전사고의 정보를 접하고 있으면
> 백혈병에 대한 두려움은 그대로 되살아나 생생해지기조차 한다. (중략)
>
> 그 후 66년간의 목숨을 늘어놓고
> 이번 동일본대지진을 만나 생각한다――
> 그 때의 피폭은 대체 무엇이었던가
> 그리고 지금
> 일단 방사능에 노출된 적이 있는

「육체」와 그 「정신」이란
방사능에 의한 주위의 오염에 과연
둔감한 것인가 그렇지 않으면
민감한 것인가――[13]

이 인용문은 하타지마 기쿠오가 쓴 시집 『동일본대진재시집 일본인의 힘을 믿는다』 중 「임종 무렵 가까이에 와서 바라는 것(今わの際近くに来て願っていること)」이라는 시 중 일부이다. 이 시에서 동일본대지진과 후쿠시마 원자력발전소 방사능 누출사고를 접한 시인은 자신이 경험한 원자폭탄 피폭의 경험과 기억을 떠올리며 당시 동일본대지진과 쓰나미, 그리고 연쇄적으로 일어난 후쿠시마 원자력발전소의 방사능 누출사고를 인식하고자 하였다. 이 시에서 작가는 피폭 당시 자신의 몸에 나타났던 '구더기의 기억'이라는 매체를 통해 과거의 방사능 피폭 경험과 동일본대지진 당시 방사능 누출사고를 연결하고 있는 것이다.

그렇기 때문에 "66년전의 8월 9일 나가사키에서 피폭"하여 "다량의 방사선을 쬐였"지만 "감정도 피폭하여" "우는 것조차 잊고 있었"던 과거를 회상하고 있다. 그런데 66년이 지나고 "동일본 거대지진 피재의 참상에 맞닥트려서는 매일처럼 울고"[14] 있는 자신을 발견한다. 이러한 의미에서 상기의 시 작품은 동일본대지진과 원전사고를 당하여 과거의 재난이었던 원자폭탄 피폭의 경험을 통해 현재의 재난을 응시하고 나아가 인식하고 있다고 할 수 있다. 이러한 현상은 동일본대지진 당시 원자력발전소 방사능 누출사건의 충격이 컸던 만큼 당시 재난문학을 논의하던 문학계의 보편적인 현상 중 하나였다고 할 수 있다.

마치 원폭이라도 떨어진듯이
모든 것이 사라져 버렸지만,
당신이 최후의 최후까지 살아가자고
공연하게 맞섰기 때문에,
이런 세상이라도 가슴을 펴고 말할 수 있다.
사람들을 고통으로부터 구해내고 싶다고.[15]

이 인용문은 동일본대지진의 대표적인 피재지인 미야기현(宮城県) 출신인 스토 요헤이(須藤洋平)의 시이다. 이곳에서 시인은 대지진과 거대 쓰나미로 일상적인 모든 것이 사라진 재난의 모습을 '원폭'이 투하된 모습으로 비유하며 현실의 참상을 뛰어넘어 당당하게 맞서나가고 그리고 사람들의 고통을 구제하려는 희망을 피력하고 있다. 이와 같이 3.11 동일본대지진은 지진과 쓰나미라는 자연재해뿐만 아니라 후쿠시마 원자력발전소의 방사능 누출이라는 미증유의 인재를 수반하였기 때문에 히로시마와 나가사키의 원폭[16]이나 핵 위기, 1980년대 체르노빌 원전사고라는 기억을 통해 현재를 유추(類推)하고 인식하고 있다고 할 수 있다. 한편 3.11 동일본대지진에 즈음하여 대지진과 쓰나미라는 거대한 재난과 관련하여 기리노 나쓰오(桐野夏生)는 「시마오 도시오의 전쟁체험과 3 · 11 후의 우리들(島尾敏雄の戦争体験と3 · 11後の私たち)」이라는 에세이에서 시마오 도시오가 전쟁 이후에 쓴 일기를 논하면서 "3.11은 전쟁체험에도 필적하"[17]는 것이라고 지적하고 있다. 이러한 발언은 동일본대지진의 상황을 전쟁 경험과 결부시키고자 하는 발상법인데, 실제 이러한 전쟁이나 미국의 공습이라는 기억을 통해 현재의 재난을 인식하려는 문학적 현상은 한신 · 아와지대지진 당시 압도적으로 많다.

1945년 7월 칠석 미명, 지평까지의 맹염(猛炎)이 구름을 태우고
공습은 일체를 다 태우고, 입은 옷밖에는 아무것도 갖지 않은 채 본격적인 기
근만을 남겼다. (중략)
걷어찼더니 첩첩이 쌓인 불타버린 사체, 탄화(炭化)한 팔을 내뻗고
와력(瓦礫)에 가로 누운 목조인형을 닮은 아직 잠자지 않은 사체의 포효
풍속 200미터의 염열(炎熱) 폭풍이 불고, 산 채로
눈을 치켜든 채로 가득한 생각도 무엇 하나 알리지 않고 피도 흘리지 않고
이별의 말도 남기지 않고 천천히 8월의 햇볕 속에서 불타버린 이완된 자들의
누더기 천과 같이 늘어뜨린 살갗의 겹쳐 쌓임[18]

이 시는 고베(神戸)에 거주하는 구루마기 요코(車木蓉子)가 1995년 '한신대지진'의 경험을 시와 증언의 형태로 담은 『50년째의 전장 · 고베(五十年目の戦場 · 神戸)』 중에 나오는 시 작품이다. 이 시는 한신 · 아와지대지진을 '50년째의 전장'이라고 표현하는 책의 타이틀이 제시하고 있듯이 50년 전의 전쟁과 미군의 공습 등의 기억을 통해 당시 재난의 참상을 설명하고 있다. 그리고 이곳에 등장하는 전쟁은 일본이 일으킨 동남아시아의 전쟁까지 소환하여 50년 전 전쟁과 당시의 재난을 비유하고 있다. 위의 시에서 표현되고 있는 미군의 공습과 폐허의 모습은 건물이 무너지고 와력(瓦礫)으로 쌓인 재난 당시 고베의 모습을 겹쳐서 인식함으로써 50년 전 전쟁이라는 집단 기억을 통해 현재의 재난을 인식하고자 하였다.

한편 한신 · 아와지대지진 당시에는 위의 시 작품뿐만 아니라 이렇게 전쟁과 공습의 기억으로 거대한 지진의 폐허인 오사카(大阪)와 고베를 응시하는 경우가 적지 않았다. 예를 들면, 한신 · 아와지대지진 당시 대표적인 재난문학 작품이라 할 수 있는 『시집 · 한신아와지대지진』(詩集 · 阪神淡路大震災, 1995.4)이라는 작품집에서 "간사이 지역의 피재(被災) 문학자들은

50년 전 전쟁과 현재의 거대 재난은 일련의 시간적 계보 속에서 동일한 충격, 공포와 슬픔, 나아가 막대한 인명 · 재산 피해를 주었던 사건으로 기억하고자 하"[19]였다는 분석을 보아도 이러한 사실을 엿볼 수 있다.

이상 고찰해 보았듯이 일본의 거대지진과 쓰나미를 당하고 거기에 후쿠시마 원자력발전소의 방사능누출사고라는 미증유의 재난을 목도하면서 당시 문학자들은 과거의 집단적 기억인 전쟁을 통해 현재를 유추하고자 하는 경향이 매우 강하였다. 특히 한신 · 아와지대지진의 경우는 공습과 전쟁의 기억을 소환하는 경우가 많았지만 3.11 동일본대지진 당시에는 전쟁 후의 상황을 언급하고 있어도 구체적으로는 히로시마와 나가사키의 원폭 체험을 소환하여 현재의 재난상황을 유추하고자 하는 경향이 매우 강하였다.

4. 세월호 침몰사고와 국가적 재난의 기억: 억압과 저항의 기억

앞에서 지적하였듯이, 한국에서는 커다란 자연재해가 없었던 것은 아니지만 일본과 같이 '진재문학'이나 '원전문학'을 뜻하는 문학비평용어가 오래전부터 존재했던 것은 아니다. 이 분야에서 보다 의식적인 측면에서 '재난문학'이라는 용어를 사용한 것은 역시 세월호 침몰참사와 이를 국가적 재난으로 인식하는 과정에서였다. 그렇다고 한다면 한국의 대표적 재난문학이라고 할 수 있는 세월호 관련 재난문학에서는 이러한 참상과 재난현실을 인식하고 설명하는 데 있어서 과거의 어떠한 기억을 통해 이를 유추하고 있는 것일까?

세월호 재난문학에서는 이와 관련하여 '세월호 3주기 추모 시집'으로 기획된 『꽃으로 돌아오라』(2017.4) 중 「시인들의 말」에 실린 시인 김림의 다음 글이 이를 잘 보여주고 있다.

> 엘리엇은 왜 하필 4월을 그토록 잔인한 이름 속에 가둔 것일까.
> 슬픔은 슬픔을 부르고 눈물은 눈물을 껴안는다던가.
> 혹독한 시간을 헤쳐온 봄 앞에 4월은 유독 냉랭했다.
> 4 · 3 제주 항쟁, 4 · 19 혁명, 4 · 16 세월호,
> 이런 식의 슬픈 인식 번호를 달아주며 독설에 가까운 혓바닥으로 봄을 단련시켰다.
> 기다리지 않아도 봄은 온다는 말은, 거짓말이었다.[20]

이 인용문에서 보듯이, '슬픔으로 얼룩진 4월'에 일어난 세월호 침몰사고는 단지 참사 그 자체로 그치는 것이 아니라, 다양한 형태로 이전의 재난을 연상시키고 있다. 이 세월호 침몰참사는 한국 사회에서 4월이라는 시간의 틀 속에서 공유되는 지점이 존재하는 데 그것은 바로 한국 근현대사의 질곡과 저항, 그리고 아픔을 간직한 4.3 제주 사건과 항쟁이며, 4.19 혁명과 연쇄된 지점인 셈이다. 이와 같이 김림은 세월호 침몰이라는 재난을 한국 현대사에서 같은 4월에 일어났던 정치적 재난이라는 기억의 연쇄 속에 위치지우고 있다. 그런데 세월호 사고와 관련한 시 작품들도 세월호는 항상 이러한 정치적 재난의 기억과 그 기억의 소환을 통해 유추되어지는 경우가 매우 많았다.

> ① 어쩌면 너희들은
> 실종 27일, 머리와 눈에 최루탄이 박힌 채 수장되었다가
> 처참한 시신으로 마산 중앙부두에 떠오른
> 열일곱 김주열인지도 몰라

이승만 정권이 저지른 일이었다

어쩌면 너희들은
치안본부 대공수사단 남영동 분실에서
머리채를 잡혀 어떤 저항도 할 수 없이
욕조 물고문으로 죽어간 박종철인지도 몰라
전두환 정권이 저지른 일이었다[21]

위의 시 작품은 권혁소의 「껍데기의 나라를 떠나는 너희들에게—세월호 참사 희생자에게 바침—」이라는 작품이다. 여기에서 시인은 세월호 희생자였던 단원고 학생들의 희생을, 과거 한국 정부의 다양한 정치적 희생자를 호명하여 그들에 대한 기억을 통해 설명하고자 하였다. 세월호의 희생자들은 이승만 정권 시절 3.15 부정선거에 항의하는 데모에 참여하였다가 실종되어, 마산 앞바다에 최루탄이 눈에 박힌 채 떠오른 김주열의 기억을 통해 국가의 무책임을 묻고 있다. 나아가 이들 희생자들은 전두환 정권 시절 남영동 대공수사단 분실에서 고문으로 죽어간 박종철의 기억과 등치된다.

이러한 의미에서 세월호 관련 재난시에서는 정부 구조시스템의 부재, 재난 컨트롤 타워의 문제, 구조 해양경찰의 무책임감, 선박회사에 대한 안전 점검의 부재와 자본에 유리한 운행시스템 등, 다양한 부조리로 인해 제주도 수학여행에 나섰던 단원고등학교 학생들이 당하였던 희생을 한국 현대사의 다양한 정치적 재난과 희생자들의 기억을 통해 설명하고자 하였다. 그런데 세월호 재난문학에서 한국 현대사의 불행한 정치적 재난과 이에 항거하는 민중의 모습을 소환하여 현재의 세월호 침몰사고를 유추하고자 하는 것은 위에서 본 바와 같이 단지 시 장르뿐만 아니라 소설의 경우에도 이와 유사한 구조를 취하고 있는 경우가 적지 않았다.

예를 들면 박철우의 소설 「연대기, 괴물」은 세월호 침몰사건을 계기로 하여 여전히 잔존하고 있는 한국 사회 냉전의 상처를 그린 작품이다. 이 소설에는 한국전쟁 당시 치열한 좌우대립과 양민학살과 보복, 그 당시 강간사건으로 불의로 태어난 주인공이 베트남 전쟁 파병으로 전쟁을 체험한 이후 정신병의 발작, 지인이 광주민주화운동으로 피해를 받는 장면 등 한국 현대사 속에서 냉전 이데올로기와 정치적 재난의 비참한 상황이 모두 담겨 있다. 이 작품은 "권력을 쥔 사람들의 입에서는 갈수록 무서운 말들이 터져 나왔다. 세월호는 사고다. 단순한 사고를 정치적으로 이용하려는 세력이 있다. 시체 장사 한두 번 해봤나? 종북 세력에게 끌려다니면 안 된다…"[22]는 문장과 같이 세월호 참사 이후에도 희생자들의 진실규명 노력을 냉전적 사고로 덧칠하고 비난하고 있다. 따라서 이 소설도 한국 현대사가 남긴 일련의 정치적 재난의 기억망을 통해 이 세월호 사건을 되돌아보고 있다는 점은 위의 재난시와 같다고 할 수 있다.

그런데, 이렇듯 세월호 침몰사고를 그리고 있는 재난문학에서 이와 같이 한국 현대사의 다양한 정치적 재난과 희생이라는 기억을 소환하여 세월호 사건을 인식하려는 배경은 어디에 있는 것일까? 이는 바로 세월호 참사가 내포하고 있는 사건의 특수성 때문이라 할 수 있다.

- 세월호 참사 이후 우리는 상식으로 이해할 수 없는 일들을 매일매일 경험하고 있다. 무너진 것은 국가 안전 시스템만이 아니다. 함께 살아가는 일의 뜨거움과 생명 가진 것들의 존엄 자체가 냉혹한 이윤과 차가운 권력 앞에서 침몰해 버렸다. 말의 질서와 말의 윤리를 믿는 작가들이 더욱 망연한 것도 이 때문이다.[23]

위의 인용문에서 보듯이 세월호 참사는 기본적으로 기업의 '냉혹한 이윤'만 추구하는 자본의 논리, 국민을 지켜주어야 할 '국가 안전 시스템'의 붕괴를 상징하고 있었다. 이 뿐만 아니라 세월호 침몰의 진상 규명을 회피하고 이를 외치는 사람들을 '불순 세력'으로 몰아붙이거나 냉전적 사고로 그들을 폄훼하려는 사회세력의 존재는 여전히 "불행한 전체주의 독재국가"에 대한 등치에 다름 아니기 때문이다. 그렇기 때문에 이 당시 세월호 참사라는 사태를 국가적 재난으로 규정하고 이를 표현한 재난문학은 한국 현대사가 남긴 불행한 정치적 재난의 기억을 통해 세월호 참사를 유추하고자 한 것이었다.

5. 결론

2010년대에 일어난 일본의 3.11 동일본대지진과 한국의 세월호 침몰 참사는 기본적으로 같은 성격의 재난은 아니라고 할 수 있다. 전자는 대지진과 거대 쓰나미라는 자연재해적 성격이 강하였고, 후자는 기업 윤리와 국가 안전 시스템의 부재로 인한 참사라는 측면에서 그 재난의 성격을 달리하고 있다고 볼 수 있다. 그렇지만 동일본대지진이 후쿠시마 원자력발전소의 방사능 누출사고로 이어졌다는 측면에서 두 재난은 자본과 기업의 책임성이나 윤리성의 문제, 나아가 국가 안전 시스템과 밀접한 연관을 가지는 재난이라 하지 않을 수 없다.

3.11 동일본대지진과 세월호 침몰참사를 그리는 재난문학에서 이 처참한 재난을 인식하고 이를 설명하기 위해 유추하고 소환하는 과거의 기억은 다른 길을 걸어온 두 나라의 현대사만큼이나 상이한 것이었다. 먼저, 일본의 재난시집에서 3.11 동일본대지진을 설명하고 이를 비유할 수 있

는 과거의 기억은 주로 태평양전쟁 시기 전쟁상황과 공습의 처참한 광경이나 이전에 경험한 자연재해 등이었지만, 특히 주목을 끌고 있는 것은 원자폭탄의 피폭이라는 기억의 소환이었다. 한신·아와지대지진은 종전 50주년이라는 시기와 맞물려 주로 전쟁과 미군 공습 등의 기억을 통해 이 재난을 유추하고자 하였지만, 동일본대지진의 경우 후쿠시마 원전사고가 핵 문제와 직결된다는 측면에서 히로시마나 나가사키의 피폭 체험의 집단기억을 통해 당시 미증유의 재난을 응시하고자 하였다.

그러나 한국의 세월호 사건을 테마로 한 재난문학에서 소환되는 과거의 기억은 한국 현대사에 새겨져 있는 다양한 정치적 사건, 예를 들면 제주도의 4.3항쟁, 부정선거와 이에 항의하는 시민들을 폭력적으로 진압하는 4.19혁명의 과정, 광주민주화운동과 1980년대 민주화운동, 냉전에 의한 이데올로기 대립과 공격이라는 기억이었다. 한국 현대사에서 가장 불행하고 처참하였던 이러한 정치적 재난의 기억을 통해 세월호 참사를 인식하고자 하였던 것이다.

재난문학에 그려진 다양한 과거의 기억, 또한 문학작품에서 소환되는 기억들은 그 충격이나 규모에 있어서 당면한 재난과 재해에 필적하는 사건들이었다. 과거의 이러한 재난들은 개인은 물론 집단에도 견딜 수 없는 충격과 공포의 기억을 가져다주었으며, 이는 각 나라에서 커다란 사회적 기억을 형성하였다. 따라서 한국과 일본의 재난문학에서 현재의 재난을 유추하기 위해 소환된 과거의 기억은 각각 두 나라의 가장 상징적이고 역사적 과정에서 새겨진 가장 불행하고 처참한 사건들이라 할 수 있다.

* 이 논문은 『비교일본학』(한양대 일본학국제비교연구소, 2019.9)에 게재한 논문을 수정, 가필한 것이다.

1 정병호 「3.11 동일본대지진를 둘러싼 2011년 〈진재(震災)/원전(原発)문학〉의 논의와 전개」『3.11 동일본대지진과 일본 재팬리뷰 2012』(도서출판 문, 2012), p.326 참조.

2 본 연구가 대상으로 하는 시 분야에 있어서 권성훈은 "재난시를 주제로 한 텍스트의 결여"로 인해 "한국 현대문학사에서 재난시에 대한 본격 적인 논의가 없었"(p.115)다는 사실을 지적하면서, "세월호 사건이 재난을 넘어 국가와 사회에 대한 희망과 신뢰 책임과 의무 생명존중 안전 불감증 등 총체적 문제를 드러냈으며 세월호 희생자에 대한 추모와 함께 시인들의 분노와 절망이 재난시로 나타났다"(p.118)고 설명하였다(「한국 재난시에 나타난 죽음 의식 변화 연구―방민호 세월호 추모시집 『내 고통은 바닷속 한방울의 공기도 되지 못했네』를 중심으로―」『한국문학이론과 비평』 제20권 4호, 2016).

3 이의 관련 연구로는 서형범 「'홍수'의 서사화를 통해 본 재난서사의 의미」『한국현대문학연구』 제36집, 2012, pp.77-114, 최강민 「1920~30년대 재난소설에 나타난 급진적 이데올로기와 트라우마」『어문논집』 제56집, 2013, pp.377-405 등이 있다.

4 이와 관련하여 정여울 「구원 없는 세계에서 살아남기―2000년대 한국문학에 나타난 '재난'과 '파국'의 상상력―」『문학과사회』, 2010, pp.333-346 참조.

5 2000년대 이후 재난문학은 동아시아에서 한국과 일본뿐만 아니라 중국의 경우에도 2008년 5월 9만 명 이상의 희생자가 나온 쓰촨성 대지진을 계기로 활발하게 논의되었다. 예를 들면 이 당시 재난시집인 聶珍釗, 羅良功主編 『讓我們共同面対灾難: 世界詩人同祭四川大地震』(上海外語教育出版社, 2008)이 간행되었으며, '재난문학', '지진문학'을 테마로 한 연구도 증가하여 이 분야의 논의가 활발해졌다.

6 若松丈太郎 『詩集 わが大地よ、ああ』(土曜美術社出版販売, 2014), p.110.

7 畑島喜久生 『東日本大震災詩集 日本人の力を信じる』(リトル・ガリヴァー社, 2012), p.103.

8 長谷川櫂 『震災歌集 震災句集』(青磁社, 2017), pp.9-10.

9 松田ひろむ編 『詩歌・俳句・随筆作品集―渚のこゑ―』(第三書館, 2011), p.83.

10 교육문예창작회 『세월호는 아직도 항해 중이다』(도서출판 문, 2017), pp.5-6.

11 『세월호 추모시집 우리 모두가 세월호였다』(실천문학사, 2014), pp.9-10.

12 한국작가회의 자유실천위원회 『세월호 3주기 추모 시집 꽃으로 돌아오라』(푸른사상, 2017), pp.4-5.

13 畑島喜久生「今わの際近くに来て願っていること」, 앞의 주7의 책, pp.41-43.

14 畑島喜久生「復興に成功したら一緒に泣こう」, 앞의 주7의 책, p.73.

15 須藤洋平 「ざんざんと降りしきる雨の空に」『東日本大震災詩歌集 悲しみの海』(富山房インターナショナル, 2012), p.32.

16 "나가사키, 히로시마, 후쿠시마 여름이 부글부글 끓어오른다."(小池都)라는 하이쿠(俳句)에서도 동일본대지진의 재난을 원자폭탄 피폭의 경험을 통해 유추하고자 하려는 사실을 확인할 수 있다(앞의 주9의 책, p.49).

17 桐野夏生「島尾敏雄の戦争体験と3・11後の私たち」『新潮』第109第1号, 2011, p.197.

18 車木蓉子「海峡を見つめる女」『五十年目の戦場・神戸』かもがわ出版, 1996, pp.104-105.

19 조미경 「한신・아와지(阪神・淡路)대지진과 일본문학의 역할―『시집・한신아와지대지진』의 문학적 반응을 중심으로―」『일본근대학연구』 제57집, 2017, p.171.

20 김림 「하필이면 4월」『세월호 3주기 추모 시집 꽃으로 돌아오라』(푸른 사상사, 2017), p.134.

21 권혁소 「껍데기의 나라를 떠나는 너희들에게―세월호 참사 희생자에게 바침―」 가만히 있지 않는 강원대 교수 네트워크 『세월호가 남긴 절망과 희망―그날, 그리고 그 이후―』(한울아카데미, 2016).

22 박철우 「연대기, 괴물」『실천문학』(실천문학사, 2015), p.271.

23 「오래 기억하고, 그치지 않고 분노하기」, 앞의 주11의 책, p.8.

논문

근대 후쿠시마현(福島県) 도미오카초(富岡町) 오라가하마(小良ヶ浜)의 문서관리

—복합재해 · 연고지 · 구유문서(区有文書)—

니시무라 신타로(西村慎太郎)

번역: 이가현(李佳呟)

요지문

동일본대지진 · 도쿄전력(東京電力) 후쿠시마(福島) 제1원자력 발전소 사고로 인해 아직도 귀환이 곤란한 구역으로 지정되어 있어 출입이 제한되는 후쿠시마현 도미오카초 오라가하마(福島県富岡町小良ヶ浜). 이 지역의 역사자료 보전 활동을 검증함과 동시에 근대 이후 국유지로 편입된 오라가하마의 토지를 국가로부터 되찾을 때에 함양된 문서관리 전개를 기술한다.

1. 들어가며

본고에서는 후쿠시마현 후타바군 도미오카초 오라가하마구(福島県双葉郡富岡町小良ヶ浜区)의 역사자료 보전 활동을 토대로 하여 이곳에서 발견된 오라가하마 구유문서(区有文書)를 토대로 해당 지역의 근대 문서관리 전개를 기술한다(【지도 1】).

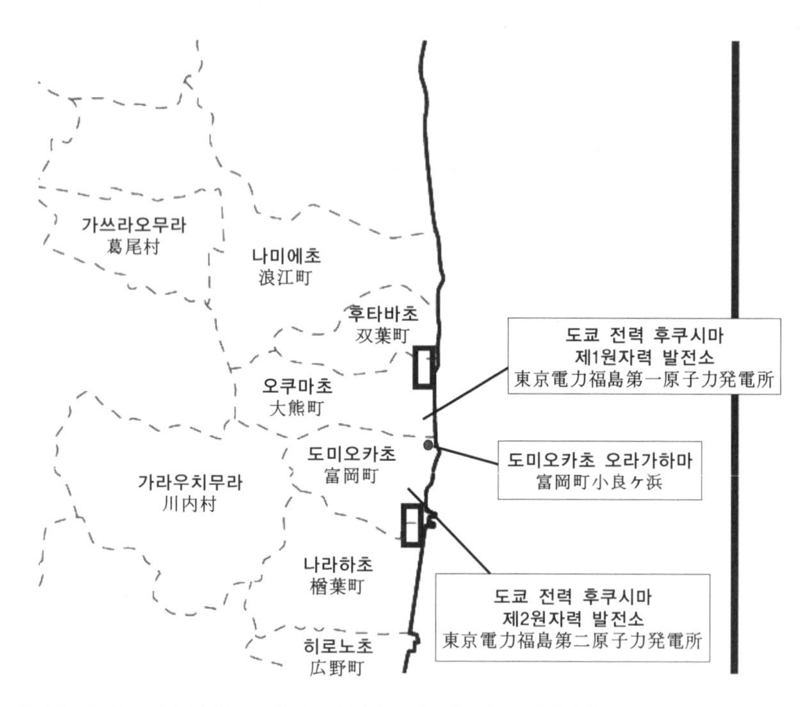

【지도 1】 후쿠시마현(福島県) 하마도리(浜通り)에 위치한 오라가하마(小良ヶ浜)

후쿠시마현 후타바군 도미오카초는 후쿠시마현 하마도리(浜通り)에 위치해 있으며, 1955년(쇼와(昭和)30) 3월에 후타바초(双葉町, 현재의 후타바군 후타바초와 달리 1950년에 가미오카무라(上岡村)가 정제 시행(町制施行)에 따라 성립한 마을(町))와 합병해 성립됐다. 마을의 기간산업은 농업이었지만 이케다 하야토(池田勇人) 내각이 소득 배증 정책을 시행한 결과, 1963년경부터는 겸업 농가가 주류를 이루어 농업 인구는 감소했다. 1967년에는 4기째 들어선 야마다 지로(山田次郎) 촌장(町長)이 미나미후타바군(南双葉郡) 개발

기성동맹(開発期成同盟)을 설립함에 따라, 원자력 발전 유치 운동이 시작되어, 도쿄전력 후쿠시마 제2원자력 발전소가 설치되기에 이르렀다(후타바군 나라하초(楢葉町)와 도미오카초에 걸쳐 입지(立地)). 원전 유치 결과, 전원입지지역 대책교부금(電源立地地域対策交付金, 이하 전원 교부금(電源交付金))이 마을의 여러 사업에 조달되었으며, 예를 들어 1985년에 개설된 도미오카초 종합복지센터 건설비 약 2억4868만엔은 전액 전원 교부금으로 충당되었다. 동일본대지진 · 도쿄전력 후쿠시마 제1원자력 발전소(이하, 도쿄전력 후쿠시마 제1원전이라 칭함) 사고의 복합재해가 일어나기 직전인 2009년의 전원 교부금은 약 9715만엔이었다.[1]

따라서 본 논문은 먼저 도미오카초의 동일본대지진 · 도쿄전력 후쿠시마 제1원전 사고의 재해 상황과 거기에서 비롯된 도미오카 · 후쿠시마 대학(福島大学)에 의한 역사자료의 보전 활동, 현재 진행되고 있는 오라가하마구의 오아자시(大字誌)[역주: 지역잡지] 편찬사업에 대해 기술한다. 다음으로 오라가하마구가 메이지(明治, 1868~1912) 시대에 지역의 문서관리를 실시하는 계기가 된 연고지(縁故地) 회수 운동에 대한 개요와 그 전개과정을 밝히고자 한다. 그리고 오라가하마 구유문서의 특질을 문서의 인계 목록(引継目録)을 검증하여, 근대 오라가하마구 문서관리의 특질을 검토한다.

또한 본고에서는 근대의 오아자(大字)[역주: 행정구역을 세분하는 구획 명] 오라가하마도 현재의 오라가하마구(小良ヶ浜区)도 모두 오라가하마라는 호칭으로 논하고 있는데, 후술하는 것처럼 근대 오아자 오라가하마에는 현재 요노모리(夜の森) · 후카야구(深谷区) 등도 포함되어 있다.

2. 동일본대지진·도쿄전력 후쿠시마 제1원전 사고와 오라가하마

(1) 지진 재해와 원전 사고

먼저 동일본대지진·도쿄전력 후쿠시마 제1원전 사고라는 복합재해를 입은 도미오카초와 도미오카초 오라가하마에 대해서 말하고자 한다.[2]

2011년 3월 11일 오후 2시 46분 미야기현 오시카반도(宮城県牡鹿半島) 앞바다 약 130킬로미터를 진원으로 하는 규모 9.0의 지진이 발생하여 도미오카초에서도 진도 6강의 흔들림이 일어났다. JR도미오카역(富岡駅)을 시작으로 해안의 주택·상점 등의 여러 시설이, 최대 21.1미터에 이르는 쓰나미의 피해를 받아 많은 인명을 잃었다.

그리고 이미 지진재해 이전부터 위험성이 지적되고 있던 도쿄전력 후쿠시마 제1원전이 쓰나미에 의해 비상용 디젤 발전기의 기능이 상실되어, 오후 7시 3분에 일본 정부는 원자력 긴급사태 선언을 발령했다. 다음 날인 12일 오후 5시 39분에는 도쿄전력 후쿠시마 제2원전 반경 10km 권내의 주민들에게 피난을 지시, 오후 6시 25분에 도쿄전력 후쿠시마 제1원전 반경 20km 권내에 피난 지시가 내려졌지만, 사태를 심각하게 여긴 도미오카초는 일본 정부의 결정 이전에 마을 전체 피난(도미오카초로부터 마을 주민 전원 피난)을 실시했다. 그 사이 12일 오후 3시 36분에는 도쿄전력 후쿠시마 제1원전 1호기 건물이 수소폭발을 시작으로 잇달아 중대한 사고가 발생하였다.

(2) 마을 전체 피난

마을 전체 피난 후, 2011년 4월 22일, 일본 정부에 의하여 도쿄전력 후쿠시마 제1원전 반경 20km 권내가 경계구역으로 지정되었다. 이는 도미오카초를 비롯하여 오쿠마초(大熊町)·후타바초 전역, 다무라시(田村市)·

미나미소마시(南相馬市) · 나라하초 · 가와우치무라(川内村) · 나미에초(浪江町) · 가쓰라오무라(葛尾村)가 해당되어 사람들의 출입이 금지되었다. 2013년 3월 25일에 경계구역이 해제되고, 피난지시구역에 대한 재검토가 시도되었다. 이에 따라 도미오카초는 피난지시해제 준비구역, 거주제한구역, 귀환곤란구역으로 구분됐다. 2017년 4월 1일에 마을 내 피난지시해제 준비구역, 거주제한구역의 경우, 피난지시가 해제되었지만, 마을 동북부인 오스게(大菅), 요노모리(夜ノ森, 요노모리역앞 북쪽 · 요노모리역앞 남쪽), 신요노모리(新夜ノ森), 후카야(深谷), 오라가하마와 같은 귀환곤란지역은 해제되지 않았다. 그 규모는 마을 총면적의 15%(10제곱킬로미터), 총인구의 30%(4800명)에 달한다.

(3) 도미오카초 오라가하마(富岡町小良ヶ浜)

다음으로 본고의 주제인 오라가하마에 대해 서술해보고자 한다(【사진 1】). 오라가하마는 도미오카초 중앙에서 태평양에 접해 있는 지역이다. 메이

【사진 1】 오라가하마(小良ヶ浜) 등대 부근에서 본 도쿄전력(東京電力) 후쿠시마(福島) 제1원전(2019.11.26. 필자 촬영)

지 시대 정촌제(町村制) 시행에 따라 오라가하마무라(小良ヶ浜村)와 고바마(小浜), 게가야(毛萱), 가미코리야마(上郡山), 시모코리야마(下郡山), 호토케하마무라(仏浜村)가 합병되어 도미오카초가 성립됐다(1900년 정제(町制) 시행). 도미오카초 오라가하마의 사람들은 반농반어(半農半漁)로 생활하다가 다이쇼(大正, 1912~1926) 시대에 이르러 오라가하마 어항(漁港)이 개항된다. 이 항구는 "일본에서 가장 작은 어항"으로 평가받았지만 귀중한 수산자원의 어획지로서 1988년까지 활용되었다. 동일본대지진으로 인해 항구로 이어지는 작은 포구가 붕괴되었기 때문에 현재 그 모습을 찾아볼 수 없지만, 도미오카초 동사무소나 도미오카초 문화교류센터 '배움의 숲'으로 향하는 도로와 JR 조반선(常磐線)이 교차하는 세키노마에(関ノ前) 고도교(跨道橋) 아래에는 도미오카 제1중학교 졸업생이 그린 벽화가 남겨져 있어 이곳이 마을의 망향 이미지를 환기시키는 장소임을 알 수 있다(【사진 2】). 전술한 바와 같이, 이 지역은 도쿄전력 후쿠시마 제1원전 사고에 의해 현재에도 귀환곤란구역으로 설정되어 있다.

【사진 2】 도미오카(富岡) 제1중학교 졸업생에 의한 벽화(2020년 11월 30일 필자 촬영)

이와 같은 오라가하마의 역사와 문화를 후세에 계승하기 위해 도미오카초 교육위원회(教育委員会)와 오라가하마의 사람들, 그리고 필자나 아마노 마사시(天野真志, 국립역사민속박물관(国立歴史民俗博物館)) 준교수, 이노우에 다쿠미(井上拓巳, 사이타마시립박물관(さいたま市立博物館)) 학예원(学芸員)이 나서서 오아자시 편찬을 시작했다. 오아자시란, 근세 무라(村)에서 유래하는 지자체 촌락의 역사 등을 서술한 서적으로, 오키나와현(沖縄県)의 사례가 저명하지만,[3] 최근에는 후쿠시마현 하마도리의 복합재해 피해지역에서도 그 편찬이 진행되고 있다.[4]

(4) 도미오카초의 향토사 · 지자체사

그렇다면 이 지역의 역사와 문화 계승은 어떻게 추진되어 왔는가? 여기에서는 도미오카초의 향토사 · 지자체사의 편찬이라는 시각에서 검증해 보고자 한다. 근대의 후쿠시마현 후타바군 도미오카초의 향토사 · 지자체사 편찬의 일환으로 메이지 초년에 신정부가 계획한 『황국지지(皇国地誌)』 이후 후쿠시마현 후타바군에서는 1909년(메이지42) 10월에 후쿠시마현 교육회 후타바부회(福島県教育会双葉部会)가 『후타바군지(双葉郡誌)』를 간행[5]하고, 이후 1911년(메이지44) 6월 30일에 후쿠시마현 훈령 제34호 「향토지 편찬 요항(郷土誌編纂要項)」에 의해 전 현(県) 차원에서 군청(郡役所) · 군 교육회(郡教育会)에 의한 군지(郡誌) 편찬사업이 추진되었다. 후타바군의 경우, 간행은 되지 않았지만, 1913년(다이쇼2)에 『후타바군 향토지(双葉郡郷土誌)』가 편찬되었다.[6]

전후 1962년부터 『후쿠시마현사(福島県史)』 편찬사업이 시작되면서 수집자료와 현청(県庁)문서를 수장(収蔵)하는 시설로 1970년 후쿠시마현 역사자료관이 설립되었다. 도미오카초에서는[7] 후타바초(기술대로 현재의 후타바군 후타바초와 달리 1950년에 가미오카무라가 정제 시행에 따라 성립된 마을)와 합병하여 성립된 '신' 도미오카초 발족 30주년 기념사업으로 1979년 초에 이가리 데쓰로(猪狩哲郎) 공민관장(公民館長)의 발의로 출발했다. 1983년에 정사(町史) 편찬 준비실이 개설되고 1985년에 도미오카초 역사편찬전문위원회(富岡町史編纂専門委員会)가 결성되어 조사, 집필, 편찬이 진행되었으며 1986년 제1회 배본(配本)으로 『도미오카초사 2 자료편(富岡町史 二 資料編)』이 간행되었다. 그 후 1987년 『도미오카초사 3 고고 · 민속편(富岡町史 三 考古 · 民俗編)』, 1988년 『도미오카초사 1 통사편(富岡町史 一 通史編)』, 1989년 『도미오카초사 별권 속편 · 추록편(富岡町史 別巻 続編 · 追録編)』이 출간되면서 도미오카초 역사와 문화에 관한 중후한 출판물이 지역 사람들과 연구자들에게 제시되었다. 여기에는 오라가하마에 대한 기초적인 자료가 게재됨과 동시에 어항의 성립과 어업에 대해서도 한 절(節)이 할애되어 있다.

(5) 역사자료의 구출 활동

다음으로 2011년 3월, 복합재해가 닥친 이후 도미오카초의 역사자료의 보전, 역사와 문화의 계승에 대해 개관하고자 한다.[8] 전술한 바와 같이, 2011년 4월, 도미오카초는 경계구역으로 지정되어 마을 내 출입이 제한되었다. 마을의 역사자료도 그대로 경계구역 내에 남겨졌지만 후쿠시마현 재해문화재 구원본부(福島県被災文化財等救援本部)가 들어서자 도미오카초가 관리 · 소유하고 있던 역사자료를 경계구역 밖으로 반출하기 시작해 구 소마 여고(相馬女子高校)와 후쿠시마현 문화재센터 '마호론(まほろん)'에 보관되었다. 2014년 6월에는 동사무소 부국(役場部局) 내 횡단형 도미오카초 역사 · 문화 등 보존 프로젝트팀(약칭, 역문(歴文)PT)이 설립되어 재해자료와 지진재해자료 보전이 시작되었다. 나아가 후쿠시마 대학의 교원과 학생이 역문PT 활동에 협력하여 보전되어 온 많은 역사자료를 후세에 계승하는 활동을 전개하게 되었다. 그 성과는 2016년에 이와키 메이세이 대학(いわき明星大学)에서 개최된 기획전 '도미오카초의 성립과 도미오카 · 요노모리(富岡町の成り立ちと富岡 · 夜の森)'/'도미오카초 지진재해 유산전−복합재해와 앞으로(富岡町震災遺産展 ～複合災害とこれから～)'(3월 9일~14일), 10월 22일에 후쿠시마 대학 부속도서관에서 개최된 심포지엄 '왜 지역자료를 보전하는가(なぜ地域資料を保全するのか)'와 기획전 '고향을 생각하다 지키다 잇다−지역의 대학과 동사무소의 시도(ふるさとを想う まもる つなぐ ～地域の大学と町役場の試み～)'(10월 22일~30일)로서 결실을 맺고 있다.

이러한 활동을 통해 피해자료나 지진재해자료를 후세에 전하는 의식이 마을 내에서 가속화되어 아카이브(archive) 시설정비로 이어졌다(2021년 개관 예정). 필자는 도미오카초 아카이브 시설정비 지식인 검토부회(施設整備有識者検討部会)에 참여하게 되어, 이와 함께 아직 귀환곤란구역인 오라가하마의 오아자시 편찬 · 집필을 의뢰받았다. 이 때 미정리된 구유문서가 남아 있었기 때문에 후술하는 것과 같이 교육위원회와 함께 문서목록을 작성했다. 그리고 구유문서를 비롯하여 옛 가문(旧家)에 남아 있다가 역문PT에 의해 보전된 고문서, 지금까지의 향토사의 성과, 역문PT에 의한 청취조사 등을 토대로 하여 오아자시 계획이 진행되고 있다.

복합재해 이후 역문PT나 후쿠시마 대학 교원 · 학생들에 의한 활동의 특징은 도미오카초의 역사자료 보전과 그 계승이라 할 수 있을 것이다. 오라가하마의 오아자시 편찬사업도 역문PT의 열렬한 활동 덕택이라 생각되지만 오라가하마에서는 예로부터 역사와 문화의 계승에 대한 의식이 높았었다. 그렇다면 그 계기는 어디에 있는가. 다음으로 그 계기라고 생각되는 메이지 시대의 연고지(縁故地) 회수 운동을 개략한 다음, 근세부터 근대에 이르기까지 오라가하마의 양상에 대해 서술하고자 한다.

3. 연고지 회수 운동과 오라가하마

(1) 연고지 회수

여기에서는 오라가하마의 문서의식이 야기되는 계기가 되었다고 생각되는 연고지 회수 운동에 대해서, 대체 연고지 회수 운동이란 무엇인지, 후쿠시마현에서의 연고지와 회수 운동이 어떻게 전개되었는지에 대해서 선행 연구부터 살펴보고자 한다.[9]

근세 단계의 일본에서는 영주(領主) 권력이 사용할 건축용재나 땔깜을 위해 '오하야시(御林)' '오토메야마(御留山)' 등으로 불리는 영주 임야, 또는 마을 소유의 임야나 복수의 마을이 입회하여 이용하는 임야 등이 있었다. 근대에 들어 영주의 숲은 '관림(官林)'으로 정부 소유가 되었다. 1872년(메이지5) 진신치켄(壬申地券)[역주: 토지소유권=납세의무를 표시하는 것] 중 마을 소유 임야나 입회지의 임야는 '공유지'로 정했으나, 토지세 개정 공포 과정에서 산림 벌판은 관유(官有)와 민유(民有)로 구분되었다. 이로 인해 마을 소유 토지나 입회지(入会地)는 관유지로 정해졌다. 이와 같이 근세에는 입회지 등으로 사람들이 이용할 수 있었지만, 근대에 들어와 관유지(官有地)가 되었기 때문에, 이용이 제한된 토지를 연고지라고 한다. 전후 역사학에서는 이들의 관유지화를 '수탈'로 표현해 왔다. 후쿠시마현의 경우, 1880년(메이지13)에 4만8천 정보(町步)[역주: 토지의 면적을 나타내는 단위. 1町步=약 9917㎡]였던 관유지가 1882년(메이지15)에는 19만4천 정보, 1892년(메이지25)에는 45만8천 정보, 1899년(메이지32)에는 77만9천 정보로 증대되고 있다.

단, 정부로서는 반드시 관유지 확대를 목표로 한 것이 아니라는 점도 최근에 마쓰자와 유사쿠(松沢裕作)에 의해 밝혀졌다.[10] 실제로 후쿠시마현으로 통합되기 이전의 와카마쓰현(若松県, 현재의 후쿠시마현 아이즈(会津) 지방과 니가타현(新潟県) 히가시칸바라군(東蒲原郡)의 일부. 1876년 8월 21일 후쿠시마현, 이와사키현(磐前県)과 합병)에서는 관유지 관리를 할 수 없기 때문에 관유지 매각을 모색했고, 이러한 지역 상황에 따라 1872년(메이지5)에 정부는 불하정책으로 전환했다. 하지만 산림 벌판의 불하를 추진했던 오쿠라 다이후(大蔵大輔, 대장성 차관) 이노우에 가오루(井上馨)가 사임하면서 이 같은 정책은 중단됐다. 그 후 이미 서술한 바와 같이 후쿠시마현의 관유지는 증가하게 되는데, 그와 같은 현상의 기저에는 사족(士族) 수산(授産)을 위한 산림 벌판의 확보와 촌락 간 계쟁지 해결을 위한 관유지화(官有地化)를 원하는 동향이 있었다는 점을 간과해서는 안 될 것이다. '수탈'은 부정할 수 없지만 그 내실의 다양성을 다시 한 번 지적하고자 한다. 한편 연고지를 마을 소유로 되돌리자는 운동도 성행했다. 이것이 연고지 회수 운동이다.

(2) 도미오카초 내 연고지

다음으로 도미오카초에서 행해진 연고지 회수 운동에 대해, 『도미오카초사(富岡町史)』를 참고로 검증해 보고자 한다. 그 『통사편(通史編)』에는 연고지 회수 운동에 한 항목을 할당하고 있어 도미오카초에서 연고지 회수 운동이 얼마나 큰 문제였는지를 알 수 있다.[11]

현재 도미오카초 지역에서 최초로 연고지 회수를 요구한 것은 앞서 기술한 아이즈 지방보다 좀 늦게, 관견(管見)으로는 1893년(메이지26) 가미테오카에서였다(上手岡, 당시는 카미오카무라 오아자 가미테오카(上岡村大字上手岡)). 그리고 후술할 오라가하마와 마찬가지로 1903년(메이지36) 3월 25일에 환급이 허가되었다. 그 규모는 129정(町)[역주: 토지면적의 단위. 3000평] 9묘(畝)[역주: 토지면적의 단위. 30평] 17보(歩)[역주: 토지면적의 단위. 1평]에 달하는 광대한 토지였다. 가미테오카의 연고지에는 많은 수목이 심어져 있고, 그것들은 1883년(메이지16) 「관림 조사대장(官林下調帳)」에 자세한데, 예를 들어 아자 오키도카와라(字大木戸川原)에는 졸참나무(楢) 1300그루 · 상수리나무(椚) 1220그루, 아자 니시노우에(字西ノ上)에는 졸참나무 5120그루 · 상수리나무 4400그루 등이 심어져 있었다. 모두 메이지 시대에 이르러 국가권력에 수탈되어 관유지에 편입되었지만, "보호, 배양하면, 신탄재(新炭材)를 얻을 수 있다. (중략) 예로부터 이 산에 들어가 자유롭게 벌채하고 자신이 사용할 땔감을 채취하는 것을 관행으로 하였기 때문에, 향후 벌채가 허용되지 않을 경우 사용에 지장이 생긴다"고 기록되어 있듯이 전근대부터 목재 벌채와 신탄 이용이 행해지고 있었다.[12] 후쿠시마현 아이즈 지방보다 도미오카초 지역의 연고지 회수 운동이 더딘 이유는 관유지에 편입된 뒤에도 목재 벌채의 관행이 남아 있었기 때문으로 보여진다. 1893년(메이지26)에 이르러, 가미테오카 사람들이 정부를 상대로 연고지 회수를 청원했다. 그 이유는 분명하지 않지만, 1890년(메이지23) 4월 칙령 제69호 '관유삼림원야 및 산물 특별처분규칙(官有森林原野及産物特別処分規則)'에 근거하여 1892년(메이지25) 7월에 후쿠시마현 내 군청에 연고지 회수를 조사하는 '담당원'이 설치된 것과 관계가 있을지도 모른다.

(3) 근세의 오라가하마

오라가하마의 연고지 회수 운동을 검증하기에 앞서 근세의 오라가하마를 살펴보고자 한다.

근세에 오라가하마무라는 이와키 다이라번(磐城平藩) 나이토 가문(内藤家)의 영지였으나, 1747년에 나이토 가문이 휴가노쿠니 노베오카(日向国延岡)로 영지를 옮긴 후 막부령이 되었다. 그 후 센다이번(仙台藩)이 관리하는 막부 직할지(預地) → 다나구라번(棚倉藩) 영지가 되어 메이지 시대에 이르고 있다.

엔쿄(延享, 1744~1748) 시대에 작성된 것으로 추정되는 촌명세장(村明細帳)에 의하면, 당시 오라가하마무라는 혼덴바타(本田畑)[역주: 1688~1704 이전에 検地帳에 기재된 논밭]가 438석(石)[역주: 곡물액체의 용량 단위. 10말. 약 180리터] 이상, 신덴바타(新田畑)[역주: 1736이후에 検地帳에 기재된 논밭]가 357석이며, 모두 단별 78정 이상에 달하지만, 이와는 별도로 오하야시 28정 이상·마을이나 농민이 거느리고 있는 산림 벌판은 262여 정이나 되었다.[13] 어업 여부는 확인할 수 없으나 염부연공금(塩釜年貢金) 4냥(両)[역주: 옛 화폐의 단위. 1냥은 4푼] 2푼(分)과 동전(銭) 618문(文)을 부담하고 있어 염업(塩業)이 행해지고 있었음을 알 수 있다.

근대에 이르러 오라가하마무라는 1889년(메이지22)에 도미오카무라(富岡村, 현 도미오카초)와 합병해 도미오카무라 오아자 오라가하마(富岡村大字小良ヶ浜)가 되었다.

(4) 근대 오라가하마의 운영

오라가하마의 행정조직에 대하여, 1910년(메이지43) 「사무적요(事務摘要)」에서 확인하고자 한다.[14] 그 시기 오라가하마는 하마부락(濱部落), 요노모리부락(夜ノ森部落), 후카야부락(深谷部落)으로 나누어져 있었다. 현재는 하마부락이 오라가하마구에 해당하며, 요노모리부락·후카야부락은 각각 요노모리구·후카야구가 되었다. 하마부락은 상(上)·하(下)조로 나뉘어 있으며, 1910년 단계의 하마부락 구청장(区長)은 6월에 취임한 세키네 유타카(関根穣)로, 2년 후인 1912년(메이지45) 3월 17일에 재선되었으므로, 구청장의 임기는 2년이었을 것이다. 1913년(다이쇼2) 7월 11일에는 세키네 유타카가 구청장을 사임해, 세키네 겐스케(関根源助)가 당선됐다. 근세에 요노모리·후카야부락은 산림 벌판으로, 요노모리는 1900년(메이지33)에 한가이 세이주(半谷清寿, 후에 중의원 의원을 3기 맡음)가 개발을 시작한

지 얼마 되지 않아 주민은 하마부락에 비해 적으며, 요노모리부락은 사토 후지마쓰(佐藤藤松)가 구청장을 맡고 있었다. 후카야부락에 구청장은 없었다.

오라가하마 하마부락의 운영을 담당한 것은 협의원(協議員)이다(【표 1】). 협의원 중에서 부락 구청장이나 촌 의원(村会議員), 현 농회(県農会)·군 농회(郡農会)의 의향을 받아 농업지도를 할 농사 실행원(農事実行員)이 선출되었다. 오라가하마의 생업 중 하나인 제염업이나 선주(船主)였던 산페이 잇켄(三瓶一見, 오라가하마 어항 개발자), 근세 명주(名主) 가문인 세키네 이치지로(関根市治郎)가 이름을 올리고 있어 부락의 유력자가 협의원으로 임명되어 구를 운영한 것으로 추측된다.

【표 1】 오라가하마(小良ヶ浜) 하마부락(浜部落) 협의원(協議員) 일람

1910년(메이지43) 10월 3일 개선(改選)	1911년(메이지44) 2월 23일 개선	비고
세키네 도메시치 (関根留七)	세키네 도메시치 하조(下組)	초 의원 예선회(町会議員予選会) 2표 / 벼, 뽕밭 심사(뽕나무)
산페이 잇켄 (三瓶一見)	산페이 잇켄 하조(下組)	초 의원(1911년 3월 21일 선거) / 소금 제조인/ 선주(船主)
스기사와 구라조 (杉澤倉蔵)	스기사와 구라조 상조(上組)	
세키네 겐스케 (関根源助)	세키네 겐스케 상조(上組)	1913년 7월 11일 구청장 / 말 경매 / 소금 제조인
세키네 미키조 (関根神酒蔵)	세키네 미키조 상조(上組)	
세키네 이치지로 (関根市治郎)	-	근세에 명주(名主)이던 가문. 市次郎라고도 함.
세키네 조지 (関根長次)	세키네 조지 하조(下組)	초 의원 예선회 3표
오카다 하쓰타로	오카다 하쓰타로	소금 제조인

(岡田初太郎)	상조(上組)	
오이와 아사노스케 (大岩浅之助)	-	농사 실행원(1911년 8월 8일조(条))
세키네 구마키치 (関根熊吉)	세키네 구마키치 상조(上組)	소금 제조인
-	세키네 린노스케 (関根林之助) 상조(上組)	
-	이가리 조노스케 (猪狩長之助) 하조(下組)	

4. 오라가하마 구유문서의 형성

(1) 오라가하마의 연고지 회수

1897년(메이지30) 11월 23일, 우사미 스케타다(宇佐美祐忠) 도미오카 촌장(村長)이 정부를 상대로 오라가하마의 연고지 회수를 신청하였다. 어떤 계기로 연고지 회수가 진행되었는지는 알 수 없으나, 같은 해 4월 6일에 공포된 삼림법(森林法, 법률(法律) 제46호. 1898.1.1. 시행)에 따라 산림의 보전과 관리 정부가 엄격해진 데 따른 것이다. 게다가 현 내에서 확산되고 있던 관유 산림 회수 운동이나 산림원야 회수 기성 동맹회(山林原野引戻期成同盟会)와의 관계에 대해서도 상기할 수 있겠지만, 관견으로는 관련 자료가 없고 원래 후타바군 내에서의 운동 자체는 저조한 듯하여 현 내 동향과는 연동되지 않았을 거라 생각된다.

오라가하마구의 연고지는 1903년(메이지36) 12월 15일자 '평가격 체감에 첨부된 청원(評価格逓減ニ付請願)'에 따르면 "우리들은 도미오카초 오아지 오라가하마의 연고 회수지 내에서 이제껏 성규(成規) 절차에 의거하지

않고 전답, 택지 등을 개척하여 사용해 왔습니다(吾々共儀、富岡町大字小良ヶ浜ニ於テ縁故引戻地内ニ、兼テ成規ノ手続ニ依ラス田畑宅地等ヲ拓キ、使用罷在候).”라고 표기되어 있는 것으로 보아 기존에 관유지였던 토지를 이용해 왔던 것으로 보인다.[15] 그 규모는 오라가하마의 아자 후카야(字深谷)·간메기(雁目木)·마쓰하바라(松葉原)·요코네(横根)·헤비야지다이라(蛇谷地平)·우쓰노야마(宇津野山, 우쓰노(宇都野)), 총 141정 4반 2보였다.[16]

(2) 연고지 회수와 증거서류

1897년(메이지30) 11월 오라가하마는 연고지 회수를 신청할 당시, 정부에 연고지 회수를 둘러싼 증거서류를 제출하였다. 이는 1875년(메이지8) 6월 22일자 토지 조정 사무국(土地改正事務局) 행정 명령에 연고지 회수에 대한 근거가 제시되었기 때문이다. 이 행정 명령은 다음과 같은 내용이다.

> 각 지방의 산림 원야 연못 도랑 등 (유세(遊税), 무세(無税)와 관계없이) 관유·만유를 구별하는 법칙은 증거가 될만한 서류를 가진 자는 물론, 구별 판단이 불가능한 경우라 할지라도 종래 여러 마을이 입회하거나 또는 한 마을에 여러 명이 소지하는 등 오랜 관행이 존재하며, 이웃 군촌에서도 그 곳에 한하여 거취에 이상 없음을 보증하는 토지는 설령 부책에 명기가 되어있지 않더라도, 그 관행을 민유의 확증으로 보고, 이를 민유지(民有地)에 편입시키는 규칙으로 삼아야 한다. (후략)[17]

실제로 1899년(메이지32)에 공포된 국유 토지 삼림 원야 반환법(国有土地森林原野下戻法)에서도 증거서류를 제출함으로써 민유지 편입 신청이 가능해졌다. 오라가하마에서도 증거서류로서 「1626년(간에이(寛永)3) 개산 장부(改山帳)」「1871년(메이지4) 말 할당(割付)」「1874년(메이지7) 개제 목록(皆済

目録)[역주: 연공(年功)을 완납할 때 교부하는 영수증]」을 제출했다.[18]

(3) 세키네 가문(関根家)의 '송덕비(頌徳碑)'

오라가하마의 연고지 회수에 제출된 세 가지 증거서류는 오라가하마가 지구(地区)의 재산으로 소유한 것은 아니었다. 이 부분의 경위는 오라가하마 삼거리에 고노 히로나카(河野広中, 구 미하루 번사(三春藩士). 제1회 중의원 의원 선거 후쿠시마 3구 선출. 농상무대신(農商務大臣))가 휘호한 높이 249센티미터의 '송덕비'가 건립되어 있으므로 이를 바탕으로 검증해 보고자 한다.

> 연고지라 칭하는 유래 전 농상무대신 정4위 훈3등 고노 히로나카 전액(篆額) 세키네 가문은 문벌이 되어 대대로 장관(莊官)을 역임하여 치적을 쌓았다. 옛 기록과 공문(公文) 대부분이 그 집에 보관되어 있다. 그 가운데 여러 자세한 공과 사의 토지 목록을 수장(水帳)이라 하고, 마을 행정의 주축으로 삼았다. 1706년(호에이(宝永)3)에 영주가 닛슈(日州)[역주: 휴가노쿠니(日向国)의 다른 이름] 노베오카(延岡)로 이봉(移封)하여 그 장부도 사라져 그곳으로 옮겨졌다. 당시 관리자가 크게 걱정하여 노베오카로 사람을 보내, 모사를 청하여 관부에 기록하고 여기에 검인(検印)을 받아 돌아왔다. 본 마을의 아자(字) 중 후카야 외 다섯 아자의 산야 약 200정보는 예전부터 공공(公)의 것으로 불리며 회장(会場)에 입회하여, 마을 사람들의 공유지로 삼았다. 매년 납세 및 관에 지불하는 요금은 세키네 가문에서 단독으로 납부했다. 1868년(메이지 원년) 산야 개정(散野改正)을 할 때 마을 사람들 소유로 생각한 지역이 국유로 편입되었다. (중략) 1897년(메이지30) 법령에서 말하기를, 국유지이나 종래 민간이 사용하던 연고지는 증거에 근거하여 출원(出願)하면 반환할 수 있다. 이에 중론에 따라 반환신청을 하기로 정하였으나, 그 증좌를 구하기 어려웠다. 단신히 이를 세키네 가문 상자 속에서 찾아 출원하기에 이르렀다. 이리하여 1902년(메이지35) 관의 허락을

얻어 마을 사람 84명의 공유지가 되었다. 이 자들은 대대로 세키네가에 충성하고 애향심이 깊어질 수밖에 없다. 하여 이 회수지를 연고지라 함이다. 세키네가 당주 이치지로(市郎治), 상속자 도쿠지로(徳治郎)·다카지로(高次郎) 삼옹(三翁)은 무진혁명(戊辰革命) 전후로 무너져버린 마을 정치에 많은 선업을 쌓았다. 이에 부복하여 마을 일동은 서로 논의하여 극히 일부분에 불과하지만, 여기에 비석을 세워 삼옹의 은혜에 보은하고 기념하고자 한다.

1917년(다이쇼6) 3월

리켄 유타카(理軒穣) 찬술 및 기록[19]

이 '송덕비' 내용을 여섯 가지로 나눠 요약해 보자. ① 대대로 세키네(関根) 가문은 오라가하마의 수장(水帳, 검지장(検地帳))[역주: 토지대장]을 비롯한 '공문서'를 소장하고 있어 촌정(村政)의 중심이었다. ② 영주가 휴가노쿠니 노베오카(日向国延岡)로 전봉되었을 때 수장이 없어졌으므로 노베오카에 사람을 파견하여 모사했다. ③ 오라가하마에는 200정(町)의 입회지가 있었지만 그 곳의 연공은 세키네 가문에서 납부했다. ④ 메이지에 이르러 이러한 입회지는 관유지로 편입되었다. ⑤ 1897년(메이지30)에 관유지 중 '연고'가 있는 토지는 민유지로 되돌릴 수 있게 되어, 그 증거서류를 세키네 가문의 상자 속에서 찾아내 신청했다. ⑥ 연고지는 무사히 오라가하마 사람들의 품으로 돌아가고, 세키네 가문의 당주 이치지로(市郎治, 市治郎를 잘못 표기)와 후계자

【사진 3】 송덕비(頌徳碑)(2018.12.5 필자 촬영)

인 도쿠지로(徳治郎)·다카지로(高次郎)가 촌정에 종사해온 것을 기리기 위해 비석을 건립했다는 것이 그 내용이다.

이 송덕비문은 앞서 언급한 오라가하마 하마부락 구청장을 지낸 세키네 유타카가 지은 것이다. 세키네 유타카 가문과 세키네 이치지로 가문은 각각 다른 집안이지만 이 비문을 통해 알 수 있듯이 대대로 세키네 이치지로 가문에서 관리해 온 문서가 연고지 회수에 중요한 역할을 했음을 알 수 있으며, 세키네 이치지로 가문의 송덕을 위해 지역 왕래의 중심인 삼거리에 비석을 건립한 것이다(【사진 3】).

(4) 구유문서의 형성

1903년(메이지36) 3월 25일에 농상무성(農商務省)에 의해 연고지 회수가 인정되었다. 사건을 계기로 오라가하마에서는 문서관리의 중요성을 인식하고 구유문서 구축을 시작한 것으로 보인다. 오라가하마 구유문서로부터 이 지역의 근대 문서관리의 양상을 살펴보고자 한다.

근대 구유문서의 보존이나 인계에 대해서는 시라이 데쓰야(白井哲哉)씨의 이바라키현(茨城県)의 사례 등이 알려져 있으며,[20] 각 지역의 사례 검증을 비롯하여 구유문서 관리에 이르는 계기 등 과제가 남아 있다. 현재 남아 있는 오라가하마 구유문서는 233점(일괄·철(제본) 등은 향후 상세목록 작성 예정). 메이지부터 헤이세이(平成, 1989~2019)에 이르는 문서군 중 가장 오래된 것은 1886년(메이지19)이지만, 메이지 10년대(1877~1886)와 메이지 20년대(1887~1896)의 문서는 단 2점이며, 다음으로 오래된 것은 1897년(메이지30)부터 1912년(메이지45)까지의 문서를 엮은 「연고 회수지 관계 긴요 서류철(縁故引戻地関係緊要書類綴)」이다. 거의 같은 시기의 문서로는 도미오카초 의원이나 도미오카하마(富岡浜) 어업조합장을 역임하고, 오라가하마 어항을 건축한 산페이 잇켄(三瓶一見)의 개인적인 문서가 조금 남아있는 정도이다(모종의 사정으로 후년 구유문서에 합해진 것으로 생각된다). 앞서 기술한 것처럼, 연고지 회수 1건에 세키네 이치지로 가문의 문서가 이용되고 있었던 것으로 보아 구유문서의 구축의 계기가 연고지 회수에 있었음은 틀림없고, 그 이전에 폐기되었을 가능성은 생각하기 어렵다. 또한 세키네 이치지로 가문이 계승해 온 근세의 문서는 구유문서에 포함되지 않아 현재 그 소재는 불분명하다.

그런데 오라가하마 구유문서 중에는 1910년(메이지43)에 작성된 지역의 기본 장부가 매우 많다. 「사무적요」(오라가하마 구유문서1-1. 이하, 괄호 안의 숫자는 문서 번호)는 1913년(다이쇼2)까지 쓰여져 있는데, 고요도메(御用留) [역주: 관리들의 수중에 기록된 공용 문서 장부]와 같은 내용으로, 해당 기간의 오라가하마의 현황이나 당면 과제가 여실히 기록되어 있다. 그 밖에 「동사무소 사무관계 서류철(役場事務関係書類綴)」(1-74)·「잡건 서류철(雑件書類綴)」(1-15)·「회의록(会議録)」(1-76) 등 지역 운영에 필수적인 문서이며, 그 외 1910년(메이지43)에 「인계 목록」(1-14)이 작성되었다. 다음으로는 오라가하마 구유문서에 남겨진 「인계 목록」을 분석하고자 한다.

(5) 인계 목록

【표 2】는 1910년(메이지43)·1913년(다이쇼2)·1916년(다이쇼5)의 「인계 목록」을 정리한 것이다. 예를 들면 1910년 「인계 목록」에는 「호적(戸籍)」 1권을 비롯하여 10종류의 문서와 이들 문서를 수납한 것으로 보여지는 장부 상자가 열거되고 마지막으로 1910년 7월 3일의 연기(年記)와 함께 "위 물품을 인도합니다(右及引渡候也)"라 기록되어 있다. 발신인은 전 구청장 산페이 잇켄, 수신인은 구청장 세키네 유타카이다. 즉, 이것은 오라가하마의 구청장이 구의 재산으로서 관리하고 있는 문서를 포함한 물품 대장이자, 신 구청장에게 인계할 때의 목록임을 알 수 있다. 1913년·1916

년의 「인계 목록」은 1910년의 것과 비교하여 1910년과 1911년에 작성된 전기의 「사무 적요」 등이 추가되었다.

아마도, 1910년에 처음으로 구청장에 의한 구유문서의 관리 대장(管理台帳)=「인계 목록」이 작성되고, 같은 시기에 구의 운영을 원활히 진행하기 위한 문서가 작성되어, 다이쇼 이후에는 그것들도 구유문서로서 인계되었다고 평가할 수 있을 것이다. 그리고 1910년이라는 시기는 산페이 잇켄에서 세키네 유타카로 구청장이 이행된 시기이다. 세키네 유타카는 이미 기술한 바와 같이 연고지 회수 1건에 증거서류를 이용한 세키네 이치지로 가문을 찬양하는 '송덕비'의 찬문을 한 인물이다. 구유문서의 관리와 체계화에 세키네 유타카가 완수한 역할은 크다.

【표 2】 오라가하마(小良ヶ浜) 「인계 목록(引継目録)」

※ 1913년(다이쇼2) 「인계 목록(引継目録)」은 17번 중복, 오라가하마(小良ヶ浜) 구유문서(区有文書)의 숫자는 문서 번호

문서 번호	1910년(메이지43)	수량	문서 번호	1913년(다이쇼2)	수량
1	호적(戸籍)	1권	11	호적	1권
2	묘적(墓籍)	1권	17	묘적	1권
3	구획도(字切図)	19장	17	구획도 봉투에 기재된 구획명 증인한 부분	20장
4	연고지 회수 토지 양도 대장	1권	13	연고지 회수 토지 양도 대장	1권
5	연고지 회수 토지 양도 대장 긴요 서류철	1권	15	연고 회수 토지 관계 긴요 서류철	1권
6	증명서철	1권	16	증명서철	1권
7	연고 회수 토지 양도 계약서, 부제 계약서철	1권	14	연고 회수 토지 양도 계약 증명 서류	1권
8	연고 토지 이동 신고	8장	12	연고 회수지 이동 신고철 세키네 가쓰에(関根勝衛) 외 7명분	1권

9	잡서철	1권	6	잡건 서류철	1권
10	연고토지 평가 연부금 납입 고지서	180장	20	연고회수 토지 평가 연부금 납입고지서	133장
11	장부 상자	1개	1	뚜껑 달린 장부 상자	1개
			2	동사무소 사무관계 서류철	2권
			3	사무 적요	1권
			4	회의록	1권
			5	출납부	1권
			7	각 지역 왕복철	1권
			8	인계 목록	1권
			9	구유금품 대차부	1권
			10	구호조(区戸調) [역주: 집마다 섬유제품 등에 균등히 부과하는 세제]	1권
			18	매장인허증(埋葬認許証) 세키네 야스노부(関根安信) · 사토 키요(佐藤キヨ)분)봉투 입	2장
			19	작물 재배학 신서(新書)	1권
			21	조장(組長) 인(印)	1개

문서 번호	1916년(다이쇼5)	수량	오라가하마 구유문서
10	호적	1권	없음
17	묘적	1권	없음
16	구획도	16장	2-2일괄 등이 해당 되는지.
12	연고지 회수 토지 양도 대장	1권	1-20. 1903년 조제. 연고 회수 토지 양도 대장
14	연고 회수 토지 관계 긴요 서류철	1권	1-7. 1897~1912년. 연고 회수지 관계 긴요 서류철
15	증명서철	1권	1-21. 1903년
13	연고 회수 토지 양도 계약 증명 서류	1권	1-44. 표지뿐
11	연고 회수지 이동 신고철 세키네 가쓰에(関根勝衛) 외 7명분	1권	1-27 · 1-33~1-35 · 1-48 · 1-68-13인지. 철한 흔적 있음. 1904~1908년

			1-15. 1910년
20	연고회수 토지 평가 연부금 납입고지서	82장	1-16인지. 연고지 연부금 수입부
1	뚜껑 달린 장부 상자	1개	
2	동사무소 사무관계 서류철	2권	1-6. 1911년
3	사무적요	1권	1-1. 1910년 4월 시초
4	회의록	1권	1-78. 1910년 시초
5	출납부	1권	1-52. 1910년 시초
7	각 지역 왕복철	1권	1-26. 1911년
8	인계목록	1권	1-14. 1910년 7월 3일
	구유금품 대차부		없음. 인계 목록 인수측(1-37)에 있음. 인계 목록 인도측(1-31) 말소
9	구호조	1권	없음
18	매장인허증 세키네 야스히로 외 봉투 입	1권	없음
19	작물 재배학 신서	1권	없음. 이나가키 잇페(稲垣乙丙) 『통속작물 재배학 신서(通俗作物栽培学新書)』(1910, 大日本勧農会)
21	조장 인	1개	

5. 나가며

본고를 마지막으로 정리하고자 한다.

우선은 오라가하마 구유문서 형성에 대해서인데, 1897년(메이지30)에 연고지 회수를 신청해, 그 인가에는 세키네 이치지로 가문의 고문서가 증거서류로서 사용되었다. 이 신청이 1903년(메이지36)에 인가를 받으면서 오라가하마 주민들에게 문서관리 의식이 되살아났던 것으로 보인다. 문서관리에 대한 그들의 의식은 1910년(메이지43)에 세키네 유타카가 신 구청장으로 취임하면서 다음 단계에 이른다. 세키네 유타카는 구의 운영을 원활히 하기 위해 「사무적요」를 정리해 동사무소로부터 발급받은 문서를 「동사무소 사무 관계 서류철」로서 쓰거나 「회의록」을 작성했다. 이 구유문서를 구청장에서 다음 구청장으로 인계받아 관리하기 위한 「인계 목록」도 만들었다. 오라가하마 구유문서를 체계적으로 관리해 나갔다고 평가할 수 있을 것이다. 그리고 세키네 유타카는 연고지 회수에 있어서의 문서의 중요성을 주민과 공유하기 위해, 1917년(다이쇼6)에 지역의 중심인 삼거리에 비석으로서 남겨두기로 했다.

시간이 흘러 동일본대지진과 도쿄전력 후쿠시마 제1원전 사고가 일어나, 10년이 지난 현재도 귀환곤란구역으로서 출입이 제한되고 있는 오라가하마. 오라가하마 구청장과 오라가하마의 선인들이 지켜낸 구유문서는 도미오카초 교육위원회에 보관되었다. 세키네 유타카가 찬문한 비석은 제염이나 공사 등의 작업 차량 이외는 지나는 것이 드문 삼거리 옆에, 잡초에 덮혀서도 늠름하게 서 있다. 마지막으로 「인계 목록」이 작성된 1916년(다이쇼5)부터 100여 년, 동일본대지진과 도쿄전력 후쿠시마 제1원전 사고가 계기가 되어 현재의 구유문서 목록 작성이 필자와 도미오카초 교육위원회에 의해 이루어졌다. 바로 최신 「인계 목록」이 그것이다. 세키네 유타카가 전하고 싶었던 문서관리의 중요성이 이런 형태로 나타나는 것은 참으로 아이러니하다. 최신 「인계 목록」을 바탕으로 현재는 오라가하마의 역사와 문화를 계승하기 위해 지방자치단체와 지역주민, 필자를 비롯한 연구자들에 의해 오아자시의 편찬이 추진되고 있다.

부기

본고의 집필에 있어 오라가하마 구청장 사토 고세(佐藤光清), 도미오카초 교육위원회 몬마 다케시(門馬健)께 신세를 졌습니다. 진심으로 감사의 말씀을 드립니다.

1 福島県原子力等立地地域振興事務所「平成二十一年度電源立地地域対策交付金充当事業一覧」 https://www.pref.fukushima.lg.jp/download/1/gen-shin_21fydengen.pdf. (최종 열람일: 2020.11.20)

2 富岡町企画課編『富岡町「東日本大震災·原子力災害」の記憶と記録』(福島県富岡町, 2015),「富岡町災害復興ビジョン」(富岡町災害復興ビジョン策定委員会, 2012),「富岡町災害復興計画(第一次)」(富岡町役場企画課, 2012),「富岡町災害復興計画(第二次)」(富岡町役場企画課, 2015),「東日本大震災・原発事故からの復興状況と町の現状」(福島県富岡町, 2018).

3 오키나와현의 오아자시에 대해서는 中村誠司「沖縄の字誌づくりと地域史研究」(『東アジア社会教育研究』四, 1999) 외. 또한 오아자시 전반에 대해서는 高田知和「地域で地域の歴史を書く―大字誌論の試み―」野上元, 小林多寿子『歴史と向きあう社会学』(ミネルヴァ書房, 2015)에 자세하다.

4 동일본대지진・도쿄전력 후쿠시마 제1원전 사고 이후의 후쿠시마현 하마도리(연안부)의 오아자시로서는 나미에초 아코우기(赤宇木) 지구의 赤宇木地区記録誌実行委員会編『赤宇木地区記録誌 百年後の子孫たちへ』(赤宇木地区記録誌実行委員会, 2017)나 이타테무라 오쿠보(飯舘村大久保)・내외 지구의 飯舘村 12行政区 暮らしの記録誌編纂委員会編『飯舘村12行政区暮らしの記録誌 おらほの風景』(飯舘村12行政区暮らしの記録誌編纂委員会, 2017), 나미에초 우케도(浪江町請戸) 지구의 大字請戸区 編『大字誌ふるさと請戸』(蕃山房, 2018), 후타바초(双葉町)・나미에초 모로타케(浪江町両竹) 지구의 泉田邦彦, 西村慎太郎編『大字誌両竹』一・二(蕃山房, 2019・2020. 続刊)가 있다.

5 福島県教育会双葉部会編『双葉郡誌』児童新聞社, 1901.

6 福島県史料叢書刊行会編『福島県郡誌集成 一六 双葉郡郷土誌』福島県史料叢書刊行, 1969.

7 이하,『富岡町史』편찬사업에 대해서는 富岡町史編纂委員会編『富岡町史 一 通史編』(福島県富岡町, 1988) 참조.

8 이하, 복합재해 이후의 동향에 대해서는『ふるさとを想う まもる つなぐ』(富岡町, 福島大学, 福島大学うつくしまふくしま未来支援センター, 2017) 참조.

9 庄司吉之助『福島県山林原野解放運動史』(福島県国有林野解放期成同盟会, 1966), 不破和彦「明治期の山林政策と官有林野引戻運動」『東北大学教育学部研究年報』24(1976) 외.

10 松澤裕作「近世・近代日本の林野制度」同編『森林と権力の比較史』(勉誠出版, 2019), 同「明治前期の県庁と森林・原野—福島県の場合を中心に—」(同書).

11 앞의 주7의 책, pp.513-522.

12 富岡町史編纂委員会編『富岡町史 二 資料編』(福島県富岡町, 1986), pp.610-611.

13 「村差出帳」 앞의 주12의 책, pp.295-300.

14 「事務摘要」(小良ヶ浜区有文書1-1. 富岡町教育委員会保管).

15 「縁故引戻地関係緊要書類綴」(小良ヶ浜区有文書1-7. 富岡町教育委員会保管) 中「評価格逓減ニ付請願」.

16 앞의 주15「縁故引戻地関係緊要書類綴」中「御請書」「規約書」. 또, 아자 헤비야지다이라(字蛇谷地平)에 관해서는「規約書」에 기재가 없다.

17 「太政類典」第2編第117巻(国立公文書館蔵, 太339100).

18 앞의 주15「縁故引戻地関係緊要書類綴」중「証拠目録」.

19 富岡町史編纂委員会編『富岡町史 続編・追録編』(福島県富岡町, 1989), pp.138-139.

20 白井哲哉「茨城県下の近代区有文書と保存・引継」『茨城県史研究』96(2012).

칼럼

『삼국유사』를 둘러싼 몇 가지 지견에 대해서

송완범(宋浣範)

1. 코로나사태와 '안전공동체'

'신형코로나19바이러스(COVID19)사태(이후 코로나사태, 일본에서는 '코로나禍')'는 전 세계를 재난의 소용돌이로 몰아넣고 있다. 최근의 한국 뉴스에 의하면 요양원에 입원 중인 치매 증상의 고령자가 코로나사태 이전에는 자주 찾아오던 자식들이 찾아오지 않는 것에 대해 불만을 토로하면서 1950년 6월에 발발하여 약 3년 간 지속된 '한국전쟁('6.25동란'이라고도)'의 기억을 떠올린다고 한다(「자식들 발걸음 끊기니 "날 버렸어" 그리움이 원망으로」, 『한국일보』 12월 7일자 인터넷판). 이 사례는 외부 접촉이 완전히 차단된 고립상태가 이어지다 보니 비록 70년 전이지만 그 당시의 전쟁 경험이 있는 고령자들은 지금의 코로나사태를 전쟁으로 온 가족이 뿔뿔이 흩어진 전쟁 때처럼 생각한다는 얘기다. 주변 환경과 자연스러운 상호작용이 이뤄지지 않으니 개인적 병세 악화는 피할 수 없다지만, 이것을 단순히 코로나사태로 말미암아 자주 찾아오지 못하는 가족들을 그리워하는 노인의 넋두리로 치부해 버리고 말 것인가. 이를 다른 의미로 해석하자면, 팬데믹 차원의 전염병인 코로나19바이러스가 인간에게 주는 정신적 충격은 인위적인 또 다른 차원의 재난인 전쟁과도 일맥상통한다는 말이 된다.

아울러 2011년 3월에 발생한 '3.11 동일본대지진'을 목도하고 '재난과 안전으로 생각하는 동아시아 연구'가 가능한 것이 아닐까 생각해 하나의 연구팀을 만들고 운영한 당사자로서 이번 코로나사태는 많은 것을 생각하게 한다. 당시 재난연구와 관련하여 천재와 인재라는 차이는 있지만 안전을 추구하고자 하는 인간의 마음은 동일한 것이라는 사고 하에 "동아시아의 안전공동체"를 주장[1] 하기에 이르렀는데, 현재 그 지향점은 시의적절한 것이었다고 생각한다.

2. 설화와 역사

이전 필자는 일본 교토(京都)에 있는 국제일본문화연구센터(줄여서 日文研)의 외국인연구원으로서 재직(2016년 7월~2017년 2월)하면서 공동연구 '설화문학과 역사사료의 사이에서(説話文学と歴史史料の間に)'(연구대표: 구라모토 가즈히로(倉本一宏) 교수)에 참여했는데, 그 성과물로서 「『삼국유사』와 『일본영이기』의 관음설화에 대해서(『三国遺事』と『日本霊異記』の観音説話について)」를 발표한 적이 있다(倉本一宏編 『説話研究を拓く: 説話文学と歴史史料の間に』(思文閣出版, 2019)). 이후 그후 일본 다치카와시(立川市) 소재의 국문학연구자료관에서는 2017년 10월 「삼국유사를 둘러싼 두세 가지 문제(『三国遺事』をめぐる二、三の問題)」를 발표한 바가 있다. 이들 연구에서 얻어진 몇 가지 지견을 정리해 한일 양국, 특히 일본 독자들에게 소개하기로 한다.

최근 들어 한국에서의 『삼국유사』에 대한 연구는 새로운 판본(版本)의 발견 및 새로운 역주서의 등장에 의해 아주 활발해졌다. 이를 반영하여 우선 3과 4에서는 새로운 판본 및 새로운 역주서(최광식, 박대재 역주 『삼국유사』1-3(고려대학교 출판문화원, 2014))에 대해 소개한다. 그리고 5에서는 향후 연구의 방향성으로서 『삼국유사』 와 『일본영이기』 와의 비교 연구가 향후 한일 문화의 원형을 생각할 때 필요한 작업이라는 점을 제시한다. 마지막 6에서는 몽골의 고려 침략과 '단군신화'의 등장의 관련성에 대해 언급한다.

3. 『삼국유사』의 판본

주지하다시피 『삼국유사』(「한국사데이터베이스」: http://db.history.go.kr/introduction/intro_sy.html)는 고려시대 충렬왕 때인 1280년대에 승려 일연(一然; 普覚国師, 1206~1289)선사와 그의 제자 무극(無極: 混丘 혹은 清玢, 1251~1322)을 위시한 제자 그룹에 의해 편찬되었다. 책의 내용은 고조선시대부터 후삼국시대까지의 약 3,000년간의 한반도의 역사와 문화에 대해서 정리한 것으로 기이(紀異) 2편은 고조선 이하 한반도를 중심으로 존재했던 국가들의 일반 역사 기록이며, 흥법(興法) 이하의 7편(흥법/興法 · 탑상/塔像 · 의해/義解 · 신주/神呪 · 감통/感通 · 피은/避隠 · 효선/孝善)은 불교와 관련되는 내용이다. 그 중 효선(孝善)편은 유교적 내용이라고 볼 수도 있겠으나 등장 배경에 절과 승려가 위치하는 것으로 보아 넓은 의미의 불교적 내용이라 할 수 있다(倉本一宏編 『説話研究を拓く: 説話文学と歴史史料の間に』, pp.198-201).

한반도의 역사와 문화의 보고이다 보니 널리 이용되는 텍스트로서 판본의 존재가 중요하다 할 것이다. 지금까지의 『삼국유사』의 판본에는 고려시대에 만들어진 판본의 존재는 아직 확인하기 어렵고, 보통 조선 중종(中宗) 7년(1512)의 임신년 때 만들어진 '임신본'이라 불리는 판본이 선본(善本)이라 여겨져 널리 사용되고 있다. 이른바 '임신본'은 당시의 경주부에서 이계복(李繼福) 등이 완전체로 간행한 것이다.

하지만 조선 초의 판본의 존재가 아예 존재하지 않았던 것은 아니다. 조선 초의 판본에는 학산본(송은본), 석남본, 니산본, 조종업본, 범어사본 등이 있었다. 현재 석남본은 소재가 불분명하고 남은 판본 모두 일부가 전해올 뿐이다(연세대학교 박물관 편 『파른본 삼국유사 교감』(혜안, 2016), pp. 17-19). 그러다가 최근 '파른본'이 추가되었다. 게다가 조선 초기의 판본에는 드물게 왕력, 권1, 권2가 온전하게 존재한다. 여기서는 조선 초기의 판본에 대한 이해(남권희, 「『삼국유사』 제판본의 서지적 분석」(『한국고대사연구』 79, 2015), pp.203-246)는 이전 연구 성과에 맡기기로 하고 '파른본 삼국유사'에 주목해 보고자 한다.

4. '파른본'과 새로운 역주서

'파른본 삼국유사'의 존재는 1980년대부터 알려졌지만 연구의 대상으로 맡겨진 것은 비교적 최근의 일이다. 파른은 연세대 명예교수로 있던 손보기 선생(1922~2010)의 아호이다. '파른본'은 유족들이 소장해 오다 2013년에 연세대 박물관에 기증한 것이다.[2] 2014년에 보물 1866호로 지정(2018년 2월에 국보로 승격)되었고, 2016년에는 연세대 박물관에서 교감본(校勘本)을 만들어 일반에 공개하고 있다(연세대학교 박물관 편 『파른본 삼국유사 교감』). '파른본'은 『삼국유사』의 앞 절반에 해당하는 분량이며, 그동안 소장처를 모르거나 미공개라는 이유로 '임신본'과의 대조가 어려웠던 왕력 부분이 온전히 남아 있다는 점에서 그 의의가 있다. 좀 더 자세한 논의의 전개는 종래의 연구 성과를 참조하기 바란다(주2 참조).

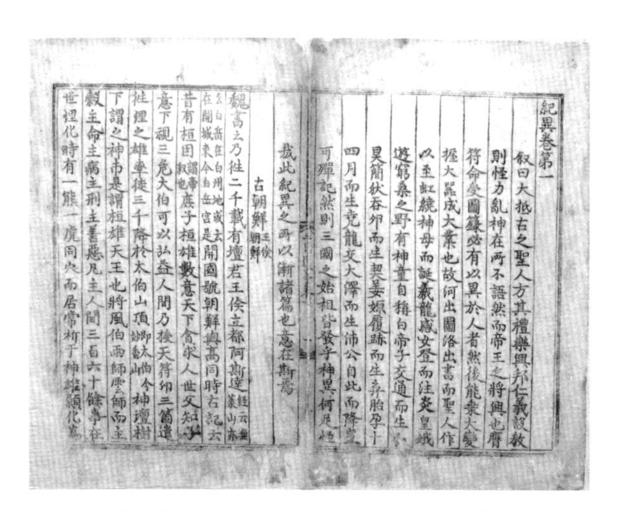
紀異卷第一
叙曰大抵古之聖人方其禮樂興邦仁義設教
則怪力亂神在所不語然而帝王之將興也膺
符命受圖籙必有以異於人者然後能乘大變
握大器成大業也故河出圖洛出書而聖人作
以至虹繞神母而誕羲龍感女登而注炎皇娥
遊窮桑之野有神童自稱白帝子交通而生小
昊簡狄呑卵而生契姜嫄履跡而生弃胎孕十
四月而生堯龍交大澤而生沛公自此而降豈
可殫記然則三國之始祖皆發乎神異何足怪
哉此紀異之所以漸諸篇也意在斯焉
古朝鮮 王儉朝鮮
魏書云乃往二千載有壇君王儉立都阿斯達 經云無葉山亦云白岳在白州地或云在開城東今白岳宮是 開國號朝鮮與高同時古記云
昔有桓因 謂帝釋也 庶子桓雄數意天下貪求人世父知子
意下視三危太伯可以弘益人間乃授天符印三箇遣
往理之雄率徒三千降於太伯山頂 即太伯今妙香山 神壇樹
下謂之神市是謂桓雄天王也將風伯雨師雲師而主
穀主命主病主刑主善惡凡主人間三百六十餘事在
世理化時有一熊一虎同穴而居常祈于神雄願化爲

【사진 1】 연세대학교 박물관(延世大学校博物館) 소장, 『삼국유사(三国遺事)』 1~2권, 조선시대 초기 판본, 국보 第306-3号

한편으로 새로운 판본의 등장과 거의 같은 시기에 새로운 역주서도 등장한다. 이 역주서는 지금까지의 『삼국유사』에 대한 연구 성과를 망라한 것으로 평가된다. 종래의 구분인 왕력, 기이, 본편을 과감하게 변형하여 1권에 기이, 2권에 본편, 3권에 왕력 해서 총3권의 역주서로 묶어냈다(최광식, 박대재 역주 『삼국유사』 1-3). 특히 왕력을 독립시켜 역사서가 아닌 설화집이라는 『삼국유사』의 기존의 이해에 변혁을 꾀한 체제상의 특징이 엿보인다. 분량은 1/2/3권 각각 730, 829, 452페이지에 해당하는 총 2,000페이지가 넘으며 역주는 1,800여개에 이른다. 다만, '파른본 삼국유사'가 학계에 등장하는 시기와 거의 겹치다 보니 '파른본'에 관한 연구 성과가 빠져있는 아쉬움은 있지만, 현재 수준의 『삼국유사』 연구에는 빠질 수 없는 결과물로 여겨진다. 보다 자세한 내용은 다음의 저작(【사진 2】)을 참조하기 바란다.

【사진 2】 최광식, 박대재 역주 『삼국유사(三国遺事)』 1~3권 표지(고려대학교 출판문화원, 2014)
(http://kupress.com/featured-book/feature5/)

5. 『삼국유사』 연구의 방향성

그럼 향후의 『삼국유사』 연구는 어떤 방향으로 진척되는 것이 바람직할까? 『삼국유사』는 중앙보다는 지방 사료, 즉 지방의 문화, 설화, 민속을 불교적 관점에서 역사적으로 한반도의 고구려, 백제, 신라에 국한하지 않고 고조선부터 시작하여 삼한과 삼국만이 아닌 부여와 발해까지를 아우르는 시각에서 출발한 스토리텔링의 보고이다. 이에 더하여 국가적 재난인 몽골의 침략과 이에 따른 민중의 고난을 불교라는 종교적 방법으로

구원하고 구제하고자 하는 의도를 갖고 있다. 이러한 재난 상황으로부터 인간을 구제하는 불교설화집의 성격은 일본에서는 『일본영이기』가 담당하고 있다.[3]

한반도와 일본열도 간의 불교 전달의 루트를 기억한다면 『삼국유사』와 『일본영이기』의 비교 연구(倉本一宏編 『説話研究を拓く: 説話文学と歴史史料の間に』)는 한일 간의 문화적 원형을 찾는데 매우 유익한 소재가 될 것이다. 나아가 이러한 양국 간의 문화적 원형에 대한 탐구는 동아시아의 공동 유산이 될 것임은 물론이다.

6. 몽골의 침략과 단군신화

『삼국유사』가 만들어지는 시기 몽골의 침략은 고려만의 문제는 아니었다. 바다 건너 일본도 몽골의 침략에 애를 태웠다.[4] 하지만 일본사에서 이야기하는 두 차례의 '몽골습래'는 고려의 경우와 비교해 보면 직접적인 피해는 비교적 덜한 것이었다. 고려의 피해는 상상을 넘는 참담한 수준이었다. 몽골의 고려 침략은 1231년에 시작하여 1260년에 몽골이 물러갈 때까지의 거의 30년간이나 계속되었고 대규모의 침공만으로도 6회나 되었다. 몽골의 침략으로 엄청난 많은 문화재가 파괴되고 수많은 인명이 살상되거나 포로가 되기로 했다. 그 결과 약 1세기 동안에 걸쳐 몽골의 고려에 대한 직접적인 간섭이 행해졌다.

당시의 고려 민중들의 불안과 재난을 달래줄 희망은 어디에도 없었을 것이다. 이때 등장한 승려 일연선사가 담당한 『삼국유사』의 도처에 보이는 관음(観音)신앙은 일 개인에게 있어서는 현세의 구원이자, 일 국가에게 있어서도 고려 이전의 먼 시대로부터의 역사가 말해주는 국난 극복의 메시지였을 것이다. 이를 증명하는 것이 바로 『삼국사기』에는 없고 『삼국유사』에 있는 '단군신화'였던 것이 아닐까. 원래는 평양과 황해도 구월산 언저리의 지방 신화(주2의 도현철 「조선초기 단군 인식과 『삼국유사』 간행」, p.34의 주13 참조)였던 단군이야기가 당대(当代)의 몽골 침략이라는 재난 상황의 고난과 비극이 없었다면 『삼국유사』에 채록되기 쉽지 않았을지 모른다.

1 졸고 「『東アジア安全共同体論』 序説—戦争・災害・災難—」 학습원여자대학국제학연구소총서 『調和的秩序形成の課題』(お茶の水書房, 2016) 참조. 원래 이 글은 2016년 5월에 「'전쟁'과 '재난'으로 보는 '동아시아안전공동체'」(『사총』 88호)에서 발표한 것이다.

2 '파른본 삼국유사 기증 기념 학술회의'(연세대학교 국학연구원과 박물관 주최, 2013. 4.26)에서 발표한 글들이 나중에 성고된 것으로 김상현 「삼국유사 고판본과 파른본의 위상」, 도현철 「조선초기 단군 인식과 『삼국유사』 간행」, 남권희 「파른본 『삼국유사』의 서지 연구」, 하일식 「『삼국유사』 파른본과 임신본의 비교 검토」(『東方学志』 162, 2013) 등이다. 그 외 조경철 「단군신화의 환인·환국 논쟁에 대한 판본 검토」(『한국고대사탐구』 23, 2016)도 참조.

3 小泉道 『日本霊異記諸本の研究』(清文堂出版, 1989), 原田敏明, 高橋貢訳 『日本霊異記』(平凡社東洋文庫97, 1967), 『日本霊異記』(新訂版平凡社ライブラリー319, 2000), 小泉道校注 『日本霊異記』(新潮日本古典集成, 1984), 中田祝夫校注訳 『日本霊異記』(小学館新編日本古典文学全集10, 1995), 中田祝夫訳 『日本霊異記』(講談社学術文庫全3巻, 1978・1979・1980), 多田一臣校注訳 『日本霊異記』(ちくま学芸文庫全3巻, 1997・1997・1998), 出雲路修校注 『日本霊異記』(新日本古典文学大系30, 1996), 小峰和明, 篠川賢編 『日本霊異記を読む』(吉川弘文館, 2004) 참조.

4 졸고 「몽골의 日本襲来와 동아시아」 김수미・송완범 『일본역사를 그림으로 읽다; 몽고습래에고토바』(한국학술정보(주), 2017), 동 「고・중세일본의 국제전쟁과 동아시아—'白村江싸움'과 '몽골襲来'를 중심 소재로 삼아—」(『史叢』 92호, 2017) 참조.

논문

언어와 감형(減刑)

—모리 오가이(森鷗外) 『다카세부네(高瀬舟)』—

노아미 마리코(野網摩利子)

번역: 조영렬(曺榮烈)

요지문

『다카세부네(高瀬舟)』에는 전거로 삼은 『오키나구사(翁草)』「유인 이야기(流人の話)」에 없는 많은 정보가 편입되어 있다. 덧붙인 이유는 '인살(人殺)'의 죄로 사형에 처해졌어야 할 기스케가 '원도(遠島)'를 쟁취하는 데 이르는 사정을 제시하기 위해서였다고 생각한다. 범죄수사, 사실심리, 그리고 『어정서(御定書)』에 명기된 죄와 벌의 종류 등, 에도(江戸) 시대에 형벌결정에 이르기까지 검토된 사항과 대조하여, 그것들과 투쟁해 온 기스케의 언어행위를 명확히 드러낸다.

들어가며

모리 린타로(森林太郎)의 서명(署名)으로 발표된 오가이(鷗外)의 『다카세부네(高瀬舟)』[역주: 소설 제목 '다카세부네'는 유배형을 받은 죄수를 섬으로 호송하는 배를 가리킨다]에서, 널리 알려진 대로, 주인공 기스케(喜助)는 유죄(流罪)를 받는다. 본고는 그 판결이 나오게 된 경위를 검증할 것이다. 이 소설은 전거로서 일부러 「부다카세부네연기(附高瀨船緣起)」를 첨부하여, "이 이야기는 오키나구사(翁草)[역주: 간자와 데이칸(神沢貞幹, 1710~1795)이 지은 에도시대 후기의 수필집]에 나온다"[1]라고 제시하고 있다. 간자와 데이칸의 『오키나구사』에 수록된 「유인 이야기(流人の話)」는 『다카세부네』의 줄거리와 합치하지만, 『다카세부네』에는 「유인 이야기」하고 다른 많은 정보가 덧붙여져 있다.[2] 그 진의를 탐색하고자 한다.[3]

『다카세부네』에서 설정된 시대는, 간자와 데이칸이 살았던 교호(享保, 1716~1736) 말년부터 호레키(宝暦, 1751~1764) 연간에서 더욱 내려간 "시라카와 라쿠오 공(白河楽翁侯)[역주: 에도 중기의 다이묘 마쓰다이라 사다노부(松平定信, 1759~1829)의 호]이 정권을 잡고 있던 간세이(寬政, 1789~1801) 무렵"으로 되어 있다. 이 시대의 형벌로서 사형은 드물지 않았고, 매우 흔하게 집행되었다. 다음 절에서 상세하게 보겠지만, 10냥만 훔쳐도 사형이었다.[4]

『다카세부네』에 포함되어 있는, 『오키나구사』 「유인 이야기」에 없는 내용으로, 우선 "남동생의 목을 베는 몸짓을 하고 있는 기스케를 보고 소리를 질렀다"는 할머니의 존재가 있다. 할머니에게 목격당했으므로, 기스케가 재판소에서 입을 다물고 있었다면 틀림없이 사형판결이 떨어졌을 것이다. 기스케는 남동생에게 부탁을 받고 그의 목을 베었다고 진술한다. 할머니에게 목격당하지도 않았는데, 기스케가 남동생의 목을 베었다고 스스로 말한 경우라면 자백이겠지만, 그렇지 않다는 점에 주의하기 바란다.

할머니에게 목격당한 현장 이전의 상황을 막힘없이 매끄럽게 재구성하지 않았으면, 기스케는 사형으로 몰렸을 게 분명했다. 이 소설은 국어 교육의 교재로 사용되는 경우가 많은데, '불리한 상황을 뒤집고 싶은 범죄용의자'라는 문제를 설정하고 생각해 보는 일 자체를 기피해 온 것은 아닐까.

본고는 기스케의 형벌이 결정되기까지, 그가 관리 쪽의 범죄수사나 사실심리에 어떻게 대처하여 싸웠는지에 대하여 검토하고자 한다.

1. 종자(従者) 위치에 있는 피해자 쪽

기스케가 맞서야 했던 수사와 사실심리를 알기 위해, 우선 에도 시대에는 각각의 범죄에 어떠한 형벌이 부과되었는지 확인해보자. 막부(幕府)의 형사재판에서는 『공사방어정서(公事方御定書)』[5]와 선례를 기준으로 삼아 범죄에 대응하는 형벌을 결정했다. 에도 시대의 형벌에서 사형은 6종류에 이른다.[6] '게슈닌(下手人)'이라 부르는, 싸움 말다툼 등에 의한 살인은 참수 후 사해(死骸)는 '취사(取捨)'로 되고, 재산을 몰수당하지 않았다. 이것이 가장 가벼운 사형이다. 설령 살인을 범하지 않은 자라 하더라도, 더욱 무거운 형이 부과되는 경우는 무수히 많았다. 10냥 이상을 훔치거나, 혹은 타인의 아내·남편과 밀통한 것에 대하여 부과된 것은 더욱 무거운 '사죄(死罪)'이고, 참수로 끝나기는 했지만, 사체(死体)는 도(刀)의 '실험용' 등으로 제공되었다. 또한 살인을 범하지 않은 죄에서 더욱 더 무거운 사형도 있었다. 그것은 '오이하기(追剥)'[역주: 통행인을 위협하여 옷이나 물건 등을 빼앗는 것], 주인의 아내와 밀통한 남자, 독약 판매, 관문을 피하여 산을 넘은 자, 가짜 저울·되를 제조한 자에 대한 형벌이고, 자른 머리를 널리 사람들 눈에 띄게 하는 사형으로 '옥문(獄門)'이라 불렀다. 그리고 가장 무거운 사형에 처해지는 것이 '신분이 다른 자를 죽인 경우(品替わり候人殺)'이다. 고주살(古主殺), 친살(親殺), 사장살(師匠殺)의 경우, 창으로 신체를 찌르는 '책(磔)'이 부과되고, 주살(主殺)의 경우, 시간을 들여 톱으로 목을 자르는 '노코기리비키(鋸挽)'가 부과되었다. 기스케가 형벌로 받은 '원도(遠島)'는 주로 여자를 범한 절의 스님, 정당방위에 의해 사람을 죽인 자에 부과된 형에 불과하다.

'인살(人殺)' 범죄에 대한 형벌에서는 가해자와 피해자의 관계가 중시되어, '통례(通例)적 인살'로서 '게슈닌(下手人)'과 '신분이 다른 자를 죽인 경우'가 구별되었다. 『어정서(御定書)』는 '주살' '친살'의 경우 극형에 처한다고 정해져 있었다.[7] 또한 주종(主従), 친족(親族), 사제(師弟), 형제 등, 지배관계에서 위에 있는 자가 아래에 있는 자를 죽인 경우는 '게슈닌'보다 더욱 가벼운 처벌을 받는다고 정해져 있었다. 즉, 주인·부모에게 칼을 들고 베려고 덤벼든 것만으로 사형에 처해진 것에 비해, 주인 위치에 있는 자가 제자 관계에 있는 자를, 또한 부모가 자식을, 형이 동생을 상처 입혔을 경우, 그렇게는 되지 않았다. 『어정서』 제71조에 "1. 제매생질(弟妹甥姪)을 죽인 자 원도(遠島)"[8]라고 되어 있다.

그렇다면, 소설이 전거로 삼은 『오키나구사』 「유인 이야기」에서, 형제 가운데 누가 누구의 자해를 도왔는지가 서술되어 있지 않은 데 비해, 『다카세부네』에서 '형'이 '동생'의 죽음을 도와주었다고 되어 있는 것에는 적지 않은 의미가 있음을 알 수 있다. 더구나 기스케는 동생이 '형에게 미안하다'고 말했다고 이야기했다. 여기에는 형제의 장유(長幼)라는 주종 관계가 적극적으로 제시되었다고 말할 수 있겠다.[9]

그러나 이 『어정서』 제71조의 1항에는 단서(但書)[10]가 붙어 있어, 부모가 자식을 죽인 것과 마찬가지로, 제매생질을 죽인 경우에도 "이득(利得)을 이유로 죽였다면 사죄(死罪)"에 처한다고 분명히 기록되어 있다. 즉 '단려(短慮)'[11]가 아니라 '이득' 관계로 죽였다고 간주되면, 주인 위치에 있는 자가 종자 위치에 있는 자를 죽였을 경우에도 '사죄'에 처해졌다.

따라서 기스케가 사죄(死罪)를 피할 마음이 있었다면, 자기에게 유리한 조건을 더더욱 갖출 필요가 있었다.

2. 피해자 쪽의 불법

다음으로 가해자의 형벌이 상대방 피해자의 불법 정도에 따라서 경감(軽減)되는 조건이 있다는 사실을 지적하고 싶다. 『어정서』 제71조에는 "1. 상대로부터 불법(不法)한 짓을 걸어와, 어쩔 수 없이 칼부림에 이르러, 사람을 죽인 자 원도(遠島)"[12]라 되어 있고, 제72조에는 "1. 상대의 부당한 처사에 대해 부득이하게 찔러 죽였으면, 상대방 친류(親類) 명주(名主) 등 피살당한 자가 평소 불법한 자이고 이의를 제기함이 없으며, 게슈닌(下手人) 면죄(免罪)신청이 틀림없으면, 추중방(追中放, 원문대로 표기)"[13]이라고 되어 있다.

제72조에 따르면, 피해자가 불법한 자이고 또한 친족 등 상대 쪽의 유서(宥恕)가 있으면, '중추방(中追放)'으로 끝난다는 것이다.[14] '불법한 자'는 도대체 어떠한 자를 가리키는가. 히라마쓰 요시로(平松義郎)에 따르면 "무숙(無宿)은 이른바 그 존재방식 자체가 위법으로 간주당하는 자로서, 경우에 따라 형벌적 처치를 부과당하더라도 어쩔 수 없다고 당사자나 일반인들은 생각하고 있었다"[15]고 한다. '무숙'은 서민이지만, 호적부(人別帳) 기재를 삭제당한 자이다. 이 무숙 문제가 교호 시기부터 심각해지고 있었다. 만성화된 기근 때문에 이촌(離村)한 농민이 도시에 흘러 들어, 무숙인 채로 거지, 방랑자, 일용직 노무자가 되거나, 노름꾼 집단에 가담해서, 막부에서는 이들을 '불법한 자'로 간주하고 있었다.[16]

널리 알려진 대로, 간세이의 개혁을 착수한 것은 마쓰다이라 엣추노카미 사다노부(松平越中守定信)인데, 개혁의 첫 번째로써 빨리 처리하라는 압박을 받았던 것이 무숙 문제이다.[17] 그는 근본적 대책으로 1790년(간세이(寬政)2) 2월 19일에 닌소쿠요세바(人足寄場)[역주: 무숙자나 형기를 만료한 자를 수용하여 노역을 시키던 곳]를 설립하라는 공명(公命)을 내리는 데까지 도달했다.[18] 즉 "시라카와 라쿠오 공이 정권을 잡고 있던 간세이 무렵"이란 바로 '무숙'이 닌소쿠요세바에 수용되고, 갱생(更生) 시설이 정비될 만큼 '무숙'이 '불법한 자'로서 정치적, 사회적, 경제적으로 인지되고 있었던 시대였다.

앞서 본 것처럼, 피해자가 '불법한 자'라면 형벌은 가벼워진다. '일등(一等) 가볍게' 됨에 따라 형벌은 '이단(二段) 내려간다'. 책(磔), 옥문(獄門), 사죄(死罪)에 처해질 자도 원도(遠島)가 되는 것이다. 그렇다면 기스케가 '사죄'를 면하는 데는 피해자로 간주된 동생이 '무숙'이었다고 진술할 수 있다면, 기스케도 무숙이고 유리하게 작용한다. 기스케는 분명히 "어디든 제가 있어도 좋은 곳이라 할 만한 데가 없었습니다"라고 구슬픈 느낌을 담아 이야기하고 있다.[19] 이것은 「유인 이야기」에 없는 정보이다. 기스케의 이런 호소도 그의 감형에 효과를 발휘했다고 말할 수 있겠다.

3. 피해자 쪽의 용서

『어정서』 제72조에 따르면, 피해자가 '불법한 자'인데다, 피해자 쪽 '친류(親類)'의 용서가 있으면, 더욱 감형된다고 되어 있다. 「유인 이야기」에서는 죄인끼리 '수루비탄(愁涙悲嘆)'한다고 되어 있는 데 비해, 『다카세부네』에서는 죄인을 호송하는 배에 종종 죄인의 친족이 동선(同船)한다고 소개한 뒤, 기스케의 경우 "친족이 없으므로, 배에도 다만 혼자서 탔다"

고 쓰여져 있다. 기스케 자신의 '이야기'에서도, 부모가 역병으로 돌아간 뒤, 다른 친족이 없다는 사실이 자세히 서술된다. 또한 기스케의 주장에 따르면, 동생이 용서했을 뿐만 아니라, 자살할 기회를 놓친 동생이 '면도칼'을 "어서 빼 줘, 부탁이야"라고 부탁했다고 말한다.

그렇지만 그 자리에는 형과 동생밖에 없었고 목을 베인 동생이 그런 부탁을 소리내어 말할 수 있었는지 당연히 의문스럽게 보게 된다.

에도 마치부교 요리키(江戸町奉行與力, 도신(同心))[역주: 에도 시대 행정부서의 하급관리]였던 사쿠마 오사히로(佐久間長敬)가 집필한 『형사재판 구전(吟味の口伝)』[20]이라는 문장이 남아 있다. 에도 시대 형사재판을 가리켜 '긴미스지(吟味筋)'[21]라 하고, 그 문장은 형사재판 과정에서 관리가 알아야 할 사항을 적은 것이다. 그 7장 '죄인의 정(情)'에는 "죄인의 공포심"이나 "사려(思慮)도 없이" "생각지 않게" 살인에 이른 실정을 기록한 뒤, "죽이는 데 쓴 날붙이, 베인 자리 등은 첫 번째 증거이니 깊이 고려하고 궁리해야 한다"[22]라고 되어 있어, 검시(檢屍)에서 확인된 베인 자리는 진상규명의 중요한 단서가 되고 있음을 알 수 있다.

용의자라면 당연히 이러한 취조에 대해 대책을 실행했을 것이다. 기스케는 현장에서 동생이 보인 눈빛을 움직일 수 없는 열쇠로서 제출한다. 기스케의 주장은 "이런 때는 이상하게도 눈이 말을 합니다"라는 것으로, 기스케는 동생의 눈에서 파악한 내용을 서술한다. 동생의 눈이 말했다는 것은 단적으로 말하자면, 기스케가 읽어낸 해석에 불과하다. 그러나 그렇게 생각하지 못하게끔, 참으로 절박한 표현으로 다음과 같이 말한다.

> 동생의 눈은 "빨리 해, 빨리 해"라고 말하며, 자못 원망스럽게 저를 보고 있었습니다. 제 머리 속에서는, 왠지 이렇게 수레바퀴같은 것이 빙빙 돌고 있는 듯했었는데, 동생의 눈은 매서운 재촉을 그치지 않았습니다. 게다가 그 원망하

는 듯한 눈빛이 점점 험악해져서, 마침내 원수의 얼굴이라도 노려보듯 증오로 가득한 눈이 되어 버렸습니다. 그것을 보다 있다가 저는 마침내 이건 동생이 말한 대로 하지 않으면 안 되겠다고 생각했습니다. 저는 "할 수 없지, 빼 줄게"라고 말했습니다. 그러자 동생의 눈빛이 싹 변하여, 근심이 사라진 듯, 자못 기뻐하듯 바뀌었습니다.[23]

기스케는 동생의 눈빛을 되풀이 서술한다. 동생의 눈에서 동생의 마음을 읽은 것에 불과한데도, 동생의 눈이 "말하고", "말했다"고 표현한다. 실은 『다카세부네』에서 가장 검증불가능한 것이 이 동생의 눈이 말한 부분이다. 눈에서 읽어낸 동생의 의향이 빨리 죽고 싶다는 것, 그 한 가지라고 어떻게 딱 잘라 말할 수 있을까. 또한 눈이 사람 마음의 모든 것을 말한다고도 할 수 없다.

그러나 기스케는 하여튼 이러한 표현을 구사하여 동생의 용서, 부탁이 있었다고 호소했다. 그것은 그대로, 피해자 쪽의 용서가 될 것이다. 감형을 위해 빠뜨릴 수 없었던 것이 동생의 '눈'과 '마음'을 언어화하는 작업이었다.

4. 과실(過失)

이렇게 소설 『다카세부네』는 당시의 죄와 형벌의 대응관계에 비추어 보아야 잴 수 있는 강도(強度)를 갖추고 있다. 다시 더욱 중요한 감형조건을 검토하고자 한다. 『어정서』 연구에서는 고의와 과실을 구별하는 데 주목하고 있다. 다카야나기 신조(高柳真三)는 "고의성이 존재할 경우 '교(巧)'로써 범한 죄와 '우발적으로(不斗)' 범한 죄로 구분하고 있었다. 전자는 미리 모의한 죄이고 후자는 우연한 동기에 의해 범한 죄이며, 또한 당좌(当座)의 죄라고도 일컬었다"라고 설명한다.[24]

전술한 제71조에는 "1742년(간포(寛保)2) 극(極)[역주: 결정(決定)] 1. 도리에 맞지 않는 일도 없었는데 실자(実子) 양자(養子)를 죽인 부모, 단려(短慮)[역주: 성급하고 경솔함]하여 우발적으로 죽였다면 원도(遠島), 다만 부모인 자, 이득을 이유로 죽였다면 사죄(死罪)", 이어서 "1. 제매생질(弟妹甥姪)을 죽인 자, 우동단(右同断)(단려하여 우발적으로 죽였다면) 원도, 단우동단(但右同断)(이득을 이유로 죽였다면 사죄)"[25]이라 되어 있어, 과실과 고의를 명확하게 구분하고 있다.

기스케가 '원도'의 판결을 얻었다면, 그의 행위는 과실에 불과하다고 인정받았다는 말일 것이다. 그렇다면 현장을 설명하는 그의 말에 그렇게 생각하게 만드는 무언가가 있다는 것인데, 그는 어떻게 그것을 서술했을까. 현장을 절시(窃視)한 할머니가 들어왔다가 뛰쳐나간 상황을 기스케는 극명하게 말한다.

> 저는 면도칼 손잡이를 꽉 잡고 쑥 잡아당겼습니다. 이 때 제가 안에서 닫아둔 바깥 쪽 출입구 문을 열고, 이웃집 할머니가 들어왔습니다. 제가 집에 없을 때, 동생에게 약을 먹이거나 무언가 해주도록, 제가 부탁해둔 할머니입니다. 벌써 제법 실내가 어두워졌기 때문에, 제게는 할머니가 얼마만큼 사태를 보았는지 알 수 없습니다만, 할머니는 '아' 하는 소리를 낸 후, 바깥 쪽 출입구를 열어 둔 채 뛰쳐나가 버렸습니다. 저는 면도칼을 뺄 때 '재빨리 빼자, 곧장 빼자' 하고 주의는 했습니다만, 아무래도 뺄 때 손에 전달된 감각은 이제까지 베이지 않았던 곳을 벤 듯한 느낌이 들었습니다. 날이 바깥쪽을 향하고 있어서, 바깥쪽이 베였겠지요. 저는 면도칼을 쥔 채, 할머니가 들어오고 또 뛰쳐나간 것을 멍 하니 보고 있었습니다. 할머니가 가버리고나서, 정신을 차리고 동

생을 보니, 동생은 벌써 숨이 끊어져 있었습니다.[26]

기스케가 동생의 목에서 면도칼을 빼려는 바로 '이 때', 할머니가 들어왔다. 문이 열리는 소리가 났을 때, 그리고 할머니의 모습이 나타났을 때 기스케가 얼마나 놀랐을지는 상상하기 어렵지 않다. 바로 그 때, 조심하면서 면도칼을 빼고 있었는데, 이제까지 베이지 않았던 곳을 베어버렸다고 말하는 것이다. 바깥 쪽 출입구 문에서 나는 소리, 할머니의 시선이 느껴지는 감각, 그리고 "아" 하는 소리에 놀라, 어두움 속에서 손이 빗나가버렸다'는 속내를 전하는 진술이 아닐까. 실제로 이 진술은 할머니가 낸 소리, 시선, 외치는 소리 이후에 베이지 않았던 곳을 베어버렸다고 서술함으로써 '과실'의 때와 장소를 훌륭하게 언어로 구성하고 있다.

에도 시대에는 범죄사실을 심리할 때 자백을 추구하는 데 주안을 두어, 범죄사실을 인정하기 위해 자백을 중시했다.[27] 기스케가 행한 현장의 재구성은 그대로 상황증거를 제출한 셈이 된다.

그렇지만 할머니가 만약 '기스케가 증오에 가득 찬 얼굴로 동생의 목을 베고 있었다'는 증언이라도 했다면, 이것은 꽤 강력한 증언이 될 것이다. 할머니의 시선 배후에는 '도시요리주(年寄衆)'[역주: 장군 직속으로 막부 정치를 통괄하고 조정·영주의 일을 맡았으며 원격지의 영토에 대해서는 직접 다스리기도 한 직책]의 시선이 기다리고 있었고, '관청(役場)'의 형사재판에 끼치는 영향은 심대했을 것이다.

오가이 자신이 기스케에 대한 염려를 표현할 목적으로 개고(改稿)를 했다고 생각되는 점도 지적해 두고 싶다. 1916년(다이쇼(大正)5) 1월 1일 『중앙공론(中央公論)』에 처음 발표했을 때는 할머니가 "문을 열어 둔 채로 뛰쳐나가 버렸습니다"라고 되어 있던 대목이 1918년(다이쇼7) 『다카세부네』(슌요도(春陽堂))에 수록될 때 "바깥 쪽 출입구를 열어 둔 채"라고 바뀌어 있다. 이것에 의해 할머니가 '바깥 쪽 출입구를 열고' 들어와서, '바깥 쪽 출입구를 열어 두고' 나갔다는 점이 뚜렷해진다. 그것으로 인해 밀실에서의 행위가 겉으로 드러나는 것에 대한 염려가 제시되었다.

이렇게 해서, 할머니에 대한 대항책으로서 기스케가 반증을 제출해야만 하는 흥미로움이 생겨난다. "벌써 제법 실내가 어두워졌기 때문에, 제게는 할머니가 얼마만큼 사태를 보았는지 알 수 없습니다"라는 기스케의 말은, 뒤집어 말하자면 '어두웠기 때문에 할머니도 자기 형제들 사이에 벌어진 일을 조금도 볼 수 없었을 것'이라는 주장이 된다. 이 말은 기스케의 상당한 주도면밀함을 드러낸다.

다시 사쿠마 오사히로의 『형사재판 구전』에서, 이번에는 8장 '국문(鞠問) 순서'에서 인용하면, "국문할 때 순서를 따라 물어서는 안 된다. 호출당하기 전부터 **요리조리 궁리하는 것은 죄인이 늘 하는 짓**이니, 심문하는 쪽에서 갑자기 의외의 질문을 던져 그의 심산(心算)을 어긋나게 하여, 그가 질문을 받으리라 생각한 바를 묻지 않고 샛길로부터 몰아세우면, 진실하지 않은 자는 자연스레 고심하고 사소한 것마저 의심하게 되어, 하나하나 시원시원하게 답변하지 못하게 된다"[28]라고 되어 있다. 기스케가 상대했던 것은 이렇게 물샐 틈 없이 준비된 국문이다.

하지만 기스케를 호송하면서 이야기를 들었던 쇼베에(庄兵衛)의 지적에 암시되어 있듯, "관청에서 질문을 받고 재판정(町奉行所)에서 조사를 받을 때마다, 주의하고 또 주의하여 거듭 연습해서" 철저히 구성된 것이 기스케의 이야기였다. 그것은 관리가 형사재판에서 구사하는 흔들기에도 대처할 수 있는, 빈틈없는 '조리(條理)'로 성장해 있었다는 말이 되겠다.

다시 확인해 두자. 기스케가 만약 죄와 벌을 가만히 받아들일 마음이라면 간단히 할머니가 말하는 것에 맡기고, 그것을 도시요리주가 믿도록 맡겨, 관청에서 법에 따라 '사죄'에 처해지면 그만이었다. 그가 판결 때문에 입을 열었다는 것은 감형을 노리고 있었다고 생각하는 게 자연스러울 터이다. 감형조건을 지금 다시 한 번 돌아보기로 한다. 첫째, 피해자 쪽이 가해자 쪽에 대해 주종(主従) 중 종자 위치인 경우, 둘째, 피해자 쪽이 '불법한 자', 즉 대체로 '무숙'인 경우, 셋째, 피해자 쪽의 친척이 이의를 제기하지 않고 용서가 있는 경우, 넷째, 고의가 아니라 과실인 경우이다.

기스케는 자신이 첫째부터 넷째까지 조건 모두를 만족시킴을 분명히 했다. 그 변론이 '요리조리 궁리한' 것이 아니라, '진실'인 것처럼 생각하게 만들어야만 했다. 그러기 위해 동원된 것이, 예를 들어 면도칼을 뺄 때 "날이 바깥쪽을 향하고 있었습니다"라는 따위 일견 구체성을 띤 언어군(言語群)이다. 쇼베에가 "그 자리를 눈으로 보는 듯한 느낌으로 듣고 있었다"라 말하는 것처럼, 기스케는 현장을 충실히 재현하는 듯한 말투에 성공한다. 그러므로 압도적으로 그에게 불리했던 사태가 뒤집혔다.

기스케는 관청에서, 재판장에서, 어디까지나 자연스럽게 보이는 말투를 전개하고 논파하여 '원도'를 쟁취했다. 다시 말하자면, 형법내규집 『어정서』 제71조, 제72조를 오히려 방패로 삼아, '권위(authority)'[29]에 대항할 수 있을 만큼의 '조리'를 구성했다. "거의 지나치다 싶을 만큼 조리가 서 있었다"라는 쇼베에의 느낌이 적혀 있는 것은 독자에게 언어로 쟁취한 이 결정에 대해 주의를 촉구하기 위함이라 생각된다.

5. 권위에 맞서는 언어

『다카세부네』의 시공(時空)은 시시각각 육박해오는 사형판결에 대하여, 기스케가 언어로 도전한 응전을 축으로 세워져 있다. 기스케의 언어 정합성은 높은 정밀도로 보존되어 있었다. 물론 생명이 걸린, 문자 그대로 필사적인 언어이다. 구인당하여 가는 곳마다, 모두 의심의 여지없이 사실인 것처럼 생각하게 만들 만한, 교묘하게 꾸며낸 그럴싸한 기스케의 속임수에, 재판정과 마찬가지로 독자도 사실인 것처럼 믿어온 경향이 있다. 꼼짝달싹할 수 없는 상황에 놓인 언어의 정열(情熱)은 교육현장에 어울리는 선악과는 별개로 고려해야만 한다는 사실에 대해 아무도 돌아보지 않았었다.

기스케는 지위도 재산도 거처도 없이 오직 하나하나의 언어에 의해 자신의 생명을 움켜쥐었다. 담담하게 보이겠지만, 언어의 드라마가 수면 아래에서 커다랗게 펼쳐지고 있었던 것이다.[30]

본고가 더듬어 온 길은 혼신의 힘을 다해 싸우는 언어군(言語群)을 태우고 예항(曳航)하는 『다카세부네』를 따라잡아, 숨어 있었던 진실을 해방시키는 것이었다. 오가이의 문학 언어는 목숨의 위기에 처해 맞서는 언어의 영위(営為)로서 다시 읽을 수 있다.

1 「附高瀬船縁起」, p.237.

2 이것을 지적한 것이 前田愛「『高瀬舟』の原拠」(『国文学 解釈と鑑賞』 1967.2, p.19)이다. 본고는 「유인 이야기」와 『다카세부네』의 차이에 적극적 의미를 살펴본다. 「유인 이야기」와 『다카세부네』의 차이를 열거하면, 「유인 이야기」에서는 유인이 친척과 헤어짐을 길게 아쉬워한 뒤, 배 안에서 유인들끼리 '수루비탄(愁涙悲嘆)'하는 데 비해, 『다카세부네』에서는 죄인의 '친척인 자'가 배에 따라간다고 되어 있다. 『다카세부네』에만 보이는 정보로, 기스케는 남동생 외에 친척이 없었고, 두 사람은 주소가 불확실한 상태로 동거하고 있었다는 점이다. 또한 「유인 이야기」에서는, 형제 중 어느 쪽이 자해를 시도했는지 기록되어 있지 않다. 「부다카세부네연기」에서도 '그 중 형제(其内同胞)'가 자살했다라고 쓰여있을 뿐이다. 그럼에도 『다카세부네』에서는 남동생의 소행으로 되어 있다. 『다카세부네』에서 이 점의 개변(改変)은 의식적이었을 것이다. 또한 「유인 이야기」에는 현장을 보았다고 하는 '할머니'는 등장하지 않는다.

3 『다카세부네』 선행연구의 대부분은 이 '작품'이 '역사에서 멀리 떨어져 있음'을 전제한 뒤, 그 시비를 기술한다. 논조는 두 종류로 나뉜다. '역사소설이라고는 말할 수 없다'고 한탄하는 것은, 長谷川泉「高瀬舟」『国文学 解釈と鑑賞』 1953.4~5, 『第五版 近代名作鑑賞三契機鑑賞法70則の実例』 至文堂, 1977, p.111, 山崎一穎 「『高瀬舟』試論」『国文学』 1982.7 所収, p.116 등이다. 역사를 벗어난 시(詩)로서 평가한 것은, 高橋義孝「『高瀬舟』と『寒山拾得』」『森鷗外』(雄山閣, 1946), p.184, 田中実「『高瀬舟』私考」『日本文学』 1979.4 所収이다. 또한 시점인물(視点人物)의 기능에 주목한 三好行雄「『高瀬舟』論―知足の構造―」『別冊国文学』 1989.10, 小泉浩一郎「『高瀬舟』論―〈語り〉の構造をめぐって―」『安川定男先生古稀紀念 近代日本文学の諸相』(明治書院, 1990 所収)도 있다.

4 "돈 10냥을 훔치면 사형당한다는 것은 사실이다. 한 번에 10냥을 훔치지 않아도, 몇 차례 도둑질을 하고, 도둑질을 한 액수를 합계하여 10냥 이상이 되면, 역시 사형당했던 것이다. 1냥은 대체로 쌀 한 섬 값이므로, 10냥이라면 지금의 돈으로 수백 만원이나 될까."(石井良助『江戸の刑罰』(中央公論社, 1964), p.4.

5 1742년(간포2)에 제정되었다. 하권이 형법내규집(刑法内規集)이고 103조로 이루어져 있다. 『어정서』의 인용은 나이토 지소(内藤耻叟)가 교정하여 1889년(메이지22)에

近藤活版所에서 발행된 『御定書百ケ条』에 의거한다. 이 책은 1895년(메이지28)에 판을 거듭하고 있다. 구자체(旧字体) 한자[역주: 일본 내각에서 1946년에 발표한 당용한자표에 들어가지 않은 한자]는 상용(常用) 한자로 고쳐서 인용했다.

6 에도 시대의 죄와 형벌의 대조를, 앞에서 언급한 『江戸の刑罰』 및 氏家幹人 『江戸時代の罪と罰』(草思社, 2015)을 참조하여 들어둔다. 1-6은 통례적인 벌의 등수(等数)이고, ○은 별개로 정해져 있는 벌이다. ○주살(主殺)은 노코기리비키(鋸挽)[역주: 톱으로 목을 자르는 형벌. 양 어깨에 상처를 입혀 그 피를 철 톱·죽톱에 발라 이틀간 방치하고, 통행인에게 수시로 죄인의 목을 자르게 하고, 끌고 다닌 후 책형에 처했다]. 1) 고주살(古主殺), 친살(親殺), 사장살(師匠殺)은 책(磔, 창으로 신체를 찌른다). 2) '오이하기(追剥)'[역주: 통행인을 위협하여 옷이나 물건 등을 빼앗는 것], 주인의 아내와 밀통한 남자, 독약 판매, 관문을 피하여 산을 넘은 자, 가짜 저울·되를 제조한 자 등은 옥문(獄門, 참수한 머리를 널리 사람들 눈에 띄게 한다). ○방화(付火) 한자는 화형(火罪, 범인을 말에 태워 조리돌림을 한 후, 형장에서 화형에 처함). 3) 10냥 이상을 훔치거나, 혹은 타인의 아내·남편과 밀통한 것은 사죄(死罪, 참수에 그치지만, 사체를 쇼군 등이 도(刀)를 실험하는 용도로 제공한다). 이상 '겟쇼(欠所)'(재산 몰수). ○싸움 말다툼에 의한 살인은 '게슈닌(下手人)'(참수 후 사해(死骸)는 '취사(取捨)'). 4) 여자를 범한 절의 스님, 정당방위에 의해 사람을 죽인 자는 원도(遠島). 5) 관문을 몰래 통과한 자, 강간은 중추방(重追放). 6) 주인의 딸과 밀통한 것은 중추방(中追放).

7 '주살(主殺)'은 '二日晒一日引廻鋸挽之上磔'[역주: 흙속에 묻은 상자에 죄인을 집어넣고, 형틀을 쓴 모가지만을 지상에 내놓게 하여, 그 양옆에 톱을 두고 중인에게 널리 보게 하기를 2일, 3일 째에 죄인을 말에 태워 끌고 돌아다녀 구경거리가 되게 한 뒤, 형장에서 책형에 처한다]이고, '친살(親殺)'은 '引廻之上磔'[역주: 죄인을 말에 태워 끌고 돌아다녀 구경거리가 되게 한 뒤, 형장에서 책형에 처한다]을 부과했다(平松義郎 「史実·江戸の罪と罰」 『復刻板 NHK歴史への招待1』(日本放送協会, 1994), p.121).

8 앞의 주5의 책 『御定書百ケ条』, p.115.

9 야마자키 가즈히데는, 오가이가 동생이 자살을 꾀하도록 한 것을 "어느 쪽이라도 상관없을 터인데, 왜 동생이 자살을 기도하는 구조로 만들었는가"(앞의 주3 「『高瀬舟』 試論」 p.112.)라고 서술했지만 해결되지 않았다. 어느 쪽이라도 상관없지는 않았던 것이다.

10 '단우동단(但右同断)'이라고 되어 있다. '우(右)'는 부모가 자식을 죽인 것에 관한 "이득(利得)을 이유로 죽였다면 사죄(死罪)"를 가리킨다.

11 제매생질을 죽인 것에 관하여, 자식을 죽인 부모가 "단려(短慮)[역주: 성급하고 경솔함]하여 우발적으로 죽였다면" '원도'로 끝내는 것과 '동단(同断)'이라 되어 있다.

12 앞의 주5의 책『御定書百ケ条』, p.117.

13 앞의 주5의 책『御定書百ケ条』, p.120. 방점은 인용자.

14 平松義郎「近世刑法史雑感―下手人について―」(『別冊ジュリスト・法学教室』 1962.11, 『江戸の罪と罰』(平凡社, 1988) 所収, p.103).

15「人足寄場の成立と変遷」『人足寄場史－我が国自由刑・保安処分の源流』(創文社, 1978), 앞의 주14의 책『江戸の罪と罰』所収, p.193.

16 "봉건(封建) 농촌이 변질되고 붕괴되면서 곤궁해진 농민이 이촌(離村)하는 현상은, 점차 기근이 만성화됨에 따라 세월의 흐름과 함께 확실히 진행속도가 빨라졌다. 무숙화(無宿化)된 인구는 도시로 흘러들어, 가도(街道)에 방황하거나, 거지·부랑자가 되거나, 일용직 노무자로 살거나, 노름꾼 집단에 가담했다"(앞의 주15의 글「人足寄場の成立と変遷」『江戸の罪と罰』, p.177)라고 되어 있다.

17 마쓰다이라 사다노부는 1787년(덴메이(天明)7), 로주(老中)[역주: 장군 직속으로 막부 정치를 통괄하고 조정·영주의 일을 맡았으며 원격지의 영토에 대해서는 직접 다스리기도 한 직책] 수좌(首座)에 취임한다. 이듬해 1788년(덴메이8)에는 경범죄형에 처해진, 인도해야 할 친족이 없는 자를 사도(佐渡)에 보내기로 한다. 그러나 사도 부교(奉行)[역주: 행정 부서의 우두머리]의 항의에 부딪혀 좌절된다.

18 하세가와 헤이조(長谷川平蔵)가 설립하여, 2월 28일에는 닌소쿠(人足) 20명을 수용하기에 이르렀다. 간세이부터 분카·분세이 시기에 걸쳐 수용자는 140~150명 정도였다고 한다(앞의 주15의 글「人足寄場の成立と変遷」『江戸の罪と罰』, p.207).

19 또한 기스케는 부모가 돌아가시고 자기와 동생이 "처음에는 딱 처마 밑에 태어난 개새끼"같았고, "가능한 한 두 사람이 떨어지지 않도록 하여, 함께 있어"라는 식으로, 두 사람이 '무숙'이었던 사실을 강조하고 있다.

20 1858년(안세이(安政)5)에 기록된 것으로,『江戸時代犯罪・刑罰事例集』(柏書房, 1982)에 수록되어 있다.『江戸時代犯罪・刑罰事例集』은『近代犯罪科学全集』의『刑罪珍書

集Ⅰ, Ⅱ』(武侠社, 1930)를 합책하고 개제한 것이다.

21 '긴미스지(吟味筋)'[역주: 에도 막부의 재판 절차의 하나. 대강 오늘날의 형사재판 절차에 해당하는 것으로, 피해자나 기타 호소에 의한 경우든, 직권으로 범죄를 조사한 경우든, 부교소(奉行所) 독자적 판단에 의해 피해자를 데려오거나 출두하게 하여 취조하는 것] 절차는 범죄 수사, 사실 심리, 형벌 결정, 판결 언도, 형 집행의 순이었다.

22 앞의 주20의 책『江戸時代犯罪・刑罰事例集』, p.206.

23『高瀬舟』, pp.232-233. 방점은 인용자.

24 高柳真三『江戸時代の罪と罰抄説』(有斐閣, 1988), pp.377-378. 확실히『어정서』 제64조에는 "1724년(교호(享保)8), 1745년(엔쿄(延享)2) 극(極)[역주: 결정(決定)] 1. 교묘한 말로 사람을 속여 금품을 갈취하는 것의 종류, 공의(公儀)[역주: 막부]에 대한 것이거나, 또는 미리 교(巧)한 것이거나 혹은 사람을 유인(誘引)하여 미리 정한 자, 장물(贓物) 금자(金子) 1냥 이상은, 사죄(死罪)", "1736년(교호20) 극(極) 1. 교(巧)한 것을 말하여 자주 금자 등 갈취한 자, 금액 잡물(雑物)의 다소에 상관없이 옥문(獄門)"(앞의 주5의 책『御定書百ケ条』, pp.104-105)이라 되어 있어, 고의로 저지른 죄에는 더욱 무거운 벌이 적용된다고 명기(明記)되어 있다.

25 앞의 주5의 책『御定書百ケ条』, p.114. 방점은 인용자.

26『高瀬舟』, p.233. 방점은 인용자.

27 앞의 주14의 책『江戸の罪と罰』, p.78.

28 앞의 주20의 책『江戸時代犯罪・刑罰事例集』, pp.266-267. 방점은 인용자.

29『高瀬舟』, pp.234-235.

30 종래의『다카세부네』론을 대표하는 논점을 다시 검토해보자. 야마다 아키라(山田晃)는 기스케가 "시대를 뛰어넘었던 것이다. 즉 역사를 뛰어넘었던 것이다"(「鷗外における『歴史を越えるもの』について—『安井夫人』から『高瀬舟』まで—」『吉田精一博士古稀記念 日本の近代文学—作家と作品—』角川書店, 1978 所収, p.87)라고 평가한다. 이노 겐지(猪野謙二)는 "『오키나구사』의 원화(原話)가 가진 상황 그 자체의 생생함은『두 개의 커다란 문제(二つの大きな問題)』를 중심으로 삼아, 이른바 매우 근대적인 인간의 심리와 관념의 문제로 바뀌어, 전체가 완전히 정적인 인간 관조의 문학으로 전화(転化)되어 있는 것이다"(「『高瀬舟』における鷗外の人間認識」『明治の作家』

岩波書店, 1966, p.512)라고 평가하지 않았다. 그러나 두 글 모두『다카세부네』안에 있는 '권위(authority)에 맞서는 언어행위'를 관념적으로밖에 읽어내지 못한 것이라 생각된다.

※『다카세부네』,「부다카세부네연기」의 인용은『鷗外全集』第16巻(岩波書店, 1973)에 의거했다. 초출(初出)은 1916년(다이쇼5) 1월『中央公論』제31년 제1호에 모리 린타로라는 서명(署名)으로 게재되었다. 인용할 때, 루비를 생략하고, 구자체(旧字体) 한자는 상용한자로 바꾸었다.

칼럼

재일조선인 '귀국사업'의 기록과 기억의 문학

김계자(金季杍)

1. 식민과 분단의 경계에 있는 사람들

한반도와 일본 열도를 한 바퀴 돌며 식민과 분단의 디아스포라로 남은 사람들이 있다. 즉, 일제강점기에 일본으로 건너가 해방 후에 일본에서 살다 1959년 말부터 본격화된 이른바 '귀국사업(The Repatriation Project)'으로 북한으로 건너가지만, 이내 정착하지 못하고 사선을 넘어 한국으로 탈북했다가 다시 일본으로 건너가는 사람들이 바로 그들이다. 이러한 삶은 한 세대가 지나온 시간으로 보기에는 길기 때문에 두 세대 이상에 걸친 이야기일 가능성이 크다. 식민과 분단의 시대를 살아온 이들의 삶에 대하여 간단히 말하기는 어렵다. 주승현(朱勝泫)은 이러한 사람들을 '조난자들'로 표현하고, 재일조선인 출신자들이 탈북해서 제3국을 거쳐 일본으로 입국하거나 한국으로 입국했다가 다시 일본으로 건너간 사람들이 2017년 현재 500명에 가깝다고 말했다.[1] 말 그대로 어디에도 속하지 못하는 '경계'의 사람들이다. 재일조선인 사회를 식민에서 분단으로 이어지는 근현대사의 통시적인 시점에서, 또 한반도의 남북과 일본을 포괄하는 관점에서 바라봐야 하는 이유이다.

재일조선인 '귀국사업'은 1959년부터 1984년까지 총 93,339명의 재일조선인이 북한으로 '귀국'한 일을 가리킨다. 본래 재일조선인은 남한의 경상도나 제주도가 고향인 사람들이 대부분이기 때문에 이들이 북한으로 건너간 것은 귀국이라고 할 수 없는 이주의 성격이었지만, 당시에는 조국으로 돌아간다는 의미에서 '귀국'으로 불렸다. 그리고 이 사람들 속에는 함께 따라간 일본인 아내도 2,000명 정도 포함되어 있다. '귀국사업'으로 인하여 재일조선인의 약 15%가 북한으로 이주한 셈이고, 이후 재일조선인 사회의 분단과 이산의 모습도 복잡해진다.

한민족의 분단은 한반도의 남과 북에서만 일어난 것이 아니다. 냉전시대 동북아의 국제정치 속에서 재일조선인도 나뉘고 분단되었다. 서경식(徐京植)은 재일조선인이 일본과 조선반도(한반도)로부터 분단되어 종횡으로 찢겨진 존재라고 하면서, "재일조선인이 경험하고 있는 '분단의 고통'에는 '민족의 분단'과 '민족으로부터의 분단'이라는 이중성이 있다"고 말했다.[2] 서경식이 지적한 분단은 한반도가 남과 북으로 나뉜 민족 분단과, 재일조선인이 민족으로부터 분단되어 있다는 것인데, 여기에는 재일조선인 당사자들의 분단은 들어 있지 않다.

재일조선인은 일제강점기에 일본의 대륙 침략에 동원되어 중국이나 러시아에 거주하다 해방 후에 귀환하지 못한 경우를 제외하면, 조선적(朝鮮籍)이든 일본적(日本籍)으로 귀화했든 상관없이 기본적으로 일본에 거주해 왔다. 그런데 냉전시대를 지나면서 한일 간에, 그리고 북일 간에 크게 두 번의 계기를 통해 재일조선인은 분단되고 이산되었다. 그중 하나는 한국전쟁 중인 1951년부터 시작되어 7차례의 회담 끝에 1965년에 조인된 '한일기본조약'('한일협정')이고, 다른 하나는 1959년부터 본격화되어

1984년까지 이어진 재일조선인 북한 '귀국사업'이다.

2. 재일조선인 '귀국사업'의 기록

재일조선인 '귀국사업'에 관한 선행연구는 호주의 역사학자 테사 모리스 스즈키(Tessa Morris-Suzuki)가 1951년부터 1965년까지 15년간의 국제적십자사 공문서를 확인해서 귀국을 둘러싼 국제정치적 배경을 밝힌 『북한행 엑서더스(Exodus to North Korea)』(책과함께, 2008) 이후 귀국사업이 시작된 시점의 국제정치적 동인(動因)을 둘러싼 논의가 대부분으로, 많은 사람들이 집단으로 귀국한 전반기에 집중해 있다. 즉, 1959년 12월 14일에 니가타(新潟)에서 북한의 청진을 향하여 첫 귀국선이 출항하여 1967년까지 88,467명이 북한으로 건너간 시기이다. 그 후에 3년간의 중단을 거쳐 1971년에 귀국사업이 재개되는데, 이때는 이미 귀국자 수가 현저히 줄어 사업이 끝나는 1984년까지 4,728명이 귀국하는 정도에 머물렀다. 이와 같이 후반에 귀국자가 격감한 원인에는 고도경제성장기를 지난 일본 국내의 사회경제적 변화나 한일관계의 변화가 관련되어 있다. 또 앞서 귀국한 사람들로부터 '지상의 낙원'이라고 선전한 북한의 허상이 거짓이라는 이야기가 흘러나오면서 귀국의 열기는 이미 사라진 후였다.

귀국사업이 시작된 때부터 1964년까지 니가타의 귀국현장에서 소식을 전하고 경과를 기록한 뉴스레터 성격의 소식지 『니가타협력회뉴스(新潟協力会ニュース)』(1960.3~1964.12, 총 73호 발간)에 초기의 열기부터 중단 직전까지 귀국자의 추이, 관련자의 활동, 당시의 분위기 등이 수록되어 있다. 동시기에 재일단체나 북한에서도 귀국사업에 맞추어 『문학예술』(1960.1), 『조선문예』(1959.12), 『새 세대(新しい世代)』(1960.2), 『오늘의 조선(きょうの朝

鮮)』(1959.1)과 같은 잡지가 창간되어 귀국을 둘러싼 재일조선인의 동시대적 상황과 목소리를 생생하게 담아냈다. 또한, 귀국자들의 생활을 전체적으로 보여주는 수기집도 발간되었다. 국문으로 펴낸 『꽃피는 조국—귀국자들의 수기—』(재일본조선인 총연합회 편, 1962)와 일본어로 펴낸 『어머니 조국—귀국동포의 수기집—(母なる祖国—帰国同胞の手記集—)』(朝鮮青年社, 1967)이 있다. 사회 각계에서 활약하는 사람들로 저자를 구성하여 시나 수필, 편지 형식으로 귀국생활에서 느끼는 감격을 표현하고 있다. 두 권 모두 도쿄(東京)에서 발간되었는데, 재일본조선인 총연합회나 조선청년사 모두 조총련

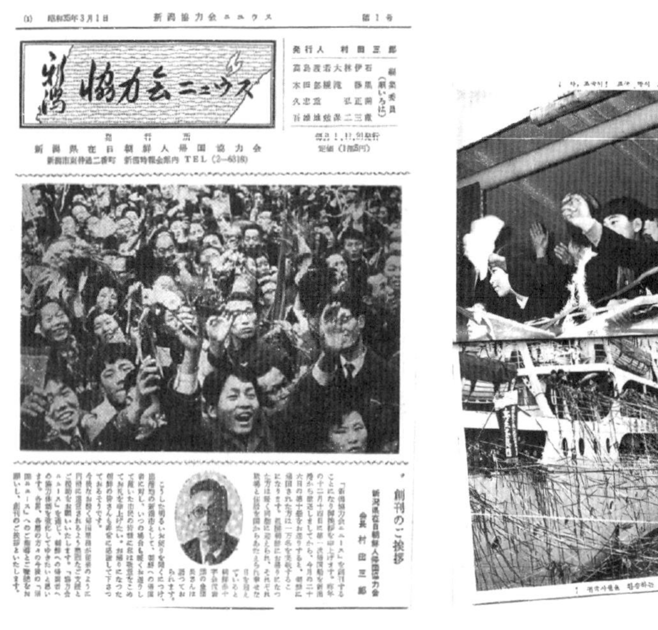
(1) 昭和35年3月1日 新潟協力会ニュウス 第1号

新潟協力会ニュウス

発行人 村田三郎

発行所
新潟県在日朝鮮人帰国協力会
TEL (2-6318)

創刊のご挨拶
新潟県在日朝鮮人帰国協力会
会長 村田三郎

【사진 1】『니가타 협력회(新潟協力会) 뉴스』 창간호, 1960.3(고지마 하루노리(小島晴則) 편 『환상의 조국으로 여행 떠난 사람들—북조선 귀국사업의 기록—(幻の祖国に旅立った人々—北朝鮮帰国事業の記録—)』 다카기쇼보(高木書房), 2014, p.11에서 복사하여 전재함.)

【사진 2】 재일본조선인 총연합회(在日本朝鮮人総連合会) 『꽃피는 조국—귀국자들의 수기—』(1962.11)

관련 조직이기 때문에 앞선 잡지들의 경우와 마찬가지로 북한의 방침을 따른 편집일 것이라는 점은 충분히 짐작할 수 있다.

그런데 3년간의 중단을 거쳐 1971년에 사업이 재개되었을 당시의 상황을 전하는 기사나 수기는 그다지 눈에 띄지 않는다. 전술한 대로, 이때는 귀국자도 격감한 상태였고 더 이상 이슈화되는 분위기가 아니었던 것이다. 재개 이후의 시기에 초점을 맞추고 있는 선행연구도 이전 시기에 비하면 거의 없는 상태이다. 그럼에도 불구하고 귀국은 이어졌고, 수는 격감했지만 이들의 귀국은 이전의 사람들과 다른 동인을 보여주기 때문에 간과할 수 없다.

3. '귀국사업' 재개 후에 북한으로 건너간 사람들

북한으로 귀국한 당사자에게 직접 귀국 동인을 물어볼 수 없는 상황에서 문학 텍스트는 유효한 근거를 제공해준다. 귀국 열기가 식은 상태에서 사업이 재개된 1970년대 초에 재일 2세가 북한으로 귀국한 이야기의 대표적인 예로 양영희(梁英姫)와 후카자와 우시오(深沢潮)의 문학작품을 들 수 있다. 영화감독 양영희는 실제로 자신의 오빠 셋이 북한으로 건너갔는데, 1971년에 사업이 재개되자 둘째(건아)와 셋째 오빠(건민)가 먼저 북으로 갔고, 1972년에 큰 오빠(건오)마저 북한으로 건너갔다. 양영희는 소설 『가족의 나라(兄―かぞくのくに)』(2012)에 다음과 같이 적고 있다.

> 건오 오빠의 귀국은 문자 그대로 급작스러웠다. 아래 두 오빠가 귀국하고 얼마 안 된 새해 초, 조선대학교 1학년이었던 건오 오빠가 갑자기 북한 귀국단으로 지명됐다.

조총련은 김일성 주석의 탄생 60주년 기념일인 1972년 4월 15일에 맞춰, 김병식 제1부의장의 지령 아래 열심히 북으로 선물을 보냈다. 그 '60주년 기념 선물'의 메인이 '인간 선물'이었다. 위대하신 주석님께 전도유망한 재일조선인 젊은이들을 헌납하는 것이다. 주석의 탄생 60주년을 축하하기 위해, 평양까지 오토바이로 달려가는 연출과 함께(물론 바다는 배로 건넜지만). 그걸 위한 '충성스런 청년축하단의 건설의 선봉대'로 주석님께 선물한다는 프로젝트였다. 그 2백 명 중 한 명으로 건오 오빠가 선발된 것이다.[3]

양영희의 가족 이야기는 다소 비판적인 관점에서 서술되어 있지만, 귀국사업 재개시점의 분위기를 보여주는 좋은 사례이다. 즉, 사업이 재개된 1970년대는 자발적으로 귀국하려는 사람이 거의 없는 상태에서 조총련 조직에서 활동하는 부모의 권유로 자식들이 북으로 건너가는 경우가 많았다. 귀국한 세 오빠의 이야기를 담은 다큐멘터리 〈디어 평양(ディア・ピョンヤン)〉(2005)과 〈굿바이 평양(愛しきソナ)〉(2011)에서 양영희의 부친이 사망하기 전에 세 아들을 북으로 보낸 것을 후회하는 듯한 표정을 지어 보이는 장면이 나오는데, 북한과 일본의 조총련 조직이 연결되어 조총련 관계자의 자식이 지명을 받고 북한으로 건너간 예이다. 후카자와 우시오의 소설 『가나에 아줌마(金江のおばさん)』에도 비슷한 장면이 나온다.

"아들은 지금 북한에 살고 있다네. 여기서 조선고등학교를 졸업하고 1972년에 건너갔지."

데쓰오가 마치 원고를 읽듯 감정 없이 담담하게 설명한다.

"내가 조총련에서 오랫동안 일했거든. 그래서 아들이 북한에 간다는 걸 말리지 않았네. 오히려 당시엔 자랑스럽게 생각했지. 아니, 그렇게 생각하려고 했던 거야. 실은 귀환사업의 문제가 드러나기 시작한 무렵이었지. 그런데 나는 내 입장도 있고 해서, 의심하지 않고 믿어보기로 한 거지."[4]

『가나에 아줌마』는 1972년에 아들을 북한에 보낸 후에 아들 때문에라도 조총련 조직에서 계속 활동해갈 수밖에 없는 재일 1세 부부의 이야기를 담은 소설이다. 이와 같이 사업 재개 이후의 귀국 동인에는 북한과 조총련 조직과의 관련성을 배제할 수 없다. 특히, 조총련 관계자를 부모로 둔 재일 2세가 귀국하는 모습이 특징적이다. 다시 말해서 사업이 재개된 시점에는 귀국에 대한 자발적인 의지보다는 북한과 조총련이 연계된 조직적인 차원에서 귀국사업이 이어지고 있었음을 짐작할 수 있다.

그런데 사업 재개 직후인 1971년에 조총련 조직 관련도 아니고, 하물며 주위에서 만류하는 것도 뿌리치면서 북한으로 귀국하는 사람을 그린 작품이 있다. 일본의 신국립극장에서 "일본의 그늘의 전후사를 그린(日本の影の戦後史を描いた)" "기록하는 연극(記録する演劇)"[5]으로 소개한 정의신(鄭義信)의 작품 〈야키니쿠 드래곤(焼肉ドラゴン)〉(2008)을 살펴보자.

4. 냉전시대에 사산(四散)하는 재일조선인

〈야키니쿠 드래곤〉의 작중 시기는 1970년 오사카만국박람회를 전후한 1969년부터 1971년까지이다. '귀국사업'이 재개되기를 기다리며 북한으로 건너가려고 하는 등장인물 데쓰오(哲男)가 나오는데, 그의 귀국 동인은 무엇일까? 데쓰오는 일본사회의 차별과 빈곤 속에서 살아가는 재일의 삶에 울분을 터뜨리며 북한 귀국을 결심한다. 귀국사업은 재일조선인이 이용당할 뿐이라며 북한행을 만류하는 사람들을 향해 데쓰오는 다음과 같이 말한다.

그건 한국도 마찬가지야. 6년 전의 한일회담에서 체결된 재일한국인의 지위협정(한일법적지위협정)이 조금만 더 제대로 됐어도……. 박정희는 일본에서 돈 받아낼 생각만 하고, '재일'의 입장은 눈곱만큼도 생각 안했어……. '재일'은 외교교섭을 위한 단지 수단일 뿐야…… '지위협정' 덕분에 '재일'에 분명하고 확실하게 38선이 그어진 거야……[6]

위의 인용은 1965년에 체결된 '한일협정'의 미진한 부분, 특히 재일조선인의 법적 지위에 대한 논의가 제대로 이루어지지 않은 점에 대하여 데쓰오가 비판하고 있는 대사이다. '한일협정'에서 일제의 식민지배에 대한 추급이 이루어지지 않아서 징병이나 징용으로 도일하여 참혹한 삶을 이어 온 재일조선인의 문제가 논의되지 않았을 뿐만 아니라, 재일조선인에게 부여하는 협정영주권의 대상이 대한민국 국민으로 한정되었기 때문에 영주권을 취득하기 위해서는 국적을 한국으로 변경할 수밖에 없었다.

일제강점기부터 전후 고도경제성장기에 이르기까지 헤어나지 못하고 반복되는 빈곤 문제, 일본사회의 차별, 그리고 '한일협정'의 미진한 결과 속에 재일조선인의 폐색(閉塞)된 상황에서 벗어나고자 북한행을 택한 것이다. 더욱이 데쓰오가 북한행을 결심한 시기가 북한의 허상이 드러나고 '귀국사업'도 일시적으로 중단된 시점이기 때문에, 주위의 만류에도 불구하고 사업이 재개되자마자 북한행을 결행하는 모습은 그만큼 1970년대 재일조선인이 처한 상황이 절박했음을 말해준다.

해방 이후 재일조선인의 삶은 일본의 패전과 한반도의 분단 사이에서 복잡하고 고된 과정을 지나 왔다. 특히, 한국전쟁을 거치며 분단체제가 고착화된 후에는 한반도의 남북갈등과 한일, 북일 관계에 연동되어 전후 일본에서 재일조선인의 법적 지위는 개선되지 못한 채 유동적이고 불안한 상태였다. 냉전의 논리 하에 식민지배의 책임추급이 제대로 이루어지지 않았고, 재일조선인은 전후 일본의 복지 사각지대에서 빈곤과 차별의 일상을 견디며 살아야 했던 것이다. 작중에서 전시 중에 노동력 동원을 위해 거주시켰다 전후에 아무런 대책도 없이 불법점거지라는 구실을 내세워 퇴거하라고 시 관계자가 류키치(竜吉)를 압박하는 모습이 이를 보여준다.

〈야키니쿠 드래곤〉의 마지막 장면은 냉전시대에 한일 간의 '한일협정'과 북일 간의 '귀국사업'으로 인하여 특히 재일조선인의 젊은 층이 분단되는 이산의 현장을 집약적으로 보여주고 있다. 그리고 여기에는 일제강점기에 전쟁에 동원되어 왼팔을 잃고 전후에 제대로 보상도 받지 못한 채 최하층의 빈민으로 전락한 재일 1세 류키치를 통해 전후 일본의 식민지배의 책임문제가 재일조선인 분단의 근저에 있음을 보여주고 있다. 류키치의 세 딸이 각각 북한과 일본, 그리고 한국으로 떠나는 장면은 재일조선인이 한반도의 남과 북, 일본 사이에서 나뉘고 분단되는 모습을 상징적으로 보여주는 결말이라고 할 수 있다.

5. '귀국사업'을 둘러싼 기록과 기억의 서사

재일조선인 '귀국사업'의 기록은 사업이 시작된 때부터 전반부에 집중되어 있고, 재개 이후의 후반은 그다지 알려져 있지 않다. 그런데 '귀국사업'의 기억을 이야기하는 문학 텍스트는 오히려 재개 이후의 시기를 배경으로 하는 이야기가 특히 최근에 눈에 띈다. 공식적인 기억의 논리가 '기록'이라고 하면, 문학은 개별적으로 감수(感受)하여 기억하는 차원을 포함한다. 이러한 의미에서 재일조선인의 분단과 이산의 서사는 기록과 기억의 경계를 왕복하며 접근할 필요가 있다. 공식적인 기록은 경우에 따라서는 특정의 기억을 소거할 수도 있다. 물론 문학텍스트도 마찬가지의 위험성은 갖고 있다. 그렇기 때문에 더욱 동시대 문서의 실증과 문학텍스트에 그려진 내용을 아울러 살피는 것이 중요하다. 1970년대 이후에 북한으로 귀국한 사람들의 서사는 냉전시대를 지나온 재일조선인의 결락되고 억압된 기억의 봉인을 풀어낼 열쇠이다.

1 주승현 『조난자들—남과 북, 어디에도 속하지 못한 이들에 관하여—』(생각의힘, 2018), p.157.

2 서경식 저, 임성모, 이규수 역 『난민과 국민 사이—재일조선인 서경식의 사유와 성찰—』(돌베개, 2014), p.189.

3 양영희 『가족의 나라(兄—かぞくのくに)』(씨네북스, 2012), p.44.

4 후카자와 우시오 저, 김민정 역 『가나에 아줌마』(아르띠잔, 2019), pp.43-44.

5 신국립극장(新国立劇場) 〈야키니쿠 드래곤〉 연극 정보 https://www.nntt.jac.go.jp/play/yakinikudragon/?_fsi=RNUw3mso (최종 열람일: 2020.9.25)

6 鄭義信 『鄭義信戯曲集 たとえば野に咲く花のように/焼肉ドラゴン/パーマ屋スミレ』(リトルモア, 2013), p.315.

제3장

도시라는 무대

논문

에도(江戶)에 있어서 거대 사원(寺院)의 부흥과 신도회(講中)

—쓰키지혼간지(築地本願寺)의 경우—

와타나베 고이치(渡辺浩一)

번역: 이현진(李賢珍)

요지문

쓰키지혼간지(築地本願寺)는 1855년 안세이(安政) 대지진(大地震)에서는 파손에 그쳤지만, 다음 해인 안세이 동일본(東日本) 태풍(台風)으로 본당이 도괴되었다. 1861년의 신란(親鸞) 600회기(回忌)에 사용할 수 있게 그 재건을 서둘렀다. 그 때문에 에도(江戶)의 혼간지 신도회와 말사(末寺)의 단가집단(檀家集団)은 큰 부담을 강요받았다. 그중에서 호상(豪商)이 다액의 부담을 짊어진 것은 거대사원의 사회적 역할도 이유였다.

1. 들어가며

본고는 안세이 시기(安政期) 연속 복합재해연구의 일환이다.[1] 연속 복합재해란 단지 재해가 단기간에 연속되는 것뿐 아니라, 거기에 복합성이 있는 것을 의미한다. 복합성에는 두 가지가 있는데, 하나는 원인의 복합이고 또 하나는 피해의 복합이다.

본고에서 다루는 에도(江戸)의 안세이 시기 연속 복합재해란 1855년(안세이(安政)2) 10월 12일의 안세이 대지진, 1856년 8월 25일의 안세이 동일본 태풍, 1858년 7월부터 9월까지 안세이 콜레라의 일이다. 대지진과 콜레라로 에도에서 만 단위의 사망자를 내고, 태풍으로는 사망자가 적었지만, 건물 피해는 대지진에 필적했다. 불과 3년 사이에 대재해가 연속해서 일어났는데, 주된 원인은 각각 무관하다. 그러나 피해는 복합되어 있고, 특히 지진과 태풍의 피해에 관해 당시의 사료에서는 '진재풍해(震災風害)' 또는 '지진풍해'라 표현되었고, 합쳐서 대재해로서 인식되었다. 본고에서는 이 연속 복합재해로 큰 피해를 입은 쓰키지혼간지(니시혼간지(西本願寺) 쓰키지 별원(築地別院), 근세에는 '쓰키지고보(築地御坊)')를 대상으로 다루고, 그 부흥과정에서 보이는 대사원(大寺院)과 신도회, 그리고 호상(豪商)과의 사회적 관계를 살펴보고자 한다.

관련 선행연구로는 요시다 노부유키(吉田伸之)의 사원 사회론(寺院社会論)이 있다.[2] 거기에 보충하고 싶은 것은 사원과 개개의 단가(檀家)와의 관계론이다. 본고의 관심은 정토진종(浄土真宗)의 특수성이라고 하는 제약이 있다고 해도, 바로 그 점에 있다. 더욱이 요시다는 안세이 대지진과 풍수해로부터의 부흥과정 속에서 이익을 얻으면서 사회적 위력(威力)을 증대시켜 가는 사람들을 분석했다.[3] 본고는 부흥과정의 사회관계를 명확하게 밝힐 수는 없지만, 부흥을 위한 자금 조달에서 보이는 위상에 초점을 맞추고자 한다.

선행연구는 종교 사회사의 분야에도 존재한다. 가마이케 세이시(蒲池勢至)는 나고야고보(名古屋御坊)(별원)가 1823년(분세이(文政)6)에 소실되고, 그 부흥과정에 있어 강회(講) 집단의 역할을 생생하게 묘사했다.[4] 본고는 이용되고 있는 사료의 질 · 양 등이 이 연구에 견줄 수는 없지만, 본고에 의미가 있다고 한다면 강회를 집단으로만 취급하지 않고 그 내부에 호상이 포함되어 있다는 사실의 의미를 모색하고자 한 데 있다.

또한, 근년의 '큰 상점(大店)'(본고에서는 일반독자를 위해서 '호상'으로 표기)을 둘러싼 연구에서는 그 종교적 활동으로의 주목도 제창되고 있다.[5] 본고는 그러한 동향과도 관련이 있다.

2. 쓰키지고보의 '진재풍해' 피해

(1) 안세이 대지진

1855년(안세이2) 10월 2일 밤, 도쿄만 북부에서 고토구(江東区) 부근을 진원으로 해서 큰 지진이 발생했다. 지진 규모는 마그니튜드 7, 사망자는 약 1만 명으로 추정되었다. 도괴(倒壊)된 가옥 수는 1만 4천 3백 46채이다(조닌(町人)[역주: 에도시대 도시 상인]의 토지만 조사한 수치). 가장 심하게 흔들인 혼조(本所) · 후카가와(深川) 지역은 진도 6강(強)의 강진이었다.[6] 긴톤 도진(金屯道人, 이후 가나가키 로분(仮名垣魯文))의 『안세이 견문지(安政見聞誌)』에는 "쓰키지 일대 크게 동요하다△혼간지 본당 파손, 사중승방(寺中僧房) 대파손 붕괴된 곳 있음, 동소(同所) 마바시(馬橋) 남쪽 무가(武家) 상인의 집(町家) 모두 파손, 붕괴된 곳 많음"이라 기록하고 있다.[7] 쓰키지고보와 그 탑두(塔頭)는 상당히 파손되었다고 한다. 그러나 피해가 심한 장소에는 "붕괴(潰れ)"라는 표현이 자주 보이는데, 여기는 "파손(破損)"과 "무너짐(崩れ)"으로, 건물의 완전한 도괴는 없었던 것으로 보인다. 재해 교훈 계승에 관한 전문조사회 보고서인 『1855년 안세이 에도 지진(安政江戸地震)』에서도 이 부근은 진도 5

강의 지진으로 추정되었다. 그 이유는 스미다가와(隅田川) 동측의 후카가와 지역과는 달리 이 부근은 지명대로 매립지였는데, 그 아래에 매몰 파식대(波食台, 후빙기에 니혼바시(日本橋) 대지가 해면 아래가 되고 파도에 의해 침식된 평탄면)가 있기에, 지반은 상대적으로 안정되어 있었기 때문일 것이다.[8]

(2) 안세이 동일본 태풍

다음으로 1856년(안세이3) 8월 25일의 동일본 태풍의 피해는 어떠했을까. 이 태풍은 시즈오카현(静岡県) 동부에 상륙하여 북북동 방향으로 일본열도를 횡단한 것으로 추정되었다.[9] 수목이 송두리째 쓰러졌다고 하는 사료가 각지에 남겨져 있는 것으로 보아, 현재 기상청의 기준을 적용하면 평균 풍속 매초 35미터 이상, 순간 풍속은 대략 매초 50미터였음을 알 수 있다.[10]

이 태풍의 피해지역은 대단히 광범위하여 판명된 것만으로도 동해(東海), 관동(関東), 신에쓰(信越), 동북남부(東北南部)로 확대된다. 2019년 태풍 19호와 비견되는 광역 피해였다고 생각된다. 관동 도리시마리슈쓰야쿠(関東取締出役)[역주: 에도 막부가 1805년에 창설한 직명]가 관할하는 범위 중 관동지방 8개 곳에서 626,886채 중 48,363채가 도괴되고 52,339채가 '대 파손', 사망자 455명이었다. 에도의 피해는 조닌 지역만의 숫자이지만, '붕괴돈 가옥(潰家)' 5963, '반만 붕괴(半家)' 3449, 사망자 62명이었다.[11] 건물 피해는 지진재해 정도이었지만, 사망자 수는 훨씬 적었다.[12] 이와 같은 지진과 수해 간의 피해 차는 현재와 비슷하다.

(3) 쓰키지고보의 피해

그럼, 쓰키지고보의 피해는 어느 정도였을까. 그것은 지진 때와 마찬가지로 동일한 저자인 긴톤 도진이 쓴 『안세이 풍문집(安政風聞集)』(【그림 1】 캡션 참조)에 자세히 기록되어 있다. 이 서책에 의하면, 쓰키지고보의 본당은 기

둥·토대에 이르기까지 그 견고함이 널리 알려져 있었는데, 전년도 지진에서도 기와가 조금 떨어졌을 뿐 각별한 파손은 없었다고 한다. 이 점은 같은 저자가 앞서 소개한 기술과는 모순된다. 그것은 어찌 되었든지 간에 지진으로는 도괴되지 않았다고 하는 것이 여기에서는 포인트가 된다. 쓰키지 지역은 무가 저택, 상인의 시가지 집을 불문하고 도괴된 건물이 많았기 때문에 이 본당으로 도망쳐 들어온 자가 많았다. 점차 비바람도 강해져 이 본당도 위험하다고 승려들이 판단하고, 본존(本尊)을 대면소(対面所)[13]로 옮겼다. 피난자도 공양하고 대면소로 옮긴 직후에 본당은 도괴되었다고 한다. 지진으로 건물이 약해졌기 때문에 폭풍으로 도괴된 것인지도 모른다(원인의 복합). 거대한 지붕이 형체를 남긴 채 도괴되었기에 사람들의 이목을 끈 듯했고, 당시 인쇄물(かわら版)에도 자주 실리게 되었다. 태풍이 지난 뒤에 '수십만'의 남녀노소가 모여, 지붕에서 기와를 내리는 작업에 종사했다. 그것이 【그림 1】이다.

【그림 1】 국문학연구자료관(国文学研究資料館) 소장, 『안세이 풍문집(安政風聞集)』 중권(巻之中) 「신일본고전적 데이터베이스(新日本古典籍データベース)」(https://doi.org/10.20730/200005143(image no.24))

본당에서 약 100미터(1町) 정도 떨어진 장소로 사람 손으로 건네주면서 차례차례로 기와를 옮겼다. 그 행렬은 약 1000미터 이상에 달했다. 그뿐 아니라, 명가금(冥加金)이라고 해서 벽보에 성명을 기록하고서 헌금하는 자가 많았고, 더욱이 익명으로 기부하는 자는 기명 기부자의 10배나 되었기에 "실로 이 종파의 번창을 절감한다"라고 평하고 있다. 이상의 기술을 보면 아미타여래(阿弥陀如来)의 가호로 피난자와 승려의 목숨을 구하고, 많은 자원봉사자 활동으로 뒤처리가 이루어졌으며, 부흥을 향한 자금 모집도 순조로이 시작되어 밝은 미래가 기다리고 있는 것처럼 적혀져 있다.

그러나 실제로는 쓰키지고보를 둘러싼 사람들 간에 그렇지 않았던 사실을 이하 1차 사료에 근거해서 기술해 가고자 한다.

3. 부흥 계획

(1) 한 통의 편지

에도의 환전 상인 하리마야 나카이 가문(播磨屋中井家)의 1857년(안세이4) 「개오십육번일기(改五拾六番日記)」[14] 안에는 다음과 같은 윤달 5월 10일부의 편지 사본이 있다. 발신인은 스즈키 주베에(鈴木重兵衛), 나카이 신우에몬(中井新右衛門), 구라 마타사에몬(倉又左衛門)의 세 사람이다. 나카이 신우에몬은 하리마야 나카이 가문 사람이고 이 세 사람은 쓰키지고보의 회계보고강회(勘定講)의 회원이다. 수신인은 '도미시마 다이토 씨(富島帯刀様)'. 이 사람은 교토(京都) 본산(本山)에서 쓰키지고보 부흥을 위해서 파견되어 온 인물이다. 편지의 요지는 다음과 같다.

쓰키지고보의 불당(본당)을 재건함에 있어서, 임시 불당을 짓고 그 다음 불당을 재건하는 것은 어렵다. 임시 불당은 보류하고 대면소를 임시변통하여 쓰고 불당을 재건해야 하지 않을까 말씀드렸다. 그러나 그 뒤 당신이 다른 신도회와 상담하고 나서 임시 불당을 건설하게 되었다. 하지만 그들의 마음('어진 마음(仁気)')이 어떠했을지 걱정스럽다. (다시) 다른 신도회와도 상담하여 결정하셔야 한다고 생각한다. "근년 계속되는 천변(天変)으로 좋지 못한 때" 용의주도하지 못하여 그와 같이 말씀드렸다. 그러나 (불당을 재건하려는 법주(法主)의) 생각에는 특별히 드릴 말씀은 없다.

(2) 부전(付箋)과 일기 본문

이 편지에는 부전이 있고, 거기에는 다음과 같은 상기(上記) 편지에 대한 회답서 요지가 기록되어 있다.

> 불당 재건에 관해서 회계보고강회와 상담하라 명하시어 에도로 갔다. 다른 강회와 상담하는 것은 분부에 포함되어 있지 않았기에 교토로 상신(上申)하고 그 재결대로 한다.

상기의 편지와 부전에 대응하는 일기 본문의 기사는 윤달 5월 13일 조목에 있다.

一. 쓰키지고보에서 회계보고강회와 상담한 취지는 다음과 같다. 작년 태풍 후, 임시 불당을 건립하였으나 원기(御遠忌)[역주: 50년마다 종조(宗祖)를 추모하며 여는 법회]가 곧 열릴 예정이라 (법주가) 왔을 때 임시 불당에서는 불편하기도 해서 불당 재건에 관한 은밀한 논의가 있었다. 그 대답으로 세 사람의 생각을 전달했다. 또한, 그 답장의 요지도 필사하여 이 안에 넣어 두었다.

이상과 같이 하리마야 나카이 가문은 회계보고강회의 회원으로 교토 본산에서 파견된 도미시마와 쓰키지고보의 부흥을 둘러싸고 협의를 진행하였다. 그중에서 지진과 태풍의 연속이라고 하는 '천재지변' 속에서 임시 본당을 건설하지 않고 대면소로 대체한다고 하는 비용이 들지 않는 방법을 제안했지만, 실현되지 않은 것 같다. 더욱이 이 건에 관해서 회계보고강회 이외에 다른 강회도 협의해 줄 것을 요청하였다. 이때 본산 및 쓰키지고보 측 사정으로는 1861년(분큐(文久)원년) 3월에 열리는 신란 6백 회기가 다가오는 가운데, 그 행사를 위해 법주가 쓰키지고보를 방문했을 때에 임시 본당이란 있을 수 없다고 하는 입장이었다. 재해지역의 사정을 그다지 고려하지 않은 본산과 회계보고강회가 부흥 절차를 둘러싸고 서로 대립하고 있음을 알 수 있다.

다만, 이것만으로는 무슨 일이 일어났는지 알 수 없다. 왜 회계보고강회가 부흥에 관여할 수 있었던 것일까, 어째서 다른 신도회를 배려할 필요가 있는 것일까. 이러한 것은 재해만이 아닌 당시의 상황을 이해하지 않으면 보이지 않는다.[15]

4. 쓰키지고보와 신도회

여기서는 이후 고찰의 전제로서 쓰키지고보와 그것을 중심으로 한 사회관계에 관하여 본고의 논의에 필요한 범위에서 개관해 두고자 한다.[16]

(1) 쓰키지고보의 조직

쓰키지고보의 운영을 맞기 위해 본산에서 파견된 승려를 윤번(輪番)이라 한다. 통상 세 명이 있고, 윤번소(輪番所)라고 하는 조직을 구성했다. 그 밑에 지중사원(地中寺院)이 있다. 1732년(교호(享保)17) 시점에는 58개 절이 있었고, 쓰키지고보의 정문(表門)과 중문(中門)의 사이에 사원 거리를 형성하고 있었다(【그림 2】).

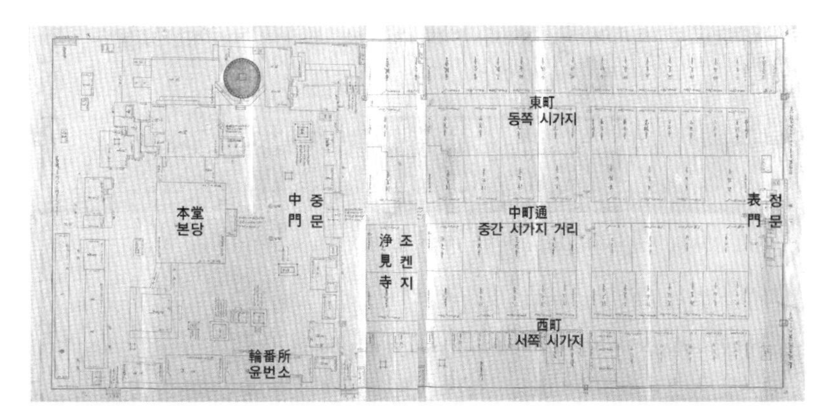

【그림 2】 국립국회도서관(国立国会図書館) 소장, 「쓰키지혼간지(築地本願寺) 경내(境内) 및 지중회도(地中絵図)」(고딕문자는 저자에 의한 기입) 『국립국회도서관 디지털 콜렉션(国立国会図書館デジタルコレクション)』(https://doi.org/10.11501/2542313)

이 사원 거리에는 중앙의 거리를 사이에 두고 동서에 하나씩, 합계 세 개의 도로가 달리고 있다. 이 중에서 지중사원은 '중간 시가지 거리(中町通)' '동쪽 시가지(東町)' '서쪽 시가지(西町)'라고 하는 세 개의 그룹('동네(町内)')으로 나뉘고, '동네'의 월번(月番)이 윤번소의 연락을 지중사원에 전달함과 동시에 교대로 문지기(門番)와 경비 초소(自身番) · 야번(夜番)을 서고 있었다(1814.9.3 조목, 1847.3.3 조목). 더욱이 말사(末寺)가 에도에 다수 산재한다. 에도의 정토진종 니시혼간지파의 신도들은 대체로 지중사원이나 말사의 단가(檀家)였다.

(2) 강회(講)

이상의 조직과는 다른 계통의 조직으로 강회가 있었다. 1820년(분세이

(文政3)의 재편 통합 이후는 열둘이 존재했고, 공물강회(御供物講), 소제강회(御掃除講)라고 하는 명칭에서 짐작이 되듯이, 쓰키지고보에 직접 봉사하는 집단이었다. 그 회원은 조닌만이 아니라 무사가 포함되는 경우도 있었다. '히도쓰바시 씨(一橋様) 쓰키지 저택'의 무사 두 명이 소제강회에 가입한 예가 있다(1820.4.20 조목). 그뿐만이 아니라 '엣슈(越州) 귀중 저택 소제강회'의 인원수가 60명 늘어 150명이 되었다고 하는 기사(1821.12.3 조목)에서 알 수 있듯이, 고향에 신도가 많은 다이묘(大名)[역주: 에도시대 막부(幕府) 산하 1만석 이상 영지를 가진 무사]의 저택 안에는 많은 사람들로 구성된 강회도 있었다.

강회는 봉사집단이기 이전에 신앙의 단위였다. '어서(御書)'(서한(御消息))라고 하는 법어(法語)가 쓰여진 법주의 편지를 내걸고, 본산에서 파견된 반승(伴僧)에게 법화(法話)를 듣는 모임은 강회를 단위로 해서도 이루어졌다. 1819년(분세이2) 5월부터 8월까지 거의 매일 '어서어법좌(御書御法座)'가 강회의 형태로 행해졌다. 그 밖에도 예를 들면 '가미야 주스케(紙屋重助)'(1819.8.4)라고 하는 조닌이 단독으로 행한 것이나, '엣슈 귀중 저택 28일 강회 가내(家内) 중'(1819.7.5)이라고 하는 무가 저택의 강회와 같은 경우도 있었다. 또한 '어서어법좌'에 따르는 '어서 담당(御書請持)'이라는 역할은 자주 여인강회(女人講)가 담당하고 있었다. '어서 담당'이란 서한을 담당하는 법좌에서 봉한 편지를 열어보는 역할로 추측된다.[17] 여인강회는 '시다야 이케노하타조 여인강회(下谷池之端組女人講)' '아자부 2번조 여인강회(麻布二番組女人講)'라고 하는 식으로 에도 전역에 걸쳐 있었고, 소 지역별로 조직되어 있는 것으로 보여 그 규모는 상당한 수에 이르고 있을 것으로 생각된다.

이렇게 해서 본다면, 개개의 신도 중에는 지중사원과 말사의 단가임과 동시에 강회 회원이기도 한 사람이 다수 있게 되는 것이다. 예를 들면,

하리마야 나카이 가문의 보리사(菩提寺)는 지중사원 중 하나인 조켄지(浄見寺)인데, 그는 쓰키지고보의 회계보고강회 구성원이기도 했다. 즉 조켄지 절에서 조상을 애도함[18]과 동시에, 쓰키지고보의 재정에 직접 관여하고 있었던 것이다.

(3) 강회의 특징

다음으로 쓰키지고보의 강회의 특징을 적기(摘記)해 두고자 한다. 1804년(분카(文化)원년)에 삼업혹란(三業惑乱)이라고 하는 교의(教義) 해석을 둘러싼 논쟁이 시작되어, 일반 신도까지 휩쓸려 전국적으로 커다란 쟁론(争論)이 일어났다. 그중에서 결과적으로는 이단이 된 지도(智洞)가 에도의 지샤부교(寺社奉行)[역주: 절과 신사의 사무 · 소송 등을 맡던 직명]에 소환되었을 때, 몇몇 쓰키지고보의 강회는 그의 석방 탄원을 올렸다. 이것은 본산과 사찰의 의향에 반하는 행위였고, 여기서 사원조직에 대한 강회의 상대적 자율성을 엿볼 수가 있다. 같은 예로 1811년(분카8)에 쓰키지고보의 재정을 둘러싸고 윤번과 신도회 사이에 의견의 차이가 생겨났고, 1814년(분카11)에는 범종(撞鐘) 주조(鋳造) 시주를 위해 여인강회를 확대하는 사찰 시책에 신도회는 반대했다. 1816년(분카13)에는 회계보고강회의 회원 6인이 퇴강원(退講願)을 제출했다. 여기에 나카이 신우에몬도 들어있다. 또한, 1819년(분세이2)에 신도회는 여인강회의 회계 업무 총괄자의 퇴임을 요구했다. 그 배경에는 사찰의 4800냥(両) 부채(借財) 처리를 신도회에 떠넘기려한 적이 있다는 것이다. 사찰의 재정문제가 기저를 이루고, 그 해결을 위해 여인강회를 둘러싼 갈등이 사찰과 신도회 사이에 파생했다는 구도인 걸까. 이들 문제는 42개로 존재했던 강회가 12강회로 재편 통합되는 것으로 귀결된다.

재편 통합이 되어도 윤번은 기존 신도회로부터 개개에 승낙을 받아야 했는데, 그것은 순조로운 과정이 아니었다. 혼조의 다다미강회(御畳講) 사무원은 재편 통합에 따르는 강회 명칭 변경을 거절했다(1820.4.11 조목). 상화강회(常花講)는 4월 28일 승낙하였고, 선문강회(禅門講) 사무원은 신도회와 상담하고 받아들인다는 의향을 4월 29일에 내보였다. 그는 보름 후, 간신히 윤번 닌쇼지(忍性寺)를 면회하고 나서야 강회 명을 승낙했다(5.14 조목). 18인강회(十八人講)·30인강회(三十人講)·양초강회(御蝋燭講)·소제강회의 사무원에게 윤번소에서 사찰에 나올 것을 요청했지만, 그들은 오지 않았다(6.25 조목). 다만 18인강회는 그다음 다음날에 강회 명을 받아들였다(6.27 조목). 개개 강회의 동향은 단편적으로밖에 판명되지 않았지만, 강회는 단체로서 의사를 표명하고, 그 의사 자체를 사찰의 윤번도 받아들였다. 더욱이 강회에는 사무원이 있었으며, 강회의 의사결정은 회원 간의 상담에 의해 정해진다는 것도 판명되었다.

이상과 같이 교단 내부의 쟁론과 강회의 통합 재편과 같은 단체 스스로의 존속과 관계되는 국면에서는, 본산과 사찰의 의향과는 별도의 의사결정이 단체로서 이루어지고, 그것에 근거하여 사무원이 행동하였음을 알 수 있다. 또한, 그 외의 일상적인 기능은 충분히 알 수 없지만, 아래 사항이 현재로서는 판명되었다. 후키야초(葺屋町), 고아미초(小網町)와 같이 니혼바시(日本橋) 남쪽 지역에서 일어난 화재 때 재해를 입은 신도가 대상이겠지만, 사찰에서는 화재 위문을 보냈다. 여기에 회계보고강회·상용강회(常用講)·새전강회(賽銭講)의 사람이 관여하였다(1813.11 그믐날 조목). 강회가 각자 독자적인 사명을 초월하여 사찰의 활동에 협력하고 있는 예라고 말할 수 있을 것이다.

5. 회계보고강회

(1) 회계보고강회와 교토 본산과의 협정서

이상을 전제로 3장에서 살핀 부흥을 둘러싸고 니시혼간지의 본산과 사찰의 신도회가 미묘한 관계에 있는 배경을 검토해 보고자 한다.

이것을 살필 수 있는 큰 단서가 「하리마야 나카이가 일기(播磨屋中井家日記)」 1854년(가에이(嘉永)7) 2월 8일 조목에 있는 반지(半紙) 판수장(判竪帳)이다. 그 표지에는 "교토 본산 규정서 사본, 지난해 겨울 규정을 결정, 교토에서 에사시를 상경케 하여, 이 항목의 조인을 받아, 기록해 남겨 두다(京都御本山規定書写　去冬規定取極、京都江差為登、此節調印御差下シニ付、扣取置)"로 되어 있다. 표제와 함께 교토 본산과의 사이에 규정서가 실제로 체결된 것임을 알 수 있다. 작성자는 모리카와 마타우에몬(森川亦右衛門), 모리카와 고로우에몬(森川五郎右衛門), 스즈키 주베에, 나카이 신우에몬, 모리카와 가우에몬(森川佳右衛門), 구라 마타사에몬 6명이다. 이 중 스즈키와 모리카와 고로우에몬은 나카이와 같은 회계 보고소(勘定所) 어용 상인이다. 1854년 6월 막부에 상납금을 출금한 자 합계 1284명을 살펴보면, 나카이가 2500냥, 스즈키와 모리카와 고로우에몬은 2000냥을 각각 출금했다. 이 세 사람은 합계 44,100냥을 상납한 '어용 상인' 20가(家) 안에 들어간다. 구라(에치젠야(越前屋))의 출금액은 1,500냥이고, 각 명주(名主) 번조(番組)에서 선택된 140가(합계 상납액 101,900냥) 안에 들어간다.[19] 이들을 에도의 호상들로 파악해 둔다. 그 외 두 명에 관해서는 어용금(御用金)[역주: 에도시대 막부·다이묘가 어용 상인에게 임시로 부과하던 금전]의 상납자(최저 금액 50냥) 명단에 가우에몬의 이름은 없고, 마타우에몬(亦右衛門)의 경우, 마타우에몬(又右衛門)이라면 두 명(80냥과 50냥)의 이름이 보이는데, 확정할 수 없다. 회계보고강회의 회원은 호상을 중심으로 하면서도 다양한 인적

구성이라 파악할 수 있다.

수신인은 시모쓰마 쇼신 법경(下間少進法卿), 시모쓰마 안찰사 법안(下間按察使法眼), 시마다 사효에곤 대위(島田佐兵衛權大尉), 시마다 우효에 소위(島田右兵衛少尉), 도미시마 다노모(富島賴母)의 5명으로, 이들은 방관(坊官)과 부교(奉行)라고 하는 교토 본산의 요직을 맡은 인물이었을 것이다. 이 규정서의 날짜는 1853년(가에이6) 12월이다. 내용의 대략은 다음과 같다(1개조 생략).

> (전문) 회계보고강회가 재정에 관여하는 것에 관하여 시담(示談)하는 것은 지당하다고 생각하기에, 회계보고강회에서 각각 상담하여 이전 입체금(立替金)의 회수는 제대로 이루어지지 않았지만, 그것은 없었던 것으로 하고 다시 재정 사무를 맡았다. 이 일이 주지(법주)의 귀에 들어가 안심하셨다는 상황이 이번 회계보고강회에 전달되었다. 그런 까닭으로 사찰의 재정 사무에 관해 보다 확실히 규정하고 싶은 것은 이하와 같다.
>
> 一. 지금까지처럼 우리 회계보고강회의 회원은 각자 출근하여 사찰의 재정에 관해서, 차금(借金)을 하지 않도록 상담하고자 한다. 그래서 당분간 본산의 사승(使僧)의 수입과 지출을 바로잡고, '법중(法中)'과 '가중(家中)'(사찰에 배속된 승려나 속인(俗人) 직원)의 돈의 사용법을 조사해 주기 바란다.
>
> 一. 회계보고강회는 2, 3백냥까지는 허용하여 입체(立替)한다. 이로써 매년 11월 중순에 1년분의 입체금 미반제(未返済) 분을 조사하여 보고하고, 보은강회(報恩講, 신란의 기일 행사)의 상납금으로 12월 10일까지 (미반제 분과) 차감하여 계산한다. 이같이 규정한 이상 틀림없게 해 주길 바라고, 만약 사정이 여의찮다면 더 이상의 입체는 어려워진다.
>
> 一. 사찰의 재정에 관해서는 쓰키지고보의 회계보고 담당자가 관례대로 서면으로 교토의 '장어전(長御殿)'[20]에 보고드릴 때, 이를 방치하는 일 없이 지시해 주

시길 바란다.

이상으로 이 규정서는 쓰키지고보의 지출을 회계보고강회가 입체할 때의 규칙을 정한 것임을 알 수 있다. 회계보고강회가 사찰을 대신하여 대금을 치르는 일이 이전에도 있었고 그 청산이 제대로 이루어지지 않았던 적이 있었기 때문에, 회계보고강회 측은 본산에 의한 감사(監査) 기구를 요구하고 본산도 그것을 용인했다고 하는 것이다.

(2) 회계보고강회에 의한 입체

협정서가 책정되는 전후의 상황을 보고자 한다. 1853년(가에이6) 11월 1일(나카이가 일기)에 쓰키지고보는 부채가 많은 것을 이유로 3000냥의 기부를 '회계보고강회의 첫 신도들'에게 요구했다. 3000냥 중 400냥을 회계보고강회의 4명이 부담했다. 그것과는 별도로 100냥을 회계보고강회가 입체했다. 이와 같은 일이 있었기 때문에 앞서 소개한 '교토 본산 규정서'가 다음 달에 체결된 것이다. 또한 규정서에 나오는 "없던 것으로 했다"는 입체금이란 이 100냥을 가리키고 있었다, 어쩌면 포함된 것으로 보인다.

다음으로 이 규정서가 실행되었는지 아닌지를 검증해 보겠다. 「하리마야 나카이가 일기」에 보이는 관련 기사는 이하와 같다.

1854년(가에이7) 3월 22일에 쓰키지고보에서 모임이 있었고, 300냥의 입체를 의뢰받은 회계보고강회는 이를 받아들였다. 규정한 최대 상한의 입체 금액이다. 모리카와 · 스즈키 · 나카이 · 구라 네 사람으로 입체했기에 한 사람당 75냥이라는 금액이 된다. 이때 전년 11월에 입체한 100냥이 변제되었다. 그것은 300냥을 새로이 입체 받기 위한 변제였다고 나카이 가문의 종업원은 기록했다. 일단 "없던 것으로 했다"는 입체금이 변제된 것이다. 또한, 입체금 통장이 존재했다는 사실도 판명되었다. 그 타이틀은 '돈 입출 어음통장(金入出手形通)'이다(【사진 1】).

쓰키지고보 윤번의 이름으로 작성되었고, 수신인은 하리마야 나카이이다. 이 통장 중 한 장이 필사되어 있는데, 그 증문(証文) 본문에는 "입체금"이라 기록되어 있지만, 주서(柱書)에는 '차용금증서사(借用金証書事)'라 적혀 있다. 이번 100냥 변제에는 금 1냥 1푼(分)이 '첨금(添金)'으로 나카이에게 건네졌고, 나카이의 종업원은 그것을 '이자'로 이해하였기에 입체금이라는 것은 표면상의 방침이고 실질적으로는 초저리 융자라고 하는 것이 된다. 모임에서는 금액이 작년보다 늘었기 때문에 이후 입체 금액이 '자꾸 상승' 하게 되지 않도록 논의되었다.

【사진 1】 국문학연구자료관(国文学研究資料館) 소장, 하리마야 나카이가 문서(播磨屋中井家文書) 26U-43 「개정 십삼번 일기(改正拾三番日記)」 1854년(가에이(嘉永)7) 3월 25일 조

동년 4월 24일에는 교토 본산에서 100냥의 하사금을 보냈기 때문에, 전액을 회계보고강회에서 차용금 변제에 충당하였다. 300냥 중 3분의 1이 변제되었다. 앞서 말한 통장에 나카이가 조인하여 보냈고, 이후 변제

될 시에는 통장에 기입한 사실이 새로이 확인되었다.

그런데 동년 7월 13일에 입체금 50냥의 의뢰가 새로이 있었다. 궁중이 불타고 (4월 6일) 긴키대지진(近畿大地震)(6월 15일)으로 교토 본산의 지출이 많아지고, 본산에서 내려오는 돈이 소액이 되었기 때문이라는 것이 이유였다. 회계보고강회는 "전례 입체금에 관계없이 별렴(別廉)"으로 승낙했다. 300냥 중 100냥은 변제된 것이기 때문에 이 시점의 입체 금액은 250냥이었고 이는 규정한 상한 금액 한도 내였다. 그러나 동년 12월 15일에는 동년 3월에 입체한 300냥(250냥으로 되어 있을 것이겠지만)을 규정에 명기된 청산(清算) 기한인 12월 10일이 지나서도 쓰키지고보가 변제할 수 없었기 때문에 변제를 1년 연기했다. 이것은 무이자였다고 한다.

또한, 1855년(안세이2) 7월 23일, 회계보고강회가 쓰키지고보에서 열리는 예년 백중(御中元) 행사를 위해 그 비용(총액 금 3푼 정도)을 회계보고강회 내에서 할당하려 했을 때, 동료인 우치 모리카와 씨(内森川氏)는 '당가(当家) 현재 개혁(改革) 중' 즉, 경영 개혁을 이유로 거절해 왔다. 이는 회계보고강회 내에서 부담자가 4명에서 3명으로 줄어든 것을 의미한다. 이것과 관련해서 동년 12월 그믐날 조목에 "지난 인년(寅年) 12월 15일 쓰키지고보에 입체금, 모리카와가 75냥 지참으로, 증문(証文)을 반환하였다"로 나와 있다. 이는 여러 가지 해석이 가능한데, 사찰에 백중 비용 부담을 모리카와가 거절한 것을 생각하면, 1854년(안세이 원년) 12월에 쓰키지고보가 입체금 200냥의 변제를 연기했음에도 불구하고, 나카이는 모리카와에게 75냥을 건네주었고, 그 75냥으로 모리카와가 나카이에게 변제했다는 의미는 아닐까. 모리카와는 그 시점에 75냥의 현금이 필요했다고 하는 것이 된다. 여기에서도 나카이가가 회계보고강회를 주도했음을 엿볼 수 있다.

회계보고강회의 입체금은 그 후에도 이어진다. 1856년(안세이3) 5월 20

일, 쓰키지고보 오초지(横超寺) 나리(윤번 중의 한 명)가 외부의 부채 변제금 300냥이 부족해서 회계보고강회에서 입체해 줄 것을 의뢰했다. 최근 300냥은 네 집에서 입체했지만, 현재 모리카와는 강회에 나오지 않기 때문에 스즈키·구라·나카이에서 한 집당 75냥씩 입체하는 것으로 합의하고, 실제로 건네주었다. 변제된 내용의 기사가 발견되지 않았기에 작년 이후의 입체 금액은 누계로 475냥에 달하고 있다.

이 이외에 규정서에 적힌 입체금을 청산했다는 기사는 찾아볼 수 없다. 규정서는 즉시 사문화(死文化)했을 가능성이 농후하다.

이상과 같은 전제 상황이 있기에 1857년(안세이4) 윤달 5월에 본당 도괴 후 재건 절차에 관하여 재건을 서두르는 본산과 지진과 태풍 이중으로 재해를 입은 에도의 회계보고강회 간의 의견 차이가 나온 것으로 생각된다.

(3) 회계보고강회의 일상적 기능

본 절 마지막으로 회계보고강회에 관해 판명된 사실을 적어 두고자 한다. 우선 회원은 고정되어 있지 않다. 1754년(호레키(宝暦)4) 11월에는 후쿠다야 하루베에(福田屋治兵衛), 마쓰우라 헤이우에몬(松浦平右衛門), 마쓰이 쇼사부로(松井庄三郎), 쓰쿠다야 사쿠베에(佃屋作兵衛)라고 하는 이름이 보이는데(「윤번일기(輪番日記)」), 이들 이름과 전술한 19세기 이후의 이름들과는 전혀 겹치지 않는다.

다음으로 하리마야 나카이 가문이 회계보고강회에 복귀한 1832년(덴포(天保)3)의 지출에서 판명되는 점을 기술하고자 한다. 주요한 지출은 교토 본산에 보내는 헌상금 20냥, 쓰키지고보 본당 재건 착공식 축의·헌상금 20냥 3푼, 교토 본산의 배령물(拝領物)에 대한 사례금 20냥 2분의 3이다. 이것으로 지출 전체의 약 반을 차지한다. 그다음으로 많은 지출은 교토 본산에서 파견된 가로(家老)와 사승(使僧)에게 주는 전별금(餞別)이다. 세세하게 많은 지출 항목으로는 쓰키지고보의 행사에 보내는 공물비(供物代)가 있다. 이상의 합계 금액은 129냥 3푼 3수(銖)와 동전(銭) 2관(貫) 772문(文)이고, 나카이 가문의 부담분은 28냥 1푼 2수였다.[21] 이것으로 보면 본당 재건과 같은 특별한 경우가 아니더라도 회계보고강회의 회원은 항상 많은 출금을 요구받고 있었다고 말할 수 있을 것이다.

그 밖의 기능으로서는 이하의 사항을 지적할 수 있다. ① 사찰의 자금을 맡는다. 아미타불당(阿弥陀堂)의 건설 혹은 복원을 위해서 모은 자금을 회계보고강회가 맡고 있다(「윤번일기」, 1754.11.18 조목). ② 인부(人足)의 제공. 1857년(안세이4) 5월 6일에는 본당 재건 공사를 맞이하여 붕괴한 토담의 흙 기와 뒤처리에 회계보고강회에서 인부를 제공하였다(「하리마야 나카이가 일기」). ③ 영업권의 소유. 1820년(분세이3) 10월 중문 안에 있는 찻집 철거를 둘러싸고 쓰쿠다지마 도장(佃島道場) 사무원과 윤번소가 대립했다. 그중에서 세 찻집 중 한 집은 쓰쿠다지마 명주(名主)가 중문번(御中門番)에 양도한 것, 한 집은 도비시치베에(鳶七兵衛)가 회계보고강회로부터 양도받은 것이라 설명하고 있다. 더욱이 찻집의 세금으로 명가금(冥加金)도 회계보고강회가 부담하고 있었다(「윤번일기」, 10.26 조목). 즉 회계보고강회가 사찰 경내의 찻집 경영권을 소유하고, 그 반대 의무도 부담하고 있었던 것이다. 즉 이로써 영업권 소유자로서의 법인 자격을 가졌다는 것이 판명되었다.

이들 세 가지 사례로부터 회계보고강회가 다른 강회와는 달리, 전술한 것처럼 재력을 배경으로 종교적인 활동에서 다소 벗어난 독자적인 기능을 지니고 있었다는 것을 알 수 있다.

6. 단가집단(檀家集團)

(1) 말사(末寺)를 통한 자금 모금

1856년(안세이3) 5월 이후, 본당 재건에 이르기까지의 경과를 확인하고자 한다. 1857년 7월 3일에 쓰키지 조켄지에서 모임이 소집되었다. 이번 쓰키지고보 본당을 재건해야 하는 데 있어 공사비 할당을 쓰키지고보가 지시했기에 이를 단가에 부탁드리고 싶다는 취지였다. 대강 4년간에 100냥을 모은다는 이 내용은 나중에 기부금 명부(奉加帳)로 약정하게 되었다. 100냥의 용도 중 ① 60냥 정도는 공사 기부금과 조켄지에서 상경할 때의 비용, ② 나머지 30에서 40냥은 추모 법회의 비용으로, 이상 두 가지 내용을 포함한 의뢰였다.

이에 관해서는, 1860년 12월 15일 조목에 1857년부터 재건 기부금을 2푼씩 48개월간 바치는 것으로 되어 있는데, 이날에 앞당겨 모두 끝내고 조켄지로 넘겼다고 되어 있다. 이로써 1857년 7월에 결정된 사항이 실행되었음을 확인할 수 있다. 나카이 가문의 기부금 총액은 24냥이기 때문에 총액 100냥 중 24%를 나카이 가문에서 부담한 것도 판명되었다. 조켄지의 단가 수는 불분명이지만, 사무원은 1832년 8월 27일 시점에 여섯 명 있었다. 나카이 가문이 별안간에 많은 액수의 금액을 낸 것으로 보여진다. 이와 같은 헌금 방식은 회계보고강회의 경우와 대조적이었다. 회계보고강회는 강회에 나오지 않는 자가 있어도 각 회원의 부담액은 같은 액수였다(이상, 모두 「나카이가 일기」).

3장에서 살펴본 회계보고강회와 도야마(富山)와의 협의에도 불구하고 본산의 의향대로 신란 6백 회기에 사용할 수 있도록 본당을 재건하게 되었던 것 같고, 자금 모금이 이루어진 것을 알 수 있다. 단, 모금은 강회를 통해서가 아니라, 말사를 통해서 이루어졌다. 쓰키지고보가 지중사원과 말사에게 모금을 지시했기에 사원은 단가집단에게 헌금을 의뢰했다.

(2) 또 하나의 자금 조달

조켄지를 통한 자금 조달의 기사는 또 하나 있다. 1859년(안세이6) 8월 23일 다음 해 봄에 신란 6백 회기 추모 법회를 열기 위해 '조켄지 사무원들 모임'이 열렸다. 회의 내용에는 조켄지 본존(本尊)과 그 밖의 복원도 포함되어 있었다. 그러나 "현재 사찰 본당 재건을 위한 상납 담당 금액 및 조켄지 본당·주지의 방, 부엌 공사 등 예상 밖으로 출금이 많고, 단가에게 매달 돈을 받는데 다시 사찰과 조켄지의 복원 비용을 모든 신도들에게 부탁할 수 없다"라는 것으로 모금에 대한 논의는 결말이 나지 않았다.

조켄지도 '진재풍해'로 본당과 그 밖에 큰 피해를 입었기에 그 복원 비용을 조달할 필요가 있었고, 사찰의 상납금 요청에도 응하지 않으면 안 되었다. 그것은 결국 조켄지의 단가집단의 부담이 되었고, 이와 같은 회로(回路)를 통하여 나카이 가문이 부담하게 되었던 것이다. 이 경우에는 결론이 나지 않아서 거듭되는 보리사로의 출금에 단가집단이 난처해 하는 모습을 엿볼 수 있다.[22]

또한, 이러한 말사를 통한 자금 모금은 쓰키지고보 관할 하에 동일본 전역에서 이루어진 것으로 여겨진다. 데와노쿠니(出羽国) 덴도(天童) 쇼지초(小路町)에 있는 젠교지(善行寺)도 말사 중 하나였기에 그 단가의 총대표인 야마구치 산에몬(山口三右衛門, 山家村名主)은 휴강되었던 12일 강회를 재개하여 자금을 만들었고, 쓰키지고보에 1856년, 1857년의 2년분으로 5냥 1보(歩)와 동전 12관문(貫文)을 상납하였다.[23]

(3) 본당 재건 착공 후

이런 중에도 1857년(안세이4) 11월 9일에 목수의 시무식, 즉 착공식이 이루어졌다. "사찰 내 대군집(大群集)이 있었다"(「나카이가 일기」)고 적혀있는 것처럼, 지중(정문 내의 사원 거리)과 경내(중문 안)는 수많은 군중으로 넘쳐났던 것으로 보인다.

그 후에도 나카이 가문은 다시 본당 재건에 헌금하였다. 1860년(만엔(万延)원년) 5월 24일 일기의 조목에는 다음과 같이 적혀 있다.

쓰키지고보 본당 재건 문제로 '사찰에서 사무원'이 왔는데, 지중사원이 탁발(托鉢)하러 추후에 돌아다닐 테니 조금이라도 기부해 주길 바란다며 당부하러 왔다. 저녁 무렵에는 주지들이 30명 정도 모여서 사무원을 동행하고 왔다. 그래서 200필(疋)을 기부했다.

쓰키지고보 본당은 1860년 11월 18일에 재건 공사가 완성되었다. 『무강연표(武江年表)』에는 "니시혼간지 풍파 후, 금년 본당 공사를 달성하고 천불(遷仏) 하였다. 그날의 장려(壮麗)함은 보기에 놀라울 정도였다고 한다. 모든 사람들이 참배(参詣)하였다"라 기록하고 있다.[24] 신도만이 아니라 많은 사람이 참배한 것으로 보인다.

완성 후에도 자금 모금은 이어졌다. 1861년(분큐 원년) 5월 18일에는 "일찍이 소문대로" 조켄지 그 밖의 지중 승려 열 명이 탁발하러 왔다. 보리사의 의뢰였기에 독경을 부탁하고, 선례대로 금 100필(疋)을 기부했다. 본당 재건 자금이 부족한 것이 소문난 모양이다.

이상과 같이 나카이 가문은 회계보고강회를 통하여 자주 입체금을 사찰에 보내고 있는 것 외에도, 보리사인 조켄지(사찰의 지중사원) 단가집단의 후원자의 한 사람으로서 본당 재건 자금을 부담하고 있었다. 두 가지 회로로 사찰에 자금 제공을 하고 있었던 것이 된다.

여기까지 기술에서 제시된 금액은 나카이 가문만으로는 한 건(件)당

100냥을 넘지 않았기 때문에, 나카이 가문이 다이묘에게 돈을 빌려주거나, 환율 업무, 공금 취급 등, 일상적으로 다루는 거래 금액보다 두 자릿수에서 세 자릿수 적은 금액이다. 그래도 회계보고강회와 단가집단의 일원으로서 입체금이든 기부금이든 헌금에 한도가 없어지는 것에 제동을 걸려고 했다. 그러나 그 제동은 충분히 기능하지 않았다.

7. 하리마야 나카이 가문과 쓰키지고보

(1) 금전적 관계

여기서는 강회와 단가집단을 개입시키지 않고 하리마야 나카이 가문과 쓰키지고보와의 직접적인 관계에 관하여 기술하고자 한다.

양자는 어떤 경우이든 상호 대차관계(貸借関係)를 가지고 있었을 가능성도 있다. 시기는 크게 거슬러 올라가 1800년(간세이(寛政)12)이 되는데, 이 시점에서 나카이 가문은 쓰키지고보에 대해서, 12건 합계 2217냥 1푼과 은 6돈(匁)의 '대부(貸付)'와 7건 합계 984냥 2푼의 '차금(借金)'을 가지고 있었다.[25] 차감하면 금 1233냥 3푼과 은 6돈의 채권을 가지고 있던 것이 된다.

이 '대부'에는 500냥의 기부금 상납(일기 7월 1일 조목)도 포함되어 있을 가능성이 크고, 또한 '차금'의 대부분은 쓰키지고보로부터 받은 변제금일지도 모른다. 이와 같은 상황은 나카이 가문이 회계보고강회를 통해서 쓰키지고보에 영향력을 발휘할 수 있었던 조건이 된다.

더욱이 1834년(덴포5)의 본당 소실에 따른 재건 당시, 하리마야 나카이 가문은 쓰키지고보에 기부금으로 4년간에 250냥을 직접 상납하였다.[26]

(2) 신앙

이상과 같이 나카이 가문은 번번이 기부와 입체금의 요구를 마지못해 받아들였다. 그 이유로는 사찰이 나카이 가문을 포함한 신도들의 정신적 지주가 되어온, 즉 신앙을 들 수 있다. 이건 말할 필요도 없는 것이겠지만, 구체적으로는 나카이 가문의 선조들의 공양을 행한 일이라 할 수 있다. 하리마야 나카이가의 일기에는 아버지와 할아버지의 기일에 보리사인 조켄지(사찰의 지중사원)에 참배하러 가거나, 조켄지의 승려가 자택에 와서 불경을 올리거나 한 기사가 자주 나온다. 그때 보시를 했다. 더욱이 나카이 가문의 경우는 쓰키지고보의 윤번을 통하여 교토의 법주에게 직접 계명(戒名)을 받고, 그것에 대해서 명가 봉납금을 지불하는 관계였다(1855.12.13).

(3) 나카이 가문의 사회적 역할

그러나 그러한 관계만이 이유는 아닐 것이다. 쓰키지고보가 에도라고 하는 지역의 상징적 존재 중 하나였던 것도 그 이유가 아니었을까.

쓰키지고보 본당의 커다란 지붕은 서쪽으로 약 1 · 2킬로미터 떨어진 아타고 산(愛宕山)에서도 기와지붕이 파도 건너편에 우뚝 솟아 있는 모습으로 잘 보였다.[27] 또한 히로시게(広重) 『명소에도백경(名所江戸百景)』 중 「뎃포즈 쓰키지몬제키(鉄砲洲築地門跡)」(1858.7. 개인(改印))는 본당을 재건하기 전임에도 불구하고 바다 쪽에서 본 본당의 지붕을 크게 묘사하고 있다(【그림 4】).

명소 그림이란 장소의 이미지를 그린 것이며 장기간에 걸쳐 판매되는 것이므로, 『명소에도백경』으로부터 시사성을 읽어내는 것은 부적절하다는 오쿠보 준이치(大久保純一) 씨의 지적이 있다.[28]

그의 주장에 의거하여 바라보면, 뎃포즈(鉄砲洲)의 이미지 안에는 쓰키지고보 본당의 거대한 지붕은 있어야 한다는 의식이 우선 전제에 있었고,

또한 본당 재건 이후에도 이 다색 판화(錦絵)가 계속 판매될 것이라는 조건하에 간행 시점에는 존재하지 않았던 본당의 모습을 그려 넣은 것이라 생각된다. 이러한 상황까지 고려하다면 쓰키지고보의 본당이 재건되는 것은 신도를 위해서만이 아니라 사회적으로도 필요했던 일이라 보여진다.

이러한 사실은 도괴된 본당의 뒤처리가 자원봉사자의 활동으로 이루어지고, 본당 재건 행사에 군중이 모여들며, 더욱이 그러한 것이 『안세이 풍문집』과 같은 재해 르포르타주라고 하는 출판물에, 혹은 지식인 연대기에 기록되는 것으로도 추측해 볼 수 있다. 이를 나카이 가문에 적용시켜 보면, 쓰키지고보를 지탱하는 호상으로서 사회적인 역할이 요구되었기 때문이 아닐까 싶다.

【그림 4】 국립국회도서관(国立国会図書館) 소장, 「뎃포즈쓰키지몬제키(鉄炮洲築地門跡)」 『명소에도백경(名所江戸百景)』 (https://doi.org/10.11501/1312314)

8. 결론을 대신하여

무릇 일반론으로서 혼간지의 경우, 당사(堂舎)의 복원과 건설을 추진하는 데 신도회가 모금의 역할을 수행했다는 사실은 『증보개정혼간지사(増補改訂本願寺史)』 2권(2015)의 기술과 히노(日野)와 가마이케의 오사카 주변과 나고야를 사례로 한 연구에서 엿볼 수 있다. 그에 비해 안세이 시기에도의 경우, 회계보고강회는 입체는 했지만, 강회로서 본당 재건에 기부는 하지 않았다. 다른 강회는 기부했을지 모르지만, 현 단계의 사료 범위에서는 판명되지 않는다. 그 밖에 본고에서는 지중사원에서 모금이 이루어진 것을 확인할 수 있었다. 아마 말사에서도 기부금을 모금했을 것이다. 이러한 지역적 혹은 시기적 차이가 있다고 한다면, 왜 그와 같이 되었는지를 향후 구명(究明)할 필요가 있다.

단지, 본고에서는 넓은 의미에서 사원 재정에 기여하는 기능을 갖는 강회 내부구조에 관해서 살펴볼 수가 있었다. 회계보고강회의 회원은 각양각색으로, 톱 클래스의 호상이 중심이었지만, 거기에는 막부로의 상납금을 확인할 수 없는 조닌도 섞여 있었다.

또한 강회와 단가집단의 단체로서 성격의 대조성도 파악할 수 있었다. 강회는 회원 간의 대등성(対等性)을 중히 여기기 때문에 기부금의 부담액은 동일했고, 부담할 수 없는 회원의 경우 휴강이라는 조치를 취하고 있었다. 이에 비해 단가집단은 재력이 있는 단가가 대부분을 부담하는 것이 당연하다고 생각했던 것 같다.

대지진과 거대 태풍이라는 연속적이고 복합적인 재해 이후, 에도라는 도시사회는 그 전체가 '진재풍해'의 불황에 빠져 있었다. 에도에서도 최대 클래스인 본당의 거대한 지붕이 바다에서도 육지에서도 다시 보이게 된 사실은 부흥과 불황 극복의 상징이 되었을 것이다. 그러나 그 과정에서 강회집단과 단가집단이 큰 부담을 강요받고 있었고, 이것은 역으로 개개인의 경영을 부흥시키는 작업에는 방해가 되었을지 모른다. 그와 같이 상상하는 이유는 다른 일반적인 절과 신사의 부흥이 한층 늦어졌기 때문이다. 센소지(浅草寺)의 탑두(塔頭)와 스기노모리 신사(椙森神社)의 예를 보면, 단가와 후손의 생활이 나아지고 나서야 비로소 당사 복구공사의 기부를 모집할 수 있게 되었다고 하는 인상을 받는다.[29]

1 안세이 시기 연속 복합재해에 관해서는 별고(別稿)「安政期連続複合災害と江戸の都市社会」(仮)『日本近世史を見通す』四(吉川弘文館, 2021 간행 예정)을 준비 중이다.

2 吉田伸之「都市民衆世界の歴史的位相－江戸・浅草寺地域を例として」(同著)『巨大城下町江戸の分節構造』(山川出版者, 1999, 六章, 초출은 1997).

3 吉田伸之「安政江戸大震災と浅草寺寺院社会」『年報都市史研究』20, 2013.

4 蒲池勢至『真宗と民俗信仰』吉川弘文館, 1993, 三章「近世尾張の真宗門徒と講」. 종교사의 선행연구에 관해서는 고바야시 준지(小林准士)의 교시(教示)를 받았다.

5 岩淵令治「江戸住大商人の信仰と『行動文化』論」『国立歴史民俗博物館研究報告』222, 2020.

6 재해 교훈 계승에 관한 전문조사회 보고서『1855年安政江戸地震』(内閣府, 2004) https://www.bousai.go.jp/kyoiku/kyokun/kyoukunnokeishou/rep/1855_ansei_edo_jishin/index.html (최종 열람일: 2020.9.1), 北原糸子『地震の社会史―安政大地震と民衆―』(吉川弘文館, 2013).

7 国立公文書館デジタルアーカイブ. https://www.digital.archives.go.jp/das/meta/M2018040914340017303 (최종 열람일: 2021.1.31)

8 松田磐余「江戸の地盤と安政地震」『京都歴史災害研究』5, 2006에서 추측.

9 平野淳平, 財城真寿美「一八五六年東日本台風経路の復元」渡辺浩一, マシュー・デービス編『近世都市の常態と非常態』(勉誠出版, 2020).

10 기상청: 바람의 세기와 부는 방향(2017) https://www.jma.go.jp/jma/kishou/know/yougo_hp/kazehyo.html (최종 열람일: 2020.9.11).

11 拙稿「一八五六年(安政三)東日本台風の被害状況と江戸の対応」앞의 주9의 책.

12 沖大幹『水危機 ほんとうの話』(新潮選書, 2012).

13 대면소(対面所)란 혼간지 별원 특유의 건물로, 교토 니시혼간지의 법주가 문도를 대면하기 위한 시설이다.

14 武蔵国江戸播磨屋中井家文書(国文学研究資料館歴史資料) 26U-46. 이하, 이 일련의 일기를 근거로 하는 경우는 번잡함을 피하기 위해 사료 번호를 생략하고, 연월일만을

기록한다.

15 이 점은 재해사(災害史) 연구 다음의 전개로 지적한 것이 있다. 졸고 「序章 近世都市の常態と非常態」 앞의 주9의 책 『近世都市の常態と非常態』.

16 이하 기술은 『新修築地別院史』(1985) 기술을 기초로 쓰키지 별원 윤번일기(中央区立郷土天文館写真帳)에 의해 부분적으로 보충이 이루어졌다. 동(同) 일기가 근거가 되는 경우는 날짜만 기록하는 것으로 한다. 또한, 쓰키지혼간지의 강회에 관한 선행연구는 존재하지 않는 것 같지만, 澤博勝 『近世の宗教組織と地域社会』(吉川弘文館, 1999), 同著 『近世宗教社会論』(吉川弘文館, 2008)을 방법으로서 참조했다.

17 日野照正 『摂律国真宗展開史』(同朋舎出版, 1988).

18 国立史料館編 『史料館叢書4 播磨屋中井家永代帳』(東京大学出版会, 1982). 이것은 안세이 시기에서도 마찬가지이다(「播磨屋中井家日記」).

19 『東京市史稿』 市街篇 43, p.1049. 岩淵令治 「大店」 (吉田伸之編 『シリーズ三都 江戸巻』 東京大学出版会, 2019), 田中康雄編 『江戸商家・商人名データ総覧』(柊風舎, 2010).

20 교토 니시혼간지에서 종무(宗務) 담당 책임자의 소재 기관.

21 이상은 「播磨屋中井家日記」 5월 9일 · 10월 11일 · 12월 21일 조목에 있는 3회 회계보고의 합계.

22 이 밖에 조켄지만으로의 출금 기사는 3건 있지만 여기서는 생략한다.

23 出羽国村山郡山家村山口家文書(国文学研究資料館歴史資料, 28D-5843), 戸森麻衣子編成記述 『出羽国村山郡山家村山口家文書目録(その2))』(2006).

24 金子光晴校訂 『増訂武江年表』 2(平凡社, 1968).

25 播磨屋中井家文書 26U-88 「万出入日記」 안의 「買出方」 항(項). 또한, 이 회계장부 전체에 관해서는 田中康雄 「寛政期における江戸両替商の経営」(『三井文庫論叢』2, 1968)을 참조.

26 「하리마야 나카이가 일기」, (1834.6.7, 6.14, 7.9. 조목).

27 金行信輔 『写真のなかの江戸―絵図と古地図で読み解く20の都市風景―』(ユウブックス, 2018).

28 大久保純一 『浮世絵出版論―大量生産・消費される〈美術〉―』(吉川弘文館, 2013).

29 『中央区文化財調査報告書4　椙森神社文書』(中央区教育委員会, 1996), 『浅草寺日記』 28, 29(吉川弘文館, 2008, 2009).

논문

일본 전통시가에 그려진 대도(大都) 경성의 풍토

엄인경(嚴仁卿)

요지문

이 글에서는 한반도 최대의 단카(短歌) 작품집 『조선풍토가집』을 대상으로, 식민지 '조선'의 대도(大都) 경성이 조선색의 상징적 풍토로 자리매김하고 공간의 성격을 내재시키는 방식을 고찰한다. 일본인과 조선인, 전근대와 근대, 조선의 전통과 외래의 신문물이 혼합된 거대한 용광로 같은 서울이, 과거의 서사와 역사 기억, 나아가 고유의 로컬 컬러를 어떻게 표상하며 토포스화하는지 확인한다.

1. 들어가며

다양한 의미에서 한국에 내재된 일제강점기의 기억은 현재진행형이다. 한국의 수도 서울은 아직 '경성'의 흔적을 완전하게 불식하지도, 복원하지도 못하고, 여러 기억의 단편들이 여기저기 숨어 있다. 서울이 품은 기억이란 두 갈래라, 하나는 근대 도시 '경성'이 덮어 버린 조선의 도읍 '한양, 한성'에 관한 것, 또 하나는 지금의 서울 안에 잔영을 드리운 근대

식민지의 대도(大都) '경성'에 관한 것이라 할 수 있기 때문이다. 역사적인 장소에는 과거의 서사가 중층적으로 잠복해 있다. 제국의 주변이면서 식민지 '조선'의 중심이라는 '경성'의 장소성[1]에는 근대 대중문화의 상징적인 문물이 새로이 포함되는 한편, 조선시대부터 일본에 의해 한국이 강제 '병합'되기까지의 한양, 혹은 한성의 역사 또한 표상되었다.

1876년 개항 이후부터 한반도에는 일본인들이 거류하기 시작했고, 1910년 이후부터는 일본인 인구도 비약적으로 늘어갔다. 거류지를 중심으로 재조일본인들은 일간지, 월간지 형태의 일본어 매체를 만들어 나갔고, 그 매체에는 일본인 커뮤니티 내의 정서 공유와 결속력, 경우에 따라 우월감을 고취할 목적으로 일찍부터 문예나 문원(文苑) 같은 코너가 마련되었다. 문학적 성격이 가장 현저한 이 코너들의 주류는 단카(短歌)와 하이쿠(俳句), 센류(川柳) 같은 일본 전통의 단시형(短詩型) 장르였다.[2] 요컨대 20세기 초부터 1945년까지의 약 40년 동안 한반도에서는 엄청난 양의 일본 전통시가가 창작되었는데, 이 점은 지극히 최근이 되어서야 주목받게 되었다.[3] 지역 중심으로 개시되던 이러한 장르의 문학결사들은 점차 회원을 늘려가게 된다. 이 글에서 다루려는 일본의 전통시가는 개인 감상에 근거한 음영(吟詠)의 태세를 취하고 있지만, 그 기저에는 장소에 얽힌 기억이 공유된 의식[4]으로 얽혀 있는 듯하다. 장소란 개인의 차원에서 이야기됨과 동시에 공동성을 지니며 집단 차원에서 이야기되는 것이기 때문이다.

하이쿠와 센류가 1910년대부터 이미 전문 잡지를 간행했던 것에 비해, 단카 장르가 체계적인 전문 잡지 발간 시스템을 갖추고 한반도의 가단(歌壇)을 형성하려는 의식을 강화한 것은, 단카 전문 잡지 『버드나무(ポトナム)』(1922.4)와 『진인(眞人)』(1923.7)의 창간을 계기로 한다. 이 두 잡지는 '조선'의 단카를 대표하고자 서로 경합했으며, 결국 1924년 이후 『버드

나무』의 중심이 '내지(内地)'로 이동해 버리면서 『진인』이 한반도 가단의 중심에 서게 되었다.[5] 「제가(諸家)들의 지방 가단(歌壇)에 대한 고찰」(1926), 「조선 민요의 연구」(1927), 「조선의 자연」(1929) 등의 획기적인 특집을 기획하여 조선 문화관을 다양한 측면에서 전개하였고, 조선의 고가(古歌)와 고문학 연구라는 책무를 인식하고 실천한 잡지 『진인』은 일찌감치 '조선의 노래'를 강력히 표명하는 데에 성공하였다.[6] 또한 조선의 단카를 자신들이 짊어진다는 대표적 매체로서의 사명감을 가지고 조선의 전통 문화나 문예에 대한 조예를 적극적으로 드러내면서 조선통(通)으로서의 위치를 확보해가게 된다.

이 진인사(眞人社)가 『진인』 창간 12주년을 기념하여 1935년에 펴낸 대규모 가집이 바로 『조선풍토가집(朝鮮風土歌集)』[7]이며, 이 글은 한반도 최대의 가집 『조선풍토가집』이라는 문학 자료를 통하여 식민지 대도 '경성'의 표상과 풍토, 그리고 그에 얽힌 역사 기억을 추적해보는 시도라 하겠다. 이 가집을 대상으로 일제강점기 한반도의 중심지 '경성'을 읊은 단카를 통해 그 안에 내재된 조선의 역사적 기억을 찾아보고, 그 역사 기억의 양상과 특징을 분석해 보기로 한다. 이 작업을 통해 일본 특유의 전통 시가가 '경성'이라는 공간과 풍토를 어떻게 표상했는지, 그리고 일본인 가인들이 '경성'을 둘러싼 단카를 통해 어떠한 집단의 기억을 형성해 갔는지, 로컬 컬러로 구가된 '조선색'과의 상관관계를 규명하고 '외지' 일본어 시가의 특수성을 파악해 보고자 한다.

2. 『조선풍토가집』 속 경성에 관하여

『조선풍토가집』은 간행 당시부터 '내지' 일본의 고명한 가인들로부터 기대와 호평을 받았다. 이 가집은 조선의 풍토가 가지는 특유한 '조선적인 것'을 내면화하고, 그것을 단카라는 특수한 형식으로 표현한 것으로, 재조일본인의 '조선색' 규정을 엿볼 수 있는 가장 대표적인 문학작품집이라 할 수 있다. 간행 전년도인 1934년에 부쳐온 유명 가인들 가와다 준(川田順), 와카야마 기시코(若山喜志子), 호소이 교타이(細井魚袋) 세 사람의 서문을 간단히 살펴보자.

- 『조선풍토가집』이 편찬되었다는 것을 알게 되었다. 이는 실로 의의 있는 좋은 계획이라 생각한다. 조선 가단에서 이 이상 좋은 일은 더 없다고 해도 되리라. ……(중략, 이하 같음) 조선의 풍토는 경성을 비롯해 어느 곳이나 좋고 일본 내지와는 적잖이 취향을 달리한다. ……이런 종류의 가집은 로컬 컬러가 차분히 드러나지 않으면 의의가 없다고 나는 생각한다. ……이번 가집에도 조선에 재주하는 제군들의 노래가 많이 들어가리라 생각하는데, 내가 기대하는 이국정조가 배어나온 것이기를 절실히 바란다. 그리고 이것을 하나의 신기원으로 삼아 조선에 재주하는 제군들이 더욱 공부하여 두 번째 『조선풍토가집』이 간행되기를 촉망한다. (가와다 준, 1934.2)
- 『조선풍토가집』의 편찬을 알고 저는 그 의의 있는 사업에 마음으로부터 찬성하며 깊은 희열을 느끼는 한 사람입니다…… 그 때는 두 번째 『조선풍토가집』에 넣어 주시리라 벌써부터 기대하고 있습니다. (와카야마 기시코, 1934.4)
- 종래에 수필적 풍토기나 경제 풍토기 종류는 하나둘 시도된 듯하지만, 그런 것들은 단순한 여행기나 통계, 현상 보고에 불과하다. 하지만 여기에는 조선 풍토 안에 진지한 인간 생활이 수 놓여 있다. 타산적이지 않은 영혼의 집으로서 하나하나에 거짓되지 않은 향토와 인간 표현이 있다. 조선의 자연에 융합된 한 사람 한 사람의 호흡을 들을 수 있다. 그리고 영겁으로

이어질 조선의 생명을 전하고 있다. 『조선풍토가집』이 귀한 까닭은 실로 여기에 있는 것이다. (호소이 교타이, 1934.10)[8]

이렇게 『조선풍토가집』 편찬 사업은 분명 "귀"하며 "의의 있는" 일이자, 아직 첫 가집이 나오기도 전에 이미 "두 번째 『조선풍토가집』"이 기대되고 있었으며, 여기에는 "로컬 컬러가 차분히 드러나"고 "이국정조가 배어"나야 한다는 점이 강조되고 있다. 서문을 쓴 가인들 중에 특히 편자 이치야마 모리오(市山盛雄)의 기획에 가장 깊이 찬동한 진인사의 수장 호소이 교타이는, 기존의 풍토기 같은 여행기나 통계 및 보고적 성격과 달리 "진지한 인간 생활"과 "조선의 자연에 융합된" "향토와 인간의 표현"이야말로, 이 가집이 생명력과 의미를 갖는 이유라 언명하고 있다. 여기에서 '풍토'는 "풍물", "특이한 토지", "국토", "향토", "자연"과 등치되고 있는데, 이는 경성의 진인사에 관련을 가진 사람들이 1920년대 후반부터 조선의 역사와 전통을 담보한 '향토' 담론에 집착하였던 동향[9]과 일맥상통한다.

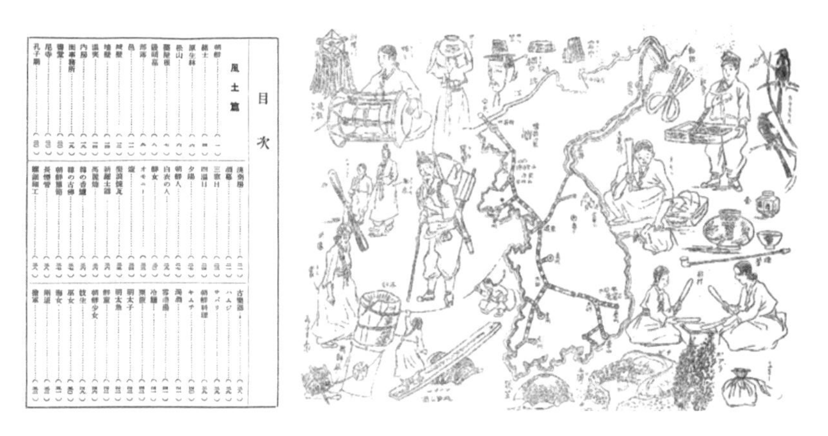
目次

風土篇

【사진 1】『조선풍토가집』 삽화와 목차의 앞부분(한반도 간행 일본 전통시가 자료집 4권 『조선풍토가집』(이회, 2013, p.371)를 복사전재하여 사용)

1935년 1월 출판된 『조선풍토가집』의 구성은 우선, 풍토편 · 식물편 · 동물편 · 경상남도편을 비롯한 한반도 13도편 · 잡편 등 17항목으로 이루어져 있으며, 각 대항목에 속한 작은 표제어가 도합 530개 이상에 이르고 수록된 단카는 약 5천 수를 헤아린다. 그런데 조선에서 간행된 최대 규모의 이 가집이 간행된 당시의 '풍토' 개념을 논하기 위해서는 다음 측면들을 고려해야 한다.

첫 번째로, 일본에서 큰 반향을 일으킨 철학자 와쓰지 데쓰로(和辻哲郎)의 저작 『풍토—인간학적 고찰(風土—人間学的考察)—』이다. 다만, 와쓰지의 저작이 1935년 8월 출간이라 『조선풍토가집』이 선행하기 때문에 직접적 영향관계는 논할 수 없으며, 1920년대의 진인사와 관련 깊은 『조선풍토기(朝鮮風土記)』(1928)의 저자 난바 센타로(難波専太郎)가 향토 담론을 이미 발신해 두었던 사실만 지적해 두기로 한다. 그리고 1930년대 중반 동시대의 '풍토' 개념에는, 자연이나 지역만이 아니라 인간의 생활이나 삶의 양태까지 고려되었다는 공통점이 있었다.

두 번째로, 진인사 관련자들이 집착했던 조선 특유의 '향토' 개념이 '풍토'에 흡수되어 있는 점이다. 이들이 1920년대 후반 내내 집요하게 매달린 조선의 '향토'와 조선 민족의 노래에는, 조선 고유의 종축이 되는 역사와 전통이 내재되어 있다.[10] 『조선풍토가집』의 「범례」에서 알 수 있듯, 조선색이 드러나는 것이 중요한 기준이며, 이 가집이 "조선 풍물을 읊은" 작품으로 국문학(즉, 일본문학)에 있어서도 신기원을 이룰 것이라는 기대를 받았다. 물론 제국의 욕망을 반영한 일본 지식인의 발언이라는 측면이나 조선을 제국의 한 지방으로 보는 관점[11]이 드러나 있는 면도 배제할 수는 없을 것이다. 그 측면은 일제 말기 한반도에서 유일하게 시가 전문 잡지로 간행된 『국민시가(國民詩歌)』에 이르면 말할 나위 없이 선명해진다. 다만, 그에 비해 1920년대 중반부터 약 10년 간 조선 풍토를 소재로 조선색 풍부한 가집을 편찬한다는 목적 하에 간행된 진인사 중심의 일련의 대규모 작업들에서 조선 문화에 대한 애호와 특수성을 '민족' 개념에 입각해 인정하려는[12] 공통된 감수성이 놓여있었음은 간과할 수 없다.

세 번째로, 이 가집의 가장 특징적인 점 중 하나라 할 수 있는 「조선지방색어해주(朝鮮地方色語解註)」라는 부록의 존재이다. 이것은 편자 이치야마가 약 300개의 '보통 통용되는 조선어'를 원음과 한자 등을 이용해 일본어로 풀이한 사전적 작업이며, 여기에 선별된 말들이 바로 '조선색'을 드러내는 단어들인 셈이다. 풀이된 항목은 '아이고'와 '우리', '왜놈', '여보', '어머니' 등과 같은 조선말 자체인 경우, '윷놀이(擲柶)'나 '과거(科挙)'와 같이 조선 풍속과 제도 등을 한자로 표기해 풀이한 경우, 그리고 한반도의 지명으로 크게 나눌 수 있다. 이치야마는 "경주, 개성, 금강산, 수원, 부여, 경성, 인천 등 명소가 많아 여러 항목에 걸치는 곳은 편의상 하나의 제목으로 모았다"고 말한다. 즉 지명과 명소 자체가 '조선지방색어'

ち

【チマ】裳、即ちもすそである。朝鮮婦人の服裝の一部で下衣袴の上に纒ふものである。裳は單物である。袷はない。紐下に襞をとり、乳のあたりで締め大幅に擴がりとなる恰好であつて姿態まことに優雅である。

【チョコリ】朝鮮婦人の上衣である。丈は僅に一尺程でズボンとの間に背が見え、乳房も現れる。

【チョンガア】鮮童のことである。未婚男子のことで四十五十になつても妻帶せなければチョンガアである。然し、大體に於てチョンガアと云へば子供を指してゐるのである。斷髪しないものは女子の如く髪を組みて背に垂れてゐる。

【チゲ】擔軍のことである。内地の背負板に類するもので背負板の下部に鹿の角の刀懸の如く二本棒を出して荷物を乘せて運ぶのである。チゲを擔ぐものをチゲクンと稱するのであるが、略して單にチゲとも呼んでもゐる。

【朝鮮凧】大きさは大概半紙又は美濃紙を通例とし中央に飯茶碗大の穴を穿ち内地の四角凧の如く尾

【사진 2】 부록인 「조선지방색어해주」의 일부(한반도 간행 일본 전통시가 자료집 4권 『조선풍토가집』(이회, 2013, p.794)를 복사전재하여 사용)

로서 '풍토'를 환기시킨 것인데, 특히 '경성'의 경우에는 '경복궁', '창덕궁', '창경원', '조선호텔', '보신각', '파고다공원', '경학원', '세검정', '노인정', '한강', '덕수궁'이 '조선지방색어'로 해설되어 있다. 다시 말해 이러한 장소가 그것을 지칭하는 것만으로도 조선다움을 환기할 수 있는 '조선색'을 지닌 말이었던 셈이다.

이는 『조선풍토가집』「경기도편」 중에서 경성 지역(현재 서울 시내인 곳까지 포함)의 표제어를 통해서 보면 더욱 분명해진다.

『조선풍토가집』은 1920년대부터 조선 특유의 향토성을 가장 민감하게 인지하고 있던 진인사가 일제강점기에 절실히 요청된 '조선색(로컬 컬러)'을 단카의 선별과 배열로 드러내고자 한 일대 작업이었다. 온갖 지역의 고유한 삶과 풍경 그리고 그 토대가 되는 조건인 문화를 포괄적으로 내포하는 '풍토'[13]는 이렇게 1935년 시점에서 '조선색'으로 대치(代置)되어 있었다. 한반도의 일본어 전통시가 분야에서 보자면, 1940년에 나온 센류 구집 『조선풍토하이시선(朝鮮風土俳詩選)』 역시 작품집 제목에서부터 조선의 '풍토'를 표방하고 있다. 이 구집 안에서는 「都('서울(ソウル)'이라고 읽는 법이 표기되어 있다)」가 '지문(地文)' 항목의 표제어로 등장하고 있으며, 이에 속한 14구의 하이시(俳詩), 즉 센류는 '파고다', '근정전', '동대문', '경학원', '비원', '장충단', '독립문', '총독부', '박문사', '청량리', '한강'이라는 경성의 건물 혹은 명소를 핵심 가어(歌語)로 삼아[14] 경성 풍토를 상징시켰음을 확인할 수 있다.

【표 1】『조선풍토가집』「경기도편」 중 경성(현 서울 포함) 관련 표제어와 단카 수의 일람표

표제어	단카 수	표제어	단카 수	표제어	단카 수
경성(京城)	17	장충단(奨忠壇)	22	메이지초고우타사카[明治町小唄坂]	1
경성역(京城駅)	3	박문사(博文寺)	13	청계천(清渓川)	7
남대문(南大門)	20	창경원(昌慶苑), 비원(秘苑)	74	신당리(新堂里)	5
경성제이고녀(京城第二高女)	3	박물관(博物館)	6	한강(漢江)	71
조선신궁(朝鮮神宮)	9	경복궁(景福宮)	56	월파정(月波亭)	5
남대문통(南大門通)	3	경회루(慶会楼)	24	우이동(牛耳洞)	10
조선은행(朝鮮銀行)	2	덕수궁(徳寿宮)	22	이조묘(李朝廟)	1
하세가와마치도리[長谷川町通]	2	광화문(光化門)	1	뚝섬(纛島)	3
조선호텔[朝鮮ホテル]	8	조선총독부(朝鮮総督府)	4	삼전도(三田渡)	2
정관각(静観閣)	3	봉래정(蓬莱町)	10	봉은사(奉恩寺)	5
지요다그릴[千代田グリル]	3	북한산(北漢山)	63	개운사(開運寺)	7
고가네초도리[黄金町通]	1	세검정(洗剣亭)	9	봉각사(鳳閣寺)	1
혼마치도리[本町通]	6	백운장(白雲荘)	3	대원사(大円寺)	1
미쓰코시[三越]	2	조지리(造紙里)	4	경국사(慶国寺)	3
미나카이[三中井]	2	서대문(西大門)	1	흥천사(興天寺)	5
조지야[丁子屋]	2	의주통(義州通)	2	약사사(薬師寺)	4
프랑스교회[フランス教会]	3	종로(鐘路)	22	망우리고개[忘憂里峠]	3
와카쿠사마치오도리[若草町大通]	1	파고다공원[パゴダ公園]	4	도봉산(道峯山)	13
남산(南山)	25	경성방송국[JODK]	8	관악산(冠岳山)	5
남산신사	7	금융조합협회(金	2	이태원(梨泰院)	3

(南山神社)		融組合協会)			
약수대(薬水台)	5	동소문(東小門)	4	서빙고(西氷庫)	2
왜성대(倭城台)	4	경학원(経学院)	11	청량리(清涼里)	18
감천정(甘泉亭)	5	광희문(光熙門)	1	청량사(清涼寺)	6
노인정(老人亭)	8	경성운동장 [京城グラウンド]	3	신촌(新村)	5
조계사(曹谿寺)	12	동대문(東大門)	7	영등포(永登浦)	2
동사헌정 (東四軒町)	1	대학병원 (大学病院)	9	오류동(梧柳洞)	4

요컨대 조선의 '풍토'란 '내지' 일본인들에게 이국정조로 소비될 가능성을 내포하면서도 조선의 자연과 인간 생활이 융합한 것으로, 재조일본인 가인들이 약 10년 간 견지한 '향토' 담론과 '조선색'을 구현하려는 의식이 결합된 개념이었다. 그 안에서 식민지 수도 경성의 풍토는 북한산과 남산, 한강이라는 상징 자연물과 더불어 고궁이나 역사성 있는 건물 및 명소들로서 '조선지방색어'에 편입되었으며, 이들 개별개별의 장소들은 지명 자체로 경성을 대상으로 한 단카의 주요한 소재로 자리매김하였다.

3. 『조선풍토가집』과 경성 표상의 유형

경성을 경험한 일본인들은 위에서 살펴본 리스트의 장소들을 중심으로 경성과 관련된 개인의 기억을 다양한 유형으로 노래하고 있다. 여기에서는 경성이라는 장소를 어떻게 표상하고 있는지 그 유형을 정리해 보기로 하자.[15]

우선, 경성에서 사는 조선인들의 생활 모습을 그린 노래이다.

[남산] 저물어 가는 대도시 경성에서 소음이 나의 귓가에 울리누나 마치 꿈을 꾸듯이(くれてゆく大京城の騒音が耳朶にひびきをり夢のごとくに). 市山盛雄

[경성] 침을 뱉고 또 침을 뱉어내면서 여기 도읍의 가난한 동네 거리 지나다녀 보았네(唾を吐き唾を吐きつつこのみやこの貧しき巷を通るなりけり). 土岐善麿

[조지리] 산 속 깊은 곳 이 시골 마을 사는 사람은 종이 뜨는 일을 업으로 하고 사는 듯하다(山ふかきこの鄙里に住む人は紙漉く業を生活とすらし). 原口順

[장충단] 달이 뜬 밤에 언덕을 내려오는 지게꾼 등에 어렴풋하게 파의 향내가 감돌았네(月の夜の坂下り来るチゲの背に葱のほのけき香はただよへり). 真能露子

[덕수궁] 세월 오래돼 한국식인 게 좋게 보이는 문을 지나니 느릿느릿 흰옷의 노인 나와(年ふりて韓ぶりよろしきくぐり門のこのこと白衣の翁いで来つ). 市山盛雄

[남대문통] 한국 아가씨 항간을 다니면서 펄럭인 치마 쌀쌀한 봄 밤에 하얗게 보이더라(韓の娘がちまたを行きて翻へす裳春の夜寒に白く見えける). 臼井大翼

[정관각] 가리개 쓰고 행동거지 조신한 어린 소녀의 옥 같은 살갗 비친 능사로 된 저고리(かしづきてたちゐしづけき少女子の玉肌透くや紗綾の上衣(チョゴリ)). 百瀬千尋

조선인들이 많은 거리 종로나 청계천에 관련된 단카에서는, 사실 전체적으로 조선인으로 여성과 아이들에 대한 묘사가 눈에 띈다. 그것은 제국의 식민자로서의 남성(성)과 피식민자인 여성(성)이라는 식민지주의적인 심상지리(心象地理)[16]가 아로새겨진 것으로, 바꿔 말하면 경성의 여성과 아이들을 바라보는 일본인 가인의 남성적 시선이라 할 수 있다. 경성 자체를 가제(歌題)로 삼은 단카나 경성의 관문인 남대문 및 경성역을 읊은 단카에서 볼 수 있는 것처럼 거리의 불결함, 매연, 자욱한 안개, 소음을 배경으로 그러한 식민지의 대도 경성의 조선인들의 삶을 일정 거리를 두고 타자화하고 있으며. 여성적이거나 불결한 것으로 대상화하려는 일본인의 시선이 여기에서도 포착된다.

다음은 한성에서 경성으로의 변화를 표현한 노래들이다. 당시 재조일본인 가인들은 경성에서의 조선인들의 삶을 타자화할 뿐 아니라, 조선왕조의 도읍이던 한양, 한성에서 식민지의 수도 '경성'으로 변천해가는 변화에도 다대한 관심을 보인 듯하다.

[남산] 차분히 앉아 물끄러미 바라본 남산 산자락 붉은 지붕들 수가 더욱 늘어났구나(おちつきてしみじみ対ふ南山の麓邊は赤き屋根ふえにけり). 百瀬千尋

[덕수궁] 월산대군이 거주하셨던 궁전 터였던 곳이 오늘날 개방되어 사람들이 노닌다(月山大君住みたる宮の跡処今日ゆるされて人々あそぶ). 丘草之助

[광화문] 위엄이 있는 문의 그 뒤편으로 있던 한국식 궁궐의 그 풍경이 이제 보기 어려워(いかめしき門のうしろに韓ぶりの宮のけしきは今は見がたし). 植松寿樹

[조선총독부] 광화문 있던 자리에서 철거돼 조선총독부 새로운 청사 위치 정해져 버렸구나(光化門取り除かれて総督府の新しき庁舎の位置定まれる). 寺田光春

[서대문] 서대문을 부순다고 하는 날 살짝 소매에 넣어서 집에 왔네 바로 이 돌멩이를(西大門壊すといふ日ふと袖に入れて帰りしこの石くれよ). 横田葉子

[광희문] 성곽의 벽이 무너진 것을 보며 인간 세상의 변천하는 모습에 생각이 미치누나(城壁の崩えしを見つつ人の世のうつろふ姿に思ひいたりぬ). 小泉苳三

[조선은행] 돌로 지어진 하얗게 말라 있는 은행 건물의 그늘진 조용한 곳 아래로 와 보았네(石造しろくかわける建物のかげしづかなる下に来りぬ). 末田晃

[금융조합협회] 거대한 협회 건물을 마련하고 앞으로 더욱 번영해 나아가리 우리 금융조합은(巨大なる協会館をしつらへていや栄ゆらむわが組合は). 牟田口利彦

[경성운동장] 세상의 변천 대단하기도 하다 서로 얽혀서 힘을 겨루는 데는 넓은 노천 운동장(世の移りすさまじきかも相搏ちて力きほふに広き野天なり). 大内規夫

[조선신궁] 멀리 한국에 자리를 옮기시어 제례를 받는 존귀한 혼령이라 받들어 절을 하네(韓国に遠く遷して祭りける尊き御靈とをろがみにけり). 渡名喜守松

[남산신사] 올라가려고 올려다 본 신궁의 돌로 된 계단 마치 급류와 같이 하늘에 걸린다네(のぼらむと仰ぐ神宮の石の階段たきつせなして空にかかれり). 中島哀浪

[박문사] 경춘문 누각 용맹스러운 글자 찬란하게도 햇빛에 빛난 아래 경건히 지나가네(慶春門ろうたけき文字燦として日に耀へり虔しみくぐる). 原雪子

이러한 노래들에는 경성이라는 도시의 변모와 한양이던 당시로부터 소실된 것, 그리고 근대 도시로 변모하는 과정에서 새로이 생긴 것 등이 제재가 되었다. 이러한 유형에서는 조선에 생활자로서 머물며, 경성을 자신들의 도시로 삼고자 한 재조일본인들의 의식을 읽어낼 수 있다. 그리고 그 과정에서는 일본의 신성성을 유지하는 건축물—예를 들어 남산신사, 조선신궁, 박문사 등—과 조선적인 것의 접합이라는 기묘한 방식을 안고 있는 특이성도 살필 수 있다.

다음으로는 근대 도시 경성의 모던한 생활에 관한 노래들이다.

[미쓰코시] 별이 빛나는 아름다운 밤 경성 미쓰코시의 옥상에는 가을의 화초들과 물소리(星美しき夜の京城三越の屋上には秋の草花と水音). 平山斌

[미나카이] 미나카이의 신관 옥상 위에서 혼마치 점포 지저분한 집들의 안쪽 들여다본다(三中井の新館屋上ゆ本町の店舗きたなき家裏をのぞく). 寺田光春

[조지야] 소개소에서 오늘도 허무하게 나온 두 다리 조지야 옥상으로 와서 쉬게 한다네(紹介所今日もむなしく出し足の丁子屋の屋上に来ていこふなり). 木村禾一

[종로] 번쩍번쩍한 놋그릇 진열하고 한 해가 지는 세밑은 밝은 모습 지는 화신 백화점(きらきらと鍮器ならべて歳末の明るさはあるよデパート和信). 百瀬千尋

[지요다 그릴] 지요다 그릴 식당에 늦은 밤은 손님도 없고 리놀륨 바닥 넓어 댄스를 떠올린다(千代田グリルの食堂に宵は客なくてリノリユーム広くダンス想ひをり). 百瀬百代

[정관각] 잔디밭 위에 햇볕 비쳐 따스한 안쪽 마당은 어젯저녁 시원한 바람에

파래졌네(芝草に日の照り和む内庭はゆふべすずしく風青むなり). 百瀬千尋

[JODK] DK의 방송 끝나고 창문 쪽에 있으면 정적 속 멀리서 다듬질 소리가 들려오네(DKの終りて窓により居ればしじまを遠き砧聞ゆる). 難波正以知

이렇게 어느 정도 한양의 흔적을 유지하면서도 근대 도시 경성은 미쓰코시, 미나카이, 조지야라는 새로운 쇼핑의 장인 백화점을 여럿 갖춘 모던한 공간일 수밖에 없었다. 경성으로 변모하면서 근대의 생활양식이 혼재되던 도시상이 임장감 넘치게 그려진 단카도 많다.

『조선풍토가집』의 단카는 각각 개인의 경험을 토대로 한 감상으로 보이지만 조선적인 단카의 면목을 드러낼 때 이미 클리셰가 된 조선색 소재들을 차용하는 경우도 적지 않았다. 이러한 클리셰는 소재가 진부해진 만큼 다양한 소재에 질적 양적 표현의 축적이 이루어진 결과라 볼 수 있다. 일본어 전통시가에서 '조선색' 가어와 그 표상은 식민지의 과거와 전통을 어떻게 의식하고 있었는가의 문제와 연계될 것이다.

【사진 3】 지금의 신세계 백화점(왼쪽)과 그 전신이었던 미쓰코시 백화점(三越百貨店) 경성지점(오른쪽 엽서)

4. 단카에 보이는 경성의 역사 기억

식민 권력이 그 거점을 식민지 내륙의 전통적인 역사 도시에 건설할 경우, 기성 권력의 저항이 강하여 입지가 항구 도시보다 불리하기 때문에 정치적, 사회적으로 부담이 될 비용이 늘어날 것이 예상[17]된다고 한다. 그러한 면에서 일본 제국이 오백년 동안 왕조로서의 역사를 갖는 조선 도읍을 그대로 식민지의 수도로 삼은 것은 이례적인 일이었으나, 결과적으로 한성은 경성이 되었고 경성은 식민 권력의 거점이 되었다. 그 과정에서 오랜 세월이 축적된 조선의 전통이 강력하게 작용했음은 자명하며, 경성 관련의 단카도 조선의 오랜 전통과 역사를 떠올리는 경우가 매우 많은 것을 볼 수 있다. 사라져가는 조선의 과거를 고궁, 박물관, 세검정, 경학원(옛 성균관) 등에서 감지하며 '천 년', '과거', '오래된', '옛날' 등의 표현을 반복함으로써 조선의 오랜 역사를 자동적으로 연상한다.

이러한 단카에서는 조선의 유구한 역사를 떠올리면서 "절절하다"거나 "존귀하다"는 식으로 조선 문화와 역사를 높이 사는 듯한 평가나 감상이 드러나는 노래도 있지만, 실상은 조선 왕조 패망의 역사적 기억을 재현하는 단카가 압도적으로 많다.

[남대문] 서울, 서울 초겨울 비에 젖어 검푸르게 서 있는 남대문에는 밤의 담쟁이덩굴(京(ソウル)、京(ソウル)しぐれにぬれて黝み立つ南大門の夜の蔦かづら). 富田砕花

[창경원 비원] 가랑비 내린 동물원으로 혼자 외로이 와서 새매가 내는 소리 적적히 느끼누나(小雨ふる動物園にひとり来て鷂のこゑを寂しみにけり). 丘草之助

[경복궁] 저녁 해 드는 이 오래된 정원의 깔린 기와들 들쑥날쑥하여서 밟기에 쓸쓸하다(夕日さすこの古庭の敷瓦でくぼくにして踏むにさびしき). 川田順

[경회루] 항상 여기에 펼쳐지던 연회의 술잔 기울 듯 기울어지는 나라로 여겨지

게 된다네(常ここに張りしうたげの酒杯の傾ける国しおもほゆるかも). 中島哀浪

[경회루] 돌기둥 밑을 빠져나가 보았네 그 옛날 당시의 왕의 사치스러움 머릿속에 그려져(石柱の下をくぐりつそのかみの王者の奢侈ぞ偲ばれにける). 窪田わたる

이런 노래에서 보면 조선 왕조의 패망은 "연회의 술잔 기울" 듯 진행되었고, 화려한 모란꽃이 지지 않을 것처럼 앞을 내다보지 못한 채 흥에 겨워 지낸 "왕의 사치스러움"이 그 원인이었다는 의식이 바탕에 깔려 있다. 여기에서 조선왕조 패망에 대하여 1900년을 전후로 하여 벌어진 한 일간의 긴박한 사건은 일체 언급되지 않고, 시대의 변화를 읽지 못한 채 주연과 왕의 사치와 안일함에 젖어 있던 왕조 내부만의 문제에 기인한다는 왜곡된 역사 인식이 반복된다. 이러한 사례에는 19세기 말부터 20세기 초에 걸쳐 조선의 악정과 자치능력 부재를 강조한 식민 담론이 그 그림자를 짙게 드리우고 있다고 하겠다.

이번에는 조선인 입장에서 특별한 의미를 갖는 역사적 장소에서 역사성이 소거되고, 휴게의 공간으로 표상되는 사례를 약수대, 장충단, 파고다 공원을 노래한 단카에서 확인해 보기로 하자.

[약수대] 약수 가까이 앉아서 잠시 쉬고 있노라니 한동안은 더위를 잊고 있게 된다네(薬水のほとりにありてやすらへばしばし暑さを忘れてゐたり). 志方言川

[장충단] 길가 가까이 무성한 소나무들 키가 크므로 걷다 보니 곧바로 골짜기가 보인다(道迫りてしげる松の木高ければ歩くままにして谷みえにけり). 浦本冠

[파고다공원] 황량한 겨울 마른 파고다공원 적적했지만 탑에 감돌고 있는 봄날의 햇볕 기운(冬枯のパゴダ公園さびたれど塔にはにほふ春の日のかげ). 名越湖風

약수대는 서울의 사대(四大) 물맛의 하나로 유명했던 취운정(翠雲亭)을 일컫는데, 취운정은 19세기 후반 조선 후기의 양반 민태호(閔台鎬, 1834~1884)가 지은 정자로 독립운동가들의 회합 장소로 이용되던 공간이었다. 또 장충단은 원래 1895년 명성황후 시해 사건 5년 후 고종이 지은 사당으로 봄과 가을에 제사를 지내던 초혼단이었다. 그러나 대일감정을 악화시킨다는 이유로 1908년 제사가 금지되고 벚꽃 명소의 공원으로 탈바꿈하였다. 파고다공원 역시 3.1만세운동의 발상지로 독립선언서가 낭독된 장소이지만 그저 황량한 풍경으로 그려질 뿐이다. 이러한 단카에서 역사적 사건을 떠오르게 할 만한 가어(歌語)란 따로 없으므로, 재조일본인들에게 작용한 집단적인 역사성의 소거와 망각이라는 장치를 확인할 수 있다.

한편, 경성 관련 단카에서 역사적 기억을 이야기할 때 가장 주목할 만한 사례는 근대 한일관계와 전쟁에 관한 기억을 읊은 노래들일 것이다.

[왜성대] 왜성대에 있는 오래된 관사에는 담장을 따라 아카시아의 꽃이 펴서 하얗게 보여(倭城台古き官舎の塀つづきあかしやの花は咲き白みたり). 高橋珠江

[덕수궁] 사카자키 데와노 가미가 분로쿠 전쟁 때 진을 쳤던 동산 안에는 가을 풀 향기나(坂崎出羽守が文録の役に陣をとりしみ苑の中は秋草匂ふ). 丘草之助

[경복궁] 이 근처에서 민비가 덧없이도 인생 최후를 다한 곳이라 듣고 여름 풀 밟아본다(このあたり閔妃あへなき最後をば遂げし地と聴き夏草を踏む). 善生永助

[노인정] 일본과 한국 담판을 지은 자리 나중이 되어 여름풀 무성하게 노인정 되었구나(日韓の談判なせしあとどころ夏草ふかく亭あれにけり). 名越湖風

[하세가와마치] 가로수들의 가지치고 있구나 이 동틀 녘에 하세가와마치로 봄은 이렇게 왔네(街路樹の枝つみてをりこの朝け長谷川町に春は来にけり). 中村両造

[조선호텔] 세상이 변해 호텔이 되었구나 대한제국의 황제가 천신지기 제를 올리던 곳이(世はうつりホテルとなりぬ韓皇帝天神地祇をまつれるところ). 名越湖風

일견 풍경시처럼 보이지만, 왜성대는 왜장대(倭将台)라고도 불리었고 임진왜란 때의 왜장 마시타 나가모리(増田長盛, 1545~1615)가 성을 세운 곳이라 하여 붙은 명칭이라는 유래가 이미 당시에 일반화되어 있었다. 따라서 1907년 통감부 청사가 들어서고 1926년 조선총독부 신청사 이전까지 약 20년 동안 왜성대 통치가 정당성을 획득할 수 있었던 것이다. 덕수궁 단카에서 사카자키 데와노 가미(坂崎出羽守)란, 임진왜란 때 이곳에 진을 치고 일본으로 돌아가서도 공훈을 인정받은 왜장 사카자키 나오모리(坂崎直盛, ?~1616)의 직함을 딴 호칭으로 역시 비슷한 기억의 사례이다. 여기에는 에도 시대 말기부터 메이지 시대에 걸친 19세기에 유행한 유제 와카집(類題和歌集), 즉 역사적인 일이나 사적 인물을 제재로 하여 읊는 영사가(詠史歌)[18]의 흐름과 영향관계를 볼 수 있어 주목할 만하다.

또한 경복궁에서는 "덧없이도 인생 최후를" 맞은 명성황후를 떠올리고 있다. 노인정은 1894년 조선의 대표 신정희(申正熙, 1833~1895)와 일본의 오토리 게이스케(大鳥圭介, 1833~1911) 공사 사이에서 회담이 열린 곳으로, 위의 인용 단카에서는 "일본과 한국 담판을 지은 자리"라는 표현에서 청일전쟁이라는 국제전에서 일본이 전승을 거두는 계기가 된 이 장소의 역사성이 뚜렷이 부각되고 있다. 하세가와마치(長谷川町)라는 지명은 조선군사령관이자 무단(武断)정치의 주역으로 비판받은 하세가와 요시미치(長谷川好道, 1850~1924) 총독의 이름에서 따온 것이다. 지명과 인물이 직결되어 한반도 지배의 상징적인 인물을 상기시키는 면에서 왜성대와 흡사하다. 마지막 조선호텔 단카는 고종이 하늘을 받들어 제사를 드린 환구단(圜丘壇)의 일부를 헐고 지은 전신(前身)인 철도호텔의 설립 배경을 읊은 것이다.

이렇게 『조선풍토가집』에서 경성 관련으로 선택, 배치된 단카를 통해 그에 잠복한 과거 서사와 역사 기억을 고찰해 보았다. 일본인 가인들은 조선 쇠망에 대해 애잔함과 한탄을 느끼면서도 그 원인을 왕조 내부의 사치로 귀결시키고 반일(反日)의 불온한 정서와 연계될 수 있는 곳인 경우 가차 없이 유원(遊園)의 공간으로만 인식하게끔 기억을 왜곡 및 소거하거나, 임진왜란과 1900년을 전후한 한일 근대사에서 일본 지배나 승리의 정당성을 기호화한 지명을 호명하는 식으로, 경성을 기억 환기의 장인 토포스(Topos)로 삼았다. 그리고 이러한 표상 방식은 『조선풍토가집』이 유통되기까지 약 30년간 집단적 기억으로서 경성에 재조일본인들이 식민자(植民者)로 있을 수 있게끔 정당화하는 기능을 수행했음을 파악할 수 있었다.

5. 맺으며

이 글에서는 1935년 간행된 한반도 최대의 가집 『조선풍토가집』에서 식민지 '조선'의 대도 경성이 어떻게 '조선색'의 풍토로 위치하고 표상되며, 어떻게 역사 기억을 내재하는지 검토해 보았다. 경성의 '풍토'란 '내지' 일본에서 기대하는 이국정조와 고유한 '조선색'을 구현하려는 가인들의 욕구를 동시에 의식한 개념으로 보인다. 개인의 체험과 기억을 바탕으로 경성 조선인들의 삶을 '타자'화한 것, 한양과 한성에서 경성으로 변모하면서 소멸 혹은 생성된 것들에 대한 변천을 포착한 것, 경성의 모던한 생활 양태를 그린 것 등으로 단카를 유형화해 보았다. 특히 재조일본인들은 역사적인 장소나 유적, 지명을 단카의 소재로 읊을 때 공유된 기억을 드러내는 것을 알 수 있었다. 그것은 당시의 상황에서 패망한 왕조의 흔적을 떠올리는 스탠스이지만, 악정이나 자치불능의 이미지를 통해 왕조 멸망을 기억하는 공통의 기억 장치였다고 할 수 있다. 또한 한반도와 일본의 역사적 사건이 있던 공간에서는 필연적으로 한반도가 일본의 점유 공간이라는 것을 연상하고 있는데, 이것은 고대 일본이 한반도로 '진출'했던 것을 연상시키는 단카와 공유되는 특징으로 고찰해 볼 가능성이 있으며, 에도 시대 말기부터 메이지 시대까지 유행했던 대량의 영사가 흐름 또한 재검토할 필요성이 생겼다.

아울러 경성의 역사적 장소와 사건에 관련된 일본인의 시가는, 20세기 초두 식민지주의와 식민 담론이 내포된 공유된 기억을 환기시키는 역할을 수행하고, 여기에 경성을 둘러싼 재조일본인 집단의 기억이 자리매김되어 있는 것을 살펴보았다. 경성의 장소성에 부여된 복잡한 의미는 1945년 이후에도 서울이 역사로서 이어지고 있고, 근대 수도의 계보는 목하 서울의 도시사학(都市史学)[19]이 세밀히 규명하려는 대상이기도 하다. 이러한 점을 염두에 두고 한반도에서 대량으로 창작된 일본어 전통시가의 토포스와, 귀환자 문학에 그려진 조선의 기억 분석 및 한반도의 근대 도시의 표상, 역사 기억과 표현에 관한 고찰을 향후의 과제로 삼고자 한다.

* 2019년 10월 국문학연구자료관(国文学研究資料館)에서 개최된 포럼 발표 당시 야마모토 가즈아키(山本和明) 교수님으로부터 영사시(詠史詩)·영사가(詠史歌)에 관한 귀중한 조언을 얻을 수 있었기에 지면의 이 자리를 빌려 깊은 감사의 말씀을 드린다.

** 이 논문은 「재조일본인과 일본 전통시가의 경성 표상－한반도 최대 단가집(短歌集) 『조선풍토가집(朝鮮風土歌集)』(1935년)을 중심으로」(『비교일본학』 제37집, 한양대학교 일본학국제비교연구소, 2016.9)를 본서의 취지에 맞추어 대폭 수정 가필한 것이다.

1 오미일 · 조정민 「제국의 주변 · 조선의 중심, 경성 일본인의 心像—교육시스템과 진로문제를 중심으로—」 『일본학연구』 38집, 단국대학교 일본연구소, 2013, pp.69-98.

2 엄인경 「20세기초 재조일본인의 문학결사와 일본전통 운문작품 연구」 『日本語文学』 제55집, 일본어문학회, 2011, pp.383-384.

3 이와 관련된 연구는 허석 「明治時代 韓国移住 日本人의 文学結社와 그 特性에 대한 調査研究」 『日本語文学』 3집, 한국일본어문학회, 1997, pp.281-309, 정병호 「20세기 초기 일본의 제국주의와 한국 내 〈일본어문학〉의 형성 연구—잡지 『조선』(朝鮮, 1908-11)의 「문예」란을 중심으로—」 『日本語文学』 제37집, 한국일본어문학회, 2008, pp.409-425 등으로 문학결사나 문예란 중심으로 조금씩 언급되다가, 2010년 이후 나카네 다카유키 「조선 시가(朝鮮詠)의 하이쿠 권역(俳域)」 『日本研究』 第15輯, 고려대 일본연구센터, 2011, pp.27-42, 엄인경 『문학잡지 『国民詩歌』와 한반도의 일본어 시가문학』(역락, 2015), pp.1-219 등 본격적인 시가 분석 연구로 이어진다.

4 成田竜一 『「故郷」という物語-都市空間の歴史学』(吉川弘文館, 1998), p.3.

5 앞의 주3의 엄인경의 책, pp.39-51.

6 이 일련의 특집 기획의 의미에 관해서는 엄인경 「재조일본인의 조선 민요 번역과 문화 표상—『조선 민요의 연구(朝鮮民謡の研究)』(1927년)에서 『조선의 자연(朝鮮の自然)』(1929년)으로—」 『日本言語文化』 제33집, 한국일본언어문화학회, 2015, pp.387-408 참조. 『진인(真人)』에 수록된 미치히사 료(道久良)가 1928, 1929, 1937년 세 번에 걸쳐 발표한 「조선의 노래(朝鮮の歌)」라는 글은 이러한 의미에서 상징적인 에세이다.

7 5년간 8백 여명 가인들의 대략 칠천 수를 넘는 단카(수치는 오산으로 보임)를 정선해낸 대대적 작업을 주도한 이치야마 모리오(市山盛雄)는 이 가집 편찬으로 '조선 가단의 은인(朝鮮歌壇の恩人)이라 불리게 된다. 林政之助 「『朝鮮風土歌集』 雑感」 『真人』 第十三巻第四号, 真人社, 1935). 이 글은 엄인경, 신정아 공편 · 역 『『진인』의 조선 문학 조감』(역락, 2016)에 수록.

8 川田順 「序」, pp.1-2, 若山喜志子 「序」, pp.3-6, 細井魚袋 「序」, pp.7-8이며, 이하 『朝鮮風土歌集』(朝鮮公論社) 내 모든 인용문과 단카의 번역은 필자에 의한 것이다.

9 엄인경 「한반도의 단카(短歌) 잡지 『진인(真人)』과 조선의 민요」 『比較日本学』 제30

집, 한양대학교 일본학국제비교연구소, 2014, pp.169-195와 「일제강점기 재조일본인의 「향토」 담론과 조선민요론」 『日本言語文化』 28집, 韓国日本言語文化学会, 2014, pp.585-607를 참조.

10 특히 위에서 언급한 난바 센타로가 『진인』의 지상(誌上)에서 노구치 우조(野口雨情)와 향토의 개념을 놓고 논쟁한 것이 대표적 내용이다. 앞의 주9의 엄인경의 논문 「일제강점기 재조일본인의 '향토' 담론과 조선 민요론」 참조.

11 구인모 「단카(短歌)로 그린 朝鮮의 風俗誌—市山盛雄編, 『朝鮮風土歌集』(1935)에 対하여—」 『사이(SAI)』 창간호, 국제한국문학문화학회, 2006, pp.219-220.

12 앞의 주9의 엄인경의 논문 「한반도의 단카(短歌) 잡지 『진인(真人)』과 조선의 민요」, p.192.

13 원래 한자로 쓰인 '풍토(風土)'란 고정된 땅과 그 땅에서 자라는 온갖 산물과 생명체(土), 그리고 땅 위에서 변화하는 삶의 모든 것(風)을 가리키는 기표(signifier))와 기의(signified)가 동시에 압축된 단어이다. 정기용 「3. 풍토와 문화」 『기억의 풍경-정기용의 건축기행 스케치』(현실문화, 2010), p.77.

14 津郁兵治郎 『朝鮮風土俳詩選』(津郁連翹荘, 1940), pp.20-21. 1940년 당시 1927년 이후 '반도 로컬 컬러의 일대보고(半島ローカル・カラーの一大宝庫)'(p.12)로서 1700여구의 하이시(俳詩, 거의 센류)를 선별한 것이다.

15 이 글에 인용하는 모든 단카는 市山盛雄 「京畿道篇」 『朝鮮風土歌集』(朝鮮公論社, 1935), pp.205-280)에서 발췌한 것으로, [ ]는 표제어, 단카 뒤의 이름이 창작 가인(歌人)이다.

16 물론 여기에서 말하는 심상지리는 에드워드 사이드가 말한 '상상의 지리(imaginative geography)'에 기초하는 것이다. '아시아적인 것이란 이국성, 신비성, 심원함, 생식력 등과 부합'된다는 오리엔탈리즘은 『조선풍토가집』 내의 여행자 시선에서 읊어진 단카에서 자주 조우하게 된다. 에드워드 사이드 저, 박홍규 역 『오리엔탈리즘』(교보문고, 2000), pp.102-107.

17 김백영 『지배와 공간—식민지도시 경성과 제국 일본—』(문학과 지성사, 2010), pp.252-272.

18 三輪正胤 「明治時代における詠史歌の意味(一)晶子の新しい和歌の背景」 『人文学論集』 18, 2000, pp.45-54, 「明治時代における詠史歌の意味(二)」 『人文学論集』 20, 2002,

pp.17-30,「明治時代における詠史歌の意味(三)」『大阪府立大学言語文化研究』1, 2002, pp.10a-1a 영사가에 관한 연속 논문 참조.

19 대표적인 예로 전진성『상상의 아테네—베를린 도쿄 서울—』(천년의상상, 2015)과 이 책의 일역본 全鎮晟著, 佐藤静香訳『虚像のアテネ—ベルリン・東京・ソウルの記憶と空間—』(法政大学出版局, 2019)이 참고가 된다.

칼럼

『경성일보(京城日報)』와 근대도시 경성 표상
—요코미쓰 리이치(横光利一)의 만철 초청 강연여행과 「천사(天使)」를 중심으로—

김효순(金孝順)

1. 들어가며

주지하는 바와 같이 『경성일보(京城日報)』는 한반도에서 간행된 조선총독부 기관지이지만 문예물, 특히 장편소설은 일본문단의 주류작가나 신인작가, 재조일본인 작가의 작품들이 주로 게재되었다. 그 중에는 『경성일보』 초출이거나 일본에 동시 게재된 작품들도 있다. 주요 작품을 예를 들면 다음과 같다.

- 도쿠다 슈세이(徳田秋声): 「두 영양(二人令嬢)」(1912.2.4, 33회), 「새벽(曙)」(『경성일보』 1920.11.23~1921.7.15, 200회/『도쿠다 슈세이 전집(徳田秋声全集)』 별권(八木書店, 2006)에 언급)
- 요코미쓰 리이치(横光利一): 「천사(天使)」(『경성일보』 1935.2.28~7.6, 128회/

『타이완일일신문(台湾日日新聞)』 1935.3.1~7.7/『나고야신문(名古屋新聞)』 1935.3.1~7.7에 동시 게재)

- 히사오 주란(久生十蘭): 「격류(激流)」(『경성일보』 1939.10.20~1940.2.23, 126회/『정본 히사오 주란 전집(定本久生十蘭全集)』 4권(国書刊行会, 2007)에 「여성의 힘(女性の力)」으로 개제 수록/1940년 하쿠분칸(博文館)에서 단행본 간행)
- 기쿠치 간(菊池寛): 「생활의 무지개(生活の虹)」(『경성일보』·『나고야신문』·『타이완일일신문』 1934.1.1~5.18/『속 기쿠치 간 전집(続菊池寛全集)』 제7권(平凡社, 1934.10)/후지야쇼보(不二屋書房) 단행본 간행)
- 가타오카 뎃페이(片岡鉄兵): 「꽃에 농염 있음(花に濃淡あり)」(『경성일보』 1936.10.22~1937.3.26, 150회/『나고야신문』 1936.10.21~37.3.25/『신작 대중소설 전집(新作大衆小説全集)』 제29권(非凡閣, 1942.1))[1]

이러한 『경성일보』 초출 혹은 동시 게재 작품들에는 조선의 사람이나 문화, 풍물, 자연 등이 소재나 배경이 되고 있거나 내용 상 식민지 문화정책과 밀접하게 관련되는 경우가 있어서, 작품의 이해를 위해서는 『경성일보』라는 발표 매체의 성격을 시야에 넣고 읽어야 하는 경우가 많다. 이러한 의미에서 작품의 공간표상이 『경성일보』라는 발표매체나 집필 배경과 밀접한 관계에 있는 요코미쓰 리이쓰의 「천사(天使)」는 주목할 필요가 있다.

2. 조선총독부의 문화정치와 만철 초청 문학 강연

조선에서 1920년대부터 1930년대 전반까지는 3.1민족 독립운동에 의해, 조선총독부가 정책의 기조를 무단정책(武断政策)에서 문화정책으로 바꾸고 내선융화정책을 실시한 시기이다. 이와 같은 식민지 정책의 안정화에 따라 식민지 수도 경성은 근대적 우편, 교육, 은행, 병원, 학교 등의 제도를 갖추고 백화점, 레스토랑, 바, 카페, 우체국, 호텔, 전화국, 극장 등을 건설하며 근대 소비도시로서의 면모를 갖추어 갔다. 동시에 조선총독부는 성공적 식민정책과 식민지 조선에서의 내선융화와 발전상을 적극적으로 일본 내지에 전함으로써 본국으로부터 식민정책의 지원과 지지를 이끌어내고자 하였다.

이와 관련하여 이 시기 조선에서의 문학 · 문화 활동은 제국 일본의 문화정치의 영향권 안에서 전개되었으며, 식민 권력인 총독부는 정기간행물, 포상제도, 각종 관변 단체의 조직 등 문화기구를 조작하며 조선문학을 통제 관리해 나갔다. 그리고 이러한 총독부의 통제와 관리는 일본 '내지'의 문단 혹은 문화 권력이나 식민지 조선의 작가들과의 협력에 의해 실행되는 형태를 띠었다. 이와 같은 맥락에서 1930년 9월 약 10일간의 일정으로 기쿠치 간(菊池寛) 일행에 의해 이루어진 문학 강연은 주목할 만하다. 왜냐하면, 기쿠치 간은 당시 '문단의 대가'로서 일본 '내지' 문단만이 아니라 『경성일보』에도 자신과 친우들의 글을 게재하고 각종 강연회나 좌담회를 주도하는 등, 조선, 만주를 비롯한 일본제국의 식민지에서 권력의 핵심세력과 교감하며 절대적 영향력을 행사함으로써 식민지 문화정치의 한 축을 담당하고 있었기 때문이다.

이와 같은 기쿠치 간이 처음 조선을 방문한 것이 바로 1930년 9월 남만주철도주식회사(南満洲鉄道株式会社, 이하 만철) 초청 강연이었던 것이다. 만철은 주지하는 바와 같이, 1906년 러일전쟁의 강화 조약인 포츠머스 조약에 의해 러시아로부터 양도받은 철도 및 부속지를 기반으로 설립된 일본 제국의 국책회사로, 철도 이외에도 광범위한 사업을 전개하여 일본 제국의 만주 경영의 중핵 역할을 하였다.

요코미쓰는 이 만철 초청 강연여행에 동참했다. 만철 강연 여행자 일행은 9월 15일 일본공수회사(日本空輸会社) 여객기를 전세로 이용하여 화려한 퍼포먼스를 펼치며 여의도에 도착하여 화제가 된다. 그리고 이 강연회는, '문단의 유성(文壇の遊星), 요코미쓰 리이치 씨 등 다양한 멤버는, 문사로서는 겨우 다니자키(谷崎), 오키노(沖野), 고가 사부로(甲賀三郎) 씨 등을 맞이했을 뿐인 경성으로서는 더없이 좋은 절호의 찬스'라는 광고에서 알 수 있듯이, 큰 기대를 모았다. 강연회는 경성일보사의 구와하라(桑原) 주필의 개회사 후에, 데라다(寺田) 사회부장의 소개로 사사키 모키치(佐々木茂吉), 이케타니 사부로(池谷信三郎), 요코미쓰 리이치가 단상에 올라가 인사를 하는 것으로 시작되었고, 나오키 산주고(直木三十五)는 「과학소설의 제창(科学小説の提唱)」, 기쿠치 간은 「문예의 감상과 창작(文芸の鑑賞と創作)」이라는 제목으로 강연을 했다. 이 문학 강연이 계기가 되어 『경성일보』에는 기쿠치 간의 『생활의 무지개(生活の虹)』(1934.1.1, 5.18)와 「신혼가정(新婚家庭)」(전1회, 1936.1.1), 나오키 산주고의 「간에이 만자 난(寛永卍乱れ)」(전15회, 1932.5.4~18), 요코미쓰의 「천사」, 구메 마사오의 「애정의 감격(愛情の感激)」(전2회, 1935.1.1~3) 등 강연자들의 작품이 게재된다.

이상과 같이, 요코미쓰의 「천사」를 비롯한 '내지' 작가들의 『경성일보』 작품 게재는, 일제의 문화정치의 영향권 안에서 내지 문단 권력과 밀접한 연계와 지원에 의해 이루어진 식민지 조선의 일본어문학의 특수성을 배경으로 하고 있다고 할 수 있다.

3. 「천사」의 등장인물과 심리묘사

「천사」는 『경성일보』에 게재된 후, 같은 해 9월 소겐사(創元社)에서 단행본으로 간행된 장편 연재소설이다. 소겐샤의 단행본은 『경성일보』 초출과 비교하면 표현의 수정이 군데군데 눈에 띄며, 교코(京子)가 사다코(貞子)를 방문한 후 미키오(幹雄)와의 재결합을 결심하는 장면과 재결합 이후의 경성 여행 부분은 삭제되어 있다.

작품의 내용은 다음과 같다. 사업상 위기에 처한 미키오의 아버지 헤에(兵衛)는 교코의 아버지의 도움으로 재기에 성공한다. 그 인연으로 미키오와 교코는 결혼을 하지만 사랑 없이 집안의 필요에 의해 이루어진 둘의 결혼은 원만하지 못하다. 이와 같은 둘의 관계는 미키오가 병이 들어 가마쿠라(鎌倉)에서 요양원 생활을 하면서 표면화된다. 미키오는 간호사인 사다코와 가까워지고 교코는 둘의 관계를 눈치채고 결혼 전 애인이었던 아카시(明石)에게 매달린다. 이와 같은 상황에서 미키오는 사다코에게 자신의 기분을 고백하지만 교코의 존재를 신경쓰는 사다코는 미키오의 결혼 신청을 거절한다. 교코에게서도 버림받고 사다코에게서도 버림받았다고 생각하는 미키오는 자포자기의 심정으로 교코에게 이혼장을 보낸다. 교코는 친정으로 돌아가고, 둘의 결혼생활이 파탄난 것을 알게 된 아버지 헤에는 아들 부부의 관계를 회복시키기 위해 봉천에 가서 집안의 사업인 호텔경영을 시찰하고 오라고 명령한다. 그러나 미키오는 교코가 아닌 사다코와 함께 봉천으로 떠나고 그 도중에 둘은 경성에서 결혼을 한다. 그 사실을 안 헤에는 두 사람을 불러들여 사다코를 아들과 헤어지게 하고. 그 결과 미키오는 교코와 재결합을 하게 된다.

여기에서 주목할 점은, 등장인물들의 심리가 상황에 따라 작품 내내 계속 변화한다는 것이다. 주인공 미키오는 아버지의 의사에 따라 어쩔 수 없이 정략결혼을 하고 요양지에서 간호부로 만난 사다코에게 사랑을 느끼지만, 그녀에게 거절당하자 사다코의 동생인 유키코(雪子)를 사랑하게 되고, 자신과 교코가 이혼한 것을 안 사다코가 다시 접근하자 사다코를 다시 사랑한다. 하지만 교코의 집안이 파산을 하고 아버지가 적극적으로 재결합을 요구하자 이번에는 교코에게 마음이 돌아간다. 환경에 따른 이와 같은 심리변화는 교코, 아카시, 사다코 모두 다 마찬가지이다. 두 번째로 주목할 것은 이들 등장인물들의 심리변화는 공간성과 밀접한 상관관계 속에서 묘사된다는 점이다. 아카시는 교코와의 실연을 잊기 위해 간사이(関西) 지역에서 경성으로 도망쳤다가 다시 도쿄(東京)로 돌아온다. 미키오는 아버지 헤에의 명령으로 경성, 봉천을 여행하는데, 이 여행은 각각 사다코와 교코에 대한 사랑의 확인이나 화해, 재결합의 의미가 있다.

그렇다면, 경성은 「천사」 속 등장인물의 심리변화와 어떻게 연결되고 있고, 어떤 공간으로 표상되고 있는 것일까?

4. 요코미쓰의 경성 방문과 경성에 대한 인상

「천사」에서의 경성의 공간성은 90회에서 100회에 걸친 경성 · 봉천 여행 장면을 통해 드러나는데, 이러한 경성 체류 장면은 요코미쓰의 두 번에 걸친 경성 체재 경험을 바탕으로 하고 있다.

요코미쓰는 「조선에 대해서(朝鮮のこと)」(1943)라는 에세이에서 조선을 세 번 방문했다고 밝히고 있다. 1922년 아버지의 죽음으로 경성을 방문한 것이 처음이고, 두 번째는 위에서 언급한 1930년의 만철 초대 강연이다. 세 번째는 외국에서 귀국하는 도중 비행기의 불시착으로 평양에서 1박을 했을 때라고 한다. 이 중 「천사」의 경성 표상과 관련이 있는 것은 1922년과 1930년의 방문이다.

1922년의 방문부터 보면, 요코미쓰의 아버지 우메지로(梅次郎)는 오이타현(大分県)에서 대대로 번(藩)의 기술을 담당했던 집안에서 태어나 철도 기사로서 유명하여 '철도의 신'으로 불리웠다. 그리고 1906년 6월부터 군사철도 부설 공사를 위해 조선 경성으로 건너와서 근무하다가 1922년 8월 29일 향년 55세의 나이로 객사한다. 요코미쓰는 그 뒤처리를 위해 24세에 처음으로 혼자서 경성을 방문한 것이다. 이때의 경성에 대한 인상에 대해서는, "아버지의 유골을 거두기 위해 학생 혼자 하는 여행이었기 때문에 슬픔이 깊었고 간신히 눈물을 참고 있었지만", "처음으로 바다를 건넌 여행"인데다가 "먼 이경(異境)을 찾아왔다는 생각에 눈에 들어오는 것은 모두 신기하고 아름답게 보였"고, "느긋하고", "태연스런" "연선(沿線)의 들길"은 자신을 몇 번이고 "위로를 해 주었다"라고 회상하고 있다.[2] 경성은 아버지를 잃은 깊은 슬픔을 느끼게 해 주는 곳임과 동시에 처음으로 바다를 건너 혼자 여행하는 '이경'으로서 신기하고 아름다우며 위로를 주는 곳이기도 했던 것이다. 또 한 가지 경성에 대한 인상에서 주목할 점은, 눈에 들어오는 사람들을 일본인과 조선인으로 나누어 인식한다는 점이다. 그는 조선에서 처음 탄 기차 안에 있는 사람들을 보고 남녀노소를 불문하고 '일본인' 혹은 '조선인', '요보=조선인'으로 구분한다. 경성역에서 내려서 눈에 띈 여자도 그냥 '예쁜' 여자가 아니라 '일본인 여자'로 인식하고 있다. 이러한 식민지 지배민족으로서의 자타구분 의식은, 조선의 하늘 즉 자연을 '냉혹'하고 '허무적'이며 '응원력'도 없고 친근감이라고는 전혀 없는 '잘못된' 하늘이며 만약 '흐린' 하늘이라면 올려다볼 수도 없을 만큼 '두려운' 대상으로 보이게 만든다. 이와 같이 요코미쓰가 처음 경험한 경성은 아버지를 잃은 슬픔과 식민지 지배민족으로서의 자타구분의식에 의해, 냉혹하고 허무하고 낯선 공간으로 그려지고 있음을 알 수 있다.

다음의 경성 방문은 그로부터 8년 후에 이루어진 만철 연선(沿線) 강연

여행이다. 위에서 언급했듯이, 이 강연 참가자들은 9월 15일 일본공수회사 여객기를 전세내어 여의도에 화려하게 도착한다. 그리고 당시 최고의 호텔이었던 조선호텔에서 1박을 한 후 만철 연선을 따라 순회 강연을 하고, 그 상황과 일정 등은 경성일보에 대대적으로 보도된다. 이때 그들이 묵었던 조선호텔은 1910년 철도 간선이 완공된 이후 경성을 통과하는 외국인의 수가 늘자 서양식 호텔이 필요해짐에 따라 1914년 9월에 건설된 근대식 호텔이다. 건설은 만철회사가 담당했으며, 1920년대에 들어서서는 철도국 직영이 되었다. 호텔의 설비로서는 당시 동양 최고를 자랑했으며 대부분의 방에는 욕실과 전화, 세면대, 식당, 사교실, 난방, 소방시설, 주차장, 프랑스식 요리점, 황궁우(皇穹宇) 등을 갖추고 있었다. 고종은 1897년 국호를 대한제국으로 고치고 한국이 독립국임을 선포하며 환구단(圜丘壇)에서 제사를 지냈다. 황궁우란 1899년 그 환구단 북측에 건립한 것이다. 조선총독부는 그와 같은 환구단을 없애고 그 자리에 조선호텔을 설립하였으며 황궁우를 호텔 설비의 일부로 남겨둔 것이었다. 즉 조선호텔은 근대적 설비와 조선적 전통의 조화를 자랑하는 동양 최고의 호텔로서 조선총독부의 내선융화라는 식민 정책의 성공을 표상한다고 하는 다분히 문화정치가 내재된 공간이었다고 할 수 있다. 이러한 조선호텔을 보고, 요코미쓰는 "아직 아버지가 살아 계셔서 어정버정 기쁘게 맞이하러 와 주는 것 같아 눈물이 나기도 했다"[3]라고 그 심경을 밝히고 있다.

아버지가 1906년 초창기부터 17년간이나 몸을 담고 건설한 만철의 초청으로 경성에 와서 그 만철에서 세운 조선호텔에서 묵으며 화려한 조명을 받은 그로서는, 조선호텔을 비롯한 경성이 아버지 세대가 건설한 자랑스럽고 정겨운 근대도시로 느껴졌던 것이다. 따라서 조선호텔의 역사에서 보이듯 그 식민지 근대도시 경성이 조선의 전통과 민족의 독립의지를 무너뜨린 자리 위에 건설된 다분히 식민지 문화정치가 내재된 공간이라고 의식할 여유는 없었던 것으로 보인다.

5. 「천사」와 식민지 근대도시 경성 표상

조선호텔로 대표되는 경성은, 「천사」에서는 주인공 미키오가 두 번 방문한 것으로 설정되며, 조화와 행복, 화해와 재결합의 공간으로 표상된다.

첫 번째는 아버지 헤에의 명령으로 봉천의 호텔을 시찰하기 위해 가는 도중 방문한 것이다. 이때의 여행은 90회에서 100회에 걸쳐 비중 있게 다뤄지며, 도쿄를 출발하여 시즈오카(静岡), 나고야(名古屋), 교토(京都), 고베(神戸) 등을 거치며 그곳의 호텔, 여관, 숙소 등의 위치나 전망, 여종업원의 서비스, 건축, 요리 등에 대한 품평을 중심으로 기술된다. 숙소를 일종의 예술품으로까지 인식하는 미키오는 경성의 조선호텔을 가장 높이 평가하며, 사다코와 결혼을 할 장소로 결정한다.

경성에 대한 미키오의 첫인상은 경성역에 내려섰을 때의 감상으로 대변되는데, 그는 "피로" 탓에 경성이 "샛노란 덩어리"로 보인다고 토로한다. 이는 8년 전 아버지의 죽음으로 처음 방문했던 경성에 대한 인상을 바탕으로 한 표현이다. 그러나 곧 도착한 조선호텔에서 보이는 경성은 정반대의 감정을 일으킨다. 호텔에서 보이는 경성은 삼각산, 인왕산, 백운대와 같은 조선의 자연, 경복궁, 육각당(=황궁우)와 같은 조선의 전통, 그리고 로즈 가든이라는 호텔의 근대시설이 어우러지는 행복한 공간이다. 또한 조선호텔은 도쿄의 스테이션 호텔과 비교하며 "음울하지 않"고, "내부의 취향이 메이지(明治) 시대 초기 느낌이라서 박물관" 같은 교토 호텔보다 좋다고 평가한다. 그리고 이 분위기에 동화된 미키오는 "경성 땅에 도착하자 갑자기 결혼이 하고 싶어"졌다고 토로하며, 사다코와 결혼을 결

【그림 1】 조선호텔(朝鮮ホテル)(요코미치 리이치(横光利一) 「천사(天使)」 97회 『경성일보(京城日報)』 1935.6.5)

심, 실행한다.

미키오가 두 번째로 경성을 방문한 것은 교코와 재결합을 하고 난 후의 일이다. 재결합을 한 미키오 부부는 관계가 회복되어 안정된 것 같지만, 사실 미키오는 마음 한편으로는 사다코에 대한 생각으로 가끔 침울한 감정에 빠져 있었다. 그러는 가운데 미키오의 아버지는 다시 이들 부부에게 봉천을 가라고 하고 둘은 안정되고 차분한 마음으로 첫 번째 여행과 똑같은 경로로 여행을 한다. 교코는 경성의 조선호텔에서 미키오와 사다코가 묵었던 방과 똑같은 방에 묵자고 하며, 과거 미키오와 사다코의 관계를 있는 그대로의 현실로 받아들인다. 교코는 미키오에게 '사다코 씨'를 생각해 주면 그 만큼 "죄를 씻게 되는 것"이라며 남편을 용서하고 있는 그대로의 현실로 받아들인 것이다. 조선호텔은 다시 화해와 용서, 그리고 행복을 구현하는 공간이 된 것이다.

이상과 같이 작품에서 경성은 아버지 세대가 건설한, 조선의 자연과 전통, 근대, 자본주의, 식민지주의가 융합된 행복하고 만족스런 공간으로 표상되고 있다. 경성은 이제 아버지의 죽음으로 인해 음울하고 슬픈 감정을 일으키는 곳도 아니고 조선 민족이 독립의지를 천명한 역사적인 장소도 아니다. 조선 민족의 독립의지의 장소인 환구단은 조선총독부의 근대적 설비인 조선호텔로 바뀌었고, 호텔 설비의 일부로 남겨진 황궁우는 근대와 전통의 조화를 자랑하는 식민 도시 경성을 대표하는 공간이 된 것이다. 경성은 에메랄드의 투명함으로 빛나는 행복한 융합의 공간이자,

결혼을 하고 싶어질 만큼 만족스럽고 경사스런 공간으로 변했으며, 미키오는 조선의 자연과 근대도시 경성에 동화되어 일본인과 조선인을 구별하지 않는 일체감을 느끼고 있다.

6. 맺음말

요코미쓰의 「천사」는 총독부에 의해 모든 문학·문화 활동이 통제되던 문화정책 시기에, 만철의 초대로 여행경비를 지원받고 만철 연선에서 이루어진 강연회를 배경으로 『경성일보』에 게재된 작품이다. 그러한 「천사」의 등장인물들은 환경에 따라서 그 심리와 감정이 변화하며 그 변화는 공간성과 유기적 상관 관계 속에서 묘사된다. 그 안에서 조선호텔로 대표되는 경성은 조화와 행복, 화해와 재결합의 공간으로 표상된다.

이와 같은 경성 표상은 두 번에 걸친 요코미쓰의 경성 방문시의 인상에 근거한다. 1922년 방문했을 때의 식민자(일본인)와 피식민자(조선인)를 구별하는 시선으로 파악된 경성은 음울하고 슬프고 냉혹한 '노란빛'을 띤 곳이었다. 그러나 1930년 강연여행에서 경험한 경성은 같은 '노란빛'을 띠지만, 아버지 세대의 숨결이 살아있는 자랑스럽고 정겨운 성공적 식민도시로 인식되었다. 만철이 조선의 독립의지가 담긴 환구단을 허물고 건설한 조선호텔은 동아시아 최고의 시설을 자랑하는 숙박시설로, 「천사」에서 주인공들은 그곳을 화해와 새로운 출발을 결의하는 '에메랄드' 빛을 띤 행복의 공간으로 인식하고 있다. 이렇게 경성을 조선의 자연과 전통, 그리고 일제의 식민정책이 조화를 이룬 곳으로 표상함으로써, 그 식민지 근대도시 경성이 조선의 전통과 민족의 독립의지를 무너뜨린 자리 위에 건설된 다분히 식민지 문화정치의 이데올로기가 내재된 공간이라는 사실은 은폐되고 망각되고 만다.

이상과 같은 「천사」의 등장인물 조형과 심리묘사, 공간표상은 당시 요코미쓰의 인간관과 소설의 방법론이 식민지 문화정치와 만나는 지점에서 이루어진 것으로, 이와 같은 작품 읽기는 『경성일보』라는 발표 매체의 성격에 주목했을 때, 가능한 해석이라 할 수 있다.

1 이들 작품의 일부는 고려대학교 글로벌일본연구원의 〈『경성일보』 수록 문학자료 DB 구축〉 사업팀에서 기획한 〈『경성일보』 문학 · 문화 총서〉 제1권 류칸손 · 요코미쓰 리이치 저, 이가혜, 김효순 역 『장편소설 평행선 · 천사』, 제3권 도쿠다 슈세이 저, 엄인경 역 『새벽』, 제4권 기쿠치 간, 히사오 주란 저, 김효순, 엄기권 역 『장편소설 생활의 무지개 · 격류』(역락, 2020.5)로 번역, 간행되었다.

2 横光利一「朝鮮のこと」『定本横光利一全集』第十四巻, (河出書房新社, 1981), p.276.

3 앞의 주2의 책, p.276.

논문

주인공, 파리(Paris)

—레티프와 메르시에의 작품과 파리의 문학적 신화의 탄생—

기욤 카레(Guillaume CARRÉ)

번역: 이가혜(李嘉慧)

요지문

본 논문은 니콜라 레티프(Nicolas RETIF)와 루이 세바스티앙 메르시에(Louis-Sébastien MERCIER)의 대표작에 나타나는 파리라는 사회와 도시공간의 표상을 검토하고 '도시'에 대한 새로운 인식의 시작에 대해 고찰한다. 마지막으로 에도(江戸) 시대 후기 문학과의 비교연구를 시도함으로써 근세에서 근대로 넘어가는 과도기 문학에서의 '수도문학(首都文学)' 출현이 갖는 의미에 대해서도 고찰해 보고자 한다.

1. 서론

19세기부터 서양의 대도시, 특히 유럽의 수도는 문학 창작의 중요한 테마가 되었다. 오노레 드 발자크(Honore de Balzac)나 빅토르 위고(Victor Hugo) 혹은 샤를 피에르 보들레르(Charles Pierre Baudelaire)가 그린 파리, 영국의 소설가 찰스 디킨스(Charles John Huffam Dickens)의 런던, 니콜라이 고골(Nikolai Vasil'evich Gogol), 표도르 도스토옙스키(Fyodor Mikhailovich Dostoevskii)가 그린 러시아 상트페테르부르크 등의 도시는 주인공이나 내레이터가 행동하는 공간일 뿐 아니라, 신화로까지 발전하는 독특한 개성과 독특한 정신을 가진 소우주로 그려지고 있다. '근대'의 체험을 상징하는 이들 새로운 바빌론이 19세기 이후 문학에서 차지하는 위상은 근세 유럽문학에 비해 그 규모와 중요성 면에서 확연한 차이를 보인다. 예를 들어 프랑스에서는 1830년대 이후 발자크의 『인간희극(*La Comédie humaine*)』이나 외젠 쉬(Eugene Sue)의 『파리의 비밀(*Les mysteres de Paris*)』과 같은 연재소설 등이 파리의 도시사회와 장소를 소재로 하면서 그 도시공간을 새로운 탐험과 모험의 영역으로 만들어 간다. 물론 이는 프랑스 혁명과 나폴레옹 시대의 반란을 거친 19세기 초에 일어난 파리의 변모와 그 사회에 대한 인식의 변화를 반영하는 현상이다. 그러나 혁명이 일어나기 직전 구체제(Ancien régime)가 흔들리기 시작하던 시기에 이미 몇몇 문학작품을 통해 파리의 새로운 이미지와 역할이 출현하고 있음을 확인할 수 있다. 동시기에 활동하며 우정을 나눈 니콜라 레티프(Nicolas RETIF, 1734~1806)와 루이 세바스티앙 메르시에(Louis-Sébastien MERCIER, 1740~1814)는 파리라는 도시를 중심으로 한 문학의 개척자로 알려져 있다. 두 사람 모두 근세시기에 융성한 프랑스 수도로서의 전통적인 표상을 계승하면서 19세기 이후 전 세계에서 번성한 '수도문학' 모델로서의 파리 이미지의 기초를 닦았다. 이 논문에서는 레티프와 메르시에의 대표작을 대상으로 하여 파리의 사회와 도시공간의 문학적 이용을 검토하고 '도시'라는 환경에 대한 새로운 인식의 시작을 밝히고자 한다. 또한 마지막으로 에도(江戶) 시대 후기 문학과의 비교연구를 시도함으로써 근세에서 근대로 넘어가는 과도기 문학에서의 '수도문학' 출현이 갖는 의미에 대해서도 고찰해 보고자 한다.

2. 파리 민중 세계의 한복판에서
―니콜라 레티프의 『현재의 여성들』

(1) 주변 문인들

니콜라 레티프는 프랑스 동부의 부르고뉴(Bourgogne) 지방 라 브레튼(La Bretonne)이라는 지명의 농가에서 태어났다. 아버지는 꽤 부유한 호농(豪農)이며 당시 농촌사회가 전반적으로 아들의 교육에 상당한 관심을 기울인데 반해, 니콜라 레티프는 14세에 인쇄공 견습생이 되어 직공 생활을 시작했다. 이러한 직업군을 선택한 것은 그가 어려서부터 독서와 글쓰기라는 취미를 가져온 것과 무관하지 않을 것이다. 그러다 27세가 되자 파리로 상경하여 인쇄공 생활을 하면서 집필을 시작하였으며 이후 거의 파리를 벗어나지 않은 채 평생을 보냈다.

프랑스 문학사에서의 레티프에 대한 평가는 과거와 현재 모두 극단적으로 갈리고 있다. 혁명 이전의 문인들과의 활발한 교류를 통해 파리 문단의 일원으로 인정받았으며 그의 작품이 오늘날까지 널리 읽히고 있지만 그는 생의 마지막까지 사회 주변부에서 불안정하고 궁핍한 생활을 보내야 했다. 레티프는 18세기 프랑스 사상가이자 소설가인 루소(Jean-Jacques Rousseau)를 롤 모델로 삼으며 문인의 길을 택한 이래, 인쇄공이라는 직업을 생업이라기보다는 자신의 작품을 출판하는 수단으로 여겼다. 그러나 눈코 뜰 새 없이 노력하여 출간한 책은 잘 팔리지 않아 돈벌이가 되지 않았을 뿐 아니라 책의 내용이 음란하거나 부적절하다고 판단되어 파리 당국의 검열대상이 되는 경우도 적지 않았다. 그러나 그는 파리의 매춘업소와 같은 저속한 장소에 자주 출입하는 단골손님이자 출판업계에 정통하다는 점을 활용하여 때때로 경시총감청(警視総監庁)에 매춘업소에 관한 밀고를 넣어왔기 때문에 항상 큰 처벌을 받지 않고 석방되는 경우가 많았다.

문학사에서의 레티프에 대한 평가가 여전히 찬반양론으로 갈리는 원인은 실제 경험을 바탕으로 한 듯한 딸과의 근친상간을 찬미하는 에로책이나 여성의 다리에 대한 페티시즘 등 그의 도덕성에 대한 비판 때문만은 아니다. 그의 문학 활동이 필기광(筆記狂, graphomania)이라는 강박성 장애의 산물이라는 점이 명백하며 이러한 억제할 수 없는 충동에 의해 늘 글을 써온 결과, 믿기 힘들 정도로 다양하고 수많은 옥석이 뒤섞인 작품을 남겼다는 점 때문일 것이다. 그러나 일상생활 속에서 만들어지는 충동과 그로 인한 집필활동은 결과적으로 레티프의 자전적 요소를 충분히 담은 작품군의 창작으로 이어졌다. 그리고 이러한 작품들 각각이 어떠한 주제, 어떠한 장르를 다루던 간에 레티프 문학의 중심적인 주제는 레티프 자신의 생애와 자신의 환상, 레티프 자신의 작품 재편성에 다름 아니었다. 이 때문에 전통적인 '주제'를 부정하는 레티프의 문학에 대해 문학작품으로 평가하지 않는 이들이 예나 지금이나 적지 않음에도 불구하고[1] 상당수의 독자가 극단적 오토픽션으로서 평가하고 있으며,[2] 특히 역사가들에게는 혁명 전야 및 혁명기 파리의 분위기나 여러 계층의 생활상을 전해주는 귀중한 증언자로서 오늘날까지 애독되어 왔다.[3]

레티프는 익명으로 집필한 에로책과 성매매업소 규칙론[4] 등으로도 유명하지만, 그의 생활비를 충당한 것은 오히려 대중 가족소설과 감상적인 연애소설·단편집이었다. 자전적인 요소를 가미한 이들 픽션 작품 중에서도 1780년부터 1785년까지 출판된 『현재의 여성들 혹은 미인의 모험(*Les contemporaines ou Aventures des plus jolies femmes de l'âge présent*)』[역주: 이하 『현재의 여성들』이라 표기함]라는 단편집이 큰 인기를 끌며 작가로서의 대성공을 이끌었다.[5] 이로 인해 그는 필기광적인 면모를 더욱 드러내며 5년간에 걸쳐 444개의 이야기로 구성된 272개의 단편을 계속해서 써내려갔다. 이 책은 표면적으로는 독자들이 받아들이기 쉬운 사랑이야기 모음집이며, 레티프의 문학이 추구하는 남녀관계나 '인간의 마음(lecœur humain)'의 변화가 인생에 미치는 영향을 다양한 상황으로 묘사하면서 가족과 부부, 결혼, 부모와 자식 관계 등에 대한 저자의 의견을 소개하는 작품이기도 하다. 레티프가 실제로는 형편없는 사생활을 보냈음에도 불구하고 그가 숭배해온 루소를 비롯한 계몽사상가의 영향을 받아 가족의 모습과 가족관계를 중요시했기 때문에, 그의 소설과 단편 대부분이 아무리 노골적인 이야기를 다루고 있다고 할지라도 그 속에는 항상 삶과 사랑의 위험에 대해 저자가 직접 서술하는 설교적인 교훈이 포함되어 있다. 이러한 점은 레티프가 라이벌에게 '진혈의 루소(Le Rousseau du ruisseau)'라는 말장난으로 불린 이유 중 하나일 것이다.

각 단편 제목을 살펴보자면 레티프의 자유분방한 상상력이 만들어낸 다채로운 이야기 중 두 가지 그룹이 특히 눈길을 끈다. 첫 번째 그룹은 여주인공이 갖는 어떠한 특징에 주목하여 특정 여성의 유형을 작품의 주제로 다루는 작품이다. 대표적인 예로는 성격(『질투 많은 여자[*La femme jalouse*]』, 『나쁜 어머니[*La mauvaise mère*]』), 연령(『너무 늦은 여자[*La femme tardive*]』), 신체적 모습(『아름다운 추녀[*La belle laide*]』), 혹은 가출이나 강제결혼과 같은 비정상적인 상황에 빠진 여성에 대한 이야기와 함께 다양한 사회적 신분 및 직업단체의 여성 이야기도 등장한다. 두 번째 그룹은 다양한 남녀 조합이나 대표적인 예를 통해 남녀 관계의 양상을 다루는 작품이며 이중에는 다처 · 첩 교환과 같이 레티프의 환상과 욕망이 표면화된 상당히 비현실적인 이야기도 포함되어 있다. 사실 레티프는 어떠한 직업을 가진 여성의 사랑이야기를 다룬다고 해서 그 직업군이 갖는 특유의 심리에 관심을 두고 표현하지는 않는다. 레티프는 『현재의 여성들』 속에서 매우 다양한 여성들과의 사랑이야기를 다룬 단편들을 계속 집필해 나갔으며 결과적으로 일종의 백과사전을 연상시키는 글을 쓰기에 이르렀다. 그의 성격은 그다지 체계적인 편은 아니었지만 다양한 모습의 연애 관계를 묘사하는 단편을 축적함으로써 연애라는 테마 전체를 논하는 결과를 가져온 것이다. 이는 아마도 18세기에 유행한 분류와 유형에 대한 기호를 어느 정도 반영하는 것으로 보이며, 문학계에서 레티프의 숙적이라 불릴 만큼 라이벌 관계를 유지해 온 프랑스 소설가 사드 후작(Marquis de Sade)에게서 역시 이와 같은 경향을 엿볼 수 있다는 점은 흥미롭다.[6]

(2) 파리를 배회한 작가

레티프의 문학은 사회의 사실적 재현을 목적으로 하지 않았지만 언제나 자전과 허구의 영역에 걸쳐 그 구별을 모호하게 만들었으며, 자전이라고 주장되는 작품 속에는 언제나 많은 허구를 내포하고 있다. 반대로 레티프의 소설이나 단편에는 공공연하게 자신의 실제적인 체험이 담겨져 있다. 예를 들어 『현재의 여성들』에 등장하는 인물 및 상황의 상당수는 이름이나 설정이 바뀌었을 뿐 이미 레티프의 기존 작품에 사용되었던 소재일 뿐만 아니라 그가 빈번하게 재편해온 자신의 추억, 즉 실제로 일어난 사건이 소재로 사용되었다는 점이 의도적으로 시사되어 있다. 즉 『현재의 여성들』과 같이 소설적 형태를 취한 작품들 역시 저자의 경험 혹은 견문을 토대로 한 작품으로 규정되기 때문에 아무리 비현실적인 상황이나 인간관계라 하더라도 그 이야기의 기반에는 현실적인 환경의 설정이 주요하게 자리 잡고 있는 것이다. 이러한 현실성의 효과는 우선 파리에 실존하는 공간을 배경으로 하여 이야기가 전개됨으로써 얻어진다. 『현재의 여성들』에 등장하는 인물은 모두 파리 사람들로 설정되어 있을 뿐만 아니라 대체적으로 파리를 벗어나지 않으며 명확하게 특정할 수 있는 제한된 범위 내에서 행동하는 인물로 그려진다. 즉 대부분의 경우 이웃집이나 셋방, 그 주변의 크고 작은 길거리가 작품의 무대가 되며 인물이 거주하거나 일하는 거리와 광장, 교각 등 구체적인 지명이 작품에 명기되어 있기 때문에 파리라는 도시를 알고 있는 독자에게는 작품을 읽을 때에 친숙한 환경과 그 특징을 바로 연상시키는 효과가 있었을 것이다.

본 소설에서는 인물이 외출하여 무언가의 이유로 파리 시내를 돌아다니다 우연히 누군가를 만나게 될 경우에도 그 장소의 이름이 명확하게 기록되어 있다. 또한 『현재의 여성들』은 초판을 기획하던 시점부터 각 단편 당 한 장의 판화가 삽입되는 삽화책 형태로 기획되는데 이 판화의 대부분은 18세기 후반에 유행한 중산층 가정의 방 내부를 묘사한 장면이며 종종 시가지를 묘사한 그림이 삽입되기도 했다. 그리고 여기에서 주목할 점은 시가지를 묘사한 그림을 살펴보면 건물 벽에 도로의 이름 등이 새겨져 있어서 독자에게 텍스트에 실리지 않은 장소에 관한 정확한 정보를 제공하고 있다는 점이다(【그림 1】, 【그림 2】). 이는 그림을 그린 삽화가가 독단으로 그린 것이라고 보기 어려우므로 저자의 지시에 의해 판화에 담긴 내용이라 판단하는 것이 합당할 것이다. 이는 레티프에게 파리라는 실제 도시공간에 의지하며 허구를 전개하는 것이 얼마나 중요한 일이었는가를 여실히 보여주는 사례라 할 수 있다.

경우에 따라서는 지도를 통해 확인할 수 있을 정도로 시내에서의 인물의 이동 경로가 거리 이름과 방향에 따라 세세하게 묘사되기도 한다. 레티프는 보행자의 감각으로 파리의 공간을 재현하는 글쓰기 방식을 자주 사용하였으며 이는 한밤중에 파리를 헤매는 동안 만난 인물과 사건들을 기록한 『파리의 밤(*Les nuits de Paris*)』[7]이라는 유명한 소설에서 두드러지게 나타난다. 레티프는 파리 구석구석을 샅샅이 꿰뚫고 다니며 종종 귀족이나 부잣집에 초대받기도 했지만, 어디까지나 서민들 사이에 기거하며 생활하는 작가로서 친근한 파리 일대의 민중적인 비밀과 일상적인 비극을 그리는 것을 선호했던 것으로 보인다. 그가 이야기의 범위를 파리의 실제 공간으로 설정한 것은 저자의 첫째 목적이었던 파리 독자의 관심을 끌기위해서일 뿐 아니라 이 파리라는 도시가 작가의 상상력을 자극하는 허구와 자서전의 혼합에 적합한 환경을 제공했기 때문일 것이다. 때문에 레티프는 명소와 유흥가뿐만 아니라 급성장한 도시 변두리의 가난한 곳까지 눈을 돌려(【그림 1】) 자신이 그리고자 하는 파리의 문학적 표상에 편입시켰다. '장소'에 대한 레티프의 주의력와 집착은 남달랐다. 그는 자신의 인생에 어떠한 불행이나 기쁜 일이 일어나면 바로 그 자리에서 벽이나 다리 난간 등에 낙서로 기록하고 그 후 몇 년간 그 장소에 찾아가 사건을

【그림 1】 프랑스국립도서관 소장, 『현재의 여성들(*Les contemporaines*)』 중 「가출한 딸(*La fille échappée*)」, (Gallica) (https://gallica.bnf.fr/ark:/12148/bpt6k1525999q/f29.planchecontact(view29)

【그림 2】 프랑스국립도서관 소장, 『현재의 여성들(*Les contemporaines*)』 중 「새로운 피그말리온(*Le nouveau Pygmalion*)」, (Gallica) (【그림 1】 URL 참조, view5) (https://gallica.bnf.fr/ark:/12148/bpt6k1525999q/f5.item)

기념했다. 그리고 그 낙서가 지워지거나 잊혀 질 것을 두려워하며 급기야 원고로 정리했다.[8]

『현재의 여성들』 판화의 야외 장면은 18세기 후반에 성행했던 파리 풍속화의 흐름을 이어받은 것이기도 하다. 17세기부터 판화 기술 수준이 향상되면서 동판화가 근세 일본의 니시키에(錦絵)[역주: 풍속화에 색을 입혀 인쇄한 목판화]와 같이 대량으로 판매되었으며 그 중에는 파리의 풍경을 그린 그림도 다수 존재했다. 그러나 18세기 후반에 이르러서는 파리의 명소나 훌륭한 건물, 번화가나 화려한 의식과 행렬뿐만 아니라 아무런 특징도 없는 장소에서 일어나는 유머러스한 장면과 파리의 일상적인 생활모습 역시 점차 그림의 소재가 되며 판화로 제작되기 시작했다. 즉 파리 구석구석에서 이야기의 씨앗을 찾아내는 레티프의 작품은 그 이전 루이 15세 시대에 수십 년간 발전해 온 파리에 대한 시각문화(visual culture)의 변천한 결과이며, 판화와 회화로 표현된 파리 공간에 대한 새로운 관점을 문학으로 옮긴 것이라고도 할 수 있다.

(3) 「현재의 일반 여성들」

『현재의 여성들』에서 가장 유명한 부분은 단편집의 중반부의 두 번째 시리즈 단편인 「현재의 일반 여성들(*Les contemporaines du commun*)」일 것이다. '일반(commun)'이란 '귀족'이나 '상층', '상류' 등에 대비되는 표현이라는 점에서 혁명 직전의 신분사회 의식을 반영하며 '민중'이라는 뉘앙스에 가까운 의미를 포함한다. 그러나 책의 부제나 이야기의 내용을 살펴보면 이들 여성이 반드시 가난한 여성이라고 할 수만은 없다. 「현재의 일반 여성들」 책 표지에 적혀있는 「오늘날 아름다운 상인, 직인의 모험(*Aventures des belles marchandes, ouvrières, etc, de l'âge présent*)」이라는 부제에서도 알 수 있듯이 각 단편의 제목에는 여주인공이 하나의 직군으로 지정되어 있으며,

대부분 파리 시내의 점포를 가진 상가나 직인 가문의 여성들이다. 예를 들어 「정육점의 미인(*La belle bouchère*)」이나 「과일가게의 귀여운 아가씨(*La jolie fruitière*)」와 같은 제목으로 여성이 소개되고 있으며 당시 파리의 대표적인 직인이나 점포매장의 거의 대부분이 나열되어 있다. 이 밖에도 「극장의 귀여운 아이(*La jolie paradeuse*)」나 「귀여운 재봉사(*La jolie couturière*)」 등 가게를 차리지 않고 집에서 일하는 하층에 가까운 영세한 여직공들도 등장하고 있다는 점에서 「현재의 일반 여성들」은 당시 파리의 시민 대부분을 차지한 중산층 이하의 환경을 주로 다루고 있다고 할 수 있다.

이처럼 레티프가 여성을 각 직업으로 분류하여 각 단편의 주인공으로 삼은 이유는 수개월에 걸쳐 여러 단편을 지속적으로 창작하기 위해서는 다양한 직업을 차례대로 다루는 것이 이야기의 소재를 얻는데 보다 용이하다는 편의성 때문이었을 것이다. 그러나 레티프가 여성의 직업을 설정하는 의도는 그 여성들의 직업 활동을 사실적으로 묘사하는 것과 전혀 무관하다. 사실 「정육점의 미인」의 주인공은 고기를 썰거나 파는 여성이 아니라 '정육점에 있는 아름다운 여성'이라는 의미에서 이해해야 한다. 요컨대 특히 점포매장의 경우, 여성이 상점의 주인이기보다는 손님을 맞이하거나 물건을 파는 여점원이거나 점주의 아내나 딸 혹은 하녀와 같은 '집안의 여자'라는 캐릭터로 등장하는 경우가 많다. 또한 연애 플롯에 있어서도 무대인 가게와 거기에 출입하는 인물이라는 것 이외에는 직업과의 관계성은 희박하다. 사실 레티프의 다른 작품 중에는 이 단편집 속의 인물을 직업이나 설정만을 바꾸어 재등장시키는 이야기도 존재한다. 그의 목적은 기본적으로 어떤 일에 종사하는 여자의 모습을 독자들에게 보여주고자 하는 것이 아니었다. 오히려 가정과 세상의 경계선에 있는 '상점'과 같은 공간은 '소문난 미인'이나 '이 지역의 잘 알려진 미인'이라 소개되는 여주인공과 손님이 교류한다고 하는 기본 설정을 실현시키고 친분을 맺기 위해 어울리는 공간으로서 기능한 것이다(【그림 3】). 그러나 한편으로는 각 단편에 삽입된 판화를 살펴보면 이야기의 무대가 된 상점 내부가 직업 특유의 물건이나 도구로 자세하게 묘사되기도 한다(【그림 4】). 또한 각 단편의 내용상 사랑이야기나 가족분쟁과 같은 이야기의 주요한 소재가 아무리 유사성을 띤다 하더라도, 주인공의 직업이라는 요소는 그 변화에 따라 이야기의 구조와 설정을 다양화할 수 있는 가능성을 제공했을 것이다.

삽화에 드러나는 또 다른 특징으로는 상점을 묘사할 때에 실제 가구나 도구를 구체적으로 도입함으로써 현실을 본뜬 듯한 무대를 독자에게 보

【그림 3】 프랑스국립도서관 소장, 『현재의 여성들(*Les contemporaines*)』 중 「수공예품점의 미인(*La jolie mercière*)」 (Gallica) (【그림 1】 URL 참조, view 259)(https://gallica.bnf.fr/ark:/12148/bpt6k1525999q/f259.item)

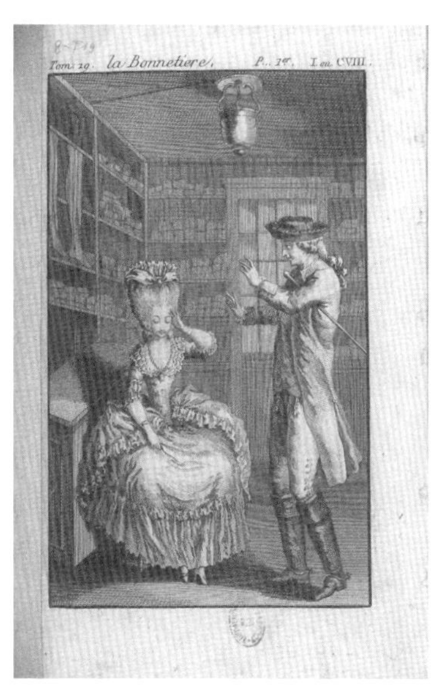

【그림 4】 프랑스국립도서관 소장, 『현재의 여성들(*Les contemporaines*)』 중 「양품점의 미인(*La jolie bonnetière*)」 (Gallica) (【그림 1】 URL 참조, view 257) (https://gallica.bnf.fr/ark:/12148/bpt6k1525999q/f257.item)

여주는 반면, 인물의 모습은 결코 현실적인 인상으로 그리고 있지 않다는 점을 들 수 있다. 이야기 속에 등장하는 모든 '미인'은 그들의 직업과 무관하게 항상 이상화된 모습으로 그려지고 있다(【그림 3】, 【그림 4】). 화려하진 않지만 깔끔한 옷차림에 상당히 고상하고 품위 있는 머리모양을 하고 있는 이들 여성의 모습은 당시 '상인이나 직인' 여성이라는 이미지보다는 '미인'의 이미지가 강조된 나머지 현실 세계의 여성이라기보다는 그림 속 모델과 같은 분위기를 갖게 되어 버린다. 또한 아무리 '민중'의 여성을 상정하더라도 순진한 처녀부터 음란한 여성에 이르는 모든 등장인물이 상당히 세련되고 바른 문법의 프랑스어를 구사하고 있다는 특징도 보인다. 이는 외젠 슈(Eugène Sue)나 에밀 졸라(Émile Zola)가 19세기 부르주아에게 '민중'의 이국정서 느낌을 부여하기 위해 일부러 '속어'나 구어를 사용하는 모습과는 차이를 보인다.[9] 『현재의 여성들』의 판화가 연극과 같은 감동적인 장면을 묘사하는 것과 같이, 레티프의 이야기가 아무리 '파리 민중'을 상정한다 하더라도 그의 이야기는 어디까지나 18세기 프랑스의 시민극(bourgeois drame)[역주: 중산층의 생활을 묘사한 비극적 색채가 짙은 정통극]이나 감상소설(roman sentimental)[역주: 이성주의에 대한 반발로 서정서, 감정, 감성을 강조하는 18세기 후반의 소설 장르]의 패턴과 매우 유사한 양상을 보인다. 그는 자칭 루소의 제자였을 뿐 아니라 18세기 후반부터 19세기 초반까지 연애소설의 한 모범이 되었던 영국 소설가 사무엘 리처드슨(Samuel Richardson)의 작품 계보의 영향을 받아 감상소설의 전통적인 형태와 스타일을 따라 작품을 창작한 것이다.

이는 현재 시점에서 볼 때에 『현재의 여성들』을 비롯한 레티프의 작품 전반에서 파리를 묘사하는 방식이 어정쩡한 인상을 주는 원인 중 하나일 것이다. 레티프의 작품은 독자로 하여금 도시공간을 실재적으로 파악하고 복잡하고 좁은 도시에 혼재하는 여러 계층이나 빈부격차를 실감하게 하며, 사회의 어두운 진상을 묘사함으로써 당시 파리의 분위기를 입체적이고 생생하게 재현한다. 그러나 한편으로는 연극배우나 우아한 예술 그림과 같이 '이상화된 민중'을 그리고 있다는 측면도 부정할 수 없다.

(4) 파리 민중을 향한 시선의 변천

도시공간과 민중사회를 문학으로 끌어들이겠다는 레티프의 획기적인 시도는 처음부터 발명된 것이 아니라 수세기에 걸친 파리에 대한 표상의 중층(重層)을 계승해 온 것이라 할 수 있다. 예를 들어 레티프 이전의 픽션 문학계에서 '아름다운 상인과 직인'이라는 주제를 주요하게 다루지 않았다 하더라도, 판화분야에서는 16세기경부터 파리의 소매상과 행상을 그린 『파리의 외침(*Les cris de Paris*)』이라는 유명한 시리즈가 제작되며 파리의 민중에 대한 사회의 시선에 큰 영향을 끼치고 있었다.[10] 『파리의 외침』은 그림뿐만 아니라 샹송이나 음악분야에서도 크게 유행하였으며 파리의 거리나 시장의 가난하고 영세한 상인이 손님을 끌기 위해 큰소리로 외치는 캐치프레이즈와 그 모습을 재미있는 형태로 재해석한 장르였다. 처음에는 기괴할 정도로 우스꽝스럽게 묘사되었으며(【그림 5】), 등장인물은 '미인'이라기 보단 '기묘'하고 '거친' 인상으로 묘사되는 일종의 풍자화로서 가난한 이에 대한 편

【그림 5】 프랑스국립도서관 소장, 『파리의 외침(*Les cris de Paris*)』 중 「채소 파는 여인(*La marchande de poireaux et d'épinards*)」 16세기, (Gallica) (https://gallica.bnf.fr/ark:/12148/bpt6k1520576s?rk=128756;0) (view17)

견과 함께 불가사의한 관심을 반영하고 있었다. 그러나 17세기가 되자 유명한 판화가가 이러한 장르의 그림을 다루기 시작하였으며(【그림 6】), 그 후 18세기에 이르러 특히 여성 소매상의 모습이 이상화되며 레티프가 동경하던 민중의 미인의 모습으로 변화한다(【그림 7】).

『파리의 외침』에서 보이는 여성 민중의 표상 변화는 레티프의 작품에서도 발견되는 바와 같이 일종의 모순적인 양상을 띤다. 16세기에 단순한 웃음이나 농담의 대상이었던 판매상이 18세기에 이르러서는 당시 대량으로 생산되기 시작한 패션 판화의 모델과 같은 디자인이 되어 버린 것이다. 이는 3세기를 지나며 예술가와 판화 구입자 사이에 여성 민중에

【그림 6】 아브라함 보세(Bosse Abraham), 『파리의 외침(Les cris de Paris)』 중 「조개상인(Le marchand d'huîtres)」, 카르나발레박물관 소장, 17세기(https://www.parismuseescollections.paris.fr/fr)

【그림 7】 클로드 루이 데레(Claude-Louis Desrais), 「빨래하는 여인(La Blanchisseuse)」, 프랑스국립도서관 소장, 1779. (Gallica) (https://gallica.bnf.fr/ark:/12148/btv1b10544883b.r=La%20)

대한 거리감이 점점 좁혀졌음을 의미한다. 즉 아무리 신분적 사회질서 속에서 귀천의 차이가 심할지라도 하층민 역시 평범한 인간으로 인식되기 시작했다는 증거라 보아도 무방할 것이다.

한편 민중에 대한 회화와 문학의 전통적인 우월감과 무관심을 완화시키기 위해 레티프의 단편이나 소설과 같이 민중의 표상을 당시의 관례로 각색할 필요도 있었으리라 사료된다. 소매상 여성의 사랑이야기의 경우는 현실 세계의 사회적 지위와 허구 인물들의 행동 사이의 불협화음이 크게 두드러지지 않았을지 모르지만, 바느질하는 아이처럼 가난하고 어린 소녀나 혹은 레티프의 작품에 자주 등장하는 창녀가 주인공이 될 경우에는 비열할 정도의 설정과 비현실적이고 감상적 전개가 혼합되는 양상이 눈에 띈다.

빅토르 위고의 소설 『레 미제라블(*Les Miserables*)』의 판틴(Fantine)과 같이 창녀로 전락하고도 순수한 마음을 가진 젊은 여성은 19세기 프랑스 문학의 전형적인 인물이 되었다. 그것은 어느 정도 당시 파리 사회의 일부 하층 여성의 안타까운 현실을 반영함과 동시에 성매매에 대한 18세기 문학가들의 인식 변화의 유산이라 할 수 있다. 좀 더 넓은 시야에서 바라보자면 이러한 현상은 민중세계가 문학으로 편입되어 가는 과정의 일례이며, 그러한 흐름 속에서 레티프의 작품은 사랑이야기의 새로운 소재와 작가의 상상력의 근원을 혁명 전야의 파리에 실존했던 여성 민중이나 도시의 민중공간에서 얻고자 노력했다는 점에서 재평가 받을 만하다.

3. 무대에서 주제로—메르시에의 파리

(1) '일상'의 탐색

시골 출신인 레티프는 파리라는 대도시에 매료되어 그의 작품 속에서 종종 "정말 좋아하는 파리"에 대한 애착을 고백했다. 한편 그의 친구이자 같은 시기에 활약한 루이 세바스티앙 메르시에라는 작가는 파리출신 토박이였다. 메르시에는 파리 시내의 무기상인의 아들로 레티프가 그린 상인의 세계에서 자랐지만 가업을 잇지 않고 문인의 길을 택했다. 즉 레티프와 마찬가지로 아직 17세기에는 드물었던 민중적인 환경에서 성장한 작가라고 할 수 있다. 그러나 메르시에의 작품은 주로 허구가 아닌 파리의 사회 그 자체를 관찰 대상으로 삼았다.

메르시에의 가장 유명한 저서는 『파리의 풍경(*Tableau de Paris*)』이라는 작품이다. 1781년부터 7년간 총 12권이 출간되었는데 초장기에는 외국에서 익명으로 간행하는 등 여러 방법으로 저자의 신원을 숨기려 노력했다.[11] 초판 표지에는 스위스의 뉴샤텔사라는 출판지가 표기되어 있다(【사진 1】). 이처럼 저자의 신원을 숨긴 이유는 책의 이야기가 당시 파리 당국과 정부에 대해 상당히 비판적인 내용을 담고 있었기 때문이다.

TABLEAU
DE
PARIS.
Quærens quem devoret.
TOME SECOND.
A HAMBOURG;
Chez VIRCHAUX & Compagnie, Libraires;
Et se trouve
A NEUCHATEL;
Chez SAMUEL FAUCHE, Libraire du ROI.
M. DCC. LXXXI.

【사진 1】『파리의 풍경(*Tableau de Paris*)』 제2권 초판 표지 (https://fr.wikipedia.org/wiki/Tableau_de_Paris#/media/)

레티프와 마찬가지로 메르시에 역시 이전 세대 계몽사상가의 영향을 강하게 받았으며 『파리의 풍경』을 통해 파리의 여러 직업과 사회집단, 신분, 도시일대, 설비, 건물, 행정, 명물, 명소, 도시계획 등을 논함으로써 파리의 전체상을 빠짐없이 묘사하고 당시의 도시문제와 그 해결책을 고찰하고자 했다. 이러한 야망은 모든 지식을 몇 권의 책으로 정리하고자 하는 백과전서 집필자를 연상케 하지만 출판 계획의 면에서 그들과 사뭇 다른 모습을 보인다. 『파리의 풍경』은 알파벳 순서 등으로 표제어를 분류하는 사전의 체계적인 형식을 취하지 않는다. 저자가 생각나는 대로 어떤 주제나 대상에 대해 자신의 인상이나 의견을 자유롭게 표현하는 에세이나 수필에 가까운 짧은 텍스트를 모은 형식을 취하고 있는 것이다. 또한 그의 글은 19세기 이후 신문의 시평란(時評欄)을 연상시키기도 한다. 사실 혁명 이후 19세기에 이르러 시평란은 신문의 기본으로 자리 잡았으며 메르시에 당시인 18세기의 서유럽에서는 신문이 신규 미디어로서 크게 발전한 시대였지만,[12] 프랑스의 경우 국내 신문에 대한 당국의 검열이 심해 메르시에의 글을 신문에 연재하기 어려운 상황이었다. 또한 18세기의 저널리스트에 대한 문단의 평가는 문학평론가에 가까운 새로운 종류의 문인으로 취급되며 멸시받아왔다. 때문에 1760년대부터 진정한 작가로 인정받기 위해 본격적으로 텍스트를 쓰기 시작했으며 레티프를 비롯한 파리 문단과 돈돈한 관계를 맺어온 메르시에의 입장에서는 설사 익명이라 할지라도 자신의 에세이를 책의 형태로 출판하는 것이 당연한 선택이었다.

메르시에는 계속해서 파리의 현주소를 비판해 왔지만 사실 그의 개혁 정신은 파리 경시총감청과 루이 16세 정부의 진보적인 정책에 가까웠다. 때문에 절대왕정의 고위 관리 중에도 『파리의 풍경』을 좋아하는 독자가 많이 있었으며 결과적으로 메르시에는 이를 통해 파리 경시청의 보호를 받은 것으로 보인다.[13] 파리를 주제로 한 이러한 책의 출판은 18세기의 파리 수도에 대한 인식이 진화한 도달점이라 할 수 있다.

파리에 관한 안내책자는 일찍부터 존재해 왔지만[14] 17세기까지의 책자 대부분은 장사나 일을 하러 파리에 온 시골뜨기나 외국인을 겨냥하여 간단한 주소나 경고 문구를 적은 것에 불과했다. 그러나 18세기에 이르러 유럽여행이 발전하면서 관광객을 위해 명소를 자세히 소개하는 관광안내 책자 등이 발간되기 시작했다. 그 중에는 상인을 위해 숙박정보 혹은 거래를 할 수 있는 상가의 주소를 제공할 뿐만 아니라 오락이나 쇼핑을 위한 카탈로그가 포함된 경우도 있었다. 이는 파리가 이미 유럽의 패션과 고급산업의 중심지로서 자리 잡았음을 의미한다. 또한 근세 시기 내내 프랑스의 여러 도시의 역사에 관한 책이 현지 학자들에 의해 활발하게 만들어졌으며 그 중 가장 눈에 띄는 도시는 단연 파리였다(【사진 2】).[15] 그러나 이러한 파리사(史)는 주로 정치나 자치제도의 변천, 재해 등을 기록하거나 때로는 유명한 건물의 유래를 설명하는 데 그쳤으며, 저자들 대부분이 재판 관리나 성직자 등이었기 때문에 반란이 일어날 때를 제외하고는 민중의 존재를 신경 쓰지 않았다.

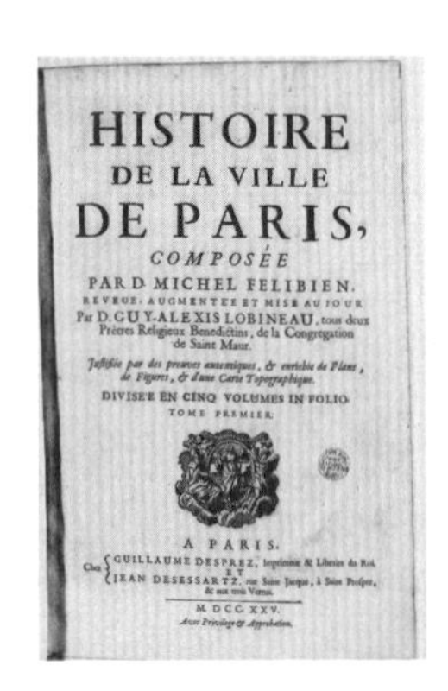
HISTOIRE
DE LA VILLE
DE PARIS,
COMPOSÉE
PAR D. MICHEL FELIBIEN.
REVEUE, AUGMENTEE ET MISE AU JOUR
Par D. GUY-ALEXIS LOBINEAU, tous deux
Prêtres Religieux Benedictins, de la Congregation
de Saint Maur.
Justifiée par des preuves autentiques, & enrichie de Plans, de Figures, & d'une Carte Topographique.
DIVISÉE EN CINQ VOLUMES IN FOLIO.
TOME PREMIER.
A PARIS.
Chez GUILLAUME DESPREZ, Imprimeur & Libraire du Roi,
ET
JEAN DESESSARTZ, rue Saint Jacque, à Saint Prosper, & aux trois Vertus.
M. DCC. XXV.
Avec Privilege & Approbation.

【사진 2】 미셸 펠리비앵(Michel Félibien), 『파리시의 역사』, 프랑스국립도서관 소장, 1775, (Gallica) (https://gallica.bnf.fr/ark:/12148/bpt6k9801485j.texteImage)

그러나 메르시에의 발상은 그와는 전혀 다른 형태로 파리를 그리는 계획을 세우는 것이었다. 프랑스어인 'Tableau'란 원래 '회화'라는 뜻이며, 『*Tableau de Paris*』라는 제목은 '파리의 파노라마'와 같은 의미를 갖는다. 즉 당시 파리를 주제로 한 회화가 어떤 장소에 모인 인물과 거리를 세세하게 묘사하여 여러 장면으로 구성된 한 폭의 장엄한 풍경을 창작해내는 것과 같이, 메르시에 역시 짧은 스케치를 거듭함으로써 당시 파리의 모든 모습을 담아내고 싶었던 것이다. 메르시에는 이로써 새로운 장르의 문학작품을 만들어 냈다.

18세기 초에 이르러 도시사와는 별개로 특히 파리라는 도시를 다루는 또 다른 장르가 등장했다. 그것은 파리 경시총감청의 관료나 법학자등이 쓴 『경시론(*Traité de police*)』이었다.[16] 당시의 '경시(警視)'나 '경찰(police)'이라는 개념은 현재에 비해 그 의미의 폭이 넓으며 실무 역시 수도의 치안과 일반 행정에 관한 다양한 업무를 포함하고 있었다. 때문에 17세기 후반에 루이 14세에 의해 창설된 파리 경시총감청은 범죄 단속 이외에도 도로의 정비, 건설 규제, 직업 조직의 관리, 쓰레기 처리, 시장의 공급관리, 풍속과 경제 규정, 외지인의 감시, 인쇄 출판의 검열 등을 담당하고 있었다. 절대왕정에 의한 지배가 점차 왕조정부가 관장하는 관료조직으로 이행되면서 지배기관이 정비되고 그 지배 자체의 양식과 목적에 대한 고찰도 진행되었다. 그 결과 행정을 최대 효율화하려는 합리화 이념에 힘입어 당시 여러 실험과 정책에 기초한 도시행정 이론이 성립되기 시작했다. 『경시론』은 바로 대도시 행정의 다양한 업무 및 문제들과 함께 해설을 체계적으로 소개한 책으로 절대왕정이라는 신분적인 틀 속에서 도시사회를 파악하고자 했으나 어디까지나 18세기의 합리적인 사상의 영향을 받아 행정의 효율화를 목표로 하는 등 일정 부분 개혁적인 정신을 바탕으로 만들어졌다.

하지만 이때 메르시에가 펼치는 파리에 대한 접근법은 과학적이거나 학자적이라고 할 수 없다. 어디까지나 도시 체험을 제일의 목적으로 하였기 때문에 예를 들어 파리의 과거나 역사에 대해서는 그다지 관심을 두지 않는다. 그러나 레티프와 달리 『파리의 풍경』 곳곳에 작가의 상상이 드러나기는 하지만 파리를 허구의 무대로 다루지는 않는다. 메르시에는 체계적인 도시론을 구축하기보다는 오히려 마음대로 주제를 바꾸면서 파리를 묘사하는 데에 그치지 않고 그가 선택한 대상의 현황을 비판하거나 시민의 생활을 위한 개선책을 제안하는 방식으로 자신의 의견을 강하게 주장했다. 그러나 메르시에의 기술은 어디까지나 관료의 관점이 아니라 시내를 산책하며 일상적으로 목격하는 장면을 기록하고 있다. 파리에서 생활하며 파리를 사랑하는 일반 시민의 관점인 것이다. 또한 메르시에가 염두에 둔 독자는 『경시론』이 상정한 관료나 법학자뿐만이 아닌 파리에서 생활하는 일반 시민 역시 포함하고 있다.

『파리의 풍경』은 매춘이나 범죄, 오염, 소음, 악취 등 파리의 어두운 현실을 결코 숨기려 하지 않는다. 이러한 면에서는 대도시를 건달이 득실거리고 지저분하며 위험한 곳으로 풍자하는 고대부터 이어져 온 문학적 전통을 계승한 듯 보이지만,[17] 실제로는 귀족사회가 낳은 도시에 대한 인식과는 전혀 다른 양상을 보인다. 도시사회나 거리공간에 대한 비판은 민중세계에 대한 멸시의 징표가 아니다. 메르시에의 경우 비위생 지구의 재건, 도시 미화, 설비 확충이라는 그의 염원은 계몽사상시대의 도시계획과 이를 추진한 도시행정 담당자의 목적과 일치했다. 즉 메르시에가 관찰한 파리란 경시론자의 입장에서 바라보는 바와 같이 사회질서를 혼란시키는 시끄럽고 위험하며 강력하게 지배해야 하는 비정상적인 환경이 아니라, 반대로 파리 주민이라는 공동체의 생활 향상을 위해 재정립해야 할 공간으로 이해된다. 그것이 혁명 전야라는 시기에 일반 시민인 메르시에가 일반 시민 독자에게 호소한 내용이다.

(2) 파노라마 문학의 탄생

메르시에와 레티프의 작품은 파리 문단살롱에서 성숙하여 도시공간의 개선을 문제 삼은 계몽사상의 인식이 민중 출신 문인들에게까지 영향을 주어 문학분야에서 파리와 그 인구에 대한 새로운 표상을 낳은 결과라 할 수 있다.

19세기 이래로 대도시가 문학의 중요한 주제와 틀로 부상하였음은 주지의 사실이다.[18] 파리와 런던을 모델로 하여 뒤이어 상트페테르부르크, 빈, 베를린과 같은 서양 유럽의 여러 대도시도 작가들의 상상력을 자극

하는 공간으로 등장하였다. 이는 20세기에 들어서면서 뉴욕이나 도쿄로 확대되며 비유럽 국가의 문학에서도 동일한 현상이 나타나고 있다. 결국 근대화하는 세계 속에서 각국의 수도 및 대도시가 급성장하며 문화와 출판의 중심이 됨에 따라 대도시는 각국의 문학작품 속에서 다른 여러 도시를 압도하며 '도시사회', 즉 '근대사회' 그 자체의 도달점이라는 표창(表彰)을 독점하게 되었다.

이러한 점에서 레티프와 메르시에는 19세기에 발전한 '파리 문학'의 주요 두 흐름의 선구자라 할 수 있다. 픽션면에서는 발자크에서 졸라에 이르는 작가의 흐름과 마찬가지로 사회구조와 같은 파리의 여러 지역의 특징을 이용하여 인물들의 행동을 규정하는 틀을 만들어냈다. 뿐만 아니라 파리에서 이야기를 전개시키는 데 있어 미로와 같은 도시공간을 사용하여 그 다양성으로 독자들을 매료시키거나 혐오하게 만들기도 했다. 또한 이미 레티프의 단편집이나 소설은 몇 페이지에 불과한 주인공의 이동을 따라가며 도시에 집약된 사람들의 모든 측면을 폭로한다는 근대소설의 주요 기술을 보여주고 있기도 하다. 또한 시평란이나 파리에 대한 에세이로서의 메르시에의 『파리의 풍경』 역시 19세기 프랑스 문학의 중요한 장르인 논픽션의 전신으로서의 가치를 엿볼 수 있다.

그렇지만 레티프와 메르시에가 선대의 작가에 비해 문학 속에 파리에 대한 새로운 인식을 보다 적극적으로 도입했다고는 하지만 아직 19세기 사실문학의 여러 형태에는 크게 미치지 못한 상태라 할 수 있다. 그들은 주요 독자를 파리 주민들로 상정하였기 때문에 발자크나 졸라와 같이 세세한 묘사를 하기 보다는 오히려 파리를 잘 아는 사람들을 위해 대략을 스케치하며 장소와 사람을 연상시키는 데에 주력했다고 할 수 있다. 또한 레티프의 작품에서 난봉꾼의 덫에 걸리거나 본가에서 도망쳐 나와 매춘부로 전락하는 비참한 운명의 창녀라는 인물상이 자주 등장한다는 점에서 레티프와 메르시에 모두 아직까지는 사회를 움직이는, 눈에 보이지 않는 원동력을 밝히는 의식이 미숙했음을 알 수 있다. 즉 19세기 문학에 몇 가지 새로운 길을 개척했다는 점에서 그 의의를 재고하는 한편, 아직은 프랑스 혁명 이전의 문학적 양상을 띠고 있다고 하겠다.

그렇다면 레티프와 메르시에의 '파리 현실'에 대한 집착은 어떻게 해석해야 할까. 앞서 설명한 바와 같이 근세말의 '파리론'이나 '파리사' 등과는 달리 학자가 아닌 작가의 야망을 충족시키기 위해 단편이나 에세이 형태로 작성된 『현재의 여성들』과 『파리의 풍경』은 체계적으로 쓰여지지 않았음에도 불구하고 파리의 장소와 사람을 그려내고자 하는 동일한 욕망을 드러낸다. 발터 벤야민(Walter Benjamin)은 특히 19세기 후반에 번성한 파리를 주제로 한 다양한 문학작품을 묶어 '파노라마 문학(Littérature Panoramique)'이라고 불렀으나 그 자신은 이에 대해 별도의 장르로서 연구하지는 않았다.[19] '파리론'과 파리 풍자의 유행은 세계박람회 시대에 성행하여 줄스 발레스(Jules Vallès)나 찰스 비르메트르(Charles Vimaitre)의 작품 등으로 정착되어 지금까지 이어지고 있는 한 장르이며, 이는 생리학(physiologie)의 목적과 방법론을 흉내 낸 「파리에 악마가(*Le diable à Paris*)」와 같은 1840년대의 파리 풍속지의 출현으로 시작되었다. 그러나 앞서 지적한 바와 같이 이러한 경향은 『현재의 여성들』과 『파리의 풍경』에도 나타나는데, 이 경우는 계몽사상의 분류화나 체계적 분석적인 영향의 결과이기도 하다.

또한 혁명 직전에 이와 같은 '파리론'의 전신(前身)이 출현한 것은 근세 초기에 존재한 정치체(政治体)로서 '도시의 시민'이라는 주민 정체성의 중심적인 표상이 18세기에 이르러서는 풍속과 생활공간으로 규정된 새로운 파리 토박이들의 자의식으로 대체되었음을 말해준다. 즉 절대왕정의 도시 관리에 대한 압력으로 인해 정치단체로서의 프랑스 중세의 주민자치제인 코뮌(Commune)이 점점 약화되고 공동화되었으며, 그 결과 그 전통적인 정치질서에 대한 소속감이 무너진 것과 병행하여 독특한 파리 문화를 핵심으로 하는 새로운 커뮤니티 의식이 싹텄다고 추측된다. 따라서 대도시의 표상은 그 정치조직의 추이를 법학자 등 위로부터 바라보는 지배층의 시각이 아니라 도로를 걸으며 조우하는 광경을 기록하는 '일반주민'의 체험에 근거하여 거대한 연극무대와 같은 도시의 전체상을 파악하는 것이며, 그것이 바로 파노라마 문학의 출발점이라 할 수 있다.

레티프와 메르시에의 작품은 경우에 따라 흥행한 것도 있었지만, 당시 프랑스의 시골 촌락까지 행상을 통해 운반되어 백성들에게 애독되었던 달력이나 옛날이야기와 같이 아무런 문학적 평가를 받지 못했던 '민중문학'과는 전혀 다른 것이었다.[20] 그러나 두 사람이 민중 출신 작가였음은 엄연한 사실이며 이처럼 문인들이 책 판매로 얻은 소득으로 생활을 영위하고자 시도한 것은 혁명 이전의 파리 문단과 독자의 변화를 잘 보여준다. 두 사람은 계몽사상의 이상과 진보적 자세를 계승하면서도 18세기 문학의 중심이었던 살롱문화와의 인연이 완전히 끊기지 않을 정도로만 거리를 두며 상류사회를 넘어 확대된 도시의 독자들에게서 얻은 수입과 평판으로 생활하고자 했다. 때문에 이들 독자들에게 친근한 주제를 제공하기 위해서라도 파리의 일상세계를 자신의 작품의 중심에 두었다. 레티프와 메르시에 덕분에 그동안 별세계와 같이 그 '외부'나 '위'에서 문인들에 의해 조망되어 왔던 파리 시내의 민중과 그 공간은 단지 웃음이나 감동의 대상이라는 수동적 입장에서 탈출하여 점차 진정한 문학 주체로 확립되어 갔다. 이는 19세기에 번성했던 파리의 문학적 신화의 첫걸음이나 다름없다.[21] 보들레르는 『파리의 풍경』의 후속편에서 혁명 이후의 파리를 그린 메르시에의 『신 파리(*Le nouveau Paris*)』를 읽고 난 후 이 작품을 "훌륭하다"고 칭찬하며 재판매를 위한 머리말을 쓰기로 마음먹었으며,[22]

『악의 꽃(*Les Fleurs du mal*)』의 제2부의 제목으로 메르시에의 것과 매우 유사한 『파리 풍경(*Tableaux parisiens*)』을 집필했다. 그러나 '모더니티'를 파리라는 괴물의 비인간적인 혼란 속에서 추구했던 19세기 프랑스 최고의 시인인 보들레르는 유감스럽게도 자신이 어째서 그토록 메르시에게 감동했는지에 대한 이유를 설명해주지 않았다. 하지만 아마도 보들레르는 혁명기 파리의 혼미한 상태나 변화를 극명하게 기록한 메르시에의 작품 속에서 자신의 도시 감각에 반향(反響)하는 무언가를 발견했던 것이 아닐까.

4. 결론—비교연구의 가능성에 대해

파리라는 도시를 문학의 핵심으로 둔 레티프와 메르시에와 같은 작가들은 성숙한 파리 문화의 산물이며 18세기에 점차 확산된 문화의 대중화와 상품화의 결과이기도 하다. 문화의 대중화 및 상품화는 파리 혹은 서양 유럽에서 일어난 현상일 뿐만 아니며, 이미 다케우치 마코토(竹内誠) 등이 지적한 바와 같이 에도 시대(江戸時代, 1603~1867) 후기의 문화에서도 동류의 진화를 확인할 수 있다.[23] 일본의 경우는 이러한 문화의 대중화가 18세기 다누마 시대(田沼時代, 1716~1786) 이후의 에도라는 대도시에서 가속, 전개되면서 문화의 원동력이 종래의 중심이었던 간사이(関西) 지역의 상류 상공인인 초닌(町人) 사회에서 에도 지역의 민중세계로 옮겨간 결과로 여겨진다. 프랑스의 경우 혁명을 통한 사회 · 정치적인 변이를 거치면서 19세기 전반에 보다 철저한 예술 · 문학의 변화가 일어났다. 그렇다고 하더라도 유라시아 대륙의 양 끝에 위치한 파리와 에도에서 18세기 말에 도시민중문화가 성숙해 가며 고유의 정체성을 확립했다는 점은 매우 흥미롭다.

18세기말에 에도에서 역시 독자 소비인구가 팽창함에 따라 기뵤시(黄表紙)[역주: 에도시대 중엽에 간행된 그림이 있는 통속소설]와 같은 새로운 대중문학이 인기를 끌게 되었다는 사실은 일찍부터 선행연구를 통해 밝혀진 사실이다. 게다가 파리와 마찬가지로, 에도 고유의 문학 태동과 병행하여 니시키에와 같은 새로운 '시각문화' 역시 중요한 역할을 담당했음이 틀림없다. 즉 책이나 연극 등에서 에도의 공간이 픽션과 논픽션의 주요한 틀이 되기 위해서는 가장 먼저 그 공간에 대한 견해와 시각이 바뀌어야만 했다. 물론 근세 초기의 교토(京都)나 에도를 그린 병풍 등의 작품에서 알 수 있듯이 번화한 도시 풍경에 대한 관심은 일본 예술이 지녀온 오랜 전통이었다. 대표적인 예로는 교토의 옛 지명인 헤이안쿄(平安京)의 『연중행사 에마키(年中行事絵巻)』나 중세에 유행한 「장인가합(職人歌合)」 등을 들 수 있다. 그러나 이는 어디까지나 프랑스의 『파리의 외침』과 같이 재미있지만 이름 없는 '백성'에 대한 지배자의 호기심과 시선을 반영하는 것이며 이와 같은 '백성'의 표상은 근세말기에 등장한 민중의 새로운 자기의식이나 정체성과는 근본적으로 다른 것이다. 대표적인 예로 스즈키 하루노부(鈴木春信)의 미인화 중에 「가사모리 오센(笠森お仙)」이라는 인물의 니시키에를 들 수 있다(【그림 8】). 이 니시키에는 당시 에도에서 화제가 될 정도로 인기를 모은 어느 찻집의 간판 여성을 그린 그림으로 아무리 이상화되고 우아한 선으로 그렸다 하더라도 그녀는

【그림 8】 스즈키 하루노부(鈴木春信) 「가사모리 오센(笠森お仙)」(https://ja.wikipedia.org/wiki/%E7%AC%A0%E6%A3%AE%E3%81%8A%E4%BB%99)

실제로 존재하는 에도 민중의 한 사람이다. 따라서 「가사모리 오센」은 무명의 '미인'을 그린 여타 작품에 비해 미인화 주제로서의 일종의 개성과 존재감을 전문 화가와 감상자 모두에게 인정받았다.

에도의 상업 번화가인 시타마치(下町)를 무대로 한 가세이 시기(化政期, 1804~1831) 서민 풍속소설인 닌조본(人情本) 등은 레티프의 문학에서 보이는 시도와 같이 민중세계를 통해 연애소설을 각색하고자 하는 의욕이 표현되어 있다. 또한 에도막부 말기에 출판된 풍속서 『모리사다만코(守貞謾稿)』는 메르시에의 작품보다 더 체계적으로 작성되었으며 도시문제보다는 풍속을 기록하는 데에 중점을 두고 있다. 그러나 두 작품 모두 가까운 현실을 관찰하고 있으며 신분과 빈부의 차이를 초월한 도시문화를 공유한다는 의식에 기반을 둔 새로운 정체성을 드러낸다고 할 수 있다. 예를 들어, 프랑스와 일본의 근세말기 판화들 중에서 민중여성의 그림을 '미인화화(美人画化)'하는 동일한 경향을 확인할 수 있다는 점은 매우 시사적이다(【그림 7】, 【그림 9】).

【그림 9】 이치유사이 구니요시(一勇斎国芳), 「무사시국 조후(武蔵国調布)의 다마가와강(玉川)」, 일본국립국회도서관 소장, (https://dl.ndl.go.jp/info:ndljp/pid/1307607) (image)

물론 일본은 독자적인 문학 전통을 지니고 있으며 에도 시대 후기와 프랑스혁명 전야라는 시기도 정치체제에서 사상동향에 이르기까지 매우 상이한 상황이었다. 때문에 양국에서 발생한 '수도문학' 역시 여러 측면에서 이질적인 성격을 보인다. 가령 레티프와 메르시에의 작품은 계몽사상에 기초한 사회

비판 정신으로 가득 차 있는 데 반해, 에도 말기 문학의 경우는 데라카도 세이켄(寺門静軒)의 『에도번창기(江戸繁昌記)』와 같은 작품에 풍자가 들어 있기는 하지만 그것이 명확하게 정치체제나 신분제의 타당성을 묻는 데까지는 나아가지 못한 것으로 보인다. 이는 문화 활동에 대한 양국의 검열 양식과 그 효과에 대한 차이를 반영한 결과일 것이다. 그러나 근세 프랑스와 근세 일본의 문학은 각자 고유한 독자성을 가지며 발전해오면서도, 가세이 시기와 텐포 시기(天保期, 1831~1845) 에도의 게사쿠 문학(戯作文学)과 닌조본과 같은 일본의 예에서 확인할 수 있듯이, 양국의 문학은 대도시 공간을 신흥문학을 전개하는 무대로서 활용했다는 점에서 유사점을 갖는다. 이는 근세 말기에 프랑스와 일본 양국에서 수도를 중심으로 출판시장이 팽창되며 새로운 문학 장르가 태동하는 토대가 마련된 결과이다.

그런가 하면 19세기 메이지(明治) 시대 이후 근대 일본문학은 신문매체가 폭발적으로 발달함에 따라 파리의 경우와 같이 도쿄생활이나 도쿄풍속, 혹은 도쿄의 근대화를 테마로 한 논픽션이 유행하며 하나의 장르로 정착하기에 이르렀다. 19세기 말에 이미 후타바테이 시메이(二葉亭四迷)가 기초를 다진 근대 일본소설에서도 역시 근대를 상징하는 수도인 도쿄(東京)가 문학적인 공간으로 확립되어 갔다.[24] 이러한 경향은 서양문학으로부터 분명히 영향을 받은 것으로 보인다. 그러나 그와 동시에 18세기 이후에 문학적 주제로 대두되며 성숙해온 에도에 대한 표상의 뿌리 깊은 유산이 근대라는 새로운 맥락에서 '수도문학'이라는 새로운 단계로 재해석된 결과라 이해할 수도 있을 것이다. 즉 근세 말기의 프랑스와 일본의 예술분야에서는 각각의 수도를 중심으로 도시사회와 도시공간에 대한 새로운 인식이 싹트기 시작했으며 '혁명'이라는 격동의 시기를 지나며 수도라는 틀은 '근대'와 '현대'라는 개념이 출현하는 무대로서 근대문학의 핵심을 더욱 공고하게 차지하게 되었다. 따라서 근세 말기 파리와 에도의 문화생산의 변화를 비교연구하려는 시도는 근대 표상의 부상(浮上)과 확대에 관한 연구에 있어서도 큰 의의가 있을 것이라 생각된다.

1 예를 들어 Lanselle, Rainier. « Rétif de la Bretonne, ou la folie sous presse. (S') écrire, (s') inscrire, (s') imprimer », *Essaim*, vol.16, no.1, 2006, pp.65-87 참조.

2 Françoise le Borgne, « Les autobiographies sans pacte de Rétif de La Bretonne » *Littératures sous contrat: (Cahiers du Groupe Φ - 2002)*[en ligne]. Rennes: Presses universitaires de Rennes, 2002(29 novembre 2020), idem, *Rétif de la Bretonne et la crise des genres littéraires(1767~1797)*, Honoré Champion, 2011 참조.

3 예를 들어 역사학자 라뒤리(Emmanuel Le roy-Ladurie)의 연구에서의 레티프의 지위에 대해서는 Nicolas Schapira. « Le bonheur est dans l'élite? Témoignage, littérature et politique: Nicolas Rétif de la Bretonne et Emmanuel Le Roy Ladurie », *Les élites rurales dans l'Europe médiévale et moderne*, Toulouse: Presses universitaires du Midi, 2007 참조.

4 「ポルノグラフ又は売春改革論」(*Le pornographe ou la prostitution réformée*) 1769 추정.

5 Nicolas-Edmé Rétif de La Bretonne, *Les contemporaines ou Aventures des plus jolies femmes de l'âge présent* (édition critique de Pierre Testud), Paris, Honoré Champion, 2015 (전 10권). 수많은 레티프의 작품 가운데 에로책을 제외하면 그의 사후에 절판되거나 선발된 몇몇이 재판매 된 것이 대부분이며 원고 그대로 발간되지 못한 것도 많다. 그러나 20세기 말부터 간신히 피에르 테스튀(Pierre Testud)의 꾸준한 노력에 힘입어 레티프의 가장 유명한 저작들이 풍부한 주석이 첨부된 완전판의 형태로 점차 출판되고 있다. 일본어역은 小沢晃編訳 『当世女 恋する女たちの人間模様』(筑摩書房, 1990) 등 참조.

6 사드 후작의 「소돔의 120일 음탕학교(*Les 120 journées de Sodome ou l'école dulibertinage*)」에 그 지향점이 명확하게 나타난다. 사드와 레티프는 서로 싫어하며 끊임없이 비판과 모욕을 주고받았는데, 레티프는 특히 사드의 『쥐스틴, 또는 미덕의 불행(*Justine ou les malheurs de la vertu*)』에 반발하며, 『반 쥐스틴, 또는 사랑의 열락(*L'anti-Justine ou les délices de l'amour*)』이라는 책을 쓰기도 한다. 그러나 이는 여성의 '미덕'을 찬미하기는커녕 유머러스한 포르노 소설 형태로 가족이 모여 근친상간을 하며 '열락'을 즐기는 자신의 성애에 대한 특이한 이상을 폭로한 작품이었다.

7 Nicolas-Edmé Rétif de La Bretonne, *Les nuits de Paris* (édition critique par Pierre

Testud), Honoré Champion, 2018(전5권). 일본어판으로 レチフ・ド・ラ・ブルトンヌ著, 植田裕次編訳『パリの夜—革命下の民衆』(岩波文庫, 1988) 참조.

8 Rétif de la Bretonne, *Mes inscripcions(1779~1785), Journal(1785~1789)* (édition critique par Pierre Testud), Editions Manucius, 2006.

9 레티프가 민중적이거나 비문법적인 말투를 사용한 경우는 「타락한 농부와 여농부(*Le paysan et la paysanne pervertis*)」라는 서한소설에서와 같이 인물의 거친 캐릭터를 조롱하는 코믹한 효과를 내기 위함이었다.

10 『파리의 외침』의 입문연구로서 Vincent Millot, *Les Cris de Paris ou le peuple travesti : Les représentations des petits métiers parisiens (XVIe-XVIIIe siècles)*, Paris, Publications de la Sorbonne, 1996 참조.

11 Louis-Sébastien Mercier, *Le Tableau de Paris*, éd. établie sous la direction de Jean-Claude Bonnet, Paris, Mercure de France, 1994(전2권). 일본어판으로는 L.S.メルシエ著, 原宏訳『十八世紀パリ生活誌: タブロー・ド・パリ』二巻(岩波文庫, 1989) 참조.

12 근세 유럽의 저널리즘에 관한 최근 연구전망으로는 Pierre Rétat (dir.). *Le Journalisme d'Ancien Régime*, Presses universitaires de Lyon, 1982 참조.

13 메르시에의 보호자 관계에 있던 인물로는 르누아르(Lenoir) 파리 경시총감도 있다.

14 Daniel Roche, *Les circulations dans l'Europe moderne: XVIIe-XVIIIe siècle*, Fayard, 2011 참조.

15 Clarisse Coulomb, « Des villes de papier: écrire l'histoire de la ville dans l'Europe moderne », *Histoire urbaine*, vol.28, no.2, 2010, pp.5-16 참조.

16 1709년에 간행된 니콜라 드 라마르(Nicolas Delamarre)의 『경시론(*Traité de police*)』은 유럽 전역에서 읽히며 유명해졌지만, 그 외에도 18세기에 이르러 경찰의 개혁론과 의견서가 다수 작성되었다. 대부분 출간되지 않고 관리와 엘리트 사이에서만 유통되었으며 당시 질서유지의 합리화 및 효율화 흐름을 잘 보여주는 자료이다. Catherine Denys, Brigitte Marin et Vincent Milliot 편, *Réformer la police. Les mémoires policiers en Europe au XVIIIe*, Presses universitaires de Rennes, 2009 참조.

17 니콜라 부알로(Nicolas Boileau)의 「파리의 불편(*Les embarras de Paris*)」이라는 시로 알려진 풍자는 실로 고대 로마의 유베날리스(Decimus Junius Juvenalis)의 풍자시로 거

슬러 올라가는 오랜 전통을 지니고 있으며, 근세시대까지의 문학과 회화분야에서의 도시공간과 도시민중의 표상으로 자리 잡고 있다. 이를테면 몽테스키외(Charles-Louis de Secondat)의 『페르시아인의 편지(*Les lettres persanes*)』에도 이러한 주제가 나타난다. Vincent Milliot, « Entre « savant » et « populaire ». La circulation d'une figure des représentations urbaines: les « embarras » de Paris au 17e siècle » *Mots*, no.13, octobre 1986, pp.83-110 참조.

18 Karlheinz Stierle, *La capitale des signes. Paris et ses discours*, Edition Maison des sciences de l'homme, 2001 참조.

19 Walter Benjamin, *Paris, capitale du XXe siècle. Le livre des passages*, Edition du cerf, 1989 참조.

20 Roger Chartier et Hans-Jurgen Lüsebrink 편, *Colportage et Lecture populaire. Imprimés de large diffusion en Europe, 16e-19e siècles*, Actes du colloque de Wolfenbüttel (21-24 avril 1991). IMEC éditions et Editions de la Maison des Sciences de l'Homme, 1996 참조.

21 Eric Hajan, *L'invention de Paris*, Seuil, 2002 참조.

22 Karlheinz Stierle, "Baudelaire and the Tradition of the Tableau de Paris", *New Literary History Vol.11, No.2, Literature/History/Social Action* (Winter, 1980), The John Hopkins University Press, pp.345-361 참조.

23 竹内誠『日本の近世14 文化の大衆化』(中央公論社, 1993) 참조.

24 도쿄라는 문학적 신화의 작품집으로서 ロバート・キャンベル, 十重田裕一, 宗像和重 編『東京百年物語』 全三巻(岩波文庫, 2018) 참조.

칼럼

한일 서양 탐정소설의 도시 표상
—에밀 가보리오의 『르루주 사건』을 중심으로—

유재진(兪在眞)

1. 세계 최초의 장편 탐정소설 『르루주 사건』

『르루주 사건(L'Affaire Lerouge)』은 잡지나 신문에 가정소설이나 시평 등을 기고했던 에티엔느 에밀 가보리오(Etienne Èmile Gaboriau, 1832~1873)가 보들레르(Baudelaire)가 프랑스어로 번역한 미스터리 장르의 아버지, 에드거 앨런 포(Edgar Allan Poe)가 쓴 세계 최초의 탐정소설 「모르그가의 살인사건(Double assassinat dans la Rue Morgue)」을 읽고 감명을 받아 쓴 세계 최초의 장편 탐정소설이다. 가보리오는 1865년 『르 페이(Le Pays)』지에 이 「르루주 사건」을 연재하였으나 처음에는 독자들 반향이 전혀 없었다. 하지만 이 소설의 새로움을 일찌감치 간파한 프랑스 대중지의 대부이자 『르 프티 주르날(Le Petit Journal)』의 창간자 무아즈 미요(Moise Millaud)는 자신이 창간한 다른 신문 『르 솔레이(Le Soleil)』에 재연재를 권했고 가보리오는 「르루주 사건」을 대폭 수정한 후 1866년 4월부터 신문 연재를 시작하

【사진 1】 아이즈와카마쓰시립도서관(会津若松市立会津図書館) 소장, 구로이와 루이코(黒岩涙香) 『사람인가 귀신인가(人耶鬼耶)』 표지(슈에이도(聚栄堂), 1905) 일본 국문학연구자료관(国文学研究資料館) 「근대서지 · 근대화상 데이터베이스(近代書誌 · 近代画像データベース)」에 화상 게재

여 큰 인기를 얻었다. 프랑스에서 1830년대에 시작한 신문연재소설과 그 성공은 신문구독자이자 하층 시민계급인 대중을 끌어들이는 수단으로 사용되었고, 이러한 신문연재소설의 유행이 그 후의 프랑스 미스터리 발전의 기반을 형성하였다.[1] 『르루주 사건』을 비롯해 가보리오가 탄생시킨 명탐정 르코크 탐정이 활약하는 장편 탐정소설 『오르시발의 범죄』(1867), 『서류 113호』(1867), 『르코크 탐정』(1869) 등 르코크 시리즈는 연이어 신문에 연재되었고 작품이 완결되는 즉시 단튜(Dentu) 출판사에서 단행본으로 출판되었으며 세계 각국어로 번역되어 널리 읽혔다. 『르루주 사건』은 세계 최초의 신문연재 장편 탐정소설이자 동시에 프랑스 미스터리 붐의 시작을 알리는 작품이기도 하다.

2. 한국과 일본의 『르루주 사건』 번역본 소개

이처럼 세계 각국어로 번역 소개된 『르루주 사건』인데, 이 칼럼에서는 근대 초기 한국어와 일본어로 번역되었을 시, 한국어역본과 일본어역본이 번역하지 못한 것, 즉, 번역할 수 없었던 부분에 대한 문제에 주목해

보고자 한다. 장편 탐정소설이라는 전혀 새로운 양식의 문학을 자국어 또는 자국의 문화로 옮기고자 했을 때, 옮기지 못한 것, 새롭게 만들어 내기 어려웠던 것이 무엇이었는지를 살펴봄으로써 탐정소설 수용국의 '근대의 척도'를 가름해 볼 수 있을 것이고 또한 탐정소설을 어떻게 수용했는지도 엿볼 수 있으리라 생각된다. 이 질문에 답하기에 앞서 일본과 한국에서 번역 소개된 『르루주 사건』 번역본의 계보를 간단히 짚고 넘어가겠다.

1) 일본의 번역본

일본어역의 경우는 영역본을 저본으로 삼은 구로이와 루이코(黒岩涙香)의 번안본(翻案本), 프랑스어 원문을 저본으로 한 다나카 사나에(田中早苗)의 초역본(抄訳本), 그리고 프랑스 원문을 완역한 완역본(完訳本), 이렇게 크게 세 번역본으로 나눌 수 있다.

[번안본]

* 판형 · 장정 · 문장 · 장 구성을 바꿔서 재간행함.

· 구로이와 루이코 역 「재판소설 사람인가 귀신인가(裁判小説 人耶鬼耶)」『곤니치신문(今日新聞)』(1887.12~1888.9.13)

· 구로이와 루이코 역 『재판소설 사람인가 귀신인가』(소설관(小説館), 1888)

· 구로이와 루이코 역 『재판소설 사람인가 귀신인가』(슈에이도 오카와야 서점(聚栄堂大川屋書店), 1905)

· 구로이와 루이코 역 『재판소설 사람인가 귀신인가』(슈에이칸(集栄館), 1920)

[초역본]
・다나카 사나에 역 『르루주 사건』(춘추사(春秋社), 1935)
・다나카 사나에 역 『르루주 사건』(구라쿠사(苦楽社), 1947)
・다나카 사나에 역 『르루주 사건』(이와야서점(岩谷書店), 1950)
[완역본]
・오타 고이치(太田浩一) 역 『르루주 사건』(도서간행회(図書刊行会), 2008)

『르루주 사건』은 세계 최초의 장편 탐정소설이라는 수식어가 항상 따라다녀 미스터리 문학사는 물론이고 관련 서적에서도 반드시 언급되는데 2008년에 이르러서야 처음으로 완역이 이루어졌다는 사실도 다소 놀랍지만, 이 완역본이 나옴으로써 프랑스어를 모르는 연구자들은 비로소 일본과 한국의 역자들이 원작을 어떻게 번역하였는지, 그리고 무엇을 번역하지 않았는지를 확인할 수 있게 되었다.

2) 한국의 번역본

한국어 번역의 경우는 모두 일본어역본의 중역(重訳)이기 때문에 저본으로 삼고 있는 일본어역본에 따라서 구분할 수 있다.

[구로이와 루이코 번안본의 중역]
・은국산인 역 『누구의 죄』(보급서관, 1913)
・은국산인 역 『누구의 죄』(박문서관, 1921)
[다나카 사나에 초역본의 중역]
① 안회남 역 『르루주 사건』(조광사, 1940)
②・김내성 역 『마심불심』(청운사, 1948)
・김내성 역 『마심불심』(해왕사, 1952)

· 김내성 역 『마심불심』(육영사, 1954)

③ 김문서 역 『복면신사』(제일문화사, 1952)

* 안회남 역과 원문이 동일함.

【사진 2】 한국 국립중앙도서관 소장, 은국산인(隱菊散人) 역 『누구의 죄(誰の罪)』 표지(보급서관(普及書館), 1913) 「국립중앙도서관 디지털 컬렉션」에 화상 게재

③의 김문서 역은 안회남이 번역한 『르루주 사건』과 원문, 인쇄 지형(紙型)까지 똑같아 안회남이 한국전쟁 당시 월북하여 그의 이름으로 출판하는 것이 불가능하여 '김문서'라는 필명을 사용하고 제목도 바꿔 출판한 것으로 추정된다.[2] ②의 김내성 역 『마심불심』은 이야기의 배경도 인물도 모두 한국으로 바꾸고 작품의 플롯도 저본과 달리 구성하여 살인사건보다는 남녀 간의 연애에 초점이 맞춰지도록 개작한 소설이다. 한일 번역본 중 가장 대담한 개서(改書)를 시도한 작품이라 할 수 있다.

김내성 이외의 번역본은 모두 저본의 플롯을 바꾸지 않고 일본어역을 충실하게 번역하고 있다. 여기서 '충실하게'라고 표현한 것은 일언일구를 축어역하고 있다기보다는 넓은 의미에서 번안하여 이야기의 전개를 바꾸지 않고 저본을 충실히 번역하고 있다는 의미이다. 예를 들어 작품 말미를 크게 고쳐서 '사형 폐지 운동'을 주창한 표제어대로 '재판'소설 풍으로 번안한 구로이와 루이코의 번안 『사람인가 귀신인가』를 번역한 은국산인(이해조로 추정)[3]의 『누구의 죄』는 작품의 표제어 '재판소설'을 삭제한 대신 작품 모두에 원작이나 루이코 역에도 없는 "고대 인민의 사상이 순박한 때에는 법률도 따라 간단하고 현시대 문명이 발전할수록 법률도 따라 명백하나니, 이러므로 법률이 밝은 시대에는 범죄자의 행위도 또한 은밀한 법이라."[4]라는 일문을 추가하여 이 소설이 법률에 관한 '재판소설'이라는 것을 밝히고 있다.

『르루주 사건』의 일본어역과 한국어역의 계보를 살펴봐도 알 수 있듯이 19세기 미국이나 유럽에서 탄생한 탐정소설이라는 새로운 문학 장르가 아시아, 특히 한국으로의 유입은 일본을 경유한 탐정소설의 중역이라는 과정을 통해서 수용되었다. 탐정소설이라는 새로운 장르의 수용에는 루이코나 은국산인의 경우처럼 서양 근대의 법 제도에 관한 관심도 있고 다나카 사나에나 안회남의 경우처럼 1930년대 가장 대표적인 대중문학으로서 객관적인 추리를 구사한 지적 유희로서 미스터리를 번역 소개하기도 하고 또한 김내성 역의 경우처럼 장편 탐정소설이 지닌 복잡한 멜로드라마를 재구성하여 연애물로 수용하고 있는 것처럼 계몽이나 취미의 대상으로서 널리 수용되었다.

3. 번역하지 못한 소설 내 도시 표상

1) 도시소설로서의 『르루주 사건』

『르루주 사건』은 가보리오를 일약 유명한 탐정소설 작가로 데뷔시킨 작품일 뿐 아니라 애드거 앨런 포가 개척한 탐정소설이라는 수법을 장편소설에도 적용시킬 수 있다는 것을 보여준 세계 최초의 장편 탐정소설이다. 가보리오는 포가 제시한 탐정소설의 정형—수수께끼의 제시, 논리적인 해명, 의외의 진실—을 범죄를 둘러싼 혹은 범죄에 이르기까지의 인간 드라마를 가미시킴으로서 탐정소설의 장편화를 시도했다. 『르루주 사건』은 이 추리와 인간 드라마 두 요소가 시너지 효과를 냄으로써 성공한 탐정소설이라고 할 수 있다.

『르루주 사건』은 파리 근교 라 존쉐르 마을에서 과부 크로티누 르루주의 살인사건과 그녀가 하녀로 일한 코마랑 백작가의 사랑 이야기, 그리고 그 적자와 서자의 바꿔치기, 예심판사와 용의자가 연적 사이라는 갈등과 오인체포, 그리고 결말에서의 대반전 등 오늘날 읽어도 재미가 있는 탐정소설이라고 할 수 있다. 종래의 『르루주 사건』의 번역이 번안 혹은 초역이었기 때문에 원작이 지닌 인간 드라마적인 삽화는 생략되거나 아니면 원작에 비해서 압축되어 번역되어 있다. 하지만 완역본과 한국과 일본에서의 번역본과의 차이는 에피소드의 압축뿐 아니라 원작에서는 집요하리만큼 상세하게 묘사되고 있는 작품의 무대가 된 파리 시내나 파리 교외의 지명, 도로명, 도시의 기념비적인 건물 등이 종래의 번역본에서는 충분히 드러나지 않고 있다는 사실이다.

살인이 일어난 것은 세느강 하류에 위치한 라 존쉐르 마을이지만 완역본을 보면 지금까지의 일역본이나 한국어역본에서는 부각되지 않은 탐정 타발레와 범인 노엘이 살고 있는 생라자르 거리나 노엘의 애인이 쇼핑을 즐기는 몽마르트 거리 등 실존하는 파리의 도시공간을 등장인물들이 활보하는 모습이 선명하게 기술되고 있다. 예를 들어 예심판사 다뷰론 씨가 코마랑 백작이 용의자라는 사실을 듣는 순간, 이야기는 다뷰론 씨가 아직 젊었을 적 남몰래 사랑한 소녀로부터 자신이 코마랑 백작을 사랑하고 있다는 고백을 듣고 상심한 나머지, 파리의 밤거리를 방황하는 장면이 몇 페이지에 걸쳐서 상세히 회상되고 있다. 이 장면은 지난 날의 연적을 용의자로 대면하게 된다는 드라마틱한 효과를 내고 있음과 동시에 용의자의 알리바이를 증명하는 이야기 설정의 복선이 되는 장면이기도 하다. 완역본에서는 실연하고 상심한 젊은 날의 예심판사가 파리의 밤 거리를 헤매는 모습을 "인기척이 없는 강가"에서 가끔 지나치는 사람들의 모습, 거리를 헤매는 그를 심문하려는 경찰, "그루넬 거리"로부터 "부로뉴숲의 호수가 가까이의 산책길" 그리고, "마이요문" 근처 등 그가 밤새 걸어다닌 장소를 구체적인 지명과 모습 등을 서술하면서 회상하고 있다.[5] 이처럼 구체적인 지명을 언급함으로써 예심판사가 방황한 구역이나 거리들을 독자들도 함께 추체험하는 것이 가능해진다. 하지만 루이코 역이나 은국산인 역에서는 밤거리를 헤매는 장면은 삭제되어 있다. 그 대신 예심판사의 상심의 정도를 "갑자기 이삼십 살은 먹은 것처럼"[6] 그의 외모가 변해 버렸다고 번역하고 있다. 다나카 사나에 역의 경우는 "몽유병자처럼 목적지도 없이 여기저기를 헤매며 걸어다"[7]닌 사실은 번역하고 있지만 상심한 마음의 상태와 파리의 밤거리를 방황하는 모습이 겹쳐지게 기술하고 있는 원작의 도시 표상은 충분히 살려내지 못하고 그저 실연의 상심의 정도만 전하고 있을 뿐이다. 다나카의 번역본을 저본으로 한 안회남 역의 경우는 예심판사와 용의자 그리고 용의자의 약혼녀라는 삼각관계의 인물 설정을 아예 생략하고 있고 파리의 밤거리 묘사 부분도 물론 번역하고 있지 않다. 반면, 해방 후인 1948년에 다나카 사나에 번역본을 저본으로 한 김내성 역에서는 이야기의 무대를 모두 서울로 옮기고 지명도 실제 서울의 지명으로 바꿔서 사용하고 있다. 예심판사가 방황하는 장면도 "서울의 거리", "밤의 거리", "파고다 공원" 등과 같이, 독자들에게 친숙한 구체적인 지명을 사용함으로써, 소설 공간을 보다 생동감 있게 그려내고 있다.[8] 남녀등장인물 간의 멜로드라마에 중점을 두는 식으로 작품의 플롯을 바꿔 쓴 김내성 번역에서는 이 장면이 중요한 씬이기에 저본인 다나카 사나에 역에서는 보이지 않던 상심의 정도를 구체적으로 표현될 수 있게끔 묘사되어 있는 것이다.

2) 지명이 상기시키는 공간

『르루주 사건』에는 어쩌면 세계 최초라고 말할 수 있는 마차에 의한 추격 장면이 있다. 완역본에 의하면 이 장면에서도 역시 파리의 거리명이 나열되어 있는데 추격의 긴박감과 임장감을 높이도록 묘사되어 있다. 하지만 루이코 역과 은국산인 역에서는 추격하고 있는 사실은 번역되어도 어디를 어떤 식으로 추격하고 있는지 그 상황까지는 번역되어 있지 않다. 즉, 추격 장면에서의 임장감을 살려내지 못한 것이다. 그 반면, 1930년대의 다나카 사나에 역이나 안회남 역에서는 완역본에 가깝게 지명, 도로명을 마찬가지로 명시해 줌으로써 임장감을 잘 살려내서 번역하고 있다.

같은 추격 장면이라고해도 메이지(明治) 시대와 쇼와(昭和) 시대에는 임장감의 차이 뿐 아니라 소비하는 도시 공간의 묘사에도 차이가 보인다. 이 추격 장면은 타발레 탐정이 범인의 애인을 추격함으로써 범인의 진정한 모습—겉으로는 검소한 변호사인 척 하나 실은 고급 창부를 데리고 이중생활을 하고 있는 모습—을 밝혀내기 위한 탐정소설로서는 중요한 장면이고 이 범인의 애인을 미행하는 과정에서 범인이 살인 사건을 일으키게 된 원인인 이 애인의 사치스러움도 함께 묘사되고 있다. 범인의 애인인 줄리엣은 범인의 집에서 자기 집으로 돌아가는 도중, 쇼세단탄 거리나 포블=몽마르트 거리에 들려서 "레이스나 캐시미어 제품을 파는 가게"나, "골동품가게", "그 외 세네 군데의 가게에 더 들어갔고 마지막에는 과자가게"를 들린다. 오늘날에도 라파엣트 백화점이나 고급쇼핑몰이 즐비한 파리 9구의 도로명을 나열해가면서 거기서 사치품을 이것저것 사대는 장면을 삽입함으로써 이 애인의 사치스러움을 묘사하고 있는 것이다. 하지만 루이코 역이나 은국산인 역에서는 추격 장면이 짧게 압축되어 임장감이 없을 뿐 아니라 이 애인의 인물조형을 나타내고 있는 장면도 번역되고 있지 않다. 이는 부분은 안회남 역의 경우도 마찬가지이다. 이들 번역본에 펼쳐진 작품 속 배경이 되고 있는 도시에 대한 표상은 완역본처럼 사치스러운 물품을 팔고 사는 소비의 도시로서는 표상되어 있지 않다. 다만, 다나카 사나에 역에서는 쇼핑 장면이 삭제되지 않고 번역되었지만, 지명은 삭제되고 단지 그 애인이 쇼핑을 했다는 사실만이 언급되고 있다.

4. 서양 탐정소설의 번역에 있어서의 인간 드라마와 추리의 밸런스

『르루주 사건』의 한국과 일본의 번역본과 완역본을 비교해 보면 이 작품이 갖고 있는 미스터리 소설로서의 재미, 조사나 추리의 과정, 서양 재판제도의 소개 등은 일본어역판에도 그리고 일본어역판을 저본으로 하여 번역한 한국어판에도 그대로 번역되어 있지만, 원작에서 볼 수 있는 넘쳐날 정도의 도시 표상과 기호들은 이들 한일 번역본에서는 충분히 그려지지 못하고 있다. 번역본 중에서 공간 묘사가 구체적이고 또한 상세하게 기술된 번역은 의외로 추리보다도 인간 드라마에 중점을 두고 번역한 김내성의 서울을 무대로 한 『마심불심』이다. 그리고 완역본과 비교해서 이 인간 드라마적인 에피소드를 할애하고 미스터리에 중점을 두고 번안, 초역한 다른 번역본에서는 플롯의 전개가 원작 대로 번역되어 있어 이들 멜로드라마적 삽화를 할애해도 탐정소설로서 읽는 데에는 전혀 지장이 없었던 것이다. 다만, 완벽본을 통해서 확인할 수 있는 원작이 갖고 있는 풍부한 도시 묘사는 아쉽게도 이들 '탐정소설' 번역본에서는 충분히 옮겨졌다고 하기 힘들다.

『르루주 사건』에는 도시를 방황하며 번뇌하고 때로는 도시가 제공하는 사치품을 소비함으로써 내적인 공허함을 채우고 또 때로는 범인이나 용의자처럼 도시의 익명성 안에서 자신의 진정한 모습을 숨기는, 파리라는 도시에 살고 있는 다종다양한 등장인물들의 드라마가 생생하게 서술되고 있다. 그리고 이러한 인간 드라마를 서술하는 공간으로서 도시가 다분하게 묘사되고 언급되고 있는 것이다. 하지만, 근대 일본과 한국에서는 이 『르루주 사건』을 인간 드라마를 그리고 있는 소설이 아니라 범죄를 둘러싼 '재판' 소설로서 혹은 미스터리의 진상을 밝히는 수수께끼 풀이물에 중점을 두고 번역하고 수용하였기 때문에 이 소설이 담고 있는 드라마성과 그 드라마가 생동하고 있는 도시 표상은 아쉽게도 충분히 번역될 수 없었다고 본다.

1 太田浩一「訳者あとがき」エミール・ガボリオ著, 太田浩一訳『ルルージュ事件』(図書刊行会, 2008), p.423.

2 박진영「해설」에밀 가보리오 저, 안회남 역, 박진영 편『르루주 사건』(페이퍼하우스, 2011), p.250.

3 박진영『번역과 번안의 시대』(소명, 2011), p.64.

4 은국산인「누구의 죄」김광용 편『韓国新小説全集 巻7: 金教済 (外)篇』(乙酉文化社, 1968. 초출은 1913), p.179.

5 앞의 주1의 책, pp.145-147.

6 黒岩涙香著, 池田浩士校訂『裁判小説 人耶鬼耶』(インパクト出版会, 2016. 초출은 1888), p.58.

7 エミール・ガボリオ著, 田中早苗訳『ルルージュ事件』(春秋社, 1935), p.120.

8 김내성『마심불심』(해왕사, 1952. 초출은 1948), p.60.

포럼 프로그램
(2017~2019년)

第1회 포럼

동아시아 지식의 교류(東アジアにおける知の往還)
－서책과 문화(書物と文化)－

- 일시: 2017年 10月 24日 13:00～
- 장소: 일본 국문학연구자료관 오리엔테이션실
- 주최: 일본 국문학연구자료관·고려대학교 글로벌일본연구원

	사회: 운노 게이스케(海野圭介) 국문학연구자료관	
인사말	로버트 캠벨(Robert CAMBPELL) 국문학연구자료관 관장	
발표	김수미(金秀美) 글로벌일본연구원	『겐지모노가타리에마키』 화면구성의 방법 『源氏物語絵巻』における画面構成の方法
발표	김용철(金容澈) 글로벌일본연구원	『몽골침입에마키』 도상의 전승과 변용 『蒙古襲来絵詞』の図像の伝承と変容
발표	송완범(宋浣範) 글로벌일본연구원	『삼국유사』를 둘러싼 몇 가지 문제에 관하여 『三国遺事』を巡る二、三の問題について
발표	이리구치 아쓰시(入口敦志) 국문학연구자료관	서책의 형태와 장르 書物のかたちとジャンル
발표	다니카와 게이치(谷川惠一) 국문학연구자료관	유고집의 세계 遺稿集の世界

第2회 포럼

동아시아 지식의 교류(東アジアにおける知の往還)
-기록과 기억(記録と記憶)-

- 일시: 2018年 10月 24日 13:00~
- 장소: 고려대학교 글로벌일본연구원 201호 원형강의실
- 주최: 고려대학교 글로벌일본연구원 · 일본 국문학연구자료관

	사회: 김수미(金秀美) 글로벌일본연구원	
인사말	서승원(徐承元) 글로벌일본연구원 원장 로버트 캠벨(Robert CAMBPELL) 국문학연구자료관 관장	
발표	니시무라 신타로 (西村慎太郎) 국문학연구자료관	원자력 재해지역의 지식 교류—지역 지속성을 지향하며— 原子力災害地域の知の往還—地域持続を目指して—
발표	박홍규(朴鴻圭) 글로벌일본연구원	권력투쟁과 역사기록—이색의 비문사건— 権力闘争と歴史記録: 李穡の碑文事件
발표	사쿠라이 히로노리 (桜井宏徳) 세이케이 대학 (成蹊大学)	『에이가모노가타리』 탄생과 동아시아 역사서술 『栄花物語』の誕生と東アジアの歴史叙述
발표	노아미 마리코 (野網摩利子) 국문학연구자료관	나쓰메 문학에 살아있는 전승 漱石文学に生きる伝承
발표	김계자(金季杍) 글로벌일본연구원	재일조선인 귀국사업에 대한 기록과 동북아시아에서 불편한 기억 在日朝鮮人帰国事業の記録と東北アジアにおける不都合な記憶

第3회 포럼

동아시아 지식의 교류(東アジアにおける知の往還)
−도시라는 무대(都市という舞台)−

- 일시: 2019年 10月 18日 13:00～
- 장소: 일본 국문학연구자료관 오리엔테이션실
- 주최: 일본 국문학연구자료관 · 고려대학교 글로벌일본연구원

	사회: 사이토 마오리(齋藤真麻理) 국문학연구자료관	
인사말	로버트 캠벨(Robert CAMBPELL) 국문학연구자료관 관장 정병호(鄭炳浩) 고려대학교 글로벌일본연구원 원장	
발표	와타나베 고이치(渡辺浩一) 국문학연구자료관	수도권 수계와 에도 · 도쿄의 수해 首都圏水系と江戸・東京の水害
발표	김효순(金孝順) 글로벌일본연구원	『경성일보』 소설과 근대도시 경성의 표상 『京城日報』小説と近代都市京城の表象
발표	엄인경(嚴仁卿) 글로벌일본연구원	일본의 전통시가에 그려진 대도시 경성의 풍토 日本の伝統詩歌に描かれた大都京城の風土
발표	기욤 카레 (Guillaume CARRÉ) 사회과학고등연구원 · 국문학연구자료관	도시가 주인공, 파리와 에도의 파노라마식 문예에 관하여 都市が主人公、パリと江戸のパノラミック・リテラチャーについて
발표	유재진(兪在眞) 글로벌일본연구원	한일 서양 탐정소설 수용의 도시 표상 —에밀 가보리오의 『르루주 사건』을 중심으로— 日韓の西洋探偵小説受容における都市表象 —エミール・ガボリオの『ルルージュ事件』を中心に—

저자 소개

정병호(鄭炳浩)

고려대학교 일어일문학과 교수 · 글로벌일본연구원 원장
[전공분야] 일본근현대문학, 식민지일본어문학
[주요 연구업적] 『일본문학으로 보는 3.1운동』(고려대학교 출판문화원, 2020), 『일본의 재난문학과 문화』(공저, 고려대학교 출판문화원, 2018), 『동아시아의 일본어잡지 유통과 식민지문학』(공저, 도서출판 역락, 2014)

로버트 캠벨(Robert CAMPBELL)

국문학연구자료관(国文学研究資料館) 관장
[전공분야] 일본문학. 특히, 근세~메이지 문학(明治文学), 그와 관련된 예술 · 사상 · 미디어 등
[주요 연구업적] 『新日本古典文学大系 明治編 漢文小説集』(共編, 岩波書店, 2005), 『新日本古典文学大系 明治編 海外見聞集』(共編, 岩波書店, 2009), 『近世文学史研究 三 特集』「十九世紀の文学」(監修, ぺりかん社, 2019)

김수미(金秀美)

고려대학교 일어일문학과 교수 · 글로벌일본연구원 공동연구원
[전공분야] 일본고전문학, 일본문화학
[주요 연구업적] 『일본고전문학을 그림으로 읽다－국보 『겐지모노가타리에마키(源氏物語絵巻)』』(고려대학교 출판문화원, 2020), 「国宝『源氏物語絵巻』断簡に関する一考察―場面選択の方法を中心にして」(『일본연구』 2019), 『동아시아학의 이해』(공저, 고려대학교 출판문화원, 2018)

사이토 마오리(齋藤真麻理)

국문학연구자료관(国文学研究資料館) 교수 · 총합연구대학원대학(総合研究大学院大学) 교수(겸임)

[전공분야] 일본 중세문학

[주요 연구업적] 『一乗拾玉抄の研究・影印』(臨川書店, 1998), 『異類の歌合 室町の機智と学芸』(吉川弘文館, 2014), 「室町物語と玄宗皇帝絵『付喪神絵巻』を起点として」『和漢のコードと自然表象 十六, 七世紀の日本を中心に』(勉誠出版, 2020)

사쿠라이 히로노리(桜井宏徳)

오쓰마 여자대학(大妻女子大学) 문학부 일본문학과 준교수 · 국문학연구자료관(国文学研究資料館) 전 공동연구원(2014～2016)

[전공분야] 헤이안 문학(平安文学), 역사 모노가타리(歴史物語).

[주요 연구업적] 『物語文学としての大鏡』(新典社, 2009), 『ひらかれる源氏物語』(共編, 勉誠出版, 2017), 「歴史叙述と仮名表記―『愚管抄』から『栄花物語』を考えるための序章―」(『大妻国文』第51号, 2020)

다니카와 게이치(谷川惠一)

국문학연구자료관(国文学研究資料館) 명예교수 · 총합연구대학원대학(総合研究大学院大学) 명예교수

[전공분야] 근대문학 성립기의 연구

[주요 연구업적] 『歴史の文体 小説のすがた－明治期における言説の再編成』(平凡社, 2008), 『言葉のゆくえ―明治二〇年代の文学―』(平凡社ライブラリー, 平凡社, 2013), 「世界文学の文体チューニング－手紙の中のローザ・ルクセンブルク」『世界文学と日本近代文学』(東京大学出版会, 2019)

김용철(金容澈)

고려대학교 글로벌일본연구원 교수

[전공분야] 동아시아 근대 및 일본미술사

[주요 연구업적] 오카쿠라 덴신(岡倉天心), 전쟁미술, 한국 및 중국의 근대미술, 만주국 미술 등에 관한 논문 다수

이리구치 아쓰시(入口敦志)

국문학연구자료관(国文学研究資料館) 교수 · 총합연구대학원대학(総合研究大学院大学) 교수(겸임)

[전공분야] 에도 시대(江戸時代) 소설을 중심으로 한 서적 형태 · 출판 문화와 같은 미디어와 문학과의 관계 연구

[주요 연구업적] 『武家権力と文学　柳営連歌,『帝鑑図説』』(ぺりかん社, 2013),「描かれた夢―吹き出し型の夢の誕生―」 荒木浩編 『夢見る日本文化のパラダイム』(法蔵館, 2015),『漢字・カタカナ・ひらがな 表記の思想』(平凡社, 2016)

니시무라 신타로(西村慎太郎)

국문학연구자료관(国文学研究資料館) 준교수 · 총합연구대학원대학(総合研究大学院大学) 준교수(겸임)

[전공분야] 역사학 · 아카이브스학

[주요 연구업적]『宮中のシェフ、鶴をさばく』(吉川弘文館, 2012),『生実藩』(現代書館, 2017),『大字誌両竹』(編著, 蕃山房, 2009, 2020)

송완범(宋浣範)

고려대학교 글로벌일본연구원 교수 겸 부원장, 동아시아고대학회 회장

[전공분야] 동아시아 속의 일본역사와 문화(일본고대사)

[주요 연구업적]『동아시아세계 속의 일본율령국가 연구―百済王氏를 중심으로―』(경인문화사, 2020), 倉本一宏編,『説話研究を拓く: 説話文学と歴史史料の間に』(共著, 思文閣出版, 2019) 学習院女子大学国際学研究所叢書『調和的秩序形成の課題』(共著, お茶の水書房, 2016)

노아미 마리코(野網摩利子)

국문학연구자료관(国文学研究資料館) 준교수 · 총합연구대학원대학(総合研究大学院大学) 준교수(겸임)

[전공분야] 일본근대문학

[주요 연구업적]『夏目漱石の時間の創出』(東京大学出版会, 2012),『漱石の読みかた『明暗』と漢籍』(平凡社, 2016),『世界文学と日本近代文学』(編著, 東京大学出版会, 2019)

김계자(金季杍)

한신대학교 대학혁신추진단 조교수 · 글로벌일본연구원 전 연구교수(2012~2019)
[전공분야] 일본문학
[주요 연구업적] 『일본에 뿌리내린 한국인의 문학』(역락, 2020), 「재일 사회파 추리소설 작가의 탄생－고 가쓰히로(呉勝浩)의 『도덕의 시간』을 중심으로」(『일본연구』, 2020.9), 『김석범 장편소설 1945년 여름』(보고사, 2017) 등

와타나베 고이치(渡辺浩一)

국문학연구자료관(国文学研究資料館) 교수 · 총합연구대학원대학(総合研究大学院大学) 교수(겸임)
[전공분야] 아카이브학 · 일본근세사
[주요 연구업적] 『日本近世都市の文書と記憶』(勉誠出版, 2014), 『江戸水没 寛政改革の水害対策』(平凡社, 2019), 『近世都市の常態と非常態―人為的自然環境と災害』(共編著, 勉誠出版, 2020)

엄인경(嚴仁卿)

고려대학교 글로벌일본연구원 교수
[전공분야] 일본어 시가문학 · 한일비교문화론
[주요 연구업적] 『문학잡지 『国民詩歌』와 한반도의 일본어 시가문학』(역락, 2015), 『한반도의 일본어 시가 문학』(고려대학교 출판문화원, 2018), 「Changes to Literary Ethics of Tanka Poets on the Korean Peninsula during the Japanese Colonial Era」(FORUM FOR WORLD LITERATURE STUDIES Vol.10, no.4, 2018)

김효순(金孝順)

고려대학교 글로벌일본연구원 교수
[전공분야] 번역론 · 일본근대문학문화연구
[주요 연구업적] 『식민지 문화정치와 『경성일보』 월경적 일본문학 문화론의 가능성을 묻다』(편저, 역락, 2021), 『동아시아의 일본어문학과 문화의 번역 · 번역의 문화』(편저, 역락, 2018), 「'에밀레종' 전설의 일본어 번역과 식민지시기 희곡의 정치성―함세덕의 희곡 「어밀레종」을 중심으로」(『일본언어문화』 제36집, 2016)

기욤 카레(Guillaume CARRÉ)

프랑스 사회과학고등연구원(Ecole des Hautes Etudes en Sciences Sociales-EHESS) 교수
[전공분야] 일본 근세사
[주요 연구업적] 『*Avant la tempête: la Corée face à la menace japonaise 1530-1590*』, (Institut d'Etudes Coréennes du Collège de France/de Boccard, 2019), 高澤紀恵, 吉田伸之, フランソワ=ジョゼフ・ルッジウ, ギヨーム・カレ 編『伝統都市を比較する―飯田とシャルルヴィル〈別冊都市史研究〉―』(山川出版社, 2011)

유재진(兪在眞)

고려대학교 일어일문학과 교수· 글로벌일본연구원 공동연구원
[전공분야] 일본 근현대문학
[주요 연구업적] 「日露戦争と日本語民間新聞『朝鮮日報』文芸物1―コナン・ドイル(Conan Doyle) 作「仏蘭西騎兵の花」を中心に」(『比較日本学』41, 2017」, 「明治・大正・昭和戦前期の朝鮮半島からの留学生」(和田博文, 徐静波, 兪在真, 横路啓子編『〈異郷〉としての日本―東アジアの留学生がみた近代』(勉誠出版, 2017)

번역자 소개

박은희(朴恩姫)

고려대학교 일어일문학과 졸업. 일본 쓰쿠바(筑波)대학 문학박사. 일본고전산문 전공. 현재 가천대학교 아시아문화연구소 연구교수. 주요 논문으로는 「무사의 자살과 왕생—헤이케모노가타리(平家物語)에서 일탈하는 텍스트 슈라노(修羅能)」(『일본학보』 제121호, 2019) 등이 있고, 역서로는 『구칸쇼(愚管抄)』(세창출판사, 2012), 『호겐모노가타리(保元物語)』(역락, 2019) 등이 있다.

이가현(李佳呟)

고려대학교 일어일문학과 졸업. 일본 쓰쿠바(筑波)대학 문학박사. 일본근현대문학 전공. 현재 고려대학교 시간강사. 주요 논문으로는 「三島文学における老いと女性—「十日の菊」論」(『일본연구』 제33호, 2020), 「三島文学における恋愛と「女性」—1950年代の雑誌メディアと中間小説をめぐって」(『일본학보』 제119호, 2019) 등이 있고, 역서로는 『외국인 노동자의 한국어 습득과 언어환경』(한국문화사, 2021), 『남양대관(南洋大観)』(보고사, 2021) 이 있다.

이가혜(李嘉慧)

전남대학교 일어일문학과 졸업. 고려대학교 문학박사. 일본근현대문학 전공. 현재 인천대학교 일본문화연구소 연구중점교수. 주요 논문으로는 「재조일본인 미디어의 모던 걸 부재와 여급의 표상—『조선급만주(朝鮮及満洲)』와 『조선공론(朝鮮公論)』을 중심으로」(『비교일본학』 제50호, 2020), 「Discourse on the Prostitution Abolition of Japanese Society in Colonial Korea During the 1920s-30s: Focusing on 『Chosen and Manshu(朝鮮及満洲)』, 『Chosenkoron(朝鮮公論)』」(『일본학보』 제120호, 2019) 등이 있다.

이현진(李賢珍)

경희대학교 일어일문학과 졸업. 고려대학교 문학박사. 일본근현대문학 전공. 현재 고려대학교 글로벌일본연구원 연구교수. 주요 논문으로는 「일제강점기에 간행된 〈일본동화집〉 연구」(『일본어문학』 제82집, 2018), 「구루시마 다케히코(久留島武彦)의 구연동화와 식민정책」(『일본어문학』 제89집, 2020) 등이 있고, 역서로는 『일제강점기 조선의 일본어 아동문학』(역락, 2016), 『후나토미가의 참극(船富家の惨劇)』(이상, 2020), 『동화 선집 천하일품 외』(역락, 2021) 등이 있다.

조영렬(曺榮烈)

고려대학교 국어국문학과 졸업. 한림대 부설 태동고전연구소(지곡서당) 수료. 고려대학교 일본문학 박사과정 수료. 선문대학교 국문학 박사과정 수료. 일본고전산문 전공. 현재 선문대 인문미래연구소 연구원. 역서로는 『하루사메 모노가타리(春雨物語)』(도서출판 문, 2009), 『독서의 학』(글항아리, 2014), 『시를 쓴다는 것』(교유서가, 2015), 『시의 마음을 읽다』(에쎄, 2019), 『주자학』(교유서가, 2019) 등이 있다.

동아시아 지식의 교류

초판 1쇄 인쇄 2021년 3월 22일
초판 1쇄 발행 2021년 3월 30일

공　편 고려대학교 글로벌일본연구원·국문학연구자료관

펴낸이 이대현

책임편집 강윤경 | **편집** 이태곤 권분옥 문선희 임애정

디자인 안혜진 최선주 이경진 | **마케팅** 박태훈 안현진

펴낸곳 도서출판 역락 | **등록** 1999년 4월 19일 제303-2002-000014호

주소 서울시 서초구 동광로46길 6-6 문창빌딩 2층(우06589)

전화 02-3409-2060(편집부), 2058(영업부) | **팩스** 02-3409-2059

전자우편 youkrack@hanmail.net | **홈페이지** www.youkrackbooks.com

ISBN 979-11-6244-712-3 93830

* 정가는 뒤표지에 있습니다.
* 파본은 교환해 드립니다.